À tous les cœurs que j'ai brisés

Ce livre est une fiction. Les noms, caractères, professions, lieux, événements ou incidents sont les produits de l'imagination de l'auteur, utilisés de manière fictive. Toute ressemblance avec des personnes réelles, vivantes ou mortes, serait totalement fortuite.

Image de couverture :
© katypalekinova – Shutterstock
Couverture : Camille Decoster

Collection dirigée par Franck Spengler
Ouvrage dirigé par Camille Léonard
© 2022, New Romance, Département de Hugo Publishing
34-36, rue La Pérouse
75116 Paris
www.hugopublishing.fr

Dépôt légal : octobre 2022
ISBN : 9782755662573
Imprimé en Espagne en avril 2023 par Liberdúplex

À tous les cœurs que j'ai brisés

LAURA S. WILD

Hugo Poche
NEW ROMANCE®

« Et ça fait si longtemps…
mais si un jour tu réalises
que tu as commis une erreur,
sache que je t'attendrai là
où tu m'as laissée. »

Right where you left me,
Taylor Swift

PLAYLIST

Taylor Swift – *August*

Little Mix – *Break Up Song*

K.Maro – *Femme like you*

Lil Nas X – *Montero*

Olivia Rodrigo – *Drivers License*

Dua Lipa – *Physical*

Olivia Rodrigo – *Happier*

Rihanna – *Te amo*

The Weeknd – *Blinding Lights*

Taylor Swift – *Champagne Problems*

PROLOGUE

JULIETTE

Côte d'Azur, France, le 10 août.

– Nous sommes réunis en ce jour pour unir cet homme et cette femme… Non mais c'est nul ! Je ne peux pas dire ça.

– Allez, Bastian, tu as promis de nous marier avant que les parents reviennent, gémit Nollan.

– Mais vous n'êtes même pas un homme et une femme… Vous avez neuf ans. Et Juliette a des serviettes en papier sur la tête.

Je repousse mon voile avec toute la grâce dont je suis capable. Bastian, le grand frère de mon amoureux Nollan, est le plus embêtant de tous les grands frères. Il ne veut jamais jouer avec nous, et en plus, il râle tout le temps quand on lui demande de nous rendre un service. Nollan dit qu'il est bête parce qu'il a attrapé la puberté. Je ne sais pas ce que c'est, mais je ne veux jamais l'avoir.

– Tu as promis, je lui rappelle en agitant mon doigt devant son visage, comme le fait souvent ma maman quand elle n'est pas contente. On ne peut pas rompre une promesse, c'est interdit.

– Interdit par qui ? soupire Bastian.

– Par le règlement de la bonne conduite, je réplique. C'est papa qui me l'a dit et il ne ment jamais.

Je ne comprends pas pourquoi Bastian se met à rire, mais Nollan souffle, agacé, me lâche et met un coup de poing dans le bras de son frère. Il s'empresse ensuite de reprendre ma main et de la serrer très fort dans la sienne.

– Dis que je peux embrasser la mariée, comme dans les films d'amour ! réclame-t-il.

– Bon, OK, cède Bastian. Je vous déclare officiellement mari et femme. Vous pouvez embrasser la mariée.

Nollan sort une serviette en papier de la poche de son short et la déplie, dévoilant deux bagues fabriquées avec des tiges de fleurs. Il en passe une à mon doigt, puis je lui rends la pareille.

– Allez, je me tire, grogne Bastian. Les parents viendront bientôt vous chercher, alors dépêchez-vous de terminer votre… truc.

Sur ce, il s'éloigne à grands pas dans le sable. Je me retourne vers Nollan et je relève mon voile le plus doucement possible. Mais malheureusement, un coup de vent l'envoie voler dans la mer.

– Oh, non ! je gémis en le regardant disparaître dans l'eau.

– C'est pas grave, ma Juliette, me rassure Nollan. C'est le moment où on doit s'embrasser, de toute façon, alors tu n'en as plus besoin.

Nous nous rapprochons. Nollan est le plus beau garçon que j'aie jamais vu. Et le plus drôle. Et le plus gentil, aussi. Il partage toujours ses desserts avec moi.

– Alors, on s'embrasse comme les grands ? je demande.

Je sens mon cœur battre plus vite, parce que je sais que ce que nous allons faire n'est pas autorisé par les parents.

– Non, pas comme les grands, déclare Nollan. Parce qu'eux, ils utilisent leur langue, et franchement, c'est dégoûtant.

– T'as raison.

Nous grimaçons tous les deux à cette idée. Ensuite, nous restons silencieux un instant, jusqu'à ce que Nollan bredouille :

– Alors… euh… ne bouge pas, d'accord ?

Je ferme les yeux quand je le vois approcher son visage du mien. Tout à coup, sa bouche se pose sur la mienne.

C'est bizarre.

Je rouvre les yeux et je constate que Nollan me regarde lui aussi. Nous restons comme ça longtemps, à nous faire un bisou qui dure presque à l'infini.

Mais finalement, Nollan recule.

– C’était comment ? me demande-t-il en souriant.

– C’était doux, et un peu humide, je réponds. Mais c’était bien.

– Oui, c’était bien.

Nous nous asseyons face à la mer. De petites vagues viennent nous mouiller les pieds et cela nous fait rire.

Je ne connais pas Nollan depuis très longtemps. La première fois que je l’ai vu, il jouait sur la plage avec Suzie, sa nounou. En allant chercher son ballon, il a écrasé le château de sable que je venais de construire. J’ai été très en colère contre lui, j’ai même un peu pleuré même si papa me répète souvent que les grandes filles ne pleurent pas. Nollan m’a alors aidée à reconstruire mon palais et il était tellement gentil que j’ai décidé que je voulais qu’il soit mon amoureux. Il a tout de suite accepté.

Je me tourne vers lui. Ses joues sont toutes rouges, ce qui m’étonne.

– Pourquoi tu es gêné ? je lui demande.

– Je ne suis pas gêné, répond-il en se redressant. Mais c’est la première fois que je faisais l’amour, alors je suis content.

– C’est ce qu’on a fait ?

Nollan hoche vigoureusement la tête.

– Pour faire l’amour, il faut être amoureux, m’explique-t-il. Et comme on est amoureux tous les deux et qu’on vient de se marier, ma Juliette, on a fait l’amour, tu comprends ?

J'acquiesce. Nollan est très intelligent : il connaît beaucoup de choses, sur presque tous les sujets.

– Maintenant qu'on est mariés comme les grandes personnes, mes parents seront obligés de revenir tous les ans en vacances ici pour que je puisse te voir, ajoute-t-il. Ils ne pourront pas me le refuser.

– Juliette, Nollan, il est temps de rentrer !

Je me retourne et j'aperçois ma maman qui nous appelle depuis le bord de la plage. Celle de Nollan est à côté d'elle et nous fait de grands gestes de la main.

– Dépêchez-vous, crie-t-elle. Le dîner est prêt.

– Tu crois que ça va marcher ? je m'inquiète tout à coup. Et s'ils pensaient que c'est juste une bêtise et qu'ils refusent ?

– Ça va marcher, Juliette, j'en suis sûr.

– Il faut que tu me le promettes, j'insiste en tendant mon petit doigt. Promets-moi qu'on sera toujours amoureux et qu'on se verra ici tous les étés.

Nollan entoure mon petit doigt du sien et me dit, une main plaquée contre son cœur :

– Je te promets, ma Juliette, que je te retrouverai ici tous les ans pour les vacances et que je serai ton amoureux jusqu'à la fin de l'éternité.

CHAPITRE 1

NOLLAN

Vingt ans plus tard
Seattle, États-Unis.

Mon stylet glisse avec rapidité sur la tablette graphique, tandis que les formes que je crée apparaissent sur l'écran devant moi. Je jette un œil sur mes notes pour m'assurer de coller au souhait du client, puis je tends une main sur ma gauche et pianote sur les touches du PC portable ouvert sur mon bureau afin de switcher d'une couleur à l'autre, à la recherche de la meilleure nuance pour mon projet.

Être designer graphique nécessite de la réactivité et une capacité d'adaptation à toute épreuve. Je réalise pour mes clients les croquis de leurs affiches de publicité, les packagings de leurs produits ou encore leurs logos. J'ai déjà travaillé pour une multitude de sociétés différentes : une bijouterie de luxe, une célèbre marque de vin, l'un des leaders de la parfumerie… En ce moment, c'est pour une grande entreprise de cosmétiques à la renommée internationale que je veille une bonne partie de mes nuits : ils sont à la recherche de nouveaux visuels pour la réédition d'une gamme de produits qui doit sortir dans quelques mois. Avant ça, j'ai travaillé avec eux sur leur campagne de Noël, et je dois dire qu'eux comme moi avons été très satisfaits du résultat, au point de poursuivre notre collaboration sur un second projet. C'est contraire à mes habitudes : généralement, je ne reste pas très longtemps au service d'un même employeur.

Cela fait déjà quelques heures que je suis assis à mon poste de travail, et ma nuque commence à devenir raide. Quant à mes yeux, ils me picotent. Lorsque je me lance dans la création d'un design, je suis très vite aspiré par ma tâche, au point d'en oublier où je suis, ce qui m'entoure, et parfois même que j'ai besoin de me nourrir pour rester en vie.

Il est grand temps que je m'accorde une petite pause.

Je me lève et m'étire, puis je me rends dans la cuisine pour me préparer à dîner. Mon frigo me fait de la peine. Seuls une bouteille de bière et deux avocats s'y battent en duel. Heureusement, dans mon congélateur, il me reste une pizza, que je dépose dans le four après en avoir ôté l'emballage.

Je suis loin d'être un cordon-bleu, c'est vrai… mais de nos jours, tout est fait pour qu'on ne perde pas de temps à cuisiner. Il existe quantité de plats surgelés qui ne demandent pas d'autre compétence pour être dégustés que de savoir régler un thermostat, et, les jours où je n'ai même pas envie de faire cet effort, il me suffit de passer un coup de fil pour me faire livrer tout ce que je veux sur le pas de ma porte.

Alors, non, ce n'est pas ma faute si je suis nul en cuisine : c'est celle de la société.

Appuyé contre le plan de travail en attendant que mon repas cuise, je regarde la nuit tomber par la fenêtre de mon appartement. Cela fait déjà plusieurs jours que je travaille d'arrache-pied, et étant donné que je suis en avance sur mes délais, je me dis que je mérite bien de me changer les idées. Sans attendre, j'appelle Steeve, mon voisin du dessous. Pour le coup, lui, il s'y connaît bien en cuisine. À force de descendre pour lui demander de me dépanner de diverses denrées alimentaires, nous avons fini par nous lier d'amitié.

– Hey, De Villa, quoi de neuf ? me lance-t-il après deux sonneries à peine.

– Rien encore, et c'est justement pour ça que je t'appelle. Ça te dit d'aller boire un verre ? Tu peux inviter quelques amis si tu veux.

– Je ne sais pas trop, soupire-t-il. J'avais prévu de passer la soirée avec Lucy.

Je lève les yeux au ciel.

– Tu passes *toutes* tes soirées avec ta copine, je proteste. Tu peux bien faire une petite exception, non ? Allez, juste pour un verre ou deux.

Steeve finit par abdiquer :

– Bon, très bien. Je préviens des potes et on se retrouve dans une demi-heure en bas de l'immeuble ?

– Ça marche !

Je raccroche, avale mon dîner en vitesse puis quitte mon appartement pour rejoindre Steeve. Dans le hall du bâtiment, il m'attend avec deux de ses amis, Mike et Theo. Nous commandons un Uber et traversons la ville, qui grouille encore de monde. À cette heure-ci, beaucoup vont au restaurant ou chez des amis pour passer la soirée, ou bien se rendent dans des bars pour décompresser, comme c'est le cas pour nous.

Nous choisissons un pub à la décoration typiquement américaine : drapeaux du Texas et blasons de la ville accrochés aux murs, tabourets en cuir marron craquelé, musique country en fond sonore, tables de billard… En traversant la porte, nous avons l'impression d'être projetés au beau milieu d'une ville du sud des États-Unis. Cependant, si nous venons ici, ce n'est pas pour le décor, mais bien pour les différentes sortes de bières toutes plus délicieuses les unes que les autres proposées sur la carte.

Nous nous installons autour d'une table au fond du pub, et une serveuse s'empresse de venir prendre nos commandes. Au bar, plusieurs petits groupes de personnes boivent ensemble. Je remarque d'ailleurs que trois jeunes femmes sont déjà un peu éméchées. Elles parlent trop fort, rient beaucoup et n'ont de cesse de pointer du doigt les mecs qui leur plaisent. Elles ne tardent pas à repérer notre groupe, et je détourne le regard pour le reporter sur mes compagnons de soirée.

– Alors, De Villa, est-ce que tu as déjà choisi ta prochaine destination ? me demande Steeve lorsque la serveuse nous apporte nos commandes.

J'attrape ma pinte de bière et j'en avale une longue gorgée avant de répondre :

– Pas encore. J'hésite entre l'Argentine et le Brésil. L'Amérique du Sud me tente bien.

– Tu penses te poser un jour ? me demande Mike. Combien de pays as-tu visités ces trois dernières années ?

– Une petite dizaine, dis-je en haussant les épaules.

– Et combien de nanas as-tu ramenées dans ton pieu ?

Je me contente de sourire.

– Il joue au modeste, mais il connaît le nombre précis, intervient Steeve. Figurez-vous que monsieur note le nom de toutes ses conquêtes dans un petit carnet.

– Non ! s'exclament les deux autres.

J'éclate de rire face à leurs regards ébahis.

– Sérieux, mec ? s'étonne Mike. Tu tiens un journal ?

– Steeve fait tout un plat pour rien, je soupire. Je note juste le nom de ces filles histoire de garder un petit souvenir, ça s'arrête là.

– Oui, donc, tu tiens un journal.

– Si tu veux le voir comme ça…

– Je trouve ça cool, déclare Theo. Si j'avais autant de succès que toi, je ferais certainement pareil.

– Je ne sais vraiment pas comment tu fais pour enchaîner les nanas comme ça, De Villa, lance Steeve. Je ne pourrais pas tenir le rythme. Et surtout, une seule me suffit.

– Oh non, le voilà qui recommence à nous bassiner avec sa Lucy, je grommelle. Écoute, certains sont faits pour la vie à deux, d'autres non. Moi, je fais partie de la seconde catégorie et je le vis très bien.

À cet instant, l'écran de mon téléphone posé sur la table s'allume et laisse apparaître le nom de « Betty ». Je rejette l'appel, mais ça ne passe pas inaperçu.

– Tu n'es pas fait pour les relations, et pourtant, tu es en couple, fait remarquer mon voisin.

Je manque de m'étranger avec une gorgée de bière.

– En couple ? je proteste. Betty et moi, on se voit deux fois par semaine, ce n'est pas ce que j'appelle être en couple. On passe du bon temps, rien d'autre.

– Franchement, Nollan, tu es con ou quoi ? lâche Mike. Tu ne vois pas qu'elle est complètement accro, cette pauvre fille ? Largue-la… Tu la fais espérer pour rien depuis quatre mois, ce n'est vraiment pas sympa.

– Je ne la fais pas espérer, je réplique. Je ne lui ai absolument rien promis. Elle sait que je ne veux rien de sérieux.

– Mais elle s'est attachée à toi quand même, renchérit Theo. Bien plus que tu ne t'y attendais, et tu te sens coincé, maintenant.

– Vous racontez n'importe quoi. Je ne suis pas du tout coincé avec elle. Je saurai rompre quand j'en aurai assez, ne vous inquiétez pas. Et puis, vous devriez vous occuper de votre vie amoureuse au lieu d'être obsédés par la mienne.

Ils ricanent et je leur fais un doigt d'honneur pour mettre fin à la discussion. Steeve enchaîne en nous racontant les derniers ragots qui circulent dans son entreprise. Quelques minutes plus tard, le groupe de filles en chasse s'approche de nous.

– Salut, les gars, minaude la plus blonde des trois.

– Vous êtes seuls ? Vous avez laissé vos copines à la maison ? demande une autre en s'approchant de Mike.

Ce dernier lui sourit et l'autorise à prendre place sur ses genoux avec plaisir. Quant à la blonde, elle a le regard fixé sur moi. Je prends mon temps pour la dévisager avant de reporter mon attention sur ma pinte de bière.

– Si vous pensez qu'on a des copines, pourquoi vous venez tenter votre chance ? demande Steeve.

– C'est une façon de savoir qui est pris et qui ne l'est pas. Et toi, mon grand, on vient de comprendre que tu ne serais pas intéressé.

Steeve confirme d'un hochement de tête. La deuxième fille s'installe près de Theo tandis que la blonde fait le tour de la table, attrape une chaise derrière elle, puis s'assied près de moi.

– Katie, se présente-t-elle en me tendant la main.

– Nollan, je réponds en la lui serrant.

– Vous venez souvent ici, tes amis et toi, affirme-t-elle. Je vous ai déjà remarqués.

– Et moi, c'est la première fois que je te vois, je réplique.

Katie fait la moue sans pour autant se vexer.

– Tu veux boire quelque chose ? je lui propose.

– Avec plaisir.

Je fais signe à la serveuse de s'approcher de notre table.

Comme je l'ai précisé tout à l'heure, je ne suis pas en couple à proprement parler. Avec Betty, j'ai été clair et honnête dès le départ : *« Je ne cherche pas une longue relation, je ne rencontrerai pas tes parents, tu ne participeras pas aux repas dominicaux chez moi et je ne m'offusquerai pas si tu décidais de voir d'autres mecs. »*

J'ai conscience que ce n'est pas le genre de chose qu'on veut entendre au premier rencard. Et j'ai également conscience que ces exigences soient rédhibitoires pour grand nombre d'êtres humains. Seulement, je n'oblige personne à adhérer à mes choix : au contraire, je pousse même les femmes à me fuir plutôt qu'à tenter quoi que ce soit avec moi. Mais certaines, comme Betty, s'accrochent à l'espoir d'être celle qui arrivera à me changer, qui me fera entrer dans le droit chemin et me donnera envie de contracter un crédit sur vingt ans pour acheter une maison destinée à accueillir une portée de bambins.

Eh bien non. Avec moi, ça ne marche pas.

– Tu fais quoi dans la vie ? me demande Katie, tout en jouant avec la paille du cocktail que la serveuse vient de déposer sur la table.

– Je suis designer en freelance.

– Oh, alors tu es ton propre patron, roucoule-t-elle.

Me sentant à l'aise, je poursuis la conversation en cherchant à en apprendre plus sur elle. Elle m'indique qu'elle a trente-deux ans, qu'elle vit dans le centre-ville de Seattle et qu'elle est secrétaire médicale. Je remarque qu'elle use et abuse de tous les « tics de séduction », des gestes qui lui ont probablement été conseillés par la rubrique « comment le faire craquer à tous les coups » d'un magazine féminin. Elle rapproche sa chaise de la mienne. Le bout de sa bottine vient se coller contre mon tibia puis il remonte tranquillement de haut en bas. En même temps, elle joue avec une mèche de cheveux, sourit exagérément et pose une main sur mon bras entre deux éclats de rire.

J'apprécie l'effort et, comme je n'ai pas le cœur à lui dire qu'elle en fait beaucoup trop, je rentre dans son jeu. Je me rapproche en souriant moi aussi et j'effleure le haut de sa main. Les pupilles de Katie se dilatent tandis que son appel du pied se fait plus appuyé.

– Ça te dirait qu'on aille discuter plus loin, seul à seule ? me propose-t-elle.

Et par « discuter », elle entend certainement se peloter à l'abri des regards de nos amis. Je me lève, sous le regard désapprobateur de Steeve. Katie et moi nous dirigeons vers une table isolée et dès que nous prenons place sur la banquette, elle fonce sur ma bouche. Je ne peux m'empêcher de m'esclaffer devant son impatience. Je la laisse prendre les commandes un court instant, avant d'inverser les rôles. Ses mains se baladent sur mon corps, nous nous embrassons jusqu'à ce que je sente ses doigts s'arrêter sur le bouton de mon jean. Alors je recule et l'empêche de poursuivre.

Cela fait quatre mois que je vois Betty et j'ai déjà eu trois coups d'un soir durant cette période. Mais aujourd'hui, j'ai juste envie de me détendre avec des potes.

– Désolée, ma belle, mais on va s'arrêter là, dis-je.

– Tu n'as pas envie ? minaude Katie.

Pas vraiment… et je viens de m'en rendre compte en l'embrassant. Elle n'éveille pas chez moi autant de désir que je l'espérais lorsqu'elle s'est présentée à moi. J'aime enchaîner les conquêtes, mais je ne suis pas non plus désespéré au point de sauter sur la première venue, n'importe où, et alors qu'elle est manifestement ivre, qui plus est.

– Bien sûr que si, je prétends pour ne pas la blesser. Mais je suis crevé, alors je vais rentrer chez moi.

– On pourra se revoir, non ? J'ai vraiment envie qu'on passe du temps ensemble.

– Bien sûr.

Je sors mon téléphone de ma poche et je le lui tends pour qu'elle y entre son numéro.

– Je t'appellerai, je lui affirme avec un clin d'œil.

– J'espère bien.

Elle s'accroche au col de ma veste et me rapproche d'elle pour m'embrasser à nouveau, avant de se dégager et de quitter la table. Je ne tarde pas à lui emboîter le pas. En passant devant Steeve et ses amis, je leur fais signe que je rentre en taxi.

J'ai menti. Je n'appellerai jamais Katie. Dans ses yeux, j'ai vu qu'elle était du genre à s'attacher rapidement. Il n'y a qu'à voir l'envie qu'elle avait de me revoir après un seul baiser, l'insistance dans sa voix pour me demander un rendez-vous… C'est le genre de fille qui fait des projets d'avenir après le troisième rencard et ce n'est pas du tout ce que je recherche. D'ailleurs, je ne recherche rien de spécial, à part m'amuser un peu et être libre de mes mouvements.

C'est pour cela que je supprime le numéro de Katie de mon répertoire dès l'instant où mon taxi tourne au coin de la rue. Et au moment où je descends devant mon immeuble, elle n'est déjà plus qu'un lointain souvenir.

– Salut…

Je redresse la tête, surpris, alors que j'étais en train de consulter mes mails sur mon smartphone. Assise sur le pas de ma porte se trouve Betty, la mine sombre, le regard triste.

Et merde... Je sens que je vais avoir droit à une tonne de reproches pour avoir ignoré ses appels, et je ne suis franchement pas d'attaque pour ça.

Mais étonnamment, Betty reste silencieuse. Je m'approche d'elle en lui souriant et je tends la main pour l'aider à se relever. Je penche ensuite la tête et j'approche mes lèvres des siennes, pour atténuer un peu la déception flagrante dans ses yeux. Mais elle pose une main sur ma bouche et recule.

– Où étais-tu ? demande-t-elle.

Je soupire et sors ma clé de ma poche. Sans rien dire, je déverrouille la porte d'entrée de mon immeuble puis je rejoins mon appartement, Betty sur les talons.

– Je reviens du bar, dis-je en laissant tomber ma veste sur le canapé du salon.

– Tu y étais seul ? m'interroge Betty.

– Steeve et deux de ses potes étaient avec moi.

– Ce n'est pas ce que je te demande.

– Alors qu'est-ce que tu veux savoir, Betty ? Sois plus claire !

– Étais-tu avec une autre femme ? lâche-t-elle, le regard inquisiteur.

Je croise les bras et m'assieds sur le bras du canapé.

– Écoute, Betty… je commence.

– Oui ou non ?

Son ton m'agace. S'il y a bien une chose que je déteste, c'est devoir me justifier.

– Oui, j'avoue en toute franchise.

Betty accuse le coup. Son regard se voile de tristesse.

– Je suppose que je ne devrais pas être surprise, soupire-t-elle.

Nous gardons le silence un petit moment. Betty est perdue dans ses pensées et j'ai peur de ce qui va suivre.

Pas une déclaration enflammée pour tenter de me garder, j'espère.

J'ai rencontré Betty il y a quelques mois : elle travaille dans l'entreprise pour laquelle je bosse en ce moment. En tant qu'assistante du directeur du marketing, elle fait le tampon entre son boss et moi. C'est elle qui m'a ouvertement dragué. Flatté, je ne l'en ai pas empêchée. Peu à peu, j'ai découvert une jeune femme gentille et patiente, mais aussi beaucoup trop sensible. Je le reconnais, entretenir une « relation » libre quand l'autre est clairement en demande de plus, c'est déjà compliqué… Mais mélanger vie professionnelle et personnelle, c'est le summum des emmerdes. Pourtant, je me suis engagé dans ce bourbier sans que personne ne m'y force.

Incapable de rester plus longtemps dans le silence, je lâche :

– Je comprendrais que tu en aies assez de cette situation et que tu veuilles y mettre un terme.

Surprise, Betty relève la tête.

– Quoi ? s'exclame-t-elle. Non !

– Je sais que le genre de relation que je te propose est…

– Non, je n'ai pas envie de rompre !

Elle quitte sa chaise et s'approche de moi tout en enchaînant :

– Je… c'est juste que je n'aime pas savoir que tu as vu d'autres femmes, parce que moi, je ne vois personne d'autre que toi.

– Mais tu en as le droit toi aussi, Betty. Je te l'ai dit, ça ne me dérange pas. Nous ne sommes pas exclusifs, toi et moi.

En essayant de la rassurer, je ne parviens qu'à décupler sa morosité. Ses yeux se remplissent immédiatement de larmes. Je cherche quoi dire pour l'empêcher d'éclater en sanglots mais elle me devance : elle prend mon visage entre ses mains et me sourit malgré son regard humide.

– Tu as raison, déclare-t-elle. Moi aussi, je vais profiter de la non-exclusivité de notre relation.

Puis elle pose la tête sur mon épaule et se blottit contre moi. Au fond, je sais parfaitement qu'elle ne pense pas un mot de ce qu'elle vient de dire, qu'elle veut juste éviter que je lui propose encore de rompre. Ses larmes, que je sens couler dans mon cou, m'indiquent que cette perspective la blesse mais qu'elle a décidé de souffrir en silence si cela peut lui permettre de me garder près d'elle. Sachant cela, je devrais la quitter, pour son bien… mais je ne le fais pas. Égoïstement, je ne vais rien dire et prétendre ne pas avoir conscience de ce qu'elle ressent. Parce que je pars du principe qu'une personne adulte est capable de faire ses propres choix, capable de dire « non » quand la situation est hors de contrôle et néfaste pour elle.

Si Betty décide de continuer, c'est bien qu'au fond elle trouve son compte dans notre arrangement elle aussi.

Elle le prouve d'ailleurs en attrapant ma main et en m'entraînant en direction de ma chambre à coucher, dans laquelle je la suis en laissant mes questionnements sur le pas de la porte.

***

Quelques heures plus tard, je me réveille au beau milieu de la nuit, taraudé par une chose sur laquelle je n'arrive pas à mettre le doigt. Je me rends dans la cuisine, me sers un verre d'eau, puis j'attrape une feuille ainsi qu'un crayon et je passe mon planning en revue afin de trouver ce que j'aurais bien pu oublier de faire. De nature un peu tête en l'air, j'ai compris il y a quelques années que faire des listes m'aidait à ne pas m'éparpiller.

Terminer le croquis du packaging ✓
Appeler Élisa (à faire demain sans faute)

Passer chercher mes vêtements au pressing ✓
Payer mes factures avant le 19 janvier

Tandis que je m'apprête à cocher cette dernière ligne, je m'aperçois qu'il est deux heures du matin et que nous sommes officiellement le 19 janvier.

Merde !

Je ferme les yeux et me cale contre le dossier de ma chaise en soupirant. Mon cœur fait un petit bond dans ma poitrine lorsque je prends la décision de ne pas déroger à la coutume. Je me connecte à une adresse mail que j'ai créée il y a plus d'une décennie et qui renferme un pan entier de ma vie, puis je commence à rédiger un mail.

À : julietteetsonnollan@gmail.com
De : nollanetsajuliette@gmail.com
Objet : Ton anniversaire

Joyeux anniversaire, ma Juliette. Tout comme moi il y a quelques mois, tu viens d'avoir vingt-neuf ans. J'espère que tu vas bien et que tu sauras profiter de cette nouvelle année qui s'offre à toi. J'imagine sans mal que tu as de nombreux projets et que tu réussiras à tous les mener à bien.

De mon côté, je suis installé à Seattle depuis un peu moins d'un an. C'est une ville que j'aime beaucoup et je suis certain qu'elle te plairait également. Peut-être que tu auras envie de la visiter un jour.

Je t'embrasse,
Nollan

J'appuie sur la touche « envoyer »… et sans surprise, un message s'affiche sur mon écran.

Le compte auquel vous avez envoyé
un e-mail vous a bloqué.
Votre message a été automatiquement
redirigé dans ses spams.

Un sourire triste étire mes lèvres. Tout bas, je murmure :

– Joyeux anniversaire, ma Juliette.

CHAPITRE 2

JULIETTE

Paris, France.

– JOYEUX ANNIVERSAIRE, JULIETTE !

Dans la salle de réunion, c'est le chaos. Certains de mes collaborateurs sifflent, d'autres tapent sur la table dans un incroyable brouhaha qui me fait sourire et me ravit.

– Merci à tous, dis-je, rougissante.

– Fais un vœu, m'ordonne Iris, mon assistante, en plaçant devant moi un cupcake surmonté d'une unique bougie.

Je ferme les yeux, me concentre sur mon vœu, puis souffle sous les applaudissements de mon équipe, après quoi des cupcakes sont distribués à la ronde.

– Dis-moi que tu as souhaité rencontrer l'homme de ta vie, me glisse Iris discrètement.

– Négatif. Et ce n'est pas la peine de chercher à en savoir plus, je resterai muette.

Mon assistante grogne, avant de prendre place à ma droite. Une fois les gâteaux avalés, le sérieux revient dans la pièce. Lorsque je sens que mes collaborateurs sont prêts à se concentrer, je me lève, me redresse et reprends mon rôle de directrice du marketing.

– J'aimerais profiter de ce jour particulier pour vous remercier d'avoir fourni tant d'efforts avec moi au cours de l'année qui vient de s'écouler, j'annonce. Lorsque j'ai pris les rênes du service après le départ de Claudia, je n'avais qu'une idée en tête : faire de nous une véritable *dream team*… et je suis fière du travail que nous avons accompli ensemble. Les chiffres de la campagne de Noël viennent de tomber et elle a été un vrai succès, les retours sont très positifs. L'entreprise a augmenté son chiffre d'affaires de 5,5 % par rapport à décembre dernier, ce qui a été grandement salué par la direction.

Spontanément, l'équipe se met à applaudir, et je me joins à l'enthousiasme général. Une fois le calme revenu, je poursuis :

– J'aimerais également vous présenter Tina, notre nouvelle maquettiste, qui a intégré l'équipe hier et qui participe aujourd'hui à sa première réunion.

Je me tourne vers la principale intéressée, qui me sourit, engageante.

– Pour te permettre de prendre le train en marche plus facilement, je vais récapituler en détail notre nouveau projet et faire un bilan de nos avancées.

Je reporte ensuite mon attention sur l'ensemble de mes collaborateurs et déclare :

– Le compte à rebours avant la campagne d'été a officiellement débuté. Dans un peu moins de six mois, nous devons être prêts à dévoiler notre nouvelle gamme naturelle de soins pour le visage, vegan et *cruelty-free*, la toute première de la marque à la fois sur le territoire français mais aussi européen. Elle se nomme Belle & Bio et sera composée d'une crème de jour, d'une crème de nuit, de deux baumes, l'un apaisant, l'autre nourrissant, d'une huile régénératrice et d'un gel restructurant. Chaque produit sera décliné en plusieurs versions pour correspondre aux différents types de peaux, de la plus sensible à la plus mature. Je suis extrêmement fière de dire que nos chercheurs ont créé des formules encore inédites sur le marché de la cosmétique. C'est maintenant à nous, l'équipe du marketing, de faire en sorte que cette gamme soit un succès à la hauteur de leur travail remarquable.

Je marque une petite pause avant d'ajouter :

– Comme vous le savez tous, Emma, notre graphiste, ne reviendra pas de son congé maternité. Après de longues années à se dévouer corps et âme à cette entreprise, elle a décidé de devenir mère au foyer à plein temps pour s'occuper de ses trois enfants, ce qui est tout à son honneur. Malheureusement, cela veut dire que nous devrons nous passer de son talent. Les entretiens pour l'embauche de son remplaçant débutent aujourd'hui.

Je sais que les shootings doivent commencer dans un mois et que les délais sont extrêmement serrés mais, à notre décharge, nous avons vraiment été pris de cours par l'annonce d'Emma. Cependant, ce n'est pas une raison pour nous laisser abattre. À part ça, tout avance exactement comme il le faut. Je me suis déjà chargée de sélectionner les mannequins pour la campagne, et nous serons prêts à lancer les teasings sur les réseaux sociaux grâce à Arnaud dès la mi-avril. Des questions ?

Personne ne se manifeste.

– Bien ! j'enchaîne. Maintenant, faisons un point sur vos avancées. Karim, je t'écoute.

– J'ai contacté les principales régies pour réserver des encarts publicitaires partout, comme tu me l'as demandé, m'informe le chargé de communication de l'équipe. Et je dois m'entretenir dans quelques minutes avec la société qui gère l'affichage dans les métros partout en France. Nous sommes en bonne voie pour remporter un grand nombre d'emplacements.

– Alors ne les fais surtout pas attendre.

Karim salue tout le monde, puis il quitte la réunion. Je fais le point avec le reste de mes collaborateurs puis, après quelques minutes, je libère tout le monde.

La pièce se vide dans un brouhaha de conversations. Iris, mon assistante, attrape son iPad et enfile son oreillette. Ses cheveux très longs sont d'un magnifique blond polaire, une couleur qui va à merveille avec son teint hâlé et ses yeux marron toujours pétillants. Elle m'emboîte le pas tandis que je quitte la salle de réunion pour me rendre dans mon bureau et se lance dans le déroulé de mon emploi du temps pour la journée :

– Je sais que tu détestes les imprévus et que tu aimes que tout soit calé au millimètre près, donc je t'ai préparé un capuccino vanille avec une pointe de caramel comme tu aimes, pour t'aider à encaisser les mauvaises nouvelles que je suis sur le point de t'annoncer. J'ai aussi pensé à te prendre un croissant aux amandes, ton préféré.

J'attrape la viennoiserie ainsi que la tasse qu'Iris me tend, j'avale une longue gorgée de la boisson chaude puis je lui fais signe de poursuivre.

– À dix heures, tu as rendez-vous avec Daniel, m'indique-t-elle. Il veut trouver avec toi une stratégie pour liquider les palettes de *make-up* qui ont été créées en collaboration avec une jeune youtubeuse et qui nous restent sur les bras.

– Il croit vraiment que j'ai le temps de m'occuper de ça maintenant ? je peste. Il n'a pas été informé qu'on bosse sur la campagne la plus importante pour la boîte depuis au moins cinq ans, ou il a décidé de s'en foutre totalement ?

– Spontanément, je te dirais qu'il s'en fout, et aussi qu'il est vexé que tu n'aies pas encore sollicité son aide sur le terrain pour cette nouvelle gamme, déclare Iris. J'ai entendu dire qu'il voudrait être de la partie pour le shooting.

– Parce qu'il n'a envie que d'une chose : mater des nanas. Quel abruti, celui-là… Et dire qu'il n'est devenu directeur commercial que parce qu'il est le neveu du patron…

Je soupire, puis décrète :

– Annule le rendez-vous, je n'ai pas le temps de me consacrer à ce problème maintenant. Mais dis à Daniel de me faire parvenir toutes les infos, je m'occuperai de prévoir une promo qui ne fasse pas liquidation urgente de stock. Ensuite ?

– Le photographe américain qui était prévu pour le shooting a annulé.

Je me fige.

– Impossible. C'est le meilleur, c'est lui que je veux et pas un autre. Qu'est-ce qui bloque ? Il veut plus d'argent ? Propose-lui 10 % supplémentaires, on peut même aller jusqu'à quinze s'il le faut !

– Capuccino. Inspiration. Expiration, puis capuccino à nouveau, me récite Iris.

C'est comme si elle dévoilait la recette magique qui m'empêche d'exploser… ce qui est un peu le cas. Je m'exécute, parce que dans mon métier, si les nerfs lâchent à la moindre contrariété, on finit au mieux avec un ulcère à l'estomac, et au pire…

Bref.

– Ce n'est pas l'argent le problème, m'explique mon assistante. Il a eu des petits soucis de santé récemment. En fait, il sort de cure de désintoxication et il a décidé de prendre soin de lui et de profiter de ses proches.

Devant un tel argument, je ravale ma colère.

– C'est dommage, je soupire. Et pas seulement pour le shooting… Chris est un mec vraiment incroyable, j'espère qu'il ira mieux très rapidement. Envoie-lui un cadeau de ma part, je te ferai transférer le petit mot à joindre.

– C'est noté, patronne. Mais du coup, qu'est-ce qu'on fait pour Belle & Bio ?

– Contacte la photographe qui a travaillé avec nous sur la campagne de Noël et briefe-la sur la nouvelle gamme de soins. Précise-lui bien que le shooting est prévu dans un mois et propose-lui une somme d'argent qu'elle ne pourra pas refuser. Pas plus de vingt mille euros, cela dit. Autre chose ?

– Il n'y a plus rien concernant le business, mais concernant ta vie personnelle, j'ai de bonnes nouvelles.

Iris sourit largement avant d'ajouter :

– Ton rendez-vous de ce soir est confirmé. Ton prétendant te retrouvera à vingt heures dans un restaurant du 6e. J'ai ajouté l'adresse à ton agenda.

Je me laisse tomber dans mon fauteuil de bureau en soupirant.

– Oh, bon sang… Qu'est-ce que j'aimerais ne pas t'avoir écoutée et ne jamais m'être inscrite sur ce site.

– Mais pourquoi es-tu si gênée ? s'étonne mon assistante. Tu rencontres des hommes dont tu as fait la connaissance via une application… comme des millions d'autres personnes.

Je lève les yeux au ciel. Iris prend place sur une chaise en face de moi et croise les jambes.

– Écoute, je commence, je ne vais pas avoir le temps de…

– Ah non ! me coupe-t-elle. Tu as déjà annulé quatre rendez-vous. Cette fois, tu *dois* y aller.

– Mais je n'en ai pas envie.

– Fais un effort. Je suis sûre que ça se passera très bien, Juliette.

Iris me dévisage, les paupières plissées, puis lâche :

– A-t-on envie d'être célibataire une année de plus ?

Oh, misère…

Quand mon assistante utilise le « on », cela signifie qu'elle est si investie dans sa quête qu'elle ne me lâchera pas avant d'avoir obtenu ce qu'elle veut.

– Deux ans, c'est déjà beaucoup, ajoute-t-elle. Il est temps que tu te rouvres à l'amour.

– Rappelle-moi, tu n'es pas célibataire depuis un an, toi ? Et tu n'as que vingt-cinq ans, il me semble. Depuis quand es-tu devenue une spécialiste en la matière ?

– J'ai vu une tonne de comédies romantiques et je connais tous les couples mythiques du cinéma. Alors oui, je me sens comme une experte, fait Iris en battant exagérément des cils.

Entre elle et moi, la connexion s'est faite dès notre rencontre. Plus qu'une relation professionnelle, c'est aussi et surtout une amitié solide qui s'est construite et solidifiée au fil du temps. Nous nous confions nos déboires amoureux, nos doutes, nos peines et nos joies lors de soirées télé, entre autres. J'ai totalement confiance en elle, au point de l'autoriser à me prévoir des rendez-vous – souvent douteux, je l'avoue – via une appli de rencontre.

– Très bien, j'irai à ce rencard, je ronchonne. Mais au fait, quand est-ce que j'en ai annulé quatre ? Je me souviens bien de deux fois, mais pas des autres.

Mon assistante rougit. Je m'attends au pire.

– Tu te souviens que, comme tu es débordée, tu m'as demandé de faire une présélection ?

– Hm hm…

– Eh bien, il se pourrait que j'aie fait un peu plus que ça…

– C'est-à-dire ?

– J'ai donné rendez-vous à ces hommes en ton nom et je me suis déplacée pour les observer. Puis j'ai annulé en prétextant une urgence et je ne t'en ai jamais parlé parce que je sais que ça ne l'aurait pas fait du tout.

– Et pourquoi ? je demande en croisant les bras.

– Le premier était trop petit.

– Et le second ?

– C'était un chauve aux cheveux longs.

Abasourdie, je dévisage mon assistante sans comprendre.

– Un quoi ?

– Un chauve aux cheveux longs, répète-t-elle comme si c'était une caractéristique tout à fait banale.

– Iris, comment est-ce qu'on peut être chauve et avoir les cheveux longs ?

– Eh bien, il était complètement dégarni sur le dessus du crâne, mais à partir des tempes il avait les cheveux jusqu'aux épaules... un peu à la Philippe Katerine.

Mon assistante pose un doigt sur son menton avant d'ajouter :

– Maintenant que j'y pense, il en avait aussi un peu les traits. Tu m'étonnes qu'il ait préféré mettre son chien en photo de profil.

Je secoue la tête et me lève pour mettre fin à la discussion.

– Je dois y aller, sinon je vais être en retard pour les entretiens, dis-je. Mais assure-toi que mon rendez-vous de ce soir m'arrive au moins au front et ait tous ses cheveux.

– Compris, patronne, fait Iris en imitant un salut militaire.

Sur ce, je quitte mon bureau. Je traverse le grand *open space* dans lequel mes collaborateurs travaillent, puis j'entre dans l'ascenseur et monte de deux étages, jusqu'à celui qu'occupe la direction. Hector, le DG[1] de l'entreprise, m'adresse un grand sourire dès que je passe la porte de son

1. Directeur général.

bureau. Il m'accueille avec une accolade et la bise en prime.

– Joyeux anniversaire, Juliette.

– Merci, Hector.

Nous nous asseyons, et je lui demande :

– Combien d'entretiens sont prévus ce matin ?

– Trois, me répond-il.

– Seulement ? Nous aurions largement pu en caser au moins deux autres.

Hector secoue la tête.

– Ma petite Juliette, est-ce qu'un jour tu vas penser à lever le pied ? Je reviens de chez les ressources humaines, et ils ne savent plus quoi faire de tes innombrables heures supplémentaires.

– Hm… me les payer ? je suggère en haussant les épaules.

– Que dirais-tu de prendre des vacances, plutôt ?

Je m'esclaffe, et Hector m'imite.

– Chaque fois, je me dis que ça ne coûte rien d'essayer, s'amuse-t-il. Mais je devrais savoir depuis le temps que tu prends rarement du repos.

– Vous connaissez ma devise : c'est quand on se repose que la concurrence se réveille.

Mon supérieur sourit. Les rides autour de ses yeux verts se sont installées petit à petit jusqu'à devenir de plus en plus visibles avec le temps. Les cheveux grisonnants, l'œil vif, il a tout du quinquagénaire encore très actif.

– Je vais prendre des vacances, Hector, mais pas maintenant, pas alors que le compte à rebours de la campagne d'été a officiellement démarré, je lui assure en faisant le tri dans les documents que j'ai apportés.

– D'ailleurs, comment tu te sens ?

Je relève la tête.

– Comment ça ?

– Eh bien, tu n'es directrice du marketing que depuis un an et tu es officiellement chargée de l'une des plus grosses campagnes de l'histoire de la boîte. Il y a de quoi avoir la pression.

Un petit sourire aux lèvres, je pose une main sur ma hanche.

– Douteriez-vous de moi, Hector ?

Il éclate d'un rire franc avant de prendre un ton nostalgique.

– Je me souviens de ton arrivée ici, il y a huit ans. Tu venais de quitter la fac et tu étais encore toute timide… mais tu avais déjà des rêves plein la tête. Tu as débuté en tant qu'assistante ; quelques années plus tard, tu es passée responsable, et aujourd'hui, tu es directrice de ton département à seulement vingt-neuf ans.

Je ne peux m'empêcher de rougir. Depuis le début, Hector est un mentor pour moi. Il m'a prise sous son aile, m'a montré comment diriger une équipe avec fermeté sans pour autant oublier de faire preuve d'humanité envers mes collaborateurs. Et malgré la relation de confiance qui s'est tissée entre nous, j'ai tellement de respect pour lui que je n'ai jamais réussi à le tutoyer.

– Pour répondre à ta question : non, je ne doute pas de toi, bien au contraire, complète-t-il. Je prends juste des nouvelles de ma petite protégée pour savoir dans quelles dispositions elle se trouve.

– Je vais bien, Hector, j'affirme. Je me sens animée d'une énergie folle et j'ai hâte de plonger tête baissée dans cette campagne.

– Tu n'as pas peur de te retrouver débordée ?

– Absolument pas. Il est clair que le départ d'Emma est un coup dur et que je me serais bien passée de perdre du temps dans des recrutements, mais qui sait, c'est peut-être une bonne chose, après tout. Intégrer un nouveau talent à notre équipe ne peut que nous pousser à nous renouveler, et nous en avons besoin pour mener à bien cette campagne si spéciale. En tout cas, je ne suis pas du tout inquiète.

– J'en suis soulagé, déclare Hector. Bon, le premier candidat est certainement arrivé. On commence ?

Je hoche la tête, et il prévient sa secrétaire par téléphone que nous sommes prêts.

Tandis que nous attendons l'aspirant graphiste, mon supérieur me dit :

– Loin de moi l'idée de rajouter du poids sur tes épaules déjà bien chargées, mais tu sais que cette campagne peut être déterminante pour la suite de ta carrière ?

Je me tourne vers Hector, intriguée.

– Comment ça ?

– Eh bien, comme tu le sais, je pars à la retraite dans cinq ans. Ton parcours et tes résultats ont déjà été salués par le conseil d'administration, mais il se pourrait qu'en plus j'aie soufflé ton nom au président pour que tu prennes ma suite lorsque je m'en irai.

Mes yeux s'écarquillent.

– Moi ? je balbutie.

– « Mon but est de gravir les échelons pour atteindre, à terme, l'un des postes les plus importants de l'entreprise. » C'est bien ce que tu m'as dit le jour de ton entretien, non ? Alors voilà, Juliette. Si tu continues comme ça, dans cinq ans, tu seras la première femme directrice générale de la boîte et l'une des plus jeunes à s'asseoir à cette place.

Mon pouls accélère.

Hector a raison. Cette place, c'est mon but. L'atteindre un jour, c'est le vœu que j'ai fait tout à l'heure, en soufflant la bougie sur mon cupcake d'anniversaire.

D'aussi loin que je me souvienne, j'ai toujours visé les postes à hautes responsabilités. Mon plan de carrière est établi depuis longtemps dans ma tête, et jusqu'à maintenant, je suis satisfaite de mon parcours. Seulement, cela ne me suffit pas. Je veux plus, je veux aller aussi loin qu'il est possible d'aller.

Malheureusement, que ce soit ici ou dans n'importe quelle autre entreprise, l'ambition n'est pas perçue de la même façon selon le sexe. Un homme ambitieux est déterminé à atteindre son but. Une femme ambitieuse est une arriviste prête à tout pour parvenir à ses fins. J'ai dû me battre pour démontrer que j'avais autant de légitimité que n'importe qui d'autre et je ne compte pas m'arrêter en si bon chemin. Dans cinq ans, je prendrai la suite d'Hector.

Je me le promets.

CHAPITRE 3

NOLLAN

Je rejette les couvertures le plus doucement possible puis je m'extirpe du lit à pas de loup, avant de récupérer mon téléphone et de quitter ma chambre pour rejoindre la cuisine. Il n'est que sept heures du matin, Seattle se réveille tout doucement. J'attrape une tasse et me prépare un café tout en regardant la ville par la fenêtre. Les gratte-ciel s'étendent à perte de vue à l'horizon ; tout en bas, dans la rue, j'aperçois des petits points lumineux : les phares des voitures perdues dans la circulation. Je sirote ma boisson chaude tout en appréciant la vue.

Toutefois, j'ai beau apprécier Seattle, je ne me sens pas à la maison, ici. C'est à Paris que je suis né, c'est là-bas que j'ai grandi. Ma ville me manque énormément… mais ce qui me chagrine, c'est qu'y retourner me ferait certainement plus de mal que de bien. En quittant la France, j'ai laissé un sacré bordel derrière moi et, en toute honnêteté, je ne crois pas que je serai un jour prêt à y faire face.

Tandis que je prends une autre gorgée de café, je sens deux bras s'enrouler autour de ma taille et un corps se coller contre moi. Chloe – à moins que ce ne soit Zoe – dépose un baiser au milieu de mon dos en ronronnant de contentement. Je me crispe face à cette marque de tendresse et me dégage doucement de sa prise pour lui faire face.

– Bien dormi ? je demande.

– À ton avis ? répond-elle en posant ses mains sur mon torse.

Elle se blottit contre moi tout en me dévisageant avec un air de bonheur sur le visage. Je mentirais si je disais que cela ne me fait pas paniquer un peu. J'ai toujours rechigné à inviter des femmes chez moi, parce que cela signifie les faire entrer dans mon intimité. Et aussi parce qu'elles ont la fâcheuse tendance, le lendemain matin, à vouloir s'incruster plus longtemps que nécessaire. Mais comme nous nous trouvions près de mon immeuble lorsque nous avons quitté le bar dans lequel nous nous sommes rencontrés hier soir, je suis passé au-dessus de mes réticences.

Seulement, maintenant que Zoe – non, je crois vraiment que c'est Chloe, en fait – me sourit presque amoureusement, je me souviens à quel point il est mauvais de prendre des décisions sur un coup de tête.

– Tu veux un café ? je lui propose.

Oui, je veux qu'elle s'en aille le plus vite possible, mais je ne suis tout de même pas un monstre.

– Avec plaisir… mais on pourrait aussi prendre le petit déjeuner au lit, suggère-t-elle.

Et voilà…

– Je ne vais pas avoir le temps pour ça, je dois bientôt me mettre au travail.

Chloe me fait une moue qui se veut certainement craquante mais qui me donne l'impression qu'elle est en train de faire une attaque. Lorsqu'elle constate que sa tentative de séduction n'a aucun effet sur moi, son visage retrouve ses traits normaux.

– Bon, tant pis, ce sera donc un café sur le pouce, dit-elle sans se départir de son sourire.

Je lui prépare une tasse et la lui tends. Un silence s'installe entre nous. Je n'ai jamais été très causant le matin, surtout pas en compagnie d'un coup d'un soir…

Chloe me dévisage par-dessus le rebord de sa tasse. Je ne vais pas le nier, son regard me fait un peu flipper.

– Je vais te commander un taxi, j'annonce pour briser la gêne qui s'est établie.

– Tu es pressé de me voir partir ? demande-t-elle en gloussant, certaine que je vais la contredire.

Sauf que je n'ai pas envie de le faire. En fait, je trouve que j'ai été assez patient et sympathique avec mon invitée. Il est maintenant temps qu'elle reprenne sa vie et qu'elle me laisse retourner à la mienne.

Je soupire, puis je déclare :

– Je ne vais pas y aller par quatre chemins : hier soir, c'était super, mais ça ne se reproduira pas, ni aujourd'hui, ni demain, ni jamais. Je ne suis pas le genre de mec qui s'investit dans une relation, qui prépare des petits déjeuners au lit ou qui papote pour tout connaître de ta vie. La seule chose que je veux, c'est passer du bon temps, et je te l'avais bien précisé hier soir. Maintenant que c'est fait, je passe à autre chose.

Chloe me dévisage, sa tasse de café serrée dans sa main.

– Alors tu me baises une fois et ça s'arrête là ? s'étrangle-t-elle.

– Encore une fois, je t'avais prévenue hier soir.

– Après avoir bu plusieurs verres ou avant ? Parce que je ne me rappelle pas avoir accepté de servir de kleenex.

– Je ne me sers pas de toi. On y a trouvé tous les deux notre compte.

Elle pose brutalement sa tasse sur le plan de travail, faisant voler quelques gouttes de café.

– J'hallucine, gronde-t-elle.

– Écoute, Chloe, loin de moi l'idée de passer pour un enfoiré, mais…

Je me tais lorsque son visage prend un air stupéfait. Sa bouche s'entrouvre et ses muscles se tendent.

– Je m'appelle Daphne, espèce d'abruti, crache-t-elle.

Elle secoue la tête avant de repartir en direction de la chambre, furieuse.

Ah oui, Daphne. Maintenant qu'elle le dit...

Elle revient quelques minutes plus tard, habillée et irradiant de colère.

– Connard, va.

Je plisse les lèvres. Avant de partir, elle prend le temps de me faire un doigt d'honneur et de claquer ma porte d'entrée. Je pousse un profond soupir après son départ, puis j'attrape la tasse de café qu'elle n'a pas terminée et je reprends mon observation du monde en bas de mon immeuble, tout en appréciant le silence d'un matin solitaire, exactement comme je les aime.

Mais après une poignée de secondes, j'entends toquer à ma porte. M'attendant à ce que ce soit Daphne qui revienne me faire une scène ou me balancer mes quatre vérités, j'entrouvre lentement le battant. C'est cependant Betty que je découvre sur le palier, l'air blafard.

– Hé, salut... je lui souffle. Qu'est-ce que tu fais là de si bonne heure ?

– J'avais besoin de te voir.

Son menton commence à trembler et ses yeux se remplissent de larmes. Immédiatement, je comprends qu'elle a vu Daphne quitter mon appartement. Je soupire, puis je lui tends la main en lui disant :

– Allez, viens. Il faut qu'on parle.

Je l'entraîne au salon, où elle s'installe sur le canapé. Je prends place face à elle, sur ma petite table basse, tandis qu'elle me demande :

– Tu as passé la nuit avec elle ?

– Pourquoi est-ce que tu cherches à te faire du mal comme ça ? je soupire.

– Je veux savoir. Réponds-moi, Nollan, s'il te plaît.

– Oui, j'ai passé la nuit avec elle.

Betty encaisse, prenant une inspiration tremblante.

– J'ai essayé, me dit-elle ensuite d'une petite voix. J'ai essayé de passer du temps avec d'autres hommes, moi aussi.

Elle lève dans ma direction des yeux criants de tristesse.

– Mais je n'y arrive pas, lâche-t-elle, sa voix se brisant. Je ne veux pas faire ça, je veux juste être avec toi.

– Je t'avais prévenue que je ne voulais pas quelque chose de sérieux ou d'exclusif. Tu savais comment ça allait se passer, Betty.

– C'est vrai. Je le savais, et pourtant, je n'ai pas pu m'empêcher de penser qu'avec le temps je finirais par te suffire. Je pensais que…

– Que je changerais ? Que tu serais celle qui me « sauverait » ?

– Je crois, oui, admet-elle en baissant la tête.

– Eh bien, tu as eu tort. Je n'ai besoin ni d'être changé, ni de rentrer dans le moule.

Je me lève, agacé, puis j'ajoute :

– Écoute, on ne peut pas continuer comme ça et tu le sais. Cette situation n'est plus supportable pour toi, alors il faut que nous…

– Non !

Betty se lève d'un bond et se précipite dans ma direction.

– Non, je... pardon, je n'aurais pas dû te poser de questions, je... Tu as raison, je savais à quoi m'en tenir.

Elle fait tout pour retenir ses larmes, et je dois dire que la voir se battre contre elle-même me serre le cœur.

– Tu devrais voir la réalité en face, lui dis-je doucement, parce que la peur que j'aperçois dans ses yeux me touche. Nous deux, ça ne marchera pas...

– Si... m'assure-t-elle. Je veux y croire, Nollan. Je suis certaine qu'on y arrivera. Parce que je suis amoureuse de toi.

Mon souffle se coupe. Je ne sais pas quoi répondre à cela.

Putain de bordel de merde !

La décision que je dois prendre m'apparaît très clairement. Toute cette histoire est allée beaucoup trop loin, il est temps d'y mettre un terme. Je me redresse, plante mon regard dans celui, désemparé, de Betty et lui dis :

– Moi, je ne suis pas amoureux de toi, et je ne le serai jamais.

Mes propos sont violents, je le sais, mais je ne les regrette pas. Si Betty voit en moi la moindre lueur d'empathie, elle va s'y accrocher et cet espoir finira par la blesser. Je craignais qu'elle ne me dévoile ses sentiments. Malheureusement, le mal est fait, et la seule façon de l'exorciser de moi est de me montrer odieux avec elle pour la faire fuir le plus loin possible.

– Tu dis ça maintenant, mais peut-être qu'un jour tu changeras d'avis… suppose-t-elle d'une voix brisée.

– Non. Tu te berces d'illusions. Je n'ai pas envie de m'engager avec toi, ni maintenant, ni plus tard, ni jamais.

J'inspire profondément avant de prononcer les paroles qu'elle redoute :

– C'est terminé, Betty.

Elle plaque une main sur sa bouche, et des larmes dévalent de ses yeux marron.

– Nollan… murmure-t-elle.

– Ça a été sympa le temps que ça aura duré, mais je n'ai plus envie d'être avec toi.

Le regard de Betty se voile et elle semble même se déconnecter de la réalité. Elle reste figée dans mon salon, et le silence s'alourdit peu à peu. Je l'observe pleurer en silence, de plus en plus mal à l'aise. J'ai envie de tourner la page, de reprendre le cours de ma vie au plus vite.

– Tu devrais rentrer chez toi, je lui suggère.

Ma voix perce la brume qui l'entoure, la faisant sursauter. Elle s'essuie les joues, les yeux, puis elle reporte son attention sur moi.

– Est-ce que c'est à cause d'elle ? me demande-t-elle.

Je hausse les sourcils, perdu.

– De qui tu parles ?

– Quand on s'est rencontrés, tu as été très honnête avec moi sur tes intentions. Et peut-être que tu ne t'en es pas rendu compte, mais à un moment tu m'as dit que tu ne faisais plus aucune promesse… Ça veut dire que tu en as fait un jour, non ?

Stupéfait, je me contente de dévisager Betty en silence, incapable de répondre quoi que ce soit. Elle me sourit tristement.

– C'est vrai, n'est-ce pas ? insiste-t-elle. C'est à cause d'une femme que tu…

– Tais-toi !

Mon soudain accès de colère me surprend moi-même.

– Tu es ridicule, Betty, je crache. Je décide de rompre avec toi, donc tu essaies désespérément de trouver une raison pour l'expliquer ? Il faudrait à tout prix que j'aie été blessé, brisé par le passé pour ne pas vouloir de toi ?

– Non, je…

– Tu ne sais pas de quoi tu parles, alors je t'interdis de prétendre savoir ce que je ressens, tu m'entends ? je m'écrie, un doigt pointé dans sa direction. Maintenant, va-t'en. Toi et moi en avons bel et bien terminé.

Les yeux de Betty s'écarquillent. Choquée et déboussolée, elle quitte mon appartement en trombe. Dès qu'elle referme la porte derrière elle, je me laisse tomber sur le canapé.

J'ai menti… Et si je me suis énervé, c'est parce que Betty a appuyé sur une blessure encore sensible et bien moins cicatrisée que je ne le pensais.

C'est vrai, j'ai fait une promesse il y a longtemps. Au moment où je l'ai prononcée, j'étais certain que la tenir serait la chose plus facile au monde. Mais j'avais tort… En réalité, le jour où j'ai fait cette promesse en y mettant tout mon cœur, toute mon âme, je n'avais aucune idée de ce qu'il me faudrait affronter pour la respecter.

CHAPITRE 4

NOLLAN

Dix-huit ans plus tôt

– Nollan ! Dépêche-toi de rapporter de l'eau, notre château est en train de s'effondrer.

Je remplis deux seaux et je retourne sur la plage en courant pour les apporter à Juliette. Je renverse un peu de mon précieux chargement sur mon trajet, mais je continue de foncer à toute vitesse.

– Tiens, ma Juliette, j'ai fait aussi vite que j'ai pu ! je m'exclame en arrivant près d'elle.

Elle me sourit et ses joues rougissent, comme chaque fois que je l'appelle « ma Juliette ». Elle est tellement jolie quand elle prend cette expression… Mais elle l'est aussi quand elle boude, ou même quand elle ne fait rien du tout.

– Il nous faut du sable, maintenant, plein de sable, décrète-t-elle.

Elle se baisse pour attraper son râteau en plastique, et je m'empresse de l'aider à creuser.

Un peu plus loin sur la plage, papa et maman sont couchés sur des transats. Bastian est à côté d'eux, en train de prendre son déjeuner. Je remarque que papa n'arrête pas de nous regarder et qu'il n'a pas l'air très content. Pourtant, on n'a encore fait aucune bêtise.

– C'est trop bien que tes parents aient accepté de te laisser passer la journée avec nous, dis-je à Juliette tandis qu'elle trace un cercle pour définir l'emplacement de notre tour de guet.

– Oui, je suis contente, même si papa n'était pas trop d'accord au début.

– Ah bon ?

Elle hoche la tête en retournant un seau rempli de sable.

– D'ailleurs, je dois te demander : est-ce que ton père s'appelle Richard ? enchaîne-t-elle.

– Non, pourquoi ?

Juliette s'assied tout en me faisant signe de la rejoindre. Je prends place à côté d'elle, et elle me glisse :

– Parce que mon papa dit que le tien est un gros richard.

– Ben non, je lâche. Mon père n'est pas gros, et il ne s'appelle pas non plus Richard.

– Bon…

Nous fronçons tous les deux les sourcils. Après un instant de silence, j'avoue à Juliette :

– Mon père aussi parle du tien.

– Et qu'est-ce qu'il dit ?

– Qu'il est un bouseux sans ambition et qu'on ne fait pas partie du même monde.

Encore une fois, nous prenons un instant pour réfléchir à ce que ça signifie.

– J'ai l'impression que nos papas ne s'aiment pas trop, conclut Juliette.

Comme elle est triste, je passe un bras autour de ses épaules.

– Tu sais, c'est pas bien grave, ça, dis-je. Parce que nous, on est amoureux et c'est tout ce qui compte.

Elle me regarde, et ses joues sont encore plus rouges que tout à l'heure. Peut-être qu'elle a attrapé un coup de soleil ? Je devrais demander à maman de lui remettre de la crème.

– Il faut que je te dise quelque chose, Nollan.

– Je t'écoute.

Juliette rejette ses cheveux derrière ses épaules avant de me confier :

– Cette année, Paul, un garçon de mon école, m'a demandé d'être sa chérie.

Je ne sais pas ce qui se passe tout à coup, mais j'ai très mal dans la poitrine.

– C'est un grand ? je demande.

– Non, il a onze ans, comme nous.

– Et tu as accepté ? Tu as deux amoureux, maintenant ?

Le visage de Juliette change complètement. Elle ouvre grand les yeux et la bouche puis proteste :

– Mais non ! Je lui ai dit que j'avais déjà un petit ami et qu'on était même mariés. Qu'il arrivait trop tard et que je serais toujours amoureuse de toi.

Cette fois, je sens plein de petits fourmillements dans mon estomac. C'est tellement bizarre que, tout d'un coup, sans réfléchir, j'embrasse Juliette sur la bouche. Quand je recule, je sens que j'ai les joues brûlantes.

Et si moi aussi j'avais attrapé un coup de soleil ?

Nous nous sourions tous les deux, mais soudain, maman arrive près de nous.

– Alors, qu'est-ce que vous faites tous les deux ? nous demande-t-elle.

– Oh rien, madame, répond Juliette, gênée d'avoir été prise sur le fait.

Ma maman est vraiment la plus belle de toutes. Ce que je préfère chez elle, ce sont ses longs cheveux bouclés. Ils sentent toujours bon – comme elle, d'ailleurs.

Depuis quelques jours, papa et elle se disputent beaucoup et ça lui fait de la peine. Alors, quand ils ont fini de crier, je la rejoins et je la couvre de bisous pour la réconforter.

– Au fait, est-ce qu'on pourra revenir ici l'année prochaine ? je lui demande.

Maman redevient triste avant de me répondre :

– Non, mon cœur. L'été prochain, on ira découvrir un autre pays. Ça fait déjà deux ans qu'on vient ici, papa commence à avoir envie de changement.

– Mais, et Juliette ? Comment je vais faire si je ne la vois pas ?

– Oui, madame, c'est trop important qu'on puisse se voir, renchérit Juliette. Ma maman dit toujours qu'un couple, ça doit rester main dans la main.

Elle attrape alors la mienne et la serre très fort.

– Et je suppose que vous êtes un couple ? nous dit maman.

– Ben oui ! nous affirmons en même temps.

Maman sourit, amusée. Je ne vois pas du tout pourquoi, d'ailleurs. Avec Juliette, on s'aime. Ça a toujours été comme ça et ça ne changera jamais.

On se l'est promis.

CHAPITRE 5

JULIETTE

Paris, France.

– … et c'est pour ça que je me suis dirigé vers l'immobilier. Je suis payé à la commission et comme je suis le meilleur de l'agence, c'est moi qui ai le plus gros salaire.

Mon Dieu… Est-ce vraiment possible d'être si imbu de sa personne ?

Je souris poliment tout en terminant mon verre de vin d'une traite. Je fais appel au serveur d'un geste et il me ressert avant de s'éloigner.

– Et toi, tu bosses dans quoi ? me demande Alexis, mon rencard de la soirée.

– Je suis directrice du marketing d'une société de cosmétiques.

Il ricane en piochant dans son plat de tagliatelles.

– Évidemment. Les filles et les produits de beauté…

Je hausse un sourcil, interloquée.

– Comment ça ?

– Ben, ça a toujours été votre truc à vous, les femmes. Les crèmes, le maquillage, se pomponner, se faire belle… Ça ne m'étonne pas que tu te sois dirigée dans cette voie.

Alexis continue à engloutir ses pâtes en souriant comme un imbécile. Au lieu de répliquer ou de lui jeter le contenu de mon verre au visage, je décide de mettre fin à ce rendez-vous… dans ma tête en tout cas. Je me coupe du babillage du type en face de moi qui est reparti en boucle sur sa carrière fulgurante d'agent immobilier et la façon qu'il a de casser les codes. Un peu plus et il serait prêt à jurer que c'est lui qui a tout appris à Stéphane Plaza…

Discrètement, je détaille les gens présents dans le restaurant et je sens la lassitude m'envahir. À chaque rencard raté, je me demande pourquoi je m'inflige des moments pareils.

Parce que tu veux un mec dans ta vie, Juliette, voilà pourquoi... Parce que tu espères que dans le tas de losers, tu trouveras peut-être la perle rare.

Ma dernière relation s'est terminée il y a deux ans. J'ai pris la décision de rompre quand, après ne pas avoir vu Xavier pendant trois semaines à cause de mon emploi du temps surchargé, je n'ai pas cherché sa compagnie lors d'un de mes rares week-ends libres. C'était le signe que notre couple était voué à l'échec.

Je ne dirais pas que mon célibat est un fardeau qui pèse chaque jour sur mes épaules, mais il m'arrive parfois – et de plus en plus souvent ces derniers temps – de ressentir l'envie de partager mon quotidien avec quelqu'un d'autre. D'échanger, de me reposer sur une épaule et de laisser quelqu'un se reposer sur la mienne… De faire des projets d'avenir et de me sentir aimée de façon inconditionnelle.

C'est lorsque ce genre de pensées hantent mon esprit que je suis la plus vulnérable. Un soir, après avoir regardé *Dirty Dancing* avec Iris et m'être lamentée pendant presque toute la durée du film de ne pas encore avoir trouvé mon Johnny Castle, j'ai cédé à mon amie, la laissant me créer un profil sur un site de rencontre et gérer mes rendez-vous.

Remplie d'espoir et positive, je me suis rendue aux premiers rencards… où je me suis pris une bonne dose de réalisme en plein visage. La plupart des mecs sur l'appli ne veulent qu'une chose : coucher. Et on dira peut-être de moi que je suis vieux jeu, mais j'ai besoin de connaître un minimum une personne avant de passer ce cap.

Mon entourage ne comprend pas qu'à mon âge j'aie besoin d'un site de ce genre pour rencontrer du monde. Le fait est que, même si j'adore mon travail, il me prend tout mon temps. Lorsque j'arrive à en avoir un peu pour moi, je le passe à me reposer ou avec ma famille, que je ne vois pas aussi souvent que j'aimerais.

– … alors je leur ai dit : « Soyez sérieux. Saint-Germain-des-Prés, ce n'est pas pour vous. Avec votre budget, visez la banlieue. »

Je dois dire que, parmi tous mes rencards, Alexis remporte certainement la palme du beauf suprême. Je n'en peux plus de ses histoires d'agence immobilière…

Sur la table, l'écran de mon téléphone s'allume. Je plonge sur l'appareil sans même prendre le temps de regarder qui m'appelle. À ce stade de la soirée, je suis heureuse de pouvoir échapper à mon rendez-vous en parlant à quelqu'un d'autre, n'importe qui. Je serais même capable d'écouter avec passion un démarcheur téléphonique.

– Salut patronne, je viens aux nouvelles, me lance Iris dès que je décroche. Est-ce que c'est l'homme de ta vie ou est-ce que tu as besoin d'un sauvetage en règle ?

Je souris en entendant la voix de mon assistante. Je remarque alors le regard d'Alexis braqué sur moi. Son air morne et sa serviette coincée dans le col de sa chemise sont les gouttes d'eau qui font déborder ma patience mise à rude épreuve.

– Oh mon Dieu, Iris, mais c'est horrible, je m'écrie.

– Bon, je suppose que ça répond à ma question, enchaîne-t-elle. Compris. Tu préfères que je pousse des cris hystériques ou que je pleure bien fort ?

– Non, non, tu n'as pas besoin de…

– POURQUOI, SEIGNEUR, POURQUOI ?

Je revêts mon expression de joueuse de poker la plus convaincante pour ne pas éclater de rire.

En tout cas, le haussement de sourcils d'Alexis prouve qu'il a bel et bien entendu Iris.

Je décale le téléphone de mon oreille, autant pour m'adresser à « l'agent immobilier de la décennie » que parce que les cris de mon amie menacent de me percer les tympans.

– C'est une urgence, je dois y aller immédiatement, dis-je.

– Je comprends. Tu veux qu'on se revoie un autre soir ?

Plutôt me faire piétiner par une foule de consommateurs un jour de Black Friday.

– MONDE CRUEL. VIE GÂCHÉE. ENFER ET DAMNATION.

– On en reparlera, j'élude par-dessus les cris de mon assistante déchaînée. Je dois vraiment y aller.

Je sors de mon portefeuille plusieurs billets que je dépose sur la table.

– Ah non, c'est pour moi, j'y tiens, proteste Alexis.

– Hors de question.

– Mais si, ça me fait plaisir. Et puis, j'ai les moyens, tu sais.

Son haussement de sourcils et son sourire qu'il veut charmeur achèvent de me dégoûter.

– Qu'est-ce que c'est que ce con ? lance Iris, coupée en pleine tragédie grecque par la remarque d'Alexis.

Le con en question semble avoir entendu l'insulte, puisqu'il se renfrogne subitement. Il faut vraiment que je déguerpisse, et vite.

– Si tu insistes, je lâche en attrapant ma veste. À plus.

Sur ce, je traverse le restaurant à toute vitesse. Dès que je me retrouve à l'extérieur, j'éclate de rire, imitée par Iris.

– Tu es complètement folle, je m'esclaffe.

– Est-ce que monsieur « j'ai les moyens » sait qu'avec ton salaire, tu pourrais te payer un chef étoilé à domicile ?

– Non, parce que je ne vois pas l'intérêt de me vanter de ce genre de choses.

– Tu as raison. En tout cas, tu m'en dois une.

– Je ne l'oublierai pas. Merci infiniment.

– Bon, et sinon, est-ce que les premiers entretiens pour le remplaçant d'Emma ont été concluants ?

– Non, personne ne m'a convaincue. Mais je ne m'inquiète pas, il nous reste encore beaucoup de candidatures en stock. La perle rare se cache certainement parmi elles.

– Hm hm… Et qui sait, peut-être que ce sera un homme hyper canon, que vous tomberez amoureux au premier regard et que vous vivrez heureux jusqu'à…

– OK, il est temps que cette conversation s'achève… et surtout que tu arrêtes de te gaver de comédies romantiques, Iris. Dans la vraie vie, ce n'est pas comme ça que ça fonctionne.

Elle ronchonne, ce qui me fait sourire. Je l'aime tellement, cette fille… Une dose de fraîcheur pure dans mon quotidien.

– Je vais devoir te laisser, j'arrive chez mes parents, lui dis-je. On se voit demain. Oh, et encore merci de m'avoir sortie des griffes d'Alexis.

– Toujours là pour rendre service. À demain, big boss.

Je raccroche, fourre mon téléphone dans ma poche et m'arrête devant une grande porte en fer forgé. Je sonne à l'interphone, et la grille se débloque pour me laisser passer. Arrivée au dernier étage de l'immeuble haussmannien, je pénètre dans l'appartement de mes parents. Je suis aussitôt submergée par la chaleur, l'odeur de nourriture, les conversations et les rires.

– Juliette, ma chérie ! s'exclame ma mère, qui s'empresse de venir me prendre dans ses bras. On ne t'attendait pas avant le dessert. Oh, mais, bon anniversaire !

– Merci, maman.

Je l'enlace, puis j'entre dans la grande pièce à vivre décorée avec goût. Un plat qui sent excessivement bon fume au centre de la table, autour de laquelle mon père ainsi que mon frère, Léo, sont déjà installés.

– Joyeux anniversaire, lancent-ils en chœur.

Je les embrasse tour à tour, puis je me déleste de ma veste et de mon sac à main avant de prendre place sur une chaise libre.

– J'ai commandé ton gâteau préféré pour le dessert, m'informe ma mère.

– C'est gentil, maman.

– C'est normal, tu veux dire. Et ton père et moi t'avons acheté un petit quelque chose.

Elle dépose un paquet devant moi. Je plisse les lèvres et soupire :

– Je n'en veux pas.

– Juliette ! intervient mon père.

– Je vous avais prévenus que je ne voulais pas de cadeau, je rappelle. Pourquoi m'en avoir acheté un quand même ?

– Parce que tu es notre fille, qu'aujourd'hui c'est ton anniversaire et que nous t'aimons, martèle mon père. Nous ne sommes pas bien riches, mais il est hors de question que nous ne t'offrions rien pour ce jour si particulier.

J'abdique, n'ayant pas d'autre choix. Je défais le nœud qui trône sur le dessus du paquet, puis je l'ouvre et découvre une longue robe noire, que j'avais repérée un jour de shopping mère-fille.

– Quelle folie, dis-je en secouant la tête.

– Tais-toi et profite, réplique ma mère en souriant.

Je l'embrasse et la serre contre moi, puis je remercie également mon père. Ensuite, je me réinstalle à table, tandis qu'elle me sert une part de sa paëlla légendaire. Comme mon dîner avec Alexis a été écourté, mon estomac gronde férocement.

– Dure journée ? me demande mon père.

Je hoche la tête.

– Je sors d'un rendez-vous désastreux…

– Encore un naze ? lance Léo. Tu mérites mieux que ça, Ju.

– Tu crois ? je réplique. Parce qu'en persévérant dans cette voie malgré tous les signes qui me poussent à arrêter le massacre, j'ai l'impression de ne récolter que ce que je sème.

– N'importe quoi, s'esclaffe mon frère.

– Il a raison, tu sais, déclare mon père avec calme. Tu mérites mieux que de rencontrer des hommes qui te font perdre ton temps.

Je goûte le plat puis je ferme les yeux et pousse un soupir d'extase.

– Délicieux, maman. Au fait, comment ça se passe au lycée ? je demande à Léo pour changer de sujet.

J'ai encore du mal à me faire à l'idée que mon petit frère est presque majeur. Comment le temps a-t-il pu passer aussi vite ? C'est incroyable.

– Il s'est encore fait coller, lance mon père.

– Quelle balance, c'est incroyable ! s'indigne l'adolescent.

– Du calme ! intervient ma mère.

– Et tu me parles autrement, ajoute mon père.

– Je peux savoir ce que tu as fait ? je m'enquiers.

Mon frère soupire et repousse son assiette devant lui.

– J'ai séché, m'avoue-t-il.

– Fantastique, je commente, sarcastique.

– Ta sœur ne paie pas ce lycée privé une fortune pour que tu agisses de cette façon, gronde mon père. Fini les sorties pendant les deux prochaines semaines.

Léo rumine tout en fusillant son assiette du regard, comme si elle était la cause de tous ses malheurs.

– D'ailleurs, en parlant de ça… commence ma mère en me regardant.

Je l'arrête en levant une main.

– Je ne veux pas que nous ayons une énième fois cette discussion. Je continuerai à payer le lycée de Léo jusqu'à l'obtention de son bac, comme convenu.

– Mais, Juliette, c'est insupportable de te voir dépenser autant ! Et puis… tu prends déjà en charge le loyer de ce superbe appartement, tu… tu nous entretiens.

La voix de ma mère est tremblante de honte. Je pose ma fourchette, me lève et m'approche d'elle. Dès que je la prends dans mes bras, ses larmes se mettent à couler. La voir ainsi me serre le cœur.

– Je te l'ai déjà expliqué, maman, je lui souffle. Le jour où j'ai été promue directrice du marketing, l'entreprise a mis à ma disposition un appartement de fonction proche de nos locaux. Je ne paye aucun loyer et je gagne très bien ma vie. C'est pour vous rapprocher de moi que vous avez quitté notre région et que vous vous êtes installés à Paris. La moindre des choses, c'est que je couvre vos frais les plus importants.

– Mais ce n'est pas ainsi que cela doit se passer, proteste mon père, lui aussi gêné. Ce sont les parents qui doivent veiller à ce que leurs enfants ne manquent de rien, pas l'inverse.

– Et quel texte de loi le décrète ? je lui lance en levant les yeux au ciel.

Je quitte les bras de ma mère pour me planter entre eux deux, puis je leur prends les mains et les serre dans les miennes.

Ma mère était à peine adulte lorsqu'elle m'a eue. J'aurais été incapable de donner la vie à dix-huit ans et chaque fois que j'y pense, je me dis qu'elle a fait preuve d'un courage incroyable. Surtout en sachant que son petit ami de l'époque, mon père biologique, l'a abandonnée en apprenant la nouvelle. Ma mère a dû se débrouiller seule pour subvenir à mes besoins, enchaînant les petits boulots pour garder un toit au-dessus de nos têtes. Pendant mes deux premières années de vie, c'était juste elle et moi, jusqu'à ce qu'elle rencontre Antoine, qu'ils construisent leur vie ensemble et qu'il m'adopte, devenant ainsi officiellement mon père. Nous avons longtemps vécu à trois, mes parents voulant attendre un peu avant d'agrandir la famille. Et puis, il y a dix-sept ans, Léo est arrivé.

J'ai le plus grand respect pour mes parents et pour les sacrifices qu'ils ont faits pour notre famille ; c'est pour cette raison qu'il me paraît inconcevable de ne pas les soutenir financièrement alors que j'en ai la possibilité.

– Maman, tu enchaînes les ménages à longueur de journée, et toi, papa, tu t'es bousillé le dos à force de porter des charges trop lourdes dans ton usine : résultat, tu ne peux plus travailler, dis-je.

Vous nous avez tout donné, à Léo et à moi, tant que vous l'avez pu. Mais aujourd'hui, je suis en mesure de vous faciliter la vie, et franchement, vous ne pourrez rien faire pour m'en dissuader. Alors vous allez continuer à vivre dans cet appartement que vous adorez, Léo va continuer à fréquenter l'un des meilleurs lycées privés de la capitale et moi… eh bien, je vais poursuivre les rencards foireux, j'imagine.

Ma dernière phrase a le don de détendre l'atmosphère. Nous nous rasseyons tous à nos places et profitons de la succulente paëlla maison sans aborder d'autre sujet fâcheux jusqu'à la fin du dîner.

Depuis toujours, ma famille est mon pilier. Aujourd'hui, je suis une femme adulte qui a réussi sa vie, et je compte bien mettre mes proches à l'abri du besoin aussi longtemps que je le pourrai.

Rien ni personne ne m'en empêchera… même pas eux !

CHAPITRE 6

NOLLAN

– Un americano à emporter, s'il vous plaît.

La serveuse prend ma commande, s'active quelques minutes derrière son comptoir puis me tend un gobelet avec un grand sourire. Je lui fais un clin d'œil en payant ma boisson avant de quitter le café. Tandis que je m'élance sur les trottoirs qui fourmillent de travailleurs matinaux, mon téléphone se met sonner dans ma poche. En voyant « Élisa » s'afficher sur l'écran, je ne peux m'empêcher de sourire.

– Comment va la femme que j'aime le plus au monde ? je lâche en décrochant.

Un gloussement résonne à l'autre bout du fil, accentuant ma bonne humeur.

– Je vais bien, me répond Élisa de sa voix douce. Mais tu l'aurais su plus tôt si tu avais daigné me téléphoner comme tu l'avais dit.

Je grimace. Je n'ai aucune excuse… seulement celle d'être emporté dans un tourbillon constant et de ne pas réussir à tout gérer.

– Je suis désolé, ma puce, je soupire.

– Pardonné, déclare Élisa. Bon, et toi, alors ? Comment va mon grand frère préféré ?

– Est-ce que tu pourrais répéter ça, t'enregistrer et l'envoyer à Bastian ?

Ma petite sœur râle pour la forme. J'enchaîne aussitôt :

– Pourquoi est-ce que tu m'appelles, sinon ?

– Eh bien, je voulais te demander quelque chose…

– Je me disais aussi.

– Tu es injuste ! s'empresse-t-elle de protester. Je ne te vois jamais, je t'ai au téléphone seulement une fois par semaine et toi, tu…

– Hé, Élisa, je plaisantais.

Sa réaction me surprend. D'habitude, ma petite sœur comprend mon humour… Je l'entends inspirer profondément, ce qui me fait froncer les sourcils.

– Est-ce que ça va ? je m'inquiète.

– Pas vraiment.

– Élisa, qu'est-ce qui se passe ?

D'une voix tremblante, elle m'avoue :

– J'aimerais que tu sois présent pour mon anniversaire.

Je déglutis, puis souffle :

– Élisa…

– Je sais que tu as quitté Paris avec l'idée de ne plus y revenir… commence-t-elle.

– Et tu sais aussi ce qui m'a poussé à le faire.

– Oui mais…

– Élisa, c'est trop compliqué.

Ma petite sœur soupire, déçue.

– C'est toujours compliqué avec vous trois, plaide-t-elle. Je vais avoir dix-sept ans dans une semaine et j'aimerais que ma famille soit réunie. Je ne demande quand même pas la lune, si ? Je sais que tu ne veux pas voir papa et que Bastian te mène la vie dure. Je sais aussi que tu aurais l'impression de t'écraser et de les laisser gagner si tu faisais le premier pas… mais et moi, dans tout ça ?

Je soupire à mon tour, pris entre deux feux. D'un côté, j'aimerais faire plaisir à ma sœur : elle le mérite. Mais de l'autre, les relations que j'entretiens avec mon père et mon frère sont bien trop tendues pour que je me risque en terrain miné.

– Tu me manques, Nollan, reprend Élisa. Depuis la mort de maman, notre famille a explosé et je déteste ça.

L'entendre parler de notre mère me serre le cœur. Il y a trois ans, une crise cardiaque l'a emportée. Son décès a été aussi brutal qu'inattendu et cela a brisé notre famille de bien des façons. Chaque jour, je ressens son absence. Sa douceur, sa patience et son altruisme, sa beauté et l'amour inconditionnel qu'elle nous communiquait, tout cela a laissé dans mon cœur un vide qui ne se comble pas malgré le temps qui passe.

Une profonde culpabilité tapie en moi se réveille. Celle d'avoir loupé des anniversaires et des Noëls avec Élisa, celle qui me dit que s'il existait le prix du frère de l'année, je ne ferais certainement pas partie des lauréats. Cela me tue de savoir que ma sœur est un dommage collatéral de la mésentente entre mon père, Bastian et moi, mais c'est ainsi.

Je pourrais peut-être assister à son anniversaire, rester quelques jours auprès d'elle puis repartir aussitôt ? En m'arrangeant pour croiser mon père le moins possible ?

À cette idée, je sens déjà ma tension augmenter. Mais je pense être capable de prendre sur moi pour faire plaisir à Élisa… et seulement pour elle.

– C'est d'accord, dis-je.

– Vraiment ? s'écrie-t-elle.

– Oui, je vais venir, mais seulement pour quelques jours, je repartirai ensuite et… Élisa ? Tu pleures ?

Ma petite sœur renifle. Mon inquiétude grimpe en flèche. Ce n'est pas son genre de craquer si facilement.

– Bon, dis-moi ce qui se passe, j'insiste.

– Rien, rien, s'empresse-t-elle d'affirmer. Je suis simplement heureuse que tu viennes.

– Tu es sûre ? Si tu avais des problèmes, tu me le dirais, n'est-ce pas ?

Il ne dure qu'une minuscule petite seconde, mais le silence hésitant à l'autre bout de la ligne me conforte dans l'idée que ma sœur me cache quelque chose.

– Bien sûr que je te le dirais, prétend-elle enfin. Mais je te promets que tout va bien.

– On ne fait *jamais* de promesses en l'air, Élisa. Tu devrais le savoir depuis le temps.

– Vraiment, Nollan, tout va bien. J'ai hâte de te revoir, tu n'imagines pas à quel point.

– Moi aussi, sœurette. Bon, j'arrive chez mon client, je dois te laisser. Je t'aime.

– Je t'aime aussi, Nollan.

Après avoir raccroché, il me faut quelques secondes pour dissiper mon angoisse et pour réussir à obliger mon esprit à se concentrer sur le travail. C'est seulement ensuite que je pénètre dans le building, ma pochette de croquis sous le bras. Je grimpe jusqu'au douzième étage. Une fois en haut, je salue quelques employés et je me rends directement dans la salle de conférences, où m'attendent le directeur du marketing ainsi que deux de ses collaborateurs. Nous nous saluons, je dépose mes dessins sur la table, puis je connecte une clé USB à l'ordinateur portable mis à ma disposition pour projeter le rendu de mon travail sur le grand écran installé au mur, histoire de leur proposer une vue 3D de ce que j'ai en tête.

– Il était donc question de créer le packaging ainsi que les affiches de publicité pour la réédition de votre huile bronzante, l'un des produits phares de votre entreprise, je commence. À partir de votre brief, j'ai imaginé un flacon en verre mat et un bouchon doré avec de légères nacres, pour rappeler celles qu'on retrouve dans l'huile. Ses nuances ambrées se verront en transparence. C'est un produit qui, lors de la prise en main, donnera une impression qualitative bien plus importante que précédemment. Les clients comprendront immédiatement qu'il s'agit de la version premium de leur cosmétique préféré.

Le directeur du marketing hoche la tête, et je poursuis :

– Pour ce qui est des affiches, comme il avait été convenu d'éviter le plus possible les clichés ridicules du type « fond paradisiaque et sublime jeune femme allongée sur le sable », je me suis dit que faire simple serait certainement plus percutant.

Sur l'image que je projette, on peut voir la bouteille d'huile bronzante dans son nouveau packaging très chic tomber sur le sol et projeter du sable autour d'elle, dans des nuances exclusivement de jaune chaud.

– Le produit s'étant déjà fait un nom auprès des clients, il me semblait primordial d'aller à l'essentiel et de ne centrer le regard que sur le flacon, j'ajoute. Il ne restera qu'à mettre le slogan que vous avez choisi ainsi que le logo de la marque, mais je voulais connaître votre avis en premier lieu.

Bras croisés sur le torse, le directeur du marketing prend le temps de décortiquer mes croquis avant de discuter du budget avec ses collaborateurs. Très vite, leur avis tombe :

– Tu as fait un super travail, Nollan. Le packaging est superbe, et les affiches sont simples, percutantes et efficaces : exactement ce que nous t'avions demandé. Il faut que je fasse chiffrer tes propositions, mais comme la direction veut mettre le paquet sur cette réédition, j'ai peu de doutes quant au fait qu'elles seront validées.

Je souris. Mes clients et moi finalisons les derniers détails, puis nous quittons la salle de conférences.

Sur le chemin de l'ascenseur vers lequel on me raccompagne, j'aperçois Betty assise à son bureau. Elle lève les yeux au moment où je passe devant elle, avant de brusquement baisser la tête pour m'ignorer. J'aimerais lui demander comment elle va, mais il est préférable que nous coupions tout contact. La guérison n'en sera que plus rapide pour elle.

– C'est la deuxième campagne sur laquelle nous faisons appel à toi, et nous sommes vraiment ravis de ton travail, me dit le directeur du marketing alors que je m'apprête à prendre congé. Nous aimerions que notre collaboration se poursuive pour d'autres projets. Est-ce que tu vas rester encore un petit moment à Seattle ?

– Je pensais aller voir ce qui se passe en Amérique du Sud, je réponds. Mais ça ne m'empêchera pas de travailler avec vous à distance.

– Tu n'as pas l'intention de faire un arrêt par Paris, à tout hasard ?

Je dévisage mon client, surpris. Face à ma réaction, il s'explique :

– Notre filiale française cherche activement un graphiste, la leur vient de les laisser en plan alors qu'ils sont sur le point de lancer une campagne énorme. Ce serait génial que tes designs puissent avoir une telle visibilité en Europe. Vu tout ce que tu as fait pour nous ici, si tu proposais ta candidature, ce serait du tout cuit.

Je lui suis reconnaissant de me faire une telle proposition. Mais l'accepter signifierait vivre à nouveau dans la même ville que ma famille, et ça, il en est hors de question.

– Merci du tuyau, je vais y réfléchir, dis-je malgré tout, pour ne pas paraître ingrat.

Je salue mon client et entre dans l'ascenseur. Je profite de la descente pour consulter mon portable, et je me rends compte que j'ai reçu un message d'Élisa.

S'il te plaît, ne reviens pas
sur ta décision.

Je souris tristement. Ma sœur me connaît bien. C'est vrai que l'envie d'annuler me titillera sans doute à mesure que le jour de mon départ pour Paris approchera. Mais la conversation que nous avons eue tout à l'heure m'a vraiment inquiété. En plus, un dix-septième anniversaire, c'est important. Et, en y réfléchissant bien, je serais incapable d'assumer faire de la peine à Élisa en revenant sur ma décision.

Pour la rassurer, je lui renvoie :

Je serai là et je ne
changerai pas d'avis.

Sur ce, j'ouvre la page de réservation d'une compagnie aérienne, la mort dans l'âme à la perspective de ce qui m'attend à mon retour en France.

CHAPITRE 7

NOLLAN

Deux jours plus tard
Paris, France.

Planté à la sortie de l'aéroport, ma valise à mes pieds, j'attends que le taxi que j'ai commandé daigne se montrer. Au moins, cela me laisse un peu de temps pour apprécier mes retrouvailles avec Paris. Cette ville a beau me rappeler de mauvais souvenirs, au fond de moi, je l'aimerai toujours, quoi que j'en dise.

Autour de moi, c'est la cohue. Beaucoup de touristes mais aussi de compatriotes s'empressent de héler des taxis et de s'y engouffrer, ce qui me fait sourire. Enfin, le mien arrive, et je grimpe à l'intérieur avant de donner au chauffeur l'adresse à laquelle je souhaite me rendre. Pendant le trajet, j'observe le paysage, en particulier lorsque nous traversons le périphérique et que nous arrivons à l'intérieur de la capitale. Je me délecte des immeubles haussmanniens majestueux typiques de Paris, des rues pavées, des monuments, des gens pressés… Je me surprends à sourire devant toute cette animation.

Le taxi se gare finalement le long d'un trottoir dans le 16e arrondissement. Je quitte l'habitacle, paye le chauffeur, puis me plante devant l'entrée du lycée d'Élisa. L'envie d'aller accueillir ma sœur à la sortie des cours supplante en moi la fatigue liée au décalage horaire. Après tout le temps que nous avons passé loin l'un de l'autre, j'ai hâte de voir sa réaction, hâte de la voir aussi. On a beau dire, ni les photos ni les appels visio ne peuvent concurrencer la réalité.

Une sonnerie retentit au bout de quelques minutes, me rappelant de nombreux souvenirs. Ce prestigieux lycée privé a été le mien il y a quelques années et j'y ai été très heureux, malgré la pression que je subissais de la part de mon père pour exceller dans chaque matière. Mais avec mes amis, j'oubliais tout ce qu'il attendait de moi et je me contentais d'être moi-même.

Les élèves commencent à passer la grille, en uniforme : pull et veste, pantalon pour les garçons, jupe pour les filles. Enfin, entre les têtes, j'aperçois Élisa, agrippée aux lanières de son sac à dos. Elle marche vite, la tête baissée, et se faufile parmi ses camarades pour sortir le plus vite possible. Sa réaction n'est pas surprenante : après tout, tous les ados de France sont pressés de quitter leur établissement scolaire à la fin de la journée.

Je m'approche de ma petite sœur, qui ne m'a toujours pas repéré, et je me plante devant elle. Les yeux rivés sur ses chaussures, elle ne me remarque pas et me percute.

– Oh, pardon, je... Nollan !

Sa réaction est à la hauteur de mes espérances. Dès qu'elle se rend compte de ce qui se passe, Élisa me saute au cou et s'agrippe à moi de toutes ses forces. Je l'attrape en riant pour lui rendre son étreinte. Je plonge mon visage dans ses cheveux châtains bouclés et je prends le temps d'apprécier nos retrouvailles.

– Je croyais que tu allais changer d'avis, sanglote-t-elle dans mon cou.

– Je t'ai dit que je viendrais. Tu n'as plus confiance en moi ?

Ma sœur quitte mes bras et me dévisage un long moment. Du revers de la main, elle essuie les larmes d'émotion sur son beau visage. Évidemment, qu'elle soit si bouleversée me touche, mais cela m'inquiète aussi un peu. Depuis notre appel, j'ai le sentiment persistant que quelque chose ne va pas...

– Je suis contente de te voir, tellement contente ! s'exclame-t-elle. Tu rentres avec moi ?

Je plisse les lèvres avant de lui répondre :

– Je te raccompagne jusqu'à l'appartement, mais je n'y entrerai pas.

– Nollan... plaide-t-elle d'une petite voix.

– Laisse-moi t'expliquer : d'abord, il faut que je dorme. Je suis sur le point de tomber de fatigue. Et ensuite, laisse-moi le temps de me réacclimater à Paris, tu veux bien ?

– Où est-ce que tu loges ?

– À l'hôtel. Comme je ne suis pas ici pour longtemps, ça ne me dérange pas.

– J'aurais aimé que tu t'installes à la maison, on aurait pu profiter davantage de ton séjour.

– Ne m'en demande pas trop, Élisa. Tu sais que vivre sous le même toit que papa est exclu pour moi.

Elle hoche la tête et soupire :

– Je voulais que tu viennes manger à la maison demain soir, histoire de renouer le contact.

– Ce n'est pas une bonne idée.

– Parce que tu trouves que c'en est une que papa et toi ne vous voyiez que le jour de mon anniversaire, au risque de déclencher une dispute à ce moment-là ? Au moins, en tâtant le terrain, on désamorce un peu le conflit.

Ma sœur n'a pas tort… mais je ne suis clairement pas assez réveillé pour réfléchir à ce qu'elle suggère.

– On en reparlera, lui dis-je. Bon, on y va ? Je suis sûr que tu as plein de choses à me raconter.

Élisa passe son bras sous le mien et nous nous éloignons de son lycée. Je remarque alors que le pull de son uniforme est déchiré au niveau du coude ; sa peau, que l'on entrevoit par le trou, est couverte d'éraflures.

– Qu'est-ce que tu t'es fait ? je demande.

Ma sœur pose une main sur ses égratignures et secoue la tête pour dédramatiser.

– Oh, j'ai loupé une marche tout à l'heure, et je suis tombée dans les escaliers, me raconte-t-elle. Mon pull s'est déchiré, mais ce n'est rien.

– Ça va ? Tu es passée par l'infirmerie, au moins ?

– Pas besoin. Je n'ai même pas mal.

– Tu es sûre ?

Élisa hoche vivement la tête, puis elle commence à me raconter des anecdotes sur son quotidien. Au départ, je l'écoute attentivement, mais soudain, quelque chose attire mon attention. Devant nous, sur le trottoir envahi par les lycéens qui prennent le chemin de leur maison, j'aperçois une silhouette qui me paraît familière.

Tout en moi se fige, alors que l'apparition disparaît à l'angle de la rue. Mon cerveau est certain d'avoir reconnu le fantôme le plus persistant de mon passé, et cela met mon cœur à mal. Instinctivement, j'ai envie de m'élancer à la poursuite de la femme que j'ai cru entrevoir, de la rattraper, la regarder… la tenir… l'enlacer…

– Nollan ? Tout va bien ? me demande ma petite sœur.

– Oui, ne t'inquiète pas. Allons-y.

Me rendant compte que je me suis arrêté, je m'efforce de reprendre mon chemin en résistant à la tentation de courir pour rattraper la silhouette. Après tout, quelles sont les chances que ce soit bien *elle* ? Dans une ville aussi peuplée que Paris, les probabilités pour que nous nous croisions sont minces, voire inexistantes.

Et pourtant… je le connais, ce corps. Je l'ai touché, je l'ai aimé… Pendant des années, son ombre m'a hanté partout où j'allais. À chaque coin de rue, sur chaque quai de gare, au milieu de chaque hall d'aéroport, dans chacun de mes rêves… *elle* était là.

Force m'est de constater que malgré le temps qui s'est écoulé je continue de *la* voir, même si elle a quitté ma vie depuis longtemps.

CHAPITRE 8

JULIETTE

– Tu es encore allée chercher Léo à la sortie du lycée ? s'exclame Iris.

– Je lui ai évité de se prendre un avertissement, surtout, je réponds. Mais la proviseure a quand même demandé un rendez-vous avec moi dans deux jours.

– Avec toi ? Pas avec tes parents ?

– C'est mon nom que j'ai mis dans la case « personne à contacter » lors de l'inscription. Je ne veux pas que mes parents s'inquiètent pour quoi que ce soit en ce qui concerne la scolarité de mon frère.

– Tu devrais peut-être leur parler de son comportement, quand même, non ?

– La santé de mon père est la seule chose dont ils doivent se préoccuper en ce moment. Son dos est tellement bousillé qu'il a des douleurs insupportables… Je veux que ma mère et lui aient l'esprit tranquille jusqu'à son opération, cet été. Je préfère gérer toute seule ce qui concerne Léo pour l'instant. Passe-moi les chocolats.

Iris me tend le saladier que je lui demande et nous nous installons confortablement dans mon canapé. Au moins une soirée par semaine, nous nous retrouvons pour visionner des comédies romantiques, son péché mignon.

Je me tourne vers elle au moment où *N'oublie jamais* débute. Elle triture ses longs cheveux blond polaire en se mordillant la lèvre, les yeux rivés sur Ryan Gosling, qui vient d'apparaître à l'écran.

– Tu sais quoi ? Je me demande si ce n'est pas toi qui devrais t'inscrire sur un site de rencontre, je lui lance. Tu m'as l'air bien plus en demande que moi.

– Eh bien, détrompe-toi, me renvoie-t-elle. Je ne suis pas du tout en demande, en tout cas pas en ce moment.

J'ouvre grand les yeux.

– Mais pourquoi ne m'as-tu rien dit quand je t'ai rappelé que tu étais célibataire, l'autre jour ?

– Parce que je ne voulais pas précipiter les choses, mais on en est à notre cinquième rencard, alors je pense que c'est le bon moment pour t'en parler.

– Comment s'appelle le ou la chanceuse ? je lui demande, excitée.

– Eva. Elle a vingt-cinq ans, comme moi, elle fait des études de médecine, elle sait que je suis bisexuelle et ça ne la dérange pas le moins du monde.

– Tant mieux !

Iris pose une main sur mon bras et m'affirme en souriant :

– Ne t'inquiète pas, je ne ramènerai plus jamais un mec comme Matthias.

– Dieu nous en garde.

Ce type était un con parmi les cons, incapable de comprendre que la bisexualité de mon assistante ne signifiait pas qu'elle allait le tromper à tour de bras avec tous ceux qui allaient se présenter devant elle. Il a fini par la railler et lui manquer de respect, ce qui m'a évidemment mise hors de moi. Je ne supporte pas qu'on s'en prenne à mes proches et je n'hésite jamais à me lancer dans la bataille quand il s'agit de protéger les gens que j'aime.

Happées par le film, Iris et moi vidons progressivement le saladier de chocolats sans même nous en rendre compte. Bientôt, les dernières minutes arrivent, et comme chaque fois pour mon amie, c'est le drame.

– C'est tellement triste, renifle-t-elle en épongeant ses larmes alors que le générique de fin défile sur l'écran. Comment fais-tu pour rester de marbre ?

– Je ne suis pas émotive, c'est tout.

– Tu as surtout un cœur en béton armé.

Je lève les yeux au ciel.

– Bon, j'exagère peut-être… reprend Iris.

– Si peu.

– Mais quand même, j'ai bien envie de te prendre comme cobaye d'une expérience.

– Laquelle ?

– *Binge-watcher* des films tristes pendant toute une soirée en te mettant au défi de ne pas verser une larme. Si tu ne pleures toujours pas après avoir enchaîné *Titanic* et *Roméo et Juliette*, j'en déduirai que tu es née sans glandes lacrymales.

Je souris, secoue la tête, puis je me lève et me rends dans la cuisine pour me servir un verre d'eau.

La vérité, c'est que j'essaye de cacher mon trouble. Je n'y peux rien, entendre parler de *Roméo et Juliette* me bouleverse chaque fois. Parce que cela me rappelle des conversations interminables, des moments tendres passés en compagnie de celui qui a marqué mon cœur de façon indélébile.

– *Si je m'étais appelé Roméo, l'ironie aurait été parfaite.*

– *Je te rappelle que Roméo et Juliette étaient des amants maudits, alors je préfère largement que nous soyons Juliette et Nollan. Je nous aime ensemble.*

– *Moi aussi, je nous aime ensemble, ma Juliette.*

Je reviens à moi dans un petit sursaut lorsque je sens une main se poser sur mon épaule.

– Hé…

Je me tourne vers Iris, qui m'observe avec tristesse.

– Tu penses à lui, affirme-t-elle.

Il serait inutile que je cherche à lui mentir : elle me connaît trop bien.

– Bon, je pense qu'il est temps d'aller se coucher, je réponds afin d'éviter le sujet. Tu veux dormir ici ou tu te sens d'attaque pour rentrer chez toi ?

– Je vais rentrer, Eva doit passer me voir.

– Alors amuse-toi bien.

Nous échangeons une brève étreinte amicale, puis Iris enfile sa veste.

– À demain, patronne, me salue-t-elle avant de refermer la porte d'entrée derrière elle.

Après son départ, je me surprends à détester le silence qui règne dans l'appartement.

Moi aussi, j'aimerais être attendue le soir, être excitée à l'idée de rentrer et de trouver chez moi un visage souriant et un regard amoureux qui me soient destinés.

Moi aussi, j'aimerais manquer à quelqu'un, même rien qu'un peu.

***

– Merci beaucoup, nous allons étudier votre candidature et nous vous rappellerons.

Je me lève et serre la main du postulant, puis il quitte le bureau d'Hector et je déclare à mon mentor :

– On ne le rappellera pas.

– Je m'en doutais, soupire-t-il.

Je referme mon stylo ainsi que mon calepin, puis je secoue la tête.

– Ça fait déjà plusieurs jours que les entretiens ont débuté, et aucun candidat ne fait l'affaire pour l'instant, je souffle.

– Peut-être que tu es un peu trop exigeante ? me suggère Hector.

– Ou peut-être que tous ceux que nous voyons ne sont pas assez qualifiés pour remplir les missions que nous souhaitons leur confier.

Hector s'esclaffe.

– Oui, c'est certainement ça, fait-il, ironique.

– Bon, je dois déjeuner avec mon frère, et cet après-midi, mon planning déborde de rendez-vous, dis-je en me levant et en regroupant mes dossiers. À demain pour la suite des entretiens.

– Bon après-midi, me répond mon mentor.

Sur ce, je quitte son bureau, me rends deux étages plus bas et pénètre dans l'*open space*, qui fourmille d'activité. Je grogne en apercevant Daniel, directeur commercial et accessoirement neveu du patron, qui s'approche de moi, mains dans les poches, en souriant comme un idiot.

– Tiens, Juliette, c'est toi que je cherchais, me dit-il. On peut se parler cinq minutes dans ton bureau ?

Parce qu'il est de la même famille que monsieur Amont, le président de la boîte, Daniel s'accorde lui-même une multitude de passe-droits. Et si encore cela ne concernait que le travail… Mais non, ce type pense également qu'il a quelque chose d'irrésistible en lui et il ne se gêne pas pour draguer bon nombre d'employées de l'entreprise.

– Bien sûr, je réponds, en me forçant à lui servir mon sourire le plus convaincant.

Nous pénétrons dans mon bureau. Il ferme la porte du pied et se plante devant moi.

– Je viens te proposer mon aide pour le lancement de Belle & Bio, déclare-t-il.

– Mon équipe est déjà composée, je réplique. Tout est sous contrôle.

Il défait le bouton de sa veste de costume et remonte le nœud de sa cravate.

– Je pourrais apporter un regard neuf sur la campagne publicitaire, affirme-t-il. J'ai de très bonnes idées, notamment en ce qui concerne le shooting.

– C'est sympa, mais vraiment, on s'en sort très bien. Merci quand même.

Daniel plisse les yeux.

– Bien… Je vais voir ce qu'en pense mon oncle, dans ce cas.

Connard de gosse pourri-gâté.

Il espère certainement que je vais accepter de l'intégrer à mon équipe pour ne pas risquer de contrarier monsieur Amont, mais c'est bien mal me connaître. Je déteste le chantage, ou qu'on me mette la pression.

– Si c'est ce que tu veux… je lâche.

Daniel sourit en coin, fourre ses mains dans ses poches et quitte mon bureau. Après son départ, je lève les yeux au ciel puis je prends mes affaires et rejoins le bureau d'Iris, qui attrape son sac en me voyant arriver.

– Pause déj, je lui lance sans même ralentir.

– Qu'est-ce que voulait Daniel ? me demande-t-elle.

– S'incruster dans l'équipe. Et comme j'ai refusé, il va aller se plaindre à Amont.

– Quel con !

Nous quittons la boîte toutes les deux et grimpons dans un taxi. Je donne au chauffeur l'adresse du lycée de Léo, et Iris s'exclame :

– J'aime tellement nos déjeuners hebdomadaires avec ton frère ! Il est si mignon, ce gosse.

– Ne dis pas ça devant lui, je préviens mon amie. Il va bientôt avoir dix-huit ans, je te rappelle, et il a déjà l'impression de tout connaître de la vie. « Mignon » risquerait de le vexer.

– Mais non, il a le béguin pour moi.

Je lève les yeux au ciel.

– C'est un ado, je soupire. Il tombe amoureux tous les quinze jours.

Quelques minutes plus tard, le taxi nous dépose à destination. L'établissement privé dans lequel j'ai inscrit mon frère abrite des enfants de familles très aisées. Leurs parents sont politiciens, hommes et femmes d'affaires… Léo s'est toujours senti à part, parce que les nôtres sont loin de ressembler à ceux de ses camarades. Mais cela ne l'a pas empêché de se faire des amis, qui l'accompagnent d'ailleurs tandis qu'il s'approche de la sortie.

Mon cœur se gonfle. Chaque fois que je vois mon frère dans son uniforme de lycéen, je ne peux m'empêcher de ressentir un élan de fierté. Lui, en revanche, râle souvent de ne pas pouvoir se vêtir comme il l'entend.

– Salut, mon grand, dis-je en me hissant sur la pointe des pieds pour embrasser sa joue.

Il grogne pour la forme sans pour autant oser protester. Il sait que cela ne ferait que lui attirer une avalanche de baisers supplémentaires devant la moitié du lycée.

– Salut beau gosse, lui lance Iris.

Léo lui sourit largement et passe un bras autour de ses épaules.

– Salut, poupée. Est-ce que tu as réfléchi à ma proposition depuis la dernière fois ?

– Hm… fait mon assistante, un doigt sur son menton. Bien que l'idée de m'enfuir avec toi à Las Vegas et de nous marier avec le consentement d'Elvis soit très tentante, je me vois dans l'obligation de décliner et de te demander de retenter ta chance quand tu seras majeur et avec une bonne situation.

Je m'esclaffe, et nous quittons tous les trois les abords du lycée pour grimper dans le taxi qui nous attend. Une fois arrivés au restaurant, nous nous installons à une table près de la fenêtre, par laquelle nous voyons déambuler les Parisiens. Très vite, le serveur nous apporte les menus et nous faisons notre choix.

Ce genre de déjeuner, nous l'organisons normalement une fois par semaine. Ces derniers temps, cependant, Iris et moi sommes chanceuses lorsque Léo nous fait l'honneur de sa présence. Entre les cours et ses amis, les repas avec sa grande sœur sont loin d'être sa priorité.

Dès que le serveur pose nos plats devant nous, nous attaquons, n'hésitant pas à piocher dans l'assiette des autres pour goûter à ce qu'ils ont commandé.

– Où est-ce qu'on va cet été ? me demande soudain Léo, la bouche pleine.

– Cet été ? je répète, surprise. Nous ne sommes encore qu'en janvier !

– Et alors ? Ça n'empêche pas de se préparer… D'ailleurs, je me demandais si tu pouvais me rendre un petit service.

Mon frère me fait son regard de chiot en détresse. Je lève les yeux au ciel, amusée, et lui renvoie :

– Nous y voilà. Qu'est-ce que tu veux ?

– Avec les potes, on a envie de s'organiser nos propres vacances, de partir cet été tous ensemble… Je me suis dit que tu pourrais me paver le chemin auprès des parents.

Je hausse les sourcils.

– Attends une minute, lance Iris. Tu viens vraiment d'utiliser l'expression « paver le chemin », Léo ? Ça se voit que tu es dans un lycée de riches.

Mon frère lui donne un petit coup de coude et en profite pour voler de la nourriture dans son assiette. Ensuite, il reporte son attention sur moi et me demande :

– Alors, Ju, t'es partante ?

– Non, je lâche.

Léo me dévisage, choqué.

– Quoi ? Mais pourquoi ?

– Parce que je n'ai pas envie de t'aider à partir je ne sais où, livré à toi-même avec tes amis alors que personne ne sera là pour vous surveiller.

– Mais, Juliette, tu déconnes ! proteste-t-il. J'aurai dix-huit ans dans trois mois, il faut que vous arrêtiez de m'infantiliser, les parents et toi.

– Personne ne t'infantilise, mais je pense que tu es encore trop jeune pour ça.

– N'importe quoi…

Boudeur, il poursuit son repas en silence. En jetant un coup d'œil à Iris, je remarque qu'elle me sert le même regard suppliant que mon frère tout à l'heure. Forcément : mon assistante finit très souvent par prendre le parti de Léo.

– Écoute, dis-je à mon petit frère calmement, je refuse de défendre ta cause auprès des parents, pas pour ce que tu me proposes. En revanche…

Il relève la tête, intéressé.

– Qu'est-ce que tu dirais si nous partions ensemble cet été, juste nous deux ? je termine.

Léo me regarde, les yeux écarquillés.

– Euh… tu vas poser des congés ? Toi ?

Je soupire.

Je suis vraiment une telle bête de travail ?

– Oui, je vais poser des congés ! j'affirme. Et si elle en a envie, Iris pourra nous accompagner.

Mon assistante relève la tête, l'œil pétillant.

– Tu es en train de me proposer des vacances aussi dingues que celles que nous avons passées dans le sud de l'Italie il y a trois ans ?

– Je ne sais pas si on réussira à tenir la comparaison, mais on va tout faire pour, lui dis-je. La campagne Belle & Bio sera lancée en juin, on aura bien mérité notre repos après ça.

Iris tape dans ses mains d'excitation, et Léo lui lance :

– Prépare-toi, poupée. Quand tu auras vu mon corps d'athlète bronzé sur la plage, tu me supplieras de t'emmener à Vegas.

Nous nous esclaffons tous les trois, puis mon frère reprend :

– Oh, je sais où on pourra aller ! Sur la Côte d'Azur ! Tu sais, Ju, là où les parents nous emmenaient quand on était gamins. Chaque fois, on passait de si bonnes vacances…

Je me tends immédiatement. D'ailleurs, cela me surprend que mon corps soit encore capable de réagir si vivement à l'évocation de ces étés, de cet endroit, alors qu'il s'est passé tant d'années.

– On n'ira pas là-bas, je décrète.

– J'étais petit mais j'en ai encore des souvenirs bien présents, ajoute mon frère. On était tous heureux et détendus… J'ai tellement envie de revivre ce genre de moments.

– Léo, c'est non.

– Et c'est même là-bas que…

– Je te dis qu'on n'ira pas ! je m'écrie.

Surpris, mon frère se fige un instant avant de froncer les sourcils. Mon cœur tambourine dans ma poitrine. Plus calmement, je déclare :

– On trouvera un meilleur endroit pour passer nos vacances.

Cela fait des années que je m'efforce de ne pas revivre en boucle les souvenirs de ces étés. Je tiens à ce que cela reste ainsi. Je tiens à ce que ce qui appartient au passé le reste.

Qu'*il* le reste.

CHAPITRE 9

JULIETTE

Quatorze ans plus tôt

– C'est tellement agréable de se balader en bord de mer, soupire ma mère.

– Ça donnerait presque envie de venir vivre ici, n'est-ce pas, chérie ? renchérit mon père.

– Hm hm, fait-elle, un sourire béat aux lèvres.

Nous quittons le trottoir, retirons nos chaussures, puis descendons sur le sable frais qui glisse entre nos orteils. Léo, mon petit frère de trois ans, s'est endormi dans mes bras au cours de notre balade, mais comme s'il sentait l'impatience générale, il se réveille soudain et passe immédiatement en mode excité. Autour de nous s'amasse une foule grandissante venue, comme nous, assister au feu d'artifice du 15 août. Bien sûr, à cette époque de l'année, la Côte d'Azur est envahie de touristes avides de profiter des merveilles qu'elle a à partager et de son climat si doux. Finances serrées oblige, cela faisait quatre ans que mes parents et moi n'étions pas revenus ici et la semaine qui vient de s'écouler nous a fait à tous un bien fou. Il ne nous en reste plus qu'une avant de retourner chez nous et de reprendre notre vie quotidienne. Mais pour l'instant, nous profitons du moment présent.

Cet été, Léo a vu la mer pour la première fois. Je n'oublierai jamais son regard ébloui lorsqu'il s'est retrouvé devant cette immensité.

Nous trouvons un carré de sable libre, et nous nous installons. Impatient, mon petit frère demande :

– Maman, c'est bientôt l'artifice ?

– Oui, mon ange.

– Cécilia ?

Ma mère se retourne lorsqu'elle entend son prénom.

– Anna ? répond-elle en se relevant soudain.

– Il me semblait bien t'avoir reconnue.

Les deux femmes se prennent dans les bras, et c'est alors que mon regard tombe sur l'adolescent qui se tient derrière sa propre mère…

Nollan.

Mon cœur s'emballe et je me redresse à mon tour.

– Juliette, comme tu as grandi !

Madame De Villa se précipite sur moi et me prend dans ses bras. Je lui rends son étreinte avec plaisir, je l'ai toujours beaucoup appréciée.

– Thomas.

– Antoine.

Mon père et celui de Nollan se saluent plus par obligation que par envie, d'une façon si glaciale que cela n'échappe à personne. Mais je me désintéresse rapidement des adultes pour river mon regard à celui de Nollan.

Il a changé.

Nous avons changé. La dernière fois que nous nous sommes vus, nous avions onze ans. Nous avions construit un château de sable et il m'avait embrassée à la volée. Aujourd'hui, nous en avons quinze. Nollan est plus grand et plus carré que par le passé, mais ses yeux sont toujours d'un beau gris. Ses cheveux, en revanche, sont moins bouclés que lorsqu'il était enfant.

– Salut, fait-il en levant la main.

– Salut, je réponds sur le même ton.

La gêne entre nous ne me surprend pas. Je suis presque certaine que, comme moi, il ne peut s'empêcher de penser aux promesses que nous nous sommes faites ainsi qu'aux baisers maladroits que nous avons échangés. Aujourd'hui, une partie de notre innocence en moins oblige, nos souvenirs paraissent moins naturels, voire un peu idiots.

Juste un peu.

Parce que je dois admettre que Nollan est encore plus séduisant que dans mon souvenir et que le voir fait resurgir en moi beaucoup de sensations.

– Oh, mais restez près de nous pour regarder le feu d'artifice, ce sera sympa, propose ma mère.

– Vous êtes sûrs ? On ne veut pas vous déranger dans votre moment en famille, répond Anna De Villa.

– Ne sois pas bête. Ça fait tellement longtemps qu'on ne s'est pas vus, on a des choses à se raconter.

– Alors pourquoi pas !

– Tu es sûre, chérie ? demande monsieur De Villa. On devrait peut-être retourner à l'hôtel pour s'assurer que tout va bien pour Élisa ?

– Elle est avec Suzie et elle dort, ne t'inquiète pas, affirme son épouse.

Devant l'air un peu perdu de mes parents, elle s'explique :

– Élisa est notre petite fille. Elle a deux ans.

– Oh, félicitations, s'extasie ma mère.

– C'est un véritable amour, déclare Anna De Villa. Tu veux voir quelques photos ?

– Évidemment !

Maman et elle s'installent côte à côte sur le sable et se lancent dans une discussion animée, tandis que mon père et Thomas De Villa veillent à s'asseoir à une distance raisonnable l'un de l'autre. Léo se glisse entre mes jambes et Nollan prend place à côté de moi.

Lui et moi restons silencieux. Je le sens aussi peu à l'aise que moi et j'espère secrètement que cette gêne entre nous va s'estomper. Parce que, même si nous n'étions que des enfants, Nollan et moi avions créé un lien fort lors de nos vacances ensemble. Je serais déçue et triste que le temps l'ait fait disparaître.

Dans ma tête, un millier d'idées pour entamer la conversation s'entrechoquent, mais je suis incapable de m'arrêter sur une seule. Néanmoins, comme je déteste ce silence entre Nollan et moi, je me tourne vers lui et je prends mon courage à deux mains pour lui dire :

– Alors, tu…

À cet instant, un bruit assourdissant résonne dans le ciel, me faisant sursauter et m'empêchant de poursuivre. Gênée, je me détourne, le rouge aux joues, et je me focalise sur le feu d'artifice. Léo bondit, excité comme une puce, chaque fois qu'une nouvelle couleur illumine la nuit.

Pendant près de vingt minutes, le cou ployé, les yeux brillants, je détaille le ciel, oubliant peu à peu mon moment de malaise. Soudain, du coin de l'œil, j'aperçois Nollan qui se penche dans ma direction. Je me tourne vers lui et tente de comprendre ce qu'il me dit :

– çafaitplaisirdeterevoir.

– Quoi ?

– çafaitplaisirde…

– J'entends rien.

– ÇA ME FAIT PLAISIR DE TE REVOIR !

Nous nous figeons. Le cri de Nollan a déchiré le silence au moment exact où le feu d'artifice s'est terminé. Quelques visages amusés se tournent vers nous et j'entends nos mères glousser.

Oh, bon sang...

Je sers un petit sourire compatissant à Nollan, parce que c'est maintenant lui qui est couvert de honte. Heureusement, l'attention générale est bien vite dissipée par les applaudissements nourris du public, puis la plage se vide tranquillement. Nos mères discutent encore entre elles, nos pères s'ignorent. Léo babille, ravi du spectacle auquel il vient d'assister. Quant à Nollan et moi, nous sommes toujours aussi gauches. Finalement, il s'approche de moi et me glisse :

– Ça te plairait qu'on essaye de se voir pendant les vacances ? Un peu comme au bon vieux temps ?

– Pourquoi pas, je réponds, voulant paraître mesurée.

– On pourrait se retrouver demain vers seize heures, dans la crique ?

Dans la crique ? Là où nous nous sommes mariés à neuf ans ?

Je déglutis avant d'affirmer :

– J'y serai.

– Cool.

Sur ce, Nollan rejoint ses parents, qui viennent de prendre congé des miens. Dès qu'ils se sont éloignés, je me permets de laisser éclater ma joie et je me surprends à sautiller.

– Pourquoi t'es contente, Ju ? demande mon petit frère.

– Parce que c'était un super feu d'artifice, tu ne trouves pas ?

– Oh, oui ! s'exclame Léo. Tu vois, maman, Ju aussi sera trop excitée pour dormir ce soir.

Ma mère sourit puis elle me fait un discret clin d'œil.

Effectivement, après de telles retrouvailles, je vais certainement avoir du mal à trouver le sommeil…

***

– Maman, je vais me balader sur la plage, je déclare le lendemain, un peu avant seize heures.

Ma mère se tourne vers moi, les poings sur les hanches. Elle prend son regard sérieux, mais j'aperçois un petit sourire qui se forme sur ses lèvres.

– Tu vas rejoindre Nollan ? me demande-t-elle.

En entendant ce prénom, je frissonne d'impatience.

– Peut-être ? je lâche.

– Juliette Leroy, ne me mens pas.

Je soupire et me renfrogne. À cet instant, Léo débarque comme une tornade dans la cuisine et s'écrie :

– Moi aussi je veux aller à la plage ! S'il te plaît, Ju, emmène-moi !

– Maman ! je plaide, désemparée.

Ma mère soupire puis s'approche de mon petit frère.

– Ta sœur va être occupée cet après-midi, mais elle a promis de t'emmener à la plage dès demain. N'est-ce pas, Juliette ?

Son ton me fait comprendre que ce n'est pas une suggestion. Ébouriffant les cheveux de Léo, j'affirme :

– Exactement. Demain, ce sera notre journée à tous les deux.

La moue de mon petit frère me fend le cœur, mais j'ai tellement hâte de retrouver Nollan que je veux pouvoir en profiter pleinement.

– Que dirais-tu d'une bonne glace et d'un petit tour à la piscine du club avec papa ? propose ma mère.

Immédiatement, Léo oublie sa déception et repart en sautillant, tout excité. Maman se tourne alors vers moi, un doigt pointé dans ma direction.

– Tu rentres avant le dîner, m'ordonne-t-elle.

Je lui saute au cou.

– Merci, merci, merci !

Je quitte ensuite l'appartement en courant. Il fait particulièrement chaud aujourd'hui, mais rien de surprenant pour un mois d'août. Tout en traversant le club de vacances, je suis partagée par des centaines de sentiments différents, les principaux étant l'excitation, l'impatience et l'angoisse.

Je passe l'énorme portail qui donne directement sur la plage, puis je retire mes baskets et je m'élance dans le sable chaud. J'adore cette sensation sous mes pieds… Je cours jusqu'au rivage avant de marcher le long de la mer, laissant les vagues rafraîchir mes orteils. La crique n'est pas très loin, j'y serai en quelques minutes.

Nollan et moi nous étions promis que ce serait *notre* point de rendez-vous chaque fois que nous nous retrouverions. Qu'il n'ait pas oublié la signification de cet endroit me comble de joie.

Pourtant, lorsque je passe sous l'énorme rocher creusé par l'eau et le temps et que je débouche dans la petite calanque cristalline, la déception me frappe de plein fouet.

Nollan n'est pas là.

Je sens mes épaules se voûter d'elles-mêmes, et une boule se forme dans ma gorge. Est-ce qu'il a décidé de ne pas venir, finalement ? Et s'il m'avait fait cette proposition hier soir simplement pour être poli, mais qu'il l'avait regretté aussitôt ? Et s'il me posait un lapin ?

– Juliette ?

Je pivote brusquement.

Nollan se tient debout sur le sable, les mains dans les poches de son short de bain, un sourire éclatant aux lèvres. Nous nous dévisageons un instant en silence. La gêne d'hier s'est envolée : lorsque nos yeux s'accrochent, le lien qui s'est créé entre nous quand nous étions enfants se reforme avec une telle intensité qu'il me paraît presque palpable.

– Tu es venu, dis-je en souriant.

– Et toi aussi.

Lorsque j'avais neuf ans, la première fois que j'ai rencontré Nollan, je me suis dit qu'il était le plus beau garçon que j'aie jamais vu. Aujourd'hui, j'en ai quinze… et je m'aperçois que c'est toujours le cas.

– Tu es jolie, me souffle-t-il.

Si je n'étais pas déjà sous son charme, je craquerais immédiatement.

– Et toi, tu es si grand… je réponds.

– Ça fait quatre ans qu'on ne s'est pas vus, Juliette. On a tous les deux changé.

Un court silence s'installe. Je le romps en demandant :

– Tu restes combien de temps ?

– Trois semaines. Et toi ?

– Il ne m'en reste plus qu'une.

La moue déçue de Nollan le rend encore plus mignon.

– On va devoir en profiter un maximum, alors, dit-il.

Nous nous sourions de façon tellement maladroite que nous finissons par en rire.

– Tu veux te balader un peu avec moi sur la plage ? me propose-t-il.

J'accepte avec plaisir et pendant un moment, nous gardons une petite distance entre nous. Nous nous racontons nos vies, ce qui a changé pour nous au cours de ces quatre dernières années… Plus les minutes passent, plus nous nous rapprochons. Au point que, doucement, presque timidement, Nollan glisse sa main dans la mienne.

Je ne sais pas s'il remarque mon sourire conquis, mais en tout cas, moi, je remarque le sien.

***

Quatre jours plus tard

– Essaye de trouver ton équilibre. Ne fixe pas tes pieds, garde le regard braqué droit devant toi.

– Je vais tomber, Nollan.

– Je te tiens, réplique-t-il en riant.

Je prends une longue inspiration puis je me redresse le plus lentement possible sur la planche de surf. Elle tangue, et je m'agrippe de toutes mes forces aux mains de Nollan. Mais après quelques minutes, j'arrive enfin à me mettre debout et je pousse un cri victorieux.

– Bravo, ma Juliette, s'écrie Nollan.

Il me lâche pour m'applaudir. Inévitablement, je perds l'équilibre et tombe à l'eau. Il me repêche, et entre deux quintes de toux, je ris.

– C'est une catastrophe ! Tu es bien plus doué que moi pour le surf. Comment ça se fait que t'y connaisses si bien, d'ailleurs ?

– L'année dernière, ma famille et moi, on est allés au Portugal, me répond Nollan. Là-bas, le nombre de spots pour surfer est impressionnant. Mes parents m'ont payé des cours, juste pour essayer, et franchement, je suis tombé amoureux de ce sport. Le moment où tu prends la vague, où elle te recouvre et te donne l'impression d'être dans un cocon… C'est magique et indescriptible. J'ai eu une vraie révélation. Tellement que…

Il s'arrête un instant.

– Que quoi ? je l'encourage.

– Tu vas trouver ça stupide.

– Mais non. Je t'écoute, tu sais qu'on peut tout se dire.

Un doux sourire éclaire le si beau visage de Nollan, et il m'avoue :

– Je crois que j'aimerais essayer de devenir surfeur professionnel. Quand j'en ai parlé à mon père, il m'a dit que c'était stupide et qu'il fallait que je me concentre sur mes études. Mais je suis certain que le surf est fait pour moi. Tu imagines, Juliette ? Je pourrais faire de ma passion un travail ! M'entraîner pour atteindre le plus haut niveau, et aussi donner des cours à ceux qui veulent apprendre.

Je le regarde, subjuguée. Il est animé d'une énergie communicative.

– Je ne pense pas du tout que ce soit stupide, je lui assure. Je suis certaine que tu réussiras à faire tout ce que tu voudras. En tout cas, moi, je crois en toi.

Touché, Nollan prend ma main et y dépose un baiser. Je frémis et détourne le regard pour qu'il ne remarque pas mon trouble.

– Un jour, je t'emmènerai visiter les plus beaux spots de la planète, me dit-il d'une voix rauque.

– J'adorerais ça, je lui réponds, fébrile.

– Alors on le fera, ma Juliette. On le fera.

Ma Juliette...

Il n'a fallu que quelques instants pour que notre complicité revienne, et depuis que nous nous sommes retrouvés, nous avons passé chaque jour ensemble. Dans quarante-huit heures, les vacances seront officiellement terminées pour moi, mais je refuse d'y penser pour l'instant. Je suis trop bien avec Nollan.

Nous nous dévorons du regard puis, rougissants, nous nous concentrons de nouveau sur notre activité.

– Bon, on essaye encore une fois ? me propose Nollan.

Je remonte sur la planche, m'agenouille comme il me l'a appris, et me redresse le plus lentement possible. Cette fois encore, j'arrive à tenir debout pendant quelques secondes avant de m'écrouler dans l'eau. Ensuite, Nollan et moi décidons que c'est assez pour aujourd'hui. Nous rejoignons la plage et il ouvre une petite glacière dans laquelle il nous a prévu des encas. Il en sort deux parts de gâteau ainsi que deux fourchettes. Avant de passer à la dégustation, je pique la pointe de sa part et je l'engloutis avec délice. C'est une sorte de rituel qui existe entre nous depuis toujours : Nollan me laisse piocher dans ses desserts, et je ne m'en prive pas.

– Tu vas peut-être trouver ça bizarre mais… j'ai fait quelque chose pour nous, me dit-il soudain, entre deux bouchées de moelleux au chocolat.

Intriguée, je l'écoute attentivement.

– Ça te dit qu'on reste en contact après cet été ? me demande-t-il.

– Évidemment.

– Je nous ai créé des adresses mail pour ça. Grâce à elles, nous pourrons communiquer, tous les deux.

Il me tend un morceau de papier. Lorsque je le balaye du regard, je suis certaine de sourire comme une idiote, mais je m'en fiche.

julietteetsonnollan@gmail.com
nollanetsajuliette@gmail.com

– Entre ça et nos numéros de téléphone qu'on s'est échangés, on devrait réussir à ne pas trop se manquer, ajoute Nollan.

– Je l'espère.

Après notre encas, repus, nous nous allongeons sur le sable pour regarder le soleil baisser à l'horizon. Les touristes ont quitté la plage pour la plupart, et le calme revient doucement sur le rivage. Nollan tient ma main dans la sienne, caressant doucement ma paume de son pouce.

– Tu crois que nos parents seraient d'accord pour qu'on se rende visite ? je lâche soudain.

– Comment ça ?

– Eh bien, je pourrais peut-être venir te voir un jour à Paris, et inversement.

Nollan tourne la tête dans ma direction.

– Ce serait génial ! s'exclame-t-il. On pourrait même faire ça plusieurs fois.

– Euh, je ne pense pas… je soupire. Les billets de train coûtent plutôt cher, alors je ne suis pas certaine de pouvoir me payer plus d'un voyage par an.

– Je comprends.

– Vraiment ?

Nollan fronce les sourcils.

– Je sais que je suis très chanceux, mais ça ne m'empêche pas de comprendre que la vie n'est pas aussi simple pour tout le monde, déclare-t-il.

– Tu sais, je crois que ton père avait raison… je réplique. Toi, tu vis dans un immense appartement, ta famille a une gouvernante… On n'est pas du même monde, tous les deux.

– Et alors ?

– Alors rien. C'est juste un constat. Toi et moi, on est très différents.

– Je nous trouve pourtant très complémentaires.

Je hoche la tête, d'accord avec lui. Il plaisante :

– En tout cas, mon père n'est toujours pas gros et il ne s'appelle toujours pas Richard.

Nous nous jetons un coup d'œil puis nous éclatons de rire. Naturellement, sa main se resserre autour de la mienne.

– Tu es stressée d'entrer au lycée en septembre ? me demande-t-il ensuite.

– Un peu, je réponds. Mais normalement je vais me retrouver avec mon groupe de copines, alors ça devrait bien se passer. Et toi ?

– Non, m'avoue Nollan en haussant les épaules. Je vais aller dans le même lycée que Bastian. Il m'a dit qu'il y avait passé des années géniales, alors je suis certain que ce sera aussi mon cas.

– Je parie que c'est le meilleur lycée de Paris, dis-je pour le taquiner.

– Il en fait partie, oui. C'est un lycée privé dans lequel on porte l'uniforme.

– Vraiment ? J'adorerais te voir dedans.

Il sourit puis, pendant un instant, nous nous laissons bercer par le calme et la douceur ambiante. Enfin, tout bas, Nollan me murmure :

– Il m'est arrivé de penser à toi ces quatre dernières années.

– Moi aussi, je lui confie.

Il tourne la tête dans ma direction, un petit sourire aux lèvres.

– Est-ce que tu as un copain ? me demande-t-il ensuite.

Je secoue rapidement la tête.

– Aucun garçon ne m'intéresse…

À part toi.

Nollan pose sa main sur ma joue et la caresse tendrement en me dévisageant.

– Et toi ? je l'interroge.

– J'ai eu une petite amie au début de l'année, mais ça n'a pas duré longtemps, m'avoue-t-il. Et puis… je ne sais pas si j'aurais envie d'être avec une autre fille maintenant que je t'ai retrouvée.

Mon cœur se met à cogner dans ma poitrine. À cet instant, Nollan se redresse et m'incite à faire de même. Il fait tomber le sable qui s'est accroché à nos cheveux, puis il attrape doucement mon visage entre ses paumes et se rapproche de moi.

– Est-ce que je peux t'embrasser ? me souffle-t-il.

– S'il te plaît, dis-je, au bord de l'explosion.

Tout mon corps frémit d'impatience, tellement que je suis surprise de ne pas me mettre à trembler.

– Comme les grands, cette fois ?

– Comme les grands ! j'accepte en souriant.

Nollan penche légèrement la tête sur le côté et approche son visage du mien, jusqu'à ce que nos lèvres se rencontrent enfin.

La première fois que nous nous sommes embrassés, nous avions neuf ans et nous scellions notre promesse d'enfant. Nous nous étions contentés de poser nos bouches l'une contre l'autre et d'attendre un laps de temps qui nous paraissait raisonnable. Ce n'était rien de plus que l'expression de notre innocence, mais j'en garde un merveilleux souvenir malgré tout. Parce qu'à ce moment-là, la petite Juliette que j'étais était certaine d'avoir trouvé son prince charmant.

Six ans plus tard, force est de constater que Nollan continue de faire chavirer mon cœur, mais de façon bien plus mature. Nous sommes des adolescents, désormais : nos attentes et nos envies sont différentes.

Le baiser que nous échangeons en est la preuve.

Nos lèvres bougent ensemble, tendrement d'abord, puis plus rapidement à mesure que la pression monte entre nous. Je pose timidement une main sur la nuque de Nollan, puis je remonte dans ses cheveux, j'effleure les boucles qui parsèment le dessus de sa tête, tout en me rapprochant encore plus de lui. Nos bustes se touchent, nos poitrines se soulèvent au même rythme et nos respirations accélèrent soudainement lorsque Nollan vient caresser ma langue avec la sienne. Je nous sens sourire en même temps.

L'envolée de papillons dans mon estomac est délicieuse. Je suis en train d'échanger mon premier baiser, et c'est avec Nollan ! Cela me semble naturel, comme si j'avais toujours su que cela se passerait avec lui et aucun autre, comme si, inconsciemment, je l'avais attendu.

Tout doucement, nous mettons fin au baiser. Naturellement, nous posons nos fronts l'un contre l'autre, et l'espace d'un instant plus rien n'existe en dehors de nous. Seuls nous accompagnent l'odeur de la mer et le soleil qui réchauffe nos peaux une dernière fois avant de se retirer pour la nuit.

CHAPITRE 10

NOLLAN

– Toujours pas décidé à proposer ton profil à notre filiale française ? me demande mon client de Seattle.

– Je ne sais pas trop, je ne me vois pas rester à Paris un long moment. Donc…

– C'est toi qui décides, Nollan. Mais si tu changes d'avis, sache que tu auras mon appui.

J'admets que la proposition est alléchante. Travailler pour le leader de la cosmétique en Europe pourrait donner une belle visibilité à mon travail : je mérite cette chance. Et l'idée de la saisir trotte dans mon esprit malgré moi. Revenir à Paris m'a fait comprendre à quel point cette ville m'a manqué. Si j'avais le poste, je me trouverais un appartement et cela me permettrait de garder mes distances avec mon père. Et puis, cela ne coûte rien de proposer ma candidature : après tout, elle sera peut-être refusée.

– Tu sais quoi ? J'accepte, je lâche.

– Excellent choix ! s'enthousiasme mon client. Je suis certain que mes collègues de Paris seront très intéressés par ton CV et tes créations.

Je le remercie, puis nous raccrochons et je fourre mon téléphone dans ma poche avant de reporter mon attention sur le bâtiment qui me fait face. Je suis planté sur le trottoir depuis une bonne quinzaine de minutes, incapable de traverser la rue, d'entrer dans l'immeuble, d'emprunter l'ascenseur et de toquer à la porte de l'appartement dans lequel m'attend ma famille pour le dîner organisé par Élisa.

Cependant, même si ce n'est pas l'envie qui m'en manque, je ne peux plus reculer.

Tu le fais pour ta sœur, Nollan, rien que pour elle.

Carrant les épaules, je me mets en marche. Chaque mètre que je parcours accroît mon appréhension, qui culmine lorsque j'atteins le bon palier.

Enfin, la porte de l'appartement s'ouvre devant moi, et le visage qui m'accueille dissipe immédiatement mon angoisse. Ma petite sœur me saute dans les bras – cela semble être devenu une habitude chez elle – et m'attire à l'intérieur.

– Je suis trop contente que tu sois là ! s'exclame-t-elle.

– Si ça n'avait pas été pour toi, je n'aurais jamais accepté ce dîner, tu en es consciente ? je réplique.

Elle fait la moue et prend ma main pour m'inciter à la suivre.

– Qui est-ce, mademoiselle Élisa ?

Je ne peux m'empêcher de sourire en entendant ce timbre de voix si familier. Je me tourne et vois Suzie s'approcher de sa démarche dynamique. Elle s'essuie les mains dans son tablier, un geste que je l'ai vue effectuer des milliers de fois. Petite et ronde, les joues colorées et le teint lumineux, notre gouvernante est une vraie bouffée d'air frais.

– Monsieur Nollan ! s'écrie-t-elle, stupéfaite.

Monsieur Nollan.

Suzanne est entrée au service de ma famille lorsque j'avais cinq ans. Déjà à cette époque, elle m'appelait ainsi, à la demande de mon père. J'ai toujours trouvé cette exigence ridicule. Suzie, une femme adulte, a été obligée de nous vouvoyer toute sa vie comme si nous étions des personnes importantes. Mon père prétend que c'est là une façon de « garder une distance avec le personnel », « une marque de respect qu'il nous doit ».

Le summum de l'absurde.

– C'est incroyable, pépie Suzie en se précipitant vers moi. Oh, bon sang, venez par ici.

Je m'esclaffe au moment où la gouvernante m'attire contre elle. Elle me serre dans ses bras à m'en briser le dos, mais je ne m'en plains pas. Cette femme a souvent joué le rôle d'un troisième parent pour Bastian, Élisa et moi, et j'éprouve pour elle une profonde tendresse.

– Vous êtes une petite cachotière, fait-elle en se tournant vers ma sœur.

– Je lui avais dit qu'on attendait un invité surprise, m'explique cette dernière, fière d'elle.

– Et quelle surprise ! Dites-moi que vous êtes revenu pour de bon et que vous ne repartez plus ! s'exclame Suzie en prenant mon visage entre ses mains et en serrant mes joues.

– Je ne sais pas encore, dis-je, préférant rester évasif.

Je ne loupe pas la mine déçue de ma sœur, mais je ne m'attarde pas sur elle. De son côté, la gouvernante reprend :

– Ce n'est pas un non ferme et définitif, il y a donc de l'espoir. Je suis si heureuse de vous voir ! Ça n'a plus jamais été la même chose ici après votre départ, c'était même vraiment…

Mon regard s'assombrit. Suzie le remarque immédiatement.

– Excusez-moi, je ne voulais pas raviver de mauvais souvenirs, enchaîne-t-elle. Je disais juste…

– Ne t'inquiète pas, ce n'est pas grave, je la rassure. Moi aussi, je suis heureux de te revoir.

– Allez, assez bavardé, lance ma sœur. Je voudrais faire faire le tour de l'appartement à Nollan pour qu'il se remémore les bons souvenirs.

– Je le connais par cœur, Élisa, je proteste. Je te rappelle que j'y ai vécu presque toute ma vie.

– Je sais, mais…

– Plus tard, déclare une voix derrière moi.

Ma petite sœur et moi nous figeons en même temps. Mes muscles se tendent et je me retourne lentement. La démarche tranquille, Thomas De Villa s'approche de nous en rivant son regard au mien.

– Nollan, lâche-t-il.

– Père.

La tension est palpable. Élisa a perdu de sa joie contagieuse et même Suzie est soudain un peu plus raide. J'avais oublié à quel point mon père peut se montrer intimidant. Grand et mince, les épaules carrées, le regard gris, il a cette prestance, cette façon de vous regarder, de vous dévisager et de déceler vos faiblesses, en vous donnant l'impression qu'il vous les jette au visage sans même qu'il ait besoin de prononcer le moindre mot.

– Content de te revoir à la maison, fils.

Je garde un visage neutre, mais la stupéfaction que je ressens est bien réelle. Et elle fait même place au choc lorsque mon père s'approche de moi les bras grands ouverts. Notre accolade est brève, mais c'est déjà plus que toutes les marques d'affection auxquelles j'ai eu droit ces dernières années.

– Je viens pour l'anniversaire d'Élisa, j'indique, me sentant un peu gauche tout à coup.

– C'est bien. La famille va pouvoir se retrouver.

OK, qu'est-ce qui se passe ici ?

Mon père et moi nous sommes quittés il y a trois ans en nous hurlant dessus et en jurant de ne plus jamais nous revoir. Je m'attendais à être accueilli avec hostilité, à grand renfort de reproches et de regards sombres, mais au lieu de ça…

Ça cache quelque chose. Je connais trop bien mon père, jamais il ne passerait l'éponge aussi facilement.

À cet instant, il attrape sa veste sur le portemanteau de l'entrée, fourre son téléphone portable dans sa poche ainsi que ses clés de voiture et dit à Suzie :

– Pensez à me garder une assiette au chaud. Je dînerai plus tard.

– Oui, monsieur De Villa.

– Tu ne restes pas ? demande Élisa, déçue.

– Je ne peux pas, j'ai du travail.

Il me jette encore un regard, sourit – très légèrement – puis quitte l'appartement. Dès qu'il passe la porte, je me détends et j'attire ma petite sœur contre moi.

– Est-ce que les extraterrestres ont enlevé notre père et l'ont remplacé par un autre ? je l'interroge.

– J'avoue que c'est étrange, dit Élisa. Ce matin encore, il était d'une toute autre humeur.

– Revoir monsieur Nollan a dû réveiller quelque chose en lui, hasarde Suzie.

Je la regarde, les sourcils haussés, pas du tout convaincu par son hypothèse.

– Je suis triste qu'il ne reste pas, souffle ma sœur. Ça nous aurait permis de nous retrouver en famille.

– Ne t'en fais pas, on sera tous ensemble ce week-end pour ton anniversaire, je lui glisse.

Je me tourne ensuite vers Suzie.

– Ça sent délicieusement bon et je meurs de faim. Est-ce qu'on peut passer à table ?

– Oh, bien sûr, monsieur Nollan. Monsieur Bastian est déjà arrivé, il vous attend.

Suis-je surpris que mon frère n'ait pas daigné venir m'accueillir ? Pas le moins du monde. Accompagné d'Élisa, je me rends dans la vaste salle à manger, dans laquelle le couvert est posé sur la table décorée avec goût. La cheminée est allumée, le feu crépite ; un whisky à la main, Bastian est nonchalamment en train de regarder par la fenêtre le rythme de Paris ralentir avec la tombée de la nuit.

– Nollan, fait-il en levant son verre dans ma direction.

– Content de te revoir, Bastian.

Il ne répond pas, se contentant de prendre une gorgée du liquide ambré.

– Bon allez, arrêtez un peu de faire vos têtes d'enterrement, lance Élisa en s'approchant de nous. On est tous les trois à nouveau réunis, vous pourriez vous en réjouir, quand même !

Sur ce, elle pose sa tête sur mon épaule, m'assurant de son soutien au cas où Bastian déciderait de lancer les hostilités.

– À table ! s'écrie Suzie.

Bastian et moi prenons chacun place à un bout de la table, tandis qu'Élisa s'installe à ma droite. Suzanne remplit nos assiettes, et pendant un instant, seul le bruit de ses pas et des couverts résonne dans la salle à manger silencieuse.

– Ça s'annonce joyeux, bougonne ma sœur du bout des lèvres.

Elle me sourit discrètement en dépliant sa serviette. Pour engager la conversation, je demande à mon frère :

– Comment va Clarisse ?

– Bien.

... *OK.*

– Comment se déroule sa grossesse ? Le bébé est prévu pour quand, déjà ?

– Cet été. Et c'est une fille.

Bon… si même parler de sa femme et de son enfant à venir ne le déride pas, je crois que je n'obtiendrai rien de plus venant de mon frère ce soir. Malgré tout, j'essaye encore :

– Et…

– Comment ça se passe pour toi en ce moment, professionnellement ? me coupe-t-il.

Je ne suis pas le moins du monde surpris par sa question. Le travail est son unique obsession. En cela, il a hérité des gènes de notre père…

– Je viens de terminer un projet avec une entreprise de cosmétiques, j'explique. Je suis à la recherche d'une nouvelle mission, mais je ne me mets pas la pression.

Bastian secoue la tête tout en triturant la nourriture dans son assiette. Son rictus lui donne immédiatement l'air antipathique.

– Quelque chose te faire rire ? je lui demande calmement.

– Effectivement, répond-il. Tu as obtenu un diplôme de la plus prestigieuse école de commerce du pays, et finalement, tu vis comme un nomade, courant après les contrats de courte durée. Je trouve la blague désopilante.

Je voudrais lui ordonner de se mêler de ce qui le regarde et de ne pas utiliser ce ton paternaliste avec moi. Mais je me souviens que je suis là pour faire plaisir à ma sœur. Alors je ravale ma réplique cinglante et j'affirme :

– Tout va bien pour moi, Bastian, ne t'en fais pas.

– Je ne m'en fais pas pour toi, voyons. En revanche, je me demande si tu n'es pas un peu trop vieux pour vivre aux crochets de notre père.

– Qu'est-ce que tu racontes ?

– Eh bien, tu es parti pour « ne plus subir la pression constante qu'on t'imposait », selon tes propres mots, mais ça n'a pas l'air de te déranger que papa continue d'approvisionner tes comptes bancaires.

– *Un* compte, et je n'ai pas utilisé un centime de l'argent qui se trouve dessus.

– Mais tu ne l'as pas non plus refusé. À croire que c'est rassurant pour toi de savoir qu'il est là en cas de besoin.

Je secoue la tête, atterré par ces remarques.

– De quoi as-tu peur, Bastian ? Que l'argent que papa me verse – et qui n'est pas utilisé, je te le répète – soit déduit de ton héritage ? Ne t'inquiète pas, tu t'es déjà assuré d'en obtenir la plus grosse part quand le moment sera venu.

Le sourire moqueur de mon frère m'agace de plus en plus.

– Quelle ingratitude… lâche-t-il. Mais bon, venant de toi, ce n'est pas une surprise.

– Quant à toi, je ne suis pas étonné de constater que tu es toujours aussi lèche-cul par rapport à papa, je lui renvoie, incapable de me taire plus longtemps.

Il se lève d'un bond et je l'imite. Mais ce n'est pas nous qui laissons exprimer notre colère.

– Vous êtes vraiment nuls, tous les deux ! éructe Élisa. Vous n'avez même pas la décence de faire une trêve, au moins pour aujourd'hui. Vous m'avez coupé l'appétit.

Dans la foulée, elle jette sa serviette sur la table et quitte la salle à manger en courant. Le claquement sonore de la porte de sa chambre résonne et je ne sais pas pour Bastian, mais en tout cas, moi, je me sens con.

– Elle a raison, dis-je. Depuis la mort de maman, nous…

– La ferme, s'emporte mon frère en pointant un doigt furieux dans ma direction. Ne t'engage surtout pas sur ce terrain. Je sais parfaitement ce qu'Élisa ressent, et si tu oses me reprocher de ne pas être assez présent pour elle…

– Mais pas du tout !

– Je savais que ce dîner était une mauvaise idée, poursuit Bastian en attrapant sa veste. Je rentre chez moi, je n'ai pas envie de te voir jouer les frères parfaits avec Élisa ou de t'entendre cracher sur notre père sous prétexte qu'il t'a brimé. Tu as vingt-neuf ans, Nollan. Il serait temps de grandir un peu.

Sur ce, il quitte l'appartement. Pendant un instant, je me retrouve seul au milieu de la salle à manger vide, face à la table encore garnie. Puis, du coin de l'œil, j'aperçois Suzie qui me dévisage, déçue.

– Désolé, lui dis-je. Je sais que tu t'es donné beaucoup de mal pour préparer ce repas.

– Ne vous excusez pas, répond-elle en soupirant. Je suppose qu'il faudra encore un peu de temps avant que le calme revienne dans cette maison.

Un peu de temps… ou bien quelques décennies.

Incapable de laisser les choses en l'état avec Élisa, je décide de la rejoindre pour lui demander de m'excuser. J'emprunte l'escalier qui conduit à l'étage, tout en laissant mon regard errer sur la décoration. Elle n'a pas changé depuis mon départ. Les innombrables cadres au mur représentant notre famille sont toujours là, ainsi que les poutres apparentes qui traversent le plafond, l'énorme lustre en cristal qui rend l'escalier en marbre encore plus majestueux et les divers objets de décoration de luxe que s'est offert ma mère au fil des ans, disposés sur la commode victorienne dans le couloir du palier. Quelques peintures hors de prix acquises par mon père complètent l'ensemble. Tout est soigné, rangé au millimètre près. L'appartement ressemble à un musée. Tout est beau, à sa place, et demande à être observé, admiré. Mais il manque quelque chose d'important ici.

Une vraie famille unie.

Tandis que je me dirige vers la chambre de ma sœur, mon téléphone se met à vibrer dans ma poche. Je regarde brièvement l'écran et soupire.

Betty...

Je rejette l'appel sans scrupule. Le fait qu'elle cherche encore à me joindre vu la façon dont nous nous sommes quittés est incompréhensible. N'a-t-elle pas d'amour-propre ?

Je mets mon portable sur silencieux, puis je toque doucement à la porte de la chambre d'Élisa. Comme elle ne me répond pas, j'entrouvre le battant et je trouve ma sœur debout devant le miroir en pied près de sa fenêtre, son pull relevé, en train de s'appliquer quelque chose sur la peau.

– Qu'est-ce que tu as ? je lui demande.

Elle sursaute et tente de se cacher, mais je l'en empêche. Sur le bas de son dos, je découvre un bleu violacé, tirant vers le noir, qui s'étend sur une large surface de peau.

– Élisa, qu'est-ce que...

– C'est rien, dit-elle en refermant le tube de gel apaisant. Je suis tombée dans les escaliers, tu te souviens ? Et en plus de m'être blessée au coude, je me suis fait mal au dos. Mais ça va passer.

– Non, mais tu as vu la taille de ce bleu ?

– Ça va, je te dis.

J’attrape ma sœur par les épaules et je la force à me faire face.

– Si tu avais des problèmes ou s’il se passait quelque chose au lycée, tu me le dirais, n’est-ce pas ?

Elle soupire et tente de m’échapper mais je tiens bon.

– Réponds-moi ! j’insiste.

– Qu’est-ce que tu t’imagines ? grogne-t-elle. Je suis tombée, voilà tout. Pas besoin d’en faire un drame.

Je la fixe pendant un moment pour tenter de déceler toute trace de mensonge dans son expression. Mais elle soutient mon regard sans ciller.

– Tu voulais me dire quelque chose ? demande-t-elle.

Je la relâche, acceptant de changer de sujet pour le moment.

– Je voulais te dire que je suis désolé pour le dîner gâché, je soupire.

– Pas besoin. Après tout, les chances que ça se passe bien étaient proches d’un pour cent.

Je m’esclaffe.

– Seulement un pour cent ? Tu ne nous fais vraiment pas confiance.

– À tort, peut-être ?

Ma sœur rejette ses cheveux bouclés derrière ses épaules puis se dirige vers son lit. J’aperçois alors, enfermée dans un cadre, une photo de notre mère trônant sur sa table de chevet. Mon ventre se serre et je m'en approche pour la prendre et la regarder de plus près.

– Elle était belle, hein ? me dit Élisa.

J'acquiesce. Ma sœur lui ressemble beaucoup, et de plus en plus avec l'âge : même visage fin, mêmes yeux gris – nous les avons tous les trois, Bastian, Élisa et moi – et mêmes cheveux bouclés.

– Elle me manque tous les jours, m'avoue-t-elle d'une petite voix.

– Je sais, dis-je en m'installant sur son lit et en posant ma main sur la sienne. Elle me manque à moi aussi.

– Elle était si douce... Chaque nuit, elle venait me voir au moment du coucher et elle attendait que je m'endorme. Et quand elle voyait que j'étais sur le point de sombrer, elle me murmurait...

– « Rêve à l'infini, rêve l'impossible », je récite, parce que moi aussi, j'ai entendu cette phrase des centaines de fois.

En y repensant, je peux presque sentir la main de ma mère posée sur ma tête, ses doigts caressant mes cheveux, ses lèvres embrassant mon front...

Pendant un instant, Élisa et moi restons silencieux, perdus dans nos souvenirs.

Pendant un instant, nous sommes de nouveau avec *elle*...

Lorsque je reprends mes esprits, j'aperçois une larme qui coule sur la joue de ma sœur. Elle l'essuie, puis elle remonte sa couette jusque sous son menton et me dit :

– Je suis fatiguée.

Au fond, je sais qu'elle a surtout besoin d'être un peu seule et j'accepte de lui laisser son intimité.

– On se voit demain matin ? je lui propose en me levant. Je viendrai te chercher ici pour t'accompagner au lycée.

– Bien sûr.

Elle se tourne dans ma direction et me sourit doucement.

– Je t'aime, Nollan, souffle-t-elle. Merci d'avoir fait un effort ce soir.

– Je t'aime aussi.

Je quitte sa chambre, puis l'étage, tout en repensant à l'hématome gigantesque que j'ai découvert sur son dos. Plus j'y réfléchis, plus il me paraît clair qu'elle ne me dit pas toute la vérité. Je la revois si pressée de quitter le lycée quand je suis allé la chercher… Mon intuition me dit que quelque chose ne va pas. Est-ce que Bastian ou mon père s'en sont rendu compte ? Je ne suis revenu que depuis peu, et cela me semble déjà évident qu'il y a un problème.

Je me rends au salon, attrape une feuille de papier ainsi qu'un crayon, puis je commence à dresser une liste des choses qui me semblent essentielles de faire rapidement :

Découvrir ce qui se passe avec Élisa.

Prendre une décision concernant l'offre d'emploi à Paris.

Retourner au lycée pour m'assurer que la vision de l'autre fois n'était bien qu'une illusion.

Ce dernier point m'est venu spontanément, comme un appel de mon inconscient. Je n'arrête pas de penser à la silhouette que j'ai cru entrevoir quand j'ai retrouvé ma sœur devant son lycée. Quelque chose en moi me répète que c'est possible… que, peut-être, je ne me suis pas trompé, qu'*elle* était bien là.

J'ai besoin d'en avoir le cœur net.

CHAPITRE 11

JULIETTE

– Merci d'avoir pris le temps de nous recevoir, dis-je à la proviseure.

– Je vous en prie. Je reste à votre disposition si vous avez la moindre demande.

Léo et moi quittons le bureau. Dès que la porte se referme derrière nous, je me tourne vers mon frère en pointant un doigt rageur dans sa direction.

– Tu t'es fait virer de cours hier après-midi ? je m'indigne.

– S'il te plaît, ne crie pas.

– Bien sûr que je crie, Léo. D'abord tu te fais coller, ensuite tu sèches, et maintenant, tu te fais exclure. Qu'est-ce qui ne va pas chez toi ?

– Mais rien, le cours de chimie était juste chiant à mourir.

J'attrape mon frère par la manche de sa veste, pas du tout amusée.

– Je sais que tu es un ado de dix-sept ans et que par conséquent la puberté t'empêche de réfléchir correctement, mais il va falloir que tu te calmes, Léo.

Il me fixe d'un air revêche, mais heureusement, il ne réplique pas.

– Qu'est-ce qui se passe ? je reprends sur un ton plus calme. Parle-moi. Si tu as un problème, tu sais que tu peux tout me dire.

– Il n'y a rien du tout. Je ne suis quand même pas le seul lycéen qui ne supporte pas d'aller en cours, non ? D'ailleurs, Ethan aussi s'est fait virer.

– Je me fous de ce que fait ton abruti de pote. Celui qui m'intéresse, c'est toi !

Léo plisse les lèvres, puis il fourre les mains dans ses poches et grommelle :

– Tu parles comme une mère de famille.

Mes yeux s'écarquillent, et je mets une claque sur l'épaule de mon frère.

– Estime-toi heureux que ce ne soit pas le cas, parce que si j'étais ta mère, tu serais dans une merde sans nom, mon petit gars, dis-je.

Nous traversons les couloirs en direction de la sortie du lycée. J'entends Léo ronchonner derrière moi :

– … dirait vraiment une daronne.

Je décide de ne pas relever, mais je déclare :

– Je te préviens : à partir de maintenant, je te déposerai le matin au lycée et je viendrai te rechercher le soir. Je t'aurai à l'œil et je ne te lâcherai pas !

– Pardon ? s'esclaffe Léo. Alors déjà, c'est hors de question, et ensuite, même si tu le voulais, tu ne pourrais jamais faire ça. Tu bosses comme une dingue et tu finis super tard. Hors de question que je t'attende ici jusqu'à vingt heures.

– Tu te fous de moi ? Je ne crois pas que tu réalises que tu es à deux doigts de te faire virer du lycée à moins de cinq mois du bac.

Mon frère hausse les épaules en continuant à traîner des pieds. Ça me donne envie de lui crier à nouveau dessus.

– Quand les parents vont savoir ça… je soupire.

– Quoi ?

Léo trottine pour me rattraper.

– Tu ne vas pas leur dire, quand même ! proteste-t-il. Tu ne vas pas me faire ça, hein, Ju ?

– Je t'ai déjà bien trop couvert. Cette fois, tu es allé trop loin.

– Non… non, s'il te plaît, ne leur en parle pas. Ils vont me punir et m'obliger à rester à la maison, ils me priveront même de vacances d'été si ça se trouve !

– Qui sait, ça te remettra peut-être les idées en place ?

– Oh, allez, Ju, ne fais pas ça.

Léo se penche vers moi pour croiser mon regard et insiste :

– Ju…

– Chut.

– Ne m'oblige pas à te supplier.

– Tu devrais. Honnêtement, Léo, je ne vois pas pourquoi je continue à te couvrir. On dirait que tu fais exprès de te créer des problèmes.

Ses épaules s'affaissent, et son masque arrogant et rebelle disparaît. Je pousse un profond soupir de lassitude parce que, même s'il est parfois un sacré emmerdeur, je l'aime, ce gamin. Je ferai toujours tout pour le protéger.

– C'est la dernière fois, je lui annonce de mon ton le plus ferme.

Ses yeux se mettent immédiatement à pétiller.

– Je suis sérieuse, Léo, j'ajoute. À la prochaine incartade, je te livre en pâture aux parents et advienne que pourra, c'est compris ?

– Compris ! m'assure-t-il.

Il m'embrasse la joue, me faisant lever les yeux au ciel. À cet instant, mon portable se met à sonner.

– Va m'attendre devant le lycée et appelle-nous un taxi, dis-je à mon frère. Je n'en ai pas pour longtemps.

Je décroche alors qu'il s'éloigne à grands pas.

– Hector ?

– Je te dérange ? me demande mon mentor.

– Pas du tout. Qu'est-ce que je peux faire pour vous ?

– Je pense que nous avons trouvé la perle rare pour remplacer Emma.

– Vraiment ?

– Nous avons reçu une candidature en interne et le profil est vraiment très intéressant. Vu l'urgence de la situation, monsieur Amont et moi-même allons recevoir le postulant demain matin en entretien. S'il convient, nous l'engagerons immédiatement. Je sais que tu voulais superviser le processus de recrutement de bout en bout, mais ton emploi du temps de demain est surchargé, alors…

– Je comprends, ne vous inquiétez pas. Quelles sont ses qualifications ?

Tout en discutant avec Hector, je me mets en chemin pour rejoindre Léo. Je parcours un dernier couloir et j'arrive dans la cour du lycée déjà vide, car les élèves sont partis depuis un petit moment pour déjeuner.

– … et il a travaillé avec notre filiale américaine sur les deux dernières campagnes.

– Ça me semble super.

– Je t'ai fait parvenir son *book* par mail. Tu verras, je suis sûr que tu vas adorer.

– Je l'espère. En tout cas, j'ai hâte de rencontrer cette perle rare. Quand est-ce que je…

Soudain, en tournant à l'angle pour rejoindre la grille, je percute un corps de plein fouet. Mon téléphone m'échappe des mains et tombe sur le bitume. Je recule de plusieurs pas, déséquilibrée par le choc, le souffle coupé.

– Oh, bon sang, vous allez bien ?

Bien qu'un peu désorienté, mon cerveau se met immédiatement en alerte. Parce que cette voix, ce timbre chaud, il les connaît. Il les a enregistrés comme aucun autre.

Non... impossible.

Je lève la tête. Lorsque je découvre deux iris gris qui me fixent, je sens tout l'oxygène quitter mes poumons, et cette fois, cela n'a rien à voir avec la collision.

– Juliette ?

Oh mon Dieu. Oh mon Dieu. Oh mon Dieu.

– Juliette…

Il est là, et il est beau à couper le souffle.

Il est là, comme tout droit surgi du passé, téléporté dans mon présent.

Il est là, après onze ans d'absence, après tout ce qu'on a vécu.

Il est là, devant moi, plus réel que jamais…

Nollan De Villa.

CHAPITRE 12

NOLLAN

Juliette me dévisage comme un lapin pris dans les phares d'une voiture. Cela dit, je suis presque certain d'avoir la même expression qu'elle.

C'est incroyable.

Nous nous regardons sans échanger un mot, ce qui n'a rien d'étonnant : entre nous, tout s'est terminé dans les cris, les larmes et les reproches. Les onze années qui séparent notre rupture d'aujourd'hui m'ont donné l'impression d'être pris au piège dans une faille spatio-temporelle, les gens évoluant autour de moi tandis que je faisais du surplace. Tout ça parce que Juliette m'avait quitté et que la douleur abyssale de son absence m'empêchait d'avancer.

J'avais fait le deuil de notre relation ; enfin, c'est ce que je croyais. Parce qu'en la regardant, je comprends que je m'étais simplement résigné à l'idée que nos chemins ne se croiseraient jamais plus, et que je ne devais m'en prendre qu'à moi-même pour cela.

J'ai l'impression de la dévisager pendant des heures, et elle fait de même. La Juliette de dix-huit ans qui m'a laissé en plan dans la rue au beau milieu de la nuit a disparu, laissant place à une femme. Et quelle femme ! Oubliée, la beauté innocente qui la caractérisait auparavant. Juliette dégage maintenant une grâce scandaleusement attirante. Je n'ai jamais douté que le temps serait clément avec elle, mais le voir de mes propres yeux fait palpiter mon cœur. Ses yeux marron sont brillants, elle porte ses cheveux – dont je peux encore sentir la douceur sous mes doigts – en un carré qui met en valeur son visage en forme de cœur.

Elle est belle... Elle l'a toujours été.

– Salut.

Très profond comme début de conversation après onze ans, Nollan.

– Je... salut.

Ça me rassure que Juliette ne soit pas beaucoup plus inspirée.

– Comment tu vas ? je lui demande d'une voix rauque.

– Bien... Je vais bien.

Au fil des secondes, Juliette revient doucement sur terre. Son air choqué s'efface et son visage se ferme de plus en plus. Elle finit par croiser les bras sur sa poitrine : un geste à la fois de défense et de protection.

– C'est incroyable de se retrouver ici, lui dis-je.

– Incroyable, en effet.

Elle semble décidée à ne faire aucun effort pour animer la conversation, et je ne peux pas vraiment lui en vouloir. Je lui ai fait du mal, tant de mal qu'une décennie n'aura pas suffi à apaiser sa rancœur.

– Ça me fait plaisir de te voir, je reprends.

Ses yeux s'écarquillent, avant de s'étrécir de nouveau. Elle se baisse pour ramasser son téléphone et son sac. Je l'imite afin de lui donner un coup de main pour rassembler ses affaires qui se sont éparpillées, mais elle les saisit en un éclair avant de se relever.

– Ça te dirait qu'on aille prendre un café pour discuter un peu ? je lui propose.

– Impossible, déclare-t-elle. Je n'ai pas le temps, je dois y aller.

– Oh, je comprends… Alors, demain ? Ou un autre jour ?

– Non. Ni aujourd'hui, ni demain, ni jamais.

Elle s'élance à travers la cour du lycée. Je la rattrape en trottinant.

– Juliette, attends ! Je sais que la façon dont ça s'est terminé entre nous a été chaotique, et…

– Arrête ça, il y a prescription, me coupe-t-elle. On était jeunes et visiblement pas faits pour être ensemble.

– Non, on…

– Il y a prescription, je te dis. Tout va bien.

Je l'attrape par le bras et je la fais pivoter face à moi. Dès que nos yeux se croisent de nouveau, je ressens une violente tempête de souvenirs et d'émotion nous balayer tous les deux.

– Comment peux-tu dire qu'on n'était pas faits pour être ensemble ? je m'insurge.

– Parce que c'est la vérité, affirme-t-elle. Sinon, on ne se serait pas quittés. C'est la vie, c'est comme ça, personne ne peut rien y changer.

Je la dévisage, incrédule. Comment peut-elle croire à ce qu'elle raconte ? Ce n'est pas « la vie » qui nous a séparés, ce sont mes conneries. Mais Juliette semble s'être convaincue que nous n'étions rien de plus que de passage dans la vie l'un de l'autre…

Je refuse que ce soit vrai. Nos cœurs d'enfants se sont trouvés, et au fil des ans, ce qui nous unissait est devenu passionné, fort… incomparable.

– Écoute, je…

– Tout va bien, Ju ?

Je me tourne vers l'adolescent qui vient de se planter près de Juliette en vrai protecteur. Il ne me faut qu'un coup d'œil pour remarquer leur ressemblance et comprendre qu'il s'agit de son frère, Léo.

– Oui, tout va bien, déclare-t-elle.

– Le taxi nous attend, lui dit-il.

– J'arrive.

Elle se tourne à nouveau vers moi et me lance, complètement fermée :

– C'était sympa de te recroiser.

– Oui, c’était… sympa.

– Au revoir, Nollan.

Sur ce, elle quitte l’enceinte du lycée, et pour la seconde fois de ma vie, je la regarde partir sans rien faire pour la retenir.

CHAPITRE 13

JULIETTE

Ça te dirait qu'on aille prendre un café pour discuter un peu ?

Impossible, ce n'est pas arrivé.

Comment peux-tu dire qu'on n'était pas faits pour être ensemble ?

J'ai entièrement imaginé cette rencontre. J'ai certainement percuté quelque chose en sortant du lycée de Léo, mais ce devait être un poteau. Je me suis effondrée, j'ai perdu connaissance et j'ai complètement rêvé cet échange avec Nollan.

Alors pourquoi tu ne t'es pas réveillée par terre ou à l'hôpital, andouille ?

Tout mon corps est en état d'alerte maximale au moment où j'entre dans le bâtiment de mon entreprise. Heureusement, des années de contrôle sur moi-même m'aident à garder une apparence impassible.

Alors qu'à l'intérieur le Vésuve s'est réveillé et ne va pas tarder à entrer en éruption.

J'aperçois Iris installée à son bureau. Elle est en train de papoter avec Marc, le secrétaire de la RH, mais là, j'ai besoin d'elle de toute urgence.

– Non, je n'ai pas besoin de cours particuliers d'anglais, je m'en sors très bien avec mes bases, roucoule mon assistante.

Je me plante devant elle. Je dois ressembler à une folle furieuse, puisque cela fait déguerpir Marc instantanément.

– Capuccino avec double dose d'absolument tout, et toi avec. Maintenant, dans mon bureau.

– Oh, bon sang ! s'exclame Iris. J'arrive tout de suite, patronne. Quoi qu'il se passe, on va trouver une solution.

Je traverse l'*open space* aussi calmement que j'en suis capable à cet instant, mais je dois certainement renvoyer des ondes négatives, car aucun de mes collaborateurs ne m'arrête en chemin. Pourtant, en temps normal, je ne peux pas faire plus d'un mètre sans être sollicitée.

Arrivée à mon bureau, j'en ferme la porte derrière moi. Dès que je suis seule, je commence à faire les cent pas. Iris débarque quelques minutes plus tard et me tend le gobelet qui contient mon capuccino. J'en prends une longue gorgée, puis je souffle :

– Il est revenu…

– Qui ça ?

– Mais tu sais bien…

Iris fronce les sourcils.

– On parle en langage codé, maintenant ? Parce que franchement, je suis perdue. On dirait que tu m'annonces le retour de Voldemort et ce n'est pas fait pour me rassurer.

Je soupire et lève les yeux au ciel. Dire *son* prénom risque de me rendre encore un peu plus hystérique, mais puisque Iris a décidé de ne rien comprendre…

– Nollan ! Il est revenu.

– Non !

Mon assistante tire une chaise et s'y laisse tomber, abasourdie.

– Quand tu dis « revenu »…

– Dans ma vie, je précise en faisant les cent pas. Enfin, non, il est réapparu, plutôt.

– Attends, je ne comprends rien. Raconte-moi exactement ce qui s'est passé.

Je relate notre étrange rencontre à mon amie. Plus je parle, plus la tension monte en moi.

– Bon, commence déjà par arrêter de paniquer, me conseille Iris lorsque je me remets à faire les cent pas.

– Mais je ne panique pas !

– À d'autres. Tu hyperventiles comme une climatisation en fin de vie.

Je plante mon regard dans le sien.

– Parfois, je me dis que je devrais te virer.

Elle balaie ma remarque d'un geste de la main puis se lève et vient se planter devant moi.

– Je ne t'ai jamais vue perdre les pédales… déclare-t-elle. Et là, après seulement une brève rencontre, tu es déjà à deux doigts de la crise de nerfs.

– C'est Nollan, Iris ! *Le* mec qui a marqué ma vie.

– Et aussi celui qui t'a fait le plus de mal.

Je soupire en arpentant mon bureau.

– C'est vrai, dis-je. Je suis simplement sur les nerfs parce que je ne m'attendais pas à le voir. Mais c'est la première fois qu'on se croise en onze ans donc il y a peu de chances – de risques, je veux dire – pour que ça se reproduise.

– Exactement, m'approuve Iris. C'était une pure coïncidence. Ta vie va reprendre son cours et tu finiras par oublier cette rencontre.

– Tu as raison… c'est déjà en train de s'estomper, d'ailleurs.

Je me force à pouffer, mais mon rire a des accents hystériques qui ne trompent personne, pas même moi.

– Au fait, il est comment ? me demande mon assistante.

– C'est-à-dire ?

– Ben, vous aviez dix-huit ans la dernière fois que vous vous êtes vus. Vous en avez onze de plus aujourd'hui, alors est-ce qu'il s'est embelli avec l'âge ou est-ce qu'il s'est dégradé ?

Je repense à notre rencontre fortuite, et le visage de Nollan réapparaît clairement devant mes yeux.

Oh, eh bien, il a un corps magnifique, parfaitement affûté, un regard brûlant et un sourire charmeur. Mais surtout, il a le visage d'un amour qui m'a consumée de part en part et qui a peuplé mes plus beaux moments pendant des années avant de hanter mes souvenirs.

– Il est normal, je prétends en haussant les épaules.

Iris plisse les yeux, loin de gober mon bobard. Elle s'apprête à répliquer lorsqu'on toque à ma porte. Hector entre dans mon bureau et je me redresse, affichant mon air de joueuse de poker le plus convaincant.

– Je dérange ? demande-t-il.

– Pas du tout, je réplique. Iris et moi faisions un point sur mon planning, mais elle allait partir.

– À tout à l'heure, patronne, lance mon assistante en se dirigeant vers la porte. Je serai juste en face, au cas où…

Elle s'éclipse, et Hector s'approche de moi, les mains dans les poches.

– Tout va bien ? s'enquiert-il.

– Très bien.

– Je venais voir où tu en étais de la préparation du shooting.

– Tout est en place. Nous attendons simplement la confirmation de la nouvelle photographe. J'ai rendez-vous avec les modèles dans une semaine pour régler les derniers détails. Nous sommes dans les temps… enfin, nous le serons dès que nous aurons un graphiste à disposition pour nous créer tous les visuels dont nous avons besoin. Surtout que Karim a réussi à avoir plus d'encarts publicitaires dans le métro que prévu. Nos affiches doivent être à la hauteur.

– Je suis d'accord, confirme Hector. J'espère que le candidat interne que nous voyons demain matin conviendra. Si oui, nous serons en mesure de lui faire signer son contrat dans l'après-midi. Tu pourrais venir te présenter à ce moment-là. Plus tôt votre collaboration débutera, mieux ce sera.

– Aucun problème. Tenez-moi au courant de ce que vous pensez de lui. Le cas échéant, je serai là pour l'accueillir comme il se doit.

***

– Oui, je suis allée chercher Léo au lycée, hier… non, rien de grave, ne t'en fais pas. Venir dîner ce soir ? Impossible, mais on peut remettre ça à demain… oui… non, je ne le fais plus. Promis maman, je ne sors pas avec n'importe qui… Mais puisque je te dis qu'Iris m'a désinscrite de cette application !

Mon assistante, installée face à moi, lève les deux pouces en l'air.

– Bon, je dois te laisser, maman, dis-je. À demain. Je t'aime.

Je raccroche en soupirant, et je regarde Iris déposer sur mon bureau un capuccino et un croissant aux amandes, avant de l'entendre lâcher :

– C'est très bien de rassurer ta mère.

– Mais je ne la rassure pas, je lui dis la vérité, je réplique. Il y a deux jours, je t'ai demandé de supprimer mon compte sur ce site… J'espère que tu l'as fait ?

Mon assistante se cale dans sa chaise et se met soudainement à jouer avec le bout de ses cheveux.

– Iris…

– Je ne pensais pas que tu étais sérieuse ! plaide-t-elle. Je croyais que tu disais ça simplement parce que tu étais déçue de ton rencard avec le Stéphane Plaza du pauvre…

– Eh bien si, j'étais sérieuse. J'en ai marre de faire ça. Vraiment. Je veux que ça s'arrête.

La grimace de mon amie me fait tiquer.

– Iris ?

– Ben… tu as déjà un nouveau rendez-vous programmé.

– Quoi ? je m'exclame. Non, mais j'hallucine… Pourquoi tu ne m'écoutes pas quand je te parle ?

– Je t'écoute tout le temps, mais là, j'avoue… J'ai pensé au désert de ta vie sentimentale et je ne pouvais pas te laisser dans une telle situation. On ne peut pas accepter ça, Juliette.

Et c'est reparti avec le « on »…

– Je suis désolée, ajoute Iris en me regardant d'un air suppliant.

Je soupire et passe les mains sur mon visage, épuisée.

– Je te préviens, c'est le dernier, dis-je. Si après ça tu ne m'as toujours pas désinscrite, *tu* te coltineras les rencards.

– Je te le promets. Encore un et c'est terminé.

– Très bien.

Au moment où Iris s'apprête à partir, Hector fait son apparition dans mon bureau, l'air ravi.

– J'ai une bonne nouvelle : nous avons un graphiste ! s'exclame-t-il.

– Il vous a convaincus ?

– Plus que ça, même. Il revient en milieu d'après-midi pour signer son contrat. Tu seras présente, n'est-ce pas ?

– Promis.

Après ça, la journée file à une allure folle. Je passe un moment auprès de chacun de mes collaborateurs pour faire un point sur leurs avancées, puis je fais un tour au labo pour discuter des derniers détails sur les formules de Belle & Bio avec nos chercheurs. Entre ça et mes rendez-vous téléphoniques, je n'ai pas une minute à moi. C'est l'une des raisons pour lesquelles j'aime tant mon métier : je n'ai jamais le temps de m'ennuyer.

À quinze heures, je me rends à l'étage de la direction pour faire la rencontre de la nouvelle recrue. Pragmatique, je lui ai déjà fait une liste de ce sur quoi il va pouvoir travailler dès son arrivée dans l'entreprise.

Je toque à la porte puis j'entre.

Hector est assis derrière son bureau, et pendant un instant, je ne vois mon nouveau collaborateur que de dos… sauf que même ainsi, je *sais* qui il est.

Ma conscience refuse d'y croire tandis que mon cœur commence déjà à battre la chamade.

Le graphiste se lève et se tourne vers moi au moment où j'arrive à sa hauteur. Et je vois ses cheveux bruns légèrement bouclés sur le dessus, ses yeux gris, sa haute stature, son corps taillé dans la pierre.

Je suis face à l'incarnation de mes souvenirs, face à un visage angélique que je ne connais que trop bien.

Mon Dieu, ce visage.

Son visage.

Ça recommence.

La main tendue, je reste immobile, figée.

– Bien, maintenant que vous êtes là tous les deux, il est temps de faire les présentations, déclare Hector. Juliette, voici Nollan De Villa, le graphiste qui va travailler sur notre campagne d'été. Nollan, je vous présente Juliette Leroy, notre directrice du marketing, l'un de nos meilleurs éléments.

Paralysés, nous nous dévisageons sans un mot tandis qu'Hector continue de déblatérer tout seul.

– … suis certain que vous allez former une équipe fantastique tous les deux.

Oh, nom de Dieu !

CHAPITRE 14

JULIETTE

Le temps s'arrête. Ma tête tourne. Est-ce qu'un tremblement de terre vient de se déclarer ? Parce que mes jambes flageolent tellement que j'ai du mal à tenir debout. Mon cœur accélère… Je me sens oppressée. Et si j'étais en train de faire une attaque ?

Sous le choc, je reste là, immobile, à fixer Nollan droit dans les yeux, la bouche entrouverte d'effroi.

– C'est une plaisanterie, dis-je dans un souffle.

– Juliette, fait-il, l'air amusé par la situation.

Ça en fait au moins un. Parce que moi, je ne la trouve pas drôle du tout.

– Vous vous connaissez ? demande Hector.

La voix de mon mentor m'aide à redescendre sur terre. Ça, et la crampe qui paralyse mes muscles tendus, alors que j'étais main en avant, prête à saluer mon nouveau collaborateur comme il se doit.

Voir Nollan à nouveau devant moi réveille une douleur que je croyais apaisée depuis longtemps.

– Juliette ?

Je romps le contact visuel avec mon amour d'enfance pour reporter mon attention sur Hector. Mon cœur bat si vite… C'est comme s'il cherchait à s'enfuir loin de *lui*, de cet homme pour lequel il s'est mis à nu, pour lequel il s'est dévoilé sans protection, ne récoltant que de la douleur en retour.

– Tout va bien ? m'interroge Hector.

– Bien sûr, je réponds après avoir dégluti. J'ai simplement eu un petit moment d'absence.

– Bon… Je m'apprêtais à faire visiter les lieux à monsieur De Villa et à faire le tour de l'*open space* pour lui présenter les collaborateurs, reprend mon supérieur. Tu veux nous accompagner ?

– Non, j'ai… beaucoup de travail.

Je tente de faire bonne figure, mais grands dieux, que c'est compliqué. Et le regard perçant de Nollan que je sens braqué sur moi n'aide vraiment pas.

– Je comprends, déclare Hector. Cependant, j'espère que tu veilleras à bien accueillir notre nouveau collaborateur et à l'intégrer au sein de l'entreprise.

– Cela va de soi.

Oh que non. Hors de question que je m'approche de Nollan. Et s'il pouvait s'intégrer à des milliers de kilomètres d'ici, ça m'arrangerait.

– Si vous n'avez plus besoin de moi… dis-je en reculant vers la porte.

– Juliette…

Je quitte la pièce avant que Nollan ne puisse terminer sa phrase. Une fois dans le couloir, je garde contenance le temps de rejoindre l'ascenseur puis, une fois à mon étage, je sprinte jusqu'à mon bureau. Mes talons résonnent sur le parquet, les membres de mon équipe me dévisagent, surpris, et je manque même de percuter mon assistante qui m'attend.

– Pas maintenant, Iris, je lui lance.

– Mais patronne, c'est important.

– J'ai dit : « pas maintenant ».

Je claque la porte de mon bureau et m'appuie contre le battant en relâchant le souffle coincé dans ma gorge depuis que j'ai découvert Nollan.

Merde, alors. Il va vraiment travailler ici ? Avec moi ?

Bon sang, mais comment est-ce possible ? Au moment où je l'ai quitté, il s'apprêtait à entrer dans l'une des meilleures écoles de commerce du pays, chapeauté par le paternel De Villa en personne – il voulait s'assurer que l'avenir de son fils soit parfaitement tracé. Pourquoi donc Nollan a-t-il fini par se tourner vers le design ?

Quand je pense qu'il vient de se dégoter un contrat ici, dans *mon* entreprise, sur *mon* territoire…

J'ai envie de retourner dans le bureau d'Hector pour lui demander de retirer son offre d'emploi. Mais j'ai conscience que ce serait vain. D'abord parce que nous ne pouvons plus nous permettre de travailler sans graphiste. Les jours passent, mais les délais restent les mêmes : nous nous trouvons sur une corde raide. Et aussi parce qu'Hector me demanderait certainement de me justifier. Si je lui expliquais que mon passé avec Nollan risque de compromettre notre collaboration, il remettrait ma conscience professionnelle en cause… Pire, il pourrait douter du bien-fondé de me recommander pour prendre sa suite dans cinq ans.

J'ai travaillé bien trop dur pour arriver là où j'en suis. Je ne peux pas me permettre de tout faire foirer pour un amour de jeunesse qui est parti en fumée il y a onze ans.

C'en est trop.

Je traverse mon bureau, ouvre la fenêtre et prends de grandes bouffées d'air frais.

Tout va bien se passer. Tu n'auras qu'à l'ignorer. Tu vas y arriver, ma fille.

Pour me calmer, j'observe le parc qui s'étend en bas de l'immeuble. Cet écrin de verdure est exclusivement réservé aux employés de l'entreprise et j'ai toujours adoré avoir cette vue depuis mon poste de travail.

– Patronne ? j'entends derrière la porte.

– Iris… je grogne.

Mon assistante entre dans la pièce et referme la porte derrière elle. Lentement, elle s'approche de moi en me détaillant, pour tenter de comprendre ce qui cloche.

– Qu'est-ce qui se passe ? me demande-t-elle.

– Rien, tout va bien, je mens.

– Juliette…

– Je te dis que tout va bien.

Iris hausse les sourcils, peu habituée à ce que je me montre aussi sèche. Je soupire, m'excuse, puis lui avoue :

– Nollan…

– Encore lui ? s'exclame mon amie. Tu devrais vraiment oublier cette rencontre et passer à…

– C'est lui, le nouveau graphiste. Hector vient de l'engager.

– Sans déconner ?

– J'aimerais te dire que c'est une plaisanterie, mais malheureusement, non.

– Alors ça veut dire que vous allez travailler ensemble ? Que vous allez vous voir tous les jours ?

Je hoche lentement la tête. Plus je prends conscience de ce que l'embauche de Nollan implique, plus les battements de mon cœur accélèrent.

– Mais je ne veux pas en parler, dis-je. J'ai besoin d'encaisser, là.

– Tu es sûre ? s'enquiert Iris.

– Certaine ! Maintenant, on se concentre sur le boulot.

Mon assistante s'approche et pose une main sur mon avant-bras pour tenter de m'apporter un peu de réconfort. Je lui souris. Elle s'installe sur la chaise devant elle en ouvrant un dossier. Pendant un moment, nous passons en revue les dernières modifications apportées à l'organisation du shooting. Ce matin, la photographe a accepté notre offre financière et le lieu est officiellement réservé. Grâce à ces bonnes nouvelles, j'arrive à faire abstraction de la bombe qui m'a explosé au visage il y a quelques minutes pour me focaliser sur mon travail, et en particulier sur les propositions de tenues pour les modèles, qui ne me conviennent pas.

– Il est hors de question de négliger le moindre détail, j'assène. Je veux que cette campagne soit si parfaite qu'on ne puisse pas trouver un seul élément bancal.

– Ça va être un travail de dingue de refaire une garde-robe entière, me rappelle Iris en prenant des notes sur son iPad.

– C'est pour ça que tu as voulu être mon assistante, non ? La pression, les imprévus, tu sais les gérer à la perfection.

Mon amie sourit, m'adresse un salut militaire qui me fait lever les yeux au ciel et m'esclaffer, puis elle quitte mon bureau au pas de course.

Je tente de rester calme. Mais dès que je me retrouve seule, la panique refait surface.

J'adore mon travail et je me sens bien dans cette entreprise. En débarquant dans mon sanctuaire, Nollan risque de tout foutre en l'air…

Des petits coups résonnent contre la porte, me coupant dans mes réflexions. Certaine que c'est mon assistante qui revient à la charge, je m'écrie :

– Je ne veux rien entendre, Iris. Demande à Tina qu'elle te donne un coup de main si tu veux, ce n'est pas un problème, mais…

– Juliette.

Je me retourne dans un sursaut. Sous mon regard choqué, Nollan referme la porte de mon bureau derrière lui.

– Ça me fait plaisir de te voir… encore une fois, me dit-il.

Il s'approche, très près, bien trop près. Ces yeux gris qui plongent dans les miens, ce sourire charmeur qui tente de m'amadouer…

C'est toujours mon Nollan.

Je me reprends et me redresse, affichant mon air le plus contrarié. Il n'en tient pas compte et me demande :

– Comment tu vas ?

– Parfaitement bien, j'affirme en croisant les bras. Je croyais d'ailleurs te l'avoir déjà dit hier.

Ma stupeur dissipée, la rancœur prend place en moi et je me sens prête à affronter ce fantôme de mon passé avec toute la combativité dont je dispose.

Levant les mains en signe de paix, Nollan reprend :

– Juliette, écoute, je sais que tu m'en veux encore pour…

Je le coupe :

– Si je t'en voulais encore, ça voudrait dire que tu comptes toujours pour moi et ce n'est pas le cas.

– Ne dis pas ça…

– Qu'est-ce que tu fais ici ? Dans cette entreprise, je veux dire. Je refuse de croire que c'est une coïncidence. Alors, quoi ? Tu as fait des recherches sur moi ?

– Sérieusement ? Pourquoi est-ce que j'aurais attendu onze ans avant de me montrer ? J'ai travaillé pour votre filiale internationale, voilà comment j'ai entendu parler du poste.

Destin à la con...

– Écoute, on va travailler ensemble, ajoute-t-il. Vu ce qui nous lie, je ne veux surtout pas que...

– Il n'y a plus rien qui nous lie, je prétends en tentant de paraître la plus convaincante possible.

Il secoue la tête et sourit tristement.

– On sera toujours liés, Juliette. Mais je comprends que tu m'en veuilles. Honnêtement, je ne peux pas te le reprocher.

– On est tous les deux passés à autre chose, pas besoin de ressasser.

Nollan me dévisage un long moment, avec tant d'intensité que je crains que mes forces ne m'abandonnent. C'est toujours comme ça avec cet homme : il a la faculté de démolir tous les murs que je bâtis autour de moi, peu importe leur hauteur.

– Juste pour que ce soit clair, dis-je en m'approchant d'un pas. Je travaille ici depuis huit ans et cette campagne est la mienne. J'ai sacrifié énormément de choses pour la voir naître et je ne te laisserai pas la détruire.

– La détruire ? Mais pourquoi veux-tu que je fasse une chose pareille ?

– Parce que notre entente n'a rien d'idyllique. Et tout le monde sait que quand il y a des tensions dans une équipe, ça devient vite l'enfer.

– Écoute, je…

– Non, *toi*, écoute-moi. Refuse ce poste. Tu as un droit de rétractation, tu peux aller dire à Hector que tu t'es trompé et que tu reviens sur ta décision.

– Quoi ?

– S'il te plaît… Refuse ce poste, Nollan.

La bouche entrouverte, il me dévisage.

– Je sais que notre collaboration ne marchera pas, et je refuse de mettre ma carrière en péril, j'insiste.

– Elle ne sera pas en péril, je te le…

– Ah non ! Ne me fais aucune promesse, je m'écrie.

Contrit, Nollan fourre ses mains dans ses poches.

– L'idée de travailler avec moi te rebute vraiment à ce point ? me demande-t-il.

Plongée dans ses yeux couleur tempête, j'ai du mal à garder mon air revêche. Surtout que sa question me désarçonne.

Ce dont j'ai peur, c'est que passer du temps en ta compagnie ne rouvre les blessures que tu as infligées à mon cœur…

– Oui, dis-je, tandis que mon pouls se met à battre plus vite.

Le visage de Nollan se ferme et j'aperçois – furtivement – un voile de tristesse brouiller son regard.

– Bien… souffle-t-il. Dans ce cas, je vais refuser la proposition d'Hector. Je ne veux pas te déranger dans ton travail ou te mettre mal à l'aise.

Droite dans mes escarpins, je traverse mon bureau, ouvre la porte en grand et fais signe à Nollan de quitter la pièce. Poussant un long soupir, il se met en marche. En passant à côté de moi, il s'arrête cependant et pivote dans ma direction, les yeux remplis de tendresse.

– Je suis heureux de t'avoir revue, Juliette, me confie-t-il. Au revoir.

Mon cœur s'emballe. Je m'en veux de ce que je lui ai dit, de la façon dont je le lui ai dit. Mais ce qui est fait est fait.

Je détourne le regard, la bouche close et le corps raide. Comprenant qu'il n'obtiendra rien de plus de ma part, Nollan secoue la tête et quitte mon bureau.

***

Le soir, quand je rentre chez moi, mon esprit est toujours obnubilé par Nollan.

J'ai refusé la proposition d'Iris d'aller boire un verre et reporté le nouveau rencard que m'avait dégoté mon assistante via l'application de rencontre. Je n'ai été en contact avec Nollan que quelques instants, et voilà déjà les répercussions que cela a sur ma vie… Je n'ose imaginer quelles pourraient être les conséquences d'une collaboration entre nous sur la durée.

Je m'oblige à me répéter que lui demander de refuser le poste était la meilleure des solutions. Dans quelque temps, j'oublierai avoir revu mon premier amour, je reprendrai le cours de ma vie et tout ira pour le mieux.

Malgré tout, sa réapparition a fait naître la mélancolie de notre passé commun. Et c'est elle qui me pousse à aller dans ma chambre, à ouvrir le dernier tiroir de ma commode et à le fouiller à la recherche d'une petite boîte à bijoux en bois.

Lorsque je m'en suis emparée, je m'assieds sur le lit et je la fixe pendant plusieurs minutes, essayant de trouver le courage de l'ouvrir. À l'intérieur se trouvent les vestiges d'un passé heureux, d'une autre vie.

J'aurais pu m'en débarrasser après ma rupture avec Nollan. J'aurais pu vouloir tout oublier… mais j'étais trop meurtrie par notre séparation. J'avais besoin de quelque chose pour me rappeler que les moments de bonheur que nous avions vécus avaient bien existé.

Après avoir tergiversé pendant un moment, je finis par ouvrir la boîte. À l'intérieur se trouvent une chaîne en argent aux mailles larges, ainsi qu'un anneau en métal trop large pour mes doigts. À côté gisent de minuscules tiges de fleurs nouées entre elles, si desséchées que je n'ose pas les toucher.

La bague que Nollan m'avait fabriquée lorsque nous nous sommes mariés sur la plage à l'âge de neuf ans…

Les larmes aux yeux, je serre la petite boîte contre moi.

Pour moi, Nollan représente l'été et l'innocence, le bruit des vagues et l'odeur de la mer, la chaleur du sable et les couchers de soleil. Des discussions interminables au téléphone, des journées, des week-ends passés chez l'un ou chez l'autre, des nuits à la belle étoile, des rires et des baisers, des mains qui s'enlacent et se caressent.

Des promesses… qui se sont finalement révélées n'être rien d'autre que ça.

CHAPITRE 15

JULIETTE

Onze ans plus tôt

Le chauffeur de taxi m'aide à sortir mon sac de voyage de son coffre, puis il remonte dans sa voiture et s'éloigne. Sur le trottoir, je prends le temps de respirer profondément. Une petite appréhension est née en moi dès que je suis arrivée gare de Lyon, et elle n'a fait qu'augmenter alors que je traversais cette immense et magnifique fourmilière qu'est Paris.

Poussée par l'impatience de revoir Nollan, je traîne ma valise jusqu'à la porte de l'immeuble. Là, j'appuie sur l'interphone. La grille s'ouvre immédiatement, sans que quiconque me pose la moindre question. J'entre à l'intérieur du bâtiment, qui sent bon le bois verni, et je me dirige vers l'ascenseur. Je suis sur le point de l'appeler lorsque ses portes s'ouvrent et que Nollan apparaît.

Immédiatement, je souris. Je fais un pas dans sa direction, mais il attrape mon visage et fonce sur mes lèvres tout en me faisant reculer jusqu'au mur voisin. Je l'enlace, m'accrochant à ses épaules, tandis qu'il murmure contre ma bouche :

– J'attendais ton arrivée à la fenêtre.

Je m'esclaffe avant de passer mes bras autour de sa nuque et de me hisser sur la pointe des pieds pour être encore plus proche de lui.

– Tu m'as tellement manqué, je susurre entre deux baisers.

– Toi aussi…

Nollan mordille ma lèvre inférieure. Mon estomac se serre, ma gorge se noue. Lui et moi sommes officiellement ensemble, mais notre relation est à distance, ce qui n'est pas toujours facile. Durant ces deux dernières années, nous avons réussi à nous voir douze fois – je les ai évidemment comptées. Nollan s'est déplacé chez moi dix fois ; pour ma part, c'est seulement la troisième fois que je viens le voir à Paris. Il m'a fallu négocier pendant de longs mois pour que mes parents acceptent de me laisser passer tout un week-end à la capitale. La décision a été difficile à prendre pour eux, notamment parce que payer un billet de train n'était pas prévu dans leur budget de ce mois-ci, et je n'oublierai pas qu'ils ont fait cet effort pour moi. J'espère un jour pouvoir leur rendre au centuple ce qu'ils m'ont donné…

Les coups de téléphone, les nombreux mails et les messages nous aident à supporter la distance, Nollan et moi, mais le manque est très souvent là.

– Trois mois sans toi… soupire mon petit ami. Que c'est long, Juliette.

– Pour moi aussi, ça l'a été.

Je pose mon front contre le sien en ajoutant :

– C'est notre dernière année de lycée. À la rentrée, j'intégrerai une fac parisienne. On vivra dans la même ville, on pourra se voir autant qu'on le voudra.

– J'ai tellement hâte de te serrer dans mes bras chaque heure de chaque jour.

Nollan enfouit son visage dans mon cou avant de prendre une longue inspiration.

– Je t'aime, ma Juliette, me souffle-t-il.

– Je t'aime, mon Nollan.

– « Oh ! pour elle, les torches redoublent leur éclat ! Elle est comme un joyau sur la joue de la nuit.[2] »

Je souris. Depuis quelques semaines déjà, Nollan passe son temps à me réciter des passages de *Roméo et Juliette*. Il m'a dit qu'il n'avait lu la pièce que pour moi et cela m'a fait tomber encore plus amoureuse de lui.

---

2. Citation extraite de *Roméo et Juliette*, de William Shakespeare, traduction par François Laroque (Le Livre de Poche, 2005). Toutes les citations de la pièce sont tirées de cette édition.

Nous restons un instant enlacés, pour tenter de rattraper toutes ces semaines, ces mois passés l'un sans l'autre. Enfin, je quitte la chaleur de ses bras, il attrape mon sac de voyage et nous grimpons tous les deux dans l'ascenseur.

– Ma mère va être trop contente que tu sois là, me dit-il.

– C'est réciproque. Et j'ai hâte de voir Élisa. Et Bastian ? Il est chez vous ?

– Tu as de la chance, il est revenu de Londres il y a deux jours. Il a de courtes vacances après ses examens et il est venu se reposer ici. Ça fait tellement de bien de le retrouver…

– Vous êtes si proches, tous les deux, dis-je, la tête posée contre l'épaule de Nollan.

– C'est le meilleur, confirme-t-il au moment où les portes de l'ascenseur s'ouvrent.

Nous traversons un petit couloir, puis nous entrons dans l'appartement de sa famille. Comme chaque fois que je viens ici, je suis subjuguée par le luxe qui y règne.

– Juliette !

Anna De Villa, une grande et belle femme élancée aux cheveux bruns bouclés, s'approche avec le sourire, les bras grands ouverts. Je lui rends son étreinte avec plaisir. Elle est si gentille, si douce, si maternelle… Le parfait opposé de son mari, Thomas, qui me dévisage d'ailleurs sans rien dire, planté dans l'encadrement de la porte de la salle à manger.

Le père de Nollan ne m'aime pas, et ce depuis notre première rencontre sur la Côte d'Azur alors que je n'avais que neuf ans. Je crois que c'est mon niveau social inférieur qui le dérange. Après tout, je viens d'une famille dont les parents ne sont pas diplômés de grandes écoles, voire pas diplômés du tout, une famille qui peine à joindre les deux bouts tous les mois, une famille qui doit se priver de vacances et d'activités pour pouvoir se nourrir toute l'année... Cela dit, quand on est PDG d'une multinationale, qu'on possède des pied-à-terre aux quatre coins du pays et qu'on fait partie des deux cents plus grosses fortunes de France, je peux comprendre qu'on craigne les profiteurs.

Toutefois, ce qui est troublant, c'est qu'il se métamorphose en présence de son épouse, comme si seule Anna arrivait à faire ressortir son côté humain. Chaque fois qu'il la regarde, l'amour emplit son regard, et même s'il est loin d'être mon De Villa préféré, je le trouve touchant dans ces moments-là. Et pour Nollan, je fais tous les efforts possibles pour tenter d'entrer dans ses bonnes grâces, malgré les réticences qu'il entretient à mon égard.

– ZULIETTE.

Une petite tornade aux cheveux bouclés se jette dans mes jambes. Je me baisse en souriant et je la soulève dans mes bras.

Élisa va bientôt avoir six ans et c'est une petite fille adorable. Comme je ne la vois pas aussi souvent que je le voudrais, j'ai l'impression qu'elle a grandi de dix centimètres chaque fois que je la retrouve.

– Salut, belle-sœur.

Bastian descend les marches de l'escalier et vient m'enlacer rapidement. Ensuite, c'est au tour de Suzie, la gouvernante de la famille, de me lancer :

– Bonjour, mademoiselle Juliette.

– Suzie, je vous ai déjà dit de laisser tomber le « mademoiselle ».

– Et je vous ai déjà dit de me tutoyer, réplique-t-elle en me souriant tendrement.

– Vous d'abord.

Elle s'esclaffe, tapote mes mains et retourne dans la cuisine de sa démarche dynamique.

– Comment va ta famille ? me demande Anna.

– Mon père a quelques petits soucis de santé en ce moment, mais on espère que ça ira pour lui. Je pensais que ma mère vous l'aurait dit dans un de ses mails.

En voyant Anna rougir légèrement, je me demande si je n'ai pas fait une gaffe. Peinée, la mère de Nollan souffle :

– Elle a sûrement dû oublier. Ça fait un petit moment que nous ne nous sommes pas écrit. Mais j'espère en tout cas que ton père ira mieux. Tu lui diras qu'on lui souhaite tous…

– Anna !

Le ton cassant de Thomas coupe Madame De Villa en plein élan. Les joues encore plus rouges, elle m'adresse un petit sourire triste, laissant sa phrase en suspens.

– Tout le monde est prêt ? Il va être l'heure de partir, lance le patriarche.

Déboussolée, je me tourne vers Nollan. Gêné, il passe une main dans ses cheveux et me dit :

– Nous sommes invités chez des amis de la famille. Ça fait déjà plusieurs semaines que le dîner est prévu, mais j'avais complètement oublié.

– Oh, d'accord.

– Nous comprendrions que tu veuilles rester ici pour te reposer de ton voyage, me dit Thomas.

Traduction : il ne veut surtout pas m'avoir dans les pattes.

– N'importe quoi, réagit Nollan. Juliette vient d'arriver pour passer le week-end, on ne va pas la laisser toute seule ici en attendant notre retour.

– Nollan a raison, chéri, l'appuie Anna. Juliette, je sais que tu aurais certainement aimé faire autre chose de ta soirée, mais que dirais-tu de nous accompagner ? Nollan et toi pourrez partir tout de suite après le dessert, avant que les hommes ne se mettent à parler de politique et de croissance du CAC 40.

Tous les regards sont braqués sur moi, dans l'attente de ma réponse. Je m'étais imaginé des retrouvailles tendres avec Nollan, mais dans ces conditions, je ne me vois pas décliner l'invitation. Alors je souffle :

– Avec plaisir.

Nollan serre discrètement ma main pour me remercier.

Moins de vingt minutes plus tard, tout le monde est prêt à partir. Je me sens mal à l'aise dans mon jean, mes sneakers et mon t-shirt blanc acheté il y a des mois dans une enseigne de prêt-à-porter. Griffés des pieds à la tête, les De Villa sont d'une classe folle. Même Élisa porte de petites sandales de marque.

Nous quittons l'appartement et descendons dans la rue, où deux berlines rutilantes nous attendent. Les parents de Nollan ainsi que Bastian et sa petite sœur montent dans le premier véhicule, mon petit ami et moi dans le second. Puis les voitures quittent le quartier des Champs-Élysées pour se diriger vers celui du Trocadéro. L'espace de quelques instants, je regarde, subjuguée, la capitale défiler par la vitre teintée. Et dire que l'année prochaine, j'étudierai dans cette ville… J'ai hâte de me sentir parisienne.

Nollan attrape doucement mon bras et m'attire contre lui. Pendant le trajet, nous n'échangeons pas un mot, bien trop occupés à profiter de l'étreinte de l'autre et à nous embrasser.

Quand les véhicules se garent, Nollan et moi sortons du nôtre main dans la main, et nous pénétrons tous dans l'immeuble. L'ascenseur nous mène jusqu'au dernier étage, où nous sommes accueillis par le majordome des Rousseau, le couple d'amis des De Villa. En entrant dans leur appartement, je suis éblouie par la beauté des lieux, comme chez Nollan. Je me sens étrangement petite au milieu de tout ce faste, comme si j'étais en visite dans un musée.

Le majordome nous conduit jusque dans le salon, dans lequel nous attendent nos hôtes. À côté de monsieur et madame Rousseau se trouve une jeune fille qui a l'air d'avoir notre âge, à Nollan et moi. Elle salue chaleureusement les De Villa et a même droit à un grand sourire de la part de Thomas. Mais face à mon petit ami, elle semble un peu gauche, et je ne peux m'empêcher de remarquer une pointe de déception passer dans son regard quand elle le pose sur moi. Je n'aime pas du tout l'intérêt qu'elle a l'air de porter à Nollan… Ce dernier, qui doit sentir ma tension, presse doucement ma main dans la sienne pour me rassurer.

Après un gros quart d'heure de conversation, nous passons à table. La salle à manger est à couper le souffle. Sans mentir, je suis certaine que l'appartement entier de mes parents pourrait y tenir. Et la table qui y est dressée est d'un raffinement rare. Je suis placée entre Nollan et Bastian ; quant à Inès, la fille des Rousseau, elle s'assied face à mon petit ami.

Devant moi sont posés plusieurs verres de toutes formes et de toutes tailles, ainsi que de nombreux couverts. Quand l'entrée arrive, je suis perdue, incapable de déterminer quelle fourchette je suis censée utiliser. Mon « filet de turbot snacké au sésame et son risotto de champignon à la truffe » me narguent depuis mon assiette… Heureusement, Nollan me fait un signe discret pour m'indiquer quoi employer, et je le remercie d'un sourire.

La nourriture est délicieuse, mais plus le dîner se prolonge, plus il se transforme en calvaire pour moi. Je refuse du vin sous les regards rieurs, je coupe mes feuilles de salade en petits morceaux dans le silence général, je sauce le plat avant de m'arrêter brusquement face aux sourcils froncés de Thomas De Villa, et pour finir, je pose sans m'en rendre compte mes coudes sur la table, ce que la petite Élisa me fait remarquer, hilare.

En bref, c'est une catastrophe. Mais au moins, mes faux pas font rire Nollan, ce qui me permet de me détendre. Inès, elle, saisit la moindre occasion pour se moquer de moi, ce qui ne me plaît pas du tout. Cependant, je préfère ne rien dire.

Juste avant l'arrivée du dessert, monsieur Rousseau lance une conversation à laquelle Nollan participe activement. L'entendre parler avec tant d'aisance de géopolitique et d'économie me fait l'aimer encore davantage. Je me souviens qu'à neuf ans je pensais qu'il était le garçon le plus intelligent du monde. En grandissant, j'ai évidemment compris que ce n'était pas tout à fait vrai, mais il continue de m'éblouir.

Soudain, madame Rousseau s'adresse à moi pour la première fois de la soirée :

– Juliette, parlez-nous un peu de vos parents. Quelle profession exercent-ils ?

Je prends le temps de tamponner ma bouche avec la serviette – plus douce que n'importe quel tissu chez moi –, mais avant que je ne puisse répondre, monsieur De Villa me coupe l'herbe sous le pied :

– Ils sont dans la finance. N'embêtons pas Juliette avec ça… Au fait, Inès, où vas-tu aller après ton bac ?

– En prépa, dans le but de viser les écoles de commerce ensuite. Le choix a été facile : j'ai rejoint celle qui a les meilleures statistiques aux concours.

Le père de Nollan sourit à la jeune fille… et moi, je n'ai envie que d'une chose, ramper sous la table pour me cacher.

Jusqu'alors, jamais de ma vie je n'avais ressenti d'humiliation, mais ce soir, j'ai honte.

Honte de mes parents.

Honte d'être la fille d'un ouvrier et d'une femme de ménage.

Honte de n'être pas née dans une famille aisée.

Honte de ne pas être capable de m'intégrer aux conversations que mènent les personnes assises autour de cette table.

Honte… d'être moi.

Les larmes me montent aux yeux si vite que j'ai du mal à les contenir. D'aussi loin que je me souvienne, j'ai toujours été admirative de mes parents, du courage avec lequel ils ont surmonté les épreuves sur leur chemin, de leurs sacrifices et de l'amour qu'ils nous communiquent sans cesse, à Léo et moi.

Mais aujourd'hui, sous le regard de ces gens, à cause de la réflexion d'un homme, je me prends à souhaiter qu'ils aient été différents… et je m'en veux énormément pour cela.

Ma réaction ne passe pas inaperçue aux yeux de Nollan. Il pose une main sur ma cuisse pour me réconforter, mais je peux sentir la colère irradier de son corps. Quant à madame De Villa, elle foudroie son mari du regard.

À cet instant, le dessert est servi. Mon petit ami avale le sien en vitesse avant de se lever brusquement, de prendre ma main et d'annoncer :

– Monsieur et madame Rousseau, merci infiniment pour votre invitation. Juliette et moi aurions beaucoup aimé rester encore en votre compagnie, mais il est temps pour nous de rentrer. J'espère que vous ne nous en tiendrez pas rigueur.

– Pas du tout, allez donc vous amuser.

– Merci beaucoup.

Je salue tout le monde d'un geste de la main en m'efforçant de présenter mon sourire le plus convaincant. Main dans la main, Nollan et moi quittons ensuite l'appartement. Alors que nous attendons sur le trottoir devant l'immeuble que le chauffeur nous ramène la voiture, quelqu'un s'exclame derrière nous :

– Nollan !

Nous nous retournons tous les deux. Bastian trottine dans notre direction en souriant doucement. Il sort un trousseau de clés de sa poche, qu'il tend à son frère.

– Ce sera plus pratique pour rentrer chez nous, tu ne penses pas ?

Nollan s'esclaffe rapidement, avant de reprendre son air contrarié.

– Hé, ne fais pas attention à papa, d'accord ? lui lance Bastian. Ignore-le.

– Comment veux-tu que j'y arrive ? s'indigne mon petit ami. Tu te rends compte de ce qu'il vient de faire ? Et devant tout le monde, en plus ?

– Crois-moi, j'en suis aussi dégoûté que toi, soupire Bastian. L'argent et le pouvoir, c'est tout ce qui l'intéresse. Mais vu le regard que maman lui a lancé, il ne va pas s'en tirer comme ça.

– Un jour, il faudra que quelqu'un lui dise ses quatre vérités, rumine Nollan.

– Et ce ne sera pas toi qui t'en chargeras, dis-je en posant ma main sur son bras. Je ne veux pas que tu te disputes avec ton père, surtout pas à cause de moi.

À cet instant, la voiture se gare devant nous. Bastian et Nollan se donnent l'accolade, puis nous montons à l'intérieur.

– Je n'arrive toujours pas à y croire, grommelle mon petit ami. Comme si toi et moi étions mal assortis parce que nos familles ne possèdent pas les mêmes comptes en banque… Je veux dire, c'est complètement ridicule. Je me fiche de ce que font tes parents, je me fiche de… Juliette ?

Remarquant mon visage défait, Nollan m'attire contre lui. Je tente de me dérober et chuchote :

– Peut-être que ton père a raison… Peut-être que je ne suis pas celle qu'il te faut. Une fille comme Inès serait bien mieux pour toi.

– Quoi ?

– C'est évident ! Vous êtes du même monde, vous parlez le même langage, vous fréquentez les mêmes endroits.

– Et alors ? Je n'en ai rien à faire d'Inès ou de ce que pense mon père. Je le laisse contrôler mes études, mais je ne l'autoriserai jamais à se mêler de ce qui se passe entre nous.

J'inspire profondément pour me calmer, puis je me blottis contre Nollan.

– Ne le laisse pas se mettre entre nous, Juliette, me supplie-t-il.

– Je vais essayer, je souffle.

– Fais plus que ça, s'il te plaît. Promets-le-moi.

– Je te le promets.

Il me tient contre lui pendant tout le trajet retour, et à mesure que nous nous rapprochons de chez lui, je m'apaise.

Une fois à l'appartement, j'ai la surprise de découvrir que Suzie a profité de notre absence pour sortir mes vêtements de mon sac de voyage et les placer dans le dressing de Nollan. Voir cela me fait sourire, *nous* fait sourire tous les deux.

– Je vais prendre une douche, dis-je, parce que c'est ce que je rêve de faire depuis que je suis arrivée à la gare.

– Pas de problème. Je t'attends.

Nollan embrasse mon front et s'éloigne pour me laisser de l'intimité. Dans la salle de bain, je passe certainement plus de temps que nécessaire sous l'eau chaude, mais cela m'aide à me détendre. Je décide de me laver en utilisant le gel douche de mon petit ami. Quand je sens son odeur sur ma peau, tous mes doutes s'envolent…

À nouveau sereine, je le retrouve dans sa chambre, installé à son bureau devant son ordinateur. Dès qu'il me voit, il m'ouvre grand les bras et je prends place sur ses genoux.

– Qu'est-ce que tu fais ? je lui demande.

– J'ai quelque chose à te montrer.

Il pianote sur son clavier et une sélection de planches de surf apparaît à l'écran.

– C'est moi qui les ai dessinées, m'informe-t-il.

– Vraiment ? dis-je, abasourdie.

– J'y travaille depuis un moment. Tu sais que j'adore le surf… J'ai compris que devenir pro dans la discipline relevait du rêve d'enfant, mais si je poursuis des études de commerce, c'est simplement pour faire plaisir à mon père. En parallèle, j'ai commencé à penser à la création de planches. Et ça me passionne. Les prototypes que j'ai dessinés me plaisent beaucoup.

– À moi aussi.

– Mon père a besoin que je sois diplômé de la plus prestigieuse école qui existe pour pouvoir s'en vanter auprès de ses amis. Mais dès que j'aurai mon diplôme, je prendrai mon indépendance et je lancerai le projet.

– Si cela te rend heureux, je te soutiendrai jusqu'au bout.

Nollan me sourit, embrasse rapidement le bout de mon nez puis me dit :

– Regarde attentivement la planche.

Il zoome jusqu'à ce que ce qu'il veut me montrer occupe la majeure partie de l'écran.

– C'est…

– Un J et un N entrelacés, confirme-t-il.

– Mais…

Nollan sourit devant ma surprise.

– Chaque fois que je travaille sur mes designs, je pense à toi, me confie-t-il. À cet été où tu es montée sur une planche de surf pour la première fois, aux moments qu'on a passés ensemble… au soutien que tu m'as tout de suite apporté.

Je penche la tête sur le côté, émue, puis je caresse doucement la joue de mon petit ami. Celui-ci respire mon cou avant de lâcher, tout heureux :

– Tu sens mon odeur.

Les joues écarlates, j'acquiesce, hypnotisée par ses iris gris.

– J'adore ça, murmure-t-il. Il ne te manque plus qu'une chose…

Il passe ses mains autour de son cou, attrape sa chaîne puis retire l'anneau en acier à son majeur et la fait glisser dedans. Ensuite, il l'attache autour de mon cou et me regarde, l'œil brillant.

– Comme ça, tu m'auras toujours avec toi, déclare-t-il.

Je ne résiste pas à l'envie de l'embrasser.

En un instant, la tension monte entre nous. Mon pouls accélère, mes doigts me picotent. D'une voix rauque, Nollan reprend :

– Tu sais ce qui serait génial ? C'est que l'été prochain on s'organise nos propres vacances. Qu'est-ce que tu en dis, ma Juliette ? Ça te plairait qu'on parte tous les deux ?

– Tu es sérieux ?

– Bien sûr. Ça fait neuf ans qu'on se connaît maintenant, et je ne sais pas pour toi, mais en ce qui me concerne, tu es ma plus longue relation.

Je souris, complètement et définitivement sous le charme de Nollan.

– Il faudra que j'obtienne l'accord de mes parents, mais j'adorerais ça, je lui réponds.

Son sourire déclenche une envolée de papillons dans mon ventre. Doucement, il se lève, nous emporte à travers la chambre, me dépose sur le lit et s'allonge sur moi. Sa bouche sème de nombreux baisers sur ma gorge, tout en descendant vers ma poitrine.

Ses mains sur mes hanches, sa peau douce contre la mienne, le calme et la douceur ambiante me plongent dans un véritable rêve éveillé. Dans tous les livres que j'ai lus, dans tous les films et toutes les séries que j'ai regardés, il était question de savoir quand « le bon moment » arriverait.

Ce soir, je sens que tout peut changer. Non, je *veux* que tout change.

J'agrippe le visage de Nollan entre mes mains et je plonge mon regard dans le sien.

– Je crois que je suis prête, je murmure, le rouge aux joues.

Il me dévisage un instant en silence, mais quand j'enroule mes jambes autour de sa taille et que je lui souris, il comprend que je suis sérieuse.

– Tu crois, ou tu es sûre ? me demande-t-il. Je ne voudrais pas qu'il y ait de malentendu. Si tu as besoin d'attendre encore, ce n'est pas grave, Juliette, je...

– Absolument sûre. On s'aime depuis qu'on est enfants, on s'était promis que toutes nos premières fois se feraient ensemble. Et je me sens prête. Je n'en veux aucun autre que toi, Nollan. Mon amoureux à moi.

Ses yeux se mettent à briller, et je le vois déglutir péniblement.

– C'est aussi ce que je veux, dit-il. Je suis prêt pour toi depuis si longtemps...

– Alors tout va bien, je déclare en caressant sa nuque. Depuis le départ, on est faits pour être ensemble, toi et moi. Tu es la personne en qui j'ai le plus confiance.

Il déglutit à nouveau, et j'imagine facilement que l'idée de la première fois le fait stresser. À vrai dire, j'angoisse aussi, mais je sais que tout ira bien. Parce que c'est lui. C'est moi. Et que c'est tout ce que je désire, là, tout de suite.

– Je t'aime, Juliette, murmure Nollan.

Puis il pose sa main sur ma poitrine et l'effleure avec tendresse.

– Il nous faut un préservatif, je rappelle, les joues en feu.

Il réfléchit un instant avant de m'avouer, gêné :

– Est-ce que ça te choquerait si je te disais que j'en ai dans ma table de nuit ? Je sais quelle image ça renvoie, mais quand ils ont constaté que c'était sérieux entre toi et moi, mes parents m'ont obligé à en avoir au cas où…

– Hé, Nollan, tout va bien. Je suis heureuse que nous ayons ce qu'il faut.

Soulagé, il ouvre le tiroir du petit meuble. Après en avoir sorti un emballage carré, il se réinstalle sur moi et me donne un baiser enfiévré. Il passe ensuite les doigts sous mon t-shirt et me le retire avant de se redresser et de me détailler.

Ma respiration accélère, ma poitrine se soulève de plus en plus vite. Prenant tout notre temps, nous nous délestons de chacun de nos vêtements jusqu'au dernier.

C'est la première fois que je me retrouve nue devant un garçon.

C'est terrifiant et grisant.

C’est la première fois que je vois un garçon nu.

C’est intimidant et enivrant.

Mon cœur d’adolescente bat à mille à l’heure, prêt à éclater pour libérer ce que je suis certaine de reconnaître comme de l’amour. Et quand je pose une main tremblante sur le torse de Nollan, je peux sentir la cavalcade de son pouls sous mes doigts.

Ce soir-là, sur ce lit, dans cette chambre, je perds ma virginité entre ses bras. Il est tout ce dont j’ai pu rêver et même plus encore, et ensuite, tandis que nous nous tenons enlacés, bercés par le bruit de nos respirations encore haletantes, j’ai la certitude d’avoir fait le bon choix.

CHAPITRE 16

NOLLAN

J'ouvre la penderie, j'y attrape mes vêtements, les plie sommairement et les fourre dans ma valise. En arrivant à Paris, j'étais persuadé que je voudrais en repartir le plus vite possible. Seulement, en voyant ma sœur, j'ai réalisé à quel point elle m'avait manqué. Et puis l'accueil de mon père a été bien moins froid que je me l'étais imaginé. Avec cette opportunité d'emploi et mes retrouvailles avec Juliette par-dessus le marché, mon envie de prendre le large s'était estompée, laissant place à l'espoir que, peut-être, j'allais pouvoir me réconcilier avec la ville qui m'a vu naître.

Seulement, la discussion que j'ai eue avec mon amour de jeunesse a ébranlé mes fragiles certitudes. Savoir que la perspective de se retrouver dans la même pièce que moi pendant plusieurs heures lui est insupportable m'a fait l'effet d'un coup de poing à l'estomac.

Alors j'ai décidé de prendre le large. Demain, c'est l'anniversaire d'Élisa ; j'ai déjà réservé un billet d'avion pour dans deux jours. Je sais que ma sœur sera déçue de me voir partir si vite, mais je parviendrai à trouver les mots pour lui expliquer mon choix.

En regroupant mes affaires, je tombe sur le contrat que j'ai signé tout à l'heure. Travailler pour la filiale française de l'entreprise leader sur le marché de la cosmétique était une perspective qui m'enthousiasmait, et cela aurait certainement pu m'ouvrir d'autres portes par la suite… mais l'implication de Juliette change la donne.

J'attrape le document, m'assieds et pousse un long soupir.

Je ne sais plus quoi faire.

D'un côté, il est clair que mon amour d'enfance m'en veut toujours de l'avoir fait souffrir et que le ressentiment qu'elle éprouve à mon égard portera préjudice à notre collaboration.

De l'autre, puisqu'elle m'en veut déjà, cela ne pourra pas être pire si j'accepte ce job.

Comme on dit, foutu pour foutu…

Tandis que je tente de faire le tri dans mes pensées, mon téléphone se met à sonner. Le numéro m'est inconnu, je décide donc de ne pas décrocher. Mais quand mon correspondant fait une deuxième tentative, je me résous à prendre l'appel.

– Monsieur Nollan De Villa ?

– C'est moi.

– Marianne Moretti, la proviseure du…

– … du lycée d'Élisa, je termine à sa place en me levant du lit. Tout va bien avec ma sœur ?

– Eh bien non, justement, et c'est d'ailleurs pour cela que je vous appelle. J'ai tenté de joindre votre père ainsi que votre frère, sans succès. Je me suis donc tournée vers vous, j'espère que cela ne vous pose pas de problème.

– Pas du tout. Mais dites-moi ce qui se passe.

– Élisa ne s'est pas présentée en cours aujourd'hui. Elle a appelé le secrétariat ce matin pour dire qu'elle ne se sentait pas bien et qu'elle serait absente.

Je fronce les sourcils.

– Le problème, poursuit la proviseure, c'est que ce n'est pas la première fois que cela se produit. En réalité, rien que le mois dernier, votre sœur a été absente huit jours, chaque fois pour un motif différent.

Huit absences en un mois ?

– Vraiment ? je m'étonne. Et est-ce qu'Élisa a pu vous fournir des certificats médicaux ou des mots signés de la main de notre père ?

– Oui, et nous la soupçonnons d'avoir imité sa signature.

Rien que ça !

Les informations que me livre la principale sont loin de me mettre en colère. Au contraire, elles m'inquiètent. Parce que depuis que j'ai retrouvé ma sœur, mon instinct me dit que quelque chose cloche avec elle. Cette conversation ne fait que me le confirmer.

– Je tenais aussi à vous parler de ses résultats scolaires, enchaîne madame Moretti. Élisa a toujours été une élève brillante, en atteste le fait qu'elle ait sauté une classe, mais depuis quelque temps, ses professeurs ont remarqué un relâchement de sa part. Bien sûr, ses résultats sont toujours bons ; cependant, ils ne sont plus excellents.

Ma sœur enchaîne les absences, néglige son travail… Qu'est-ce qui a bien pu se passer ?

– Je sais que les nouvelles de ce genre ne font pas plaisir à entendre, mais il me semblait important de vous tenir au courant, déclare la proviseure. J'ai également rédigé un mail à l'attention de votre père pour lui expliquer la situation. Je sais que c'est un homme très occupé et peu disponible, mais il était de mon devoir de le tenir au courant.

– Bien sûr, dis-je. Je vous remercie de m'avoir prévenu, je vais tenter de parler avec Élisa pour comprendre ce qui ne va pas.

– Cela me paraît la meilleure chose à faire.

– Merci encore. Bonsoir, madame Moretti.

Nous raccrochons. Sans perdre un instant, j'attrape ma veste et je fonce en direction de l'appartement familial, l'inquiétude enflant en moi de minute en minute. Arrivé devant l'immeuble, je m'empresse de grimper les étages et je pénètre dans le duplex sans prendre la peine de toquer auparavant.

– Monsieur Nollan ? m'interpelle Suzie alors que je traverse précipitamment le hall d'entrée.

Voyant mon air inquiet, elle s'empresse de me demander :

– Qu'est-ce qui se passe ?

– Est-ce qu'Élisa est ici ? je lui renvoie.

– Oui, bien sûr. Elle ne se sentait pas très bien aujourd'hui, elle est donc restée à la maison. Elle a décidé d'aller se détendre dans un bain.

Je soupire et me force à me calmer.

Elle est ici, c'est le plus important.

– Est-ce que tu as remarqué un changement dans son comportement ces derniers temps ? je demande à Suzie.

– Elle rentre toujours à l'heure à la maison, sauf quand elle se rend à son cours de piano, bien sûr, et ne désobéit jamais, me répond la gouvernante. Enfin, j'ai tout de même constaté qu'elle invitait moins de copines ici. Et puis, elle délaisse son téléphone portable.

Prises individuellement, ces informations n'ont rien d'alarmant. Sauf qu'elles viennent s'ajouter à la liste – de plus en plus longue – de toutes les choses qui ne vont pas concernant Élisa.

– Vous pensez qu'elle a des problèmes ? s'inquiète Suzie.

– C'est ce que je voudrais déterminer. J'aimerais avoir une petite conversation avec elle. Depuis combien de temps est-elle dans son bain ?

La gouvernante regarde sa montre et fronce les sourcils.

– Presque trente minutes, je crois.

Je me rends à l'étage, traverse le couloir jusqu'à la salle de bain puis toque doucement contre la porte.

– Élisa ? je l'appelle. C'est Nollan. Est-ce qu'on peut parler ?

Aucune réponse.

– Écoute, je sais que tu as certainement envie d'être seule, mais j'ai parlé à ta proviseure, j'ajoute. Elle et moi nous inquiétons beaucoup pour toi.

Toujours rien.

– Élisa ?

Le silence m'oppresse de plus en plus. Je passe en revue tout ce que j'ai appris aujourd'hui, ces petits détails que j'ai remarqués depuis mon retour à Paris, des éléments qui, mis bout à bout, prennent soudain un sens sinistre…

En moi, l'angoisse éclate. Je ne saurais dire exactement ce qui me pousse à imaginer le pire, mais ce qui est certain, c'est que mon instinct me hurle que l'état d'urgence est déclaré.

– Élisa ! je m'écrie. Ouvre-moi.

Sa nouvelle absence de réponse est la goutte d'eau qui fait déborder le vase. Je m'acharne comme un fou sur la poignée de la porte dans l'espoir de réussir à la faire céder, mais rien n'y fait, elle est verrouillée. Je recule alors, prenant de l'élan.

– Monsieur Nollan, vous êtes sûr ?

Je ne prends pas le temps de répondre à Suzie. Je m'élance et je percute la porte de plein fouet. Elle craque, mais tient bon. Je recule encore, plus loin, et je m'élance à nouveau contre le battant. Cette fois, il cède sous la violence du choc.

Pendant une poignée de secondes, je reste figé sur le seuil de la salle de bain. Mon regard balaye la pièce tandis que mon inconscient tente de m'inciter à bouger.

C'est le cri strident de Suzie, empli de terreur et de désespoir, qui me fait reprendre mes esprits… et alors, je réalise.

– ÉLISA !

Je me rue sur la baignoire dans laquelle est étendue ma sœur, les yeux clos.

– Élisa… Mon Dieu, Élisa. Appelle les secours, Suzie !

L'eau dans laquelle ma sœur est plongée n'a plus rien de cristallin. Elle est teintée d'un rouge qui me soulève le cœur. Malgré tout, j'y plonge les bras et j'en sors le corps d'Élisa pour la serrer contre moi. Je remarque la profonde entaille à son poignet droit, et j'ignore comment j'ai la présence d'esprit d'attraper une serviette et de la serrer autour de la coupure pour arrêter le saignement.

Après quoi, je tiens ma petite sœur contre ma poitrine, je la berce lentement, et j'attends.

Que les secours arrivent.

Qu'un miracle se produise…

CHAPITRE 17

NOLLAN

La dernière fois que j'ai mis les pieds dans un hôpital, c'était il y a trois ans et je vivais l'un des moments les plus déchirants de ma vie : le décès de ma mère. Alors aujourd'hui, tandis que je traverse les couloirs de la Pitié-Salpêtrière, je ne peux m'empêcher de redouter que cette situation ne se répète.

Élisa, ma petite sœur, se trouve dans l'une des chambres, allongée sur un lit médicalisé, après avoir tenté de mettre fin à ses jours, seulement quelques heures avant ses dix-sept ans. Depuis que l'ambulance est arrivée chez nous pour la prendre en charge, des dizaines d'images d'elle flottant inerte dans une baignoire rougie par son sang ne quittent pas mon esprit. Elles ne le quitteront d'ailleurs plus jamais.

Un café en main, j'entre dans sa chambre le plus doucement possible. Elle était endormie quand je l'ai quittée il y a quelques minutes : je sais qu'elle a besoin de repos. Mais ce qui attire mon attention lorsque je pénètre dans la pièce, c'est mon frère installé dans un fauteuil. Il a dû arriver pendant le peu de temps qu'il m'a fallu pour aller chercher ma boisson. Lorsque nos regards se croisent, je vois passer dans le sien un bref éclat de regret et de soulagement avant qu'il ne revête son masque taciturne habituel.

– Salut, dis-je tout bas.

Bastian se contente d'un bref hochement de tête en guise de réponse. Au regard de la situation, j'espère qu'il saura mettre ses griefs de côté, pour le bien d'Élisa.

– Comment va-t-elle ? me demande-t-il.

Je m'installe sur le second fauteuil et me passe une main sur le front, épuisé.

– Elle va s'en sortir, mais il s'en est fallu de peu, je réponds.

Mon frère déglutit et se penche vers le lit de ma sœur pour lui prendre la main. À cet instant, la porte s'ouvre de nouveau. Notre père fait son entrée dans la chambre d'hôpital. Son regard se pose immédiatement sur Élisa.

– Qu'est-ce qui s'est passé ? nous interroge-t-il.

Il dévisage Bastian, puis moi. J'ai du mal à comprendre pourquoi la fureur prédomine chez lui alors qu'il devrait être accablé, mais après tout, chacun gère les traumatismes d'une façon différente.

Le plus calmement possible, je relate l'histoire. Cela me crève le cœur, Bastian ferme les yeux un peu plus fort à chaque nouvelle parole que je prononce. Quant à mon père, il se fige tout bonnement.

– Pourquoi ?

C'est le seul mot qu'il est capable d'articuler lorsque j'en ai terminé. Après quoi il s'approche d'Élisa, pose une main sur ses cheveux et commence à les caresser. Les marques de tendresse de sa part sont rares, pour ne pas dire inexistantes. Le voir en user dans un moment pareil ne devrait pas me surprendre, et pourtant…

– Vous n'avez rien vu ? je demande.

Bastian et mon père se tournent tous les deux vers moi.

– Élisa n'allait pas bien, je précise. Je l'ai remarqué dès le jour de mon arrivée à Paris, alors vous aussi avez bien dû vous en rendre compte, non ?

– Qu'est-ce que tu insinues ? lance mon frère, abattu. Qu'on n'a pas été assez attentifs ?

– Non, je…

– Parce que nous, au moins, on n'était pas à l'autre bout de monde ces trois dernières années !

Je secoue la tête, estomaqué par l'audace de mon frère. Me fait-il vraiment des reproches, dans de pareilles circonstances ? Mais je ne suis malheureusement pas surpris…

Mon père pose une main sur l'épaule de Bastian afin de lui apporter son soutien. Je détourne les yeux pour ne pas risquer de faire une réflexion.

Le silence retombe dans la petite chambre d'hôpital. Nous avons tous les trois le regard rivé sur Élisa et je prie intérieurement pour la voir se réveiller. Bien qu'elle ne soit qu'endormie à cet instant, sa posture et son visage m'évoquent beaucoup trop la vision d'horreur à laquelle j'ai été confronté tout à l'heure, dans la salle de bain.

De longues minutes passent. Peut-être même des heures. Bastian, mon père et moi nous relayons pour ne jamais laisser Élisa seule, pour toujours tenir sa main dans l'une des nôtres. Soudain, elle frémit et, comme je serre ses doigts entre les miens à cet instant, je suis le premier à comprendre qu'elle se réveille.

Lorsqu'elle ouvre les yeux, Élisa les pose directement sur moi. En me voyant, elle fond en larmes. Sans hésiter, je la prends dans mes bras en faisant attention à ne pas la blesser. La pressant contre moi, je caresse tendrement ses cheveux bouclés. Rassemblant le peu de force qu'elle possède, elle me rend mon étreinte. Pendant un moment, rien ne vient briser notre échange, jusqu'à…

– Bonjour, ma chérie.

Élisa se tend en entendant la voix de notre père. Elle essuie rapidement ses larmes et se tourne dans sa direction.

– Comment tu te sens ? lui demande-t-il en se penchant vers elle.

– Bien, murmure-t-elle du bout des lèvres.

Elle peine à croiser son regard… Je déteste voir l'appréhension dans ses yeux, celle-là même que j'ai ressentie à son âge chaque fois que je me trouvais dans la même pièce que papa.

D'un côté, ma sœur, mon frère et moi faisons partie des chanceux. Notre père a toujours très bien gagné sa vie et il nous a offert tout au long de notre enfance un confort indéniable.

De l'autre, il nous a également imposé une pression constante dans tous les domaines, n'hésitant pas à nous mettre en compétition entre nous parfois. C'était à celui ou celle qui récolterait les meilleures notes, les appréciations les plus élogieuses, qui s'investirait dans le plus d'activités extrascolaires, qui démontrerait le plus de facultés. Plus, plus et encore plus…

Mère au foyer, la nôtre s'occupait d'équilibrer la balance et de nous offrir l'amour et le réconfort dont nous manquions de la part de notre père. Très longtemps, Élisa, Bastian et moi avons fait bloc contre lui, jusqu'à ce que, doucement, notre frère aîné bascule du côté obscur de la force en choisissant de marcher dans ses pas et de travailler dans son entreprise.

L'une des raisons qui m'ont poussé à m'enfuir aux États-Unis, c'était ma volonté d'échapper à son emprise. Malheureusement, en agissant ainsi, j'ai laissé Élisa entre ses mains. Je suis certain qu'il lui a imposé une pression constante, qui a sans doute contribué à la pousser au geste dramatique qu'elle a eu aujourd'hui.

– As-tu besoin de quelque chose ? je demande à ma sœur.

En réalité, je brûle de savoir ce qui s'est passé pour qu'elle en arrive là, mais pour cela, j'ai besoin de me retrouver seul avec elle. Je sais qu'elle n'acceptera pas de parler en la présence de Bastien et de notre père.

Comme c'est triste de ne pas avoir confiance en sa propre famille…

Tandis que je cherche une solution pour les faire déguerpir, le destin me donne un petit coup de pouce. Deux médecins entrent dans la chambre et leur proposent de faire un point sur la situation. Moi, je n'ai pas besoin – ni envie – d'entendre de nouveau les détails sordides, je les connais déjà. Alors je me porte volontaire pour rester auprès d'Élisa. Dès que nous ne sommes plus que tous les deux, son menton commence à trembler et elle baisse les yeux, honteuse.

– Je suis désolée, souffle-t-elle.

– Ce n'est rien, tout va bien.

– Je ne voulais pas vous inquiéter.

– Explique-moi, je lui demande en caressant sa main. Parle-moi. Pourquoi ?

Élisa tourne la tête en direction de la fenêtre mais reste muette.

– J'aimerais comprendre, j'insiste.

– C'est compliqué.

– Élisa…

– Tu vas me juger si je te raconte tout.

Outch… Comment peut-elle penser une chose pareille ?

– Jamais je ne te jugerai. Jamais, tu m'entends ?

Elle pousse un soupir tremblant. Je répète :

– Je t'en prie, Élisa, parle-moi.

Elle lève les yeux vers moi et abdique.

– Je l'ai regretté, murmure-t-elle, le visage pâle. Dès que je l'ai fait, j'ai eu envie de revenir en arrière, mais c'était impossible. Nollan, je vais tout te raconter, mais tu dois me promettre de ne pas m'interrompre.

Me préparant au pire, je hoche vivement la tête.

– Après la mort de maman, je me suis retrouvée totalement seule, commence-t-elle. Papa et Bastian se sont enfermés dans leur travail, et toi, tu es parti. Si tu savais comme ça a été difficile pour moi… Mais récemment, quelqu'un m'a aidée à me sortir de ça. Enfin, c'est ce que je croyais.

Élisa triture la couture du drap posé sur ses jambes, plongée dans ses pensées.

– J'avais un petit ami, reprend-elle. Raphaël. Je suis tombée amoureuse de lui, mais j'ai toujours cru qu'il était inaccessible, jusqu'à ce qu'il s'intéresse à moi et me demande de sortir avec lui. Évidemment, j'ai accepté. Je n'attendais que ça. Il était vraiment génial. Beaucoup de filles s'intéressaient à lui, mais c'est moi qu'il avait choisie.

Je me sentais importante et je lui faisais tellement confiance…

Les mains tremblantes, elle inspire profondément avant de me révéler, écarlate :

– J'ai fait l'amour avec lui.

Je me fige immédiatement.

Ma petite sœur a des relations sexuelles… Je crois que je vais vomir.

– Tu as accepté de ne pas m'interrompre, me rappelle-t-elle lorsque j'ouvre la bouche pour la bombarder de questions. S'il te plaît, laisse-moi finir.

Inspirant profondément, je me force à respecter sa demande.

– Après ça, il a changé, déclare Élisa. Et quelques jours plus tard, il m'a plaquée.

La fureur augmente dans mon corps. J'ai envie de hurler.

– Une liste a commencé à circuler dans le lycée, ajoute ma sœur. Raphaël avait été défié par ses potes : il devait coucher avec le plus de filles possible et les regrouper sur une liste. Pire encore, à côté de chaque nom, il y avait une note qui correspondait à… nos capacités sexuelles. Il nous a classées comme si on était des lots exposés à une foire.

Discrètement, Élisa essuie quelques larmes qui s'échappent de ses si beaux yeux.

– Ensuite, reprend-elle, la gorge serrée, la liste a été partagée sur les réseaux sociaux. À partir de ce moment-là, ça a été l'enfer. On était cinq sur cette liste et on s'est toutes fait insulter, menacer... Au début, je ne comprenais pas vraiment ce qui se passait. Et puis c'est devenu hors de contrôle. On s'en est pris à nous, à moi, dans l'enceinte du lycée. Je ne suis pas tombée toute seule dans les escaliers, on m'y a poussée.

Je déglutis avec peine, parce que la souffrance exprimée par ma petite sœur me blesse terriblement. Bouleversé, je l'attire entre mes bras et j'embrasse le dessus de sa tête.

– Je n'ai rien fait de mal, Nollan, soupire-t-elle. Je suis simplement tombée amoureuse du mauvais garçon. Il nous a humiliées publiquement, moi et toutes celles qui l'ont aimé, et les gens ont décidé que nous étions le problème. Que nous étions des putes, des traînées... Ça a duré des semaines, et ça n'a fait qu'empirer. J'avais peur de sortir, d'aller au lycée, je ne voulais même plus approcher mon téléphone de peur de voir un message d'injures apparaître sur l'écran. Tout ça, c'est devenu trop pour moi... beaucoup trop... et j'ai... j'ai...

Le barrage lâche, et ma sœur fond en larmes. Je ne peux rien faire d'autre que la serrer contre moi, et gronder :

– Je vais l'étriper vivant.

– Non, Nollan, s'écrie Élisa en se redressant. Promets-moi que tu ne feras rien.

– Il va payer pour ce qu'il t'a fait.

– Nollan, je t'en prie. J'ai voulu tout te raconter parce que je sais que je peux te faire confiance. Alors, s'il te plaît, ne te mêle pas de ça, et surtout, ne dis rien à papa et Bastian. Je ne veux pas qu'ils sachent.

– Hors de question. Ils *doivent* être au courant de ce qui s'est passé.

– S'il te plaît.

– Élisa, non. Je suis désolé, mais je ne peux pas garder ça pour moi.

L'air grave, ma petite sœur reste silencieuse plusieurs secondes, puis elle souffle :

– D'accord pour les mettre au courant… Cependant, jure-moi que tu n'iras pas rendre justice toi-même.

Quoi ?

Je bouillonne de rage. Il me paraît impossible que je ne laisse pas ma colère s'exprimer. Évidemment, je n'ai pas envie de bouleverser Élisa plus qu'elle ne l'est déjà, alors je hoche la tête. Mais au plus profond de moi, je sais que je n'arriverai pas à lâcher prise. C'est décidé, je vais ratisser le lycée de ma sœur à la recherche d'un Raphaël, et dès que je l'aurai trouvé, je vais éventrer ce petit connard qui a osé lui faire du mal. Et quand je me serai occupé de lui, je traquerai tous ceux qui ont eu un lien de près ou de loin avec cette histoire.

– Je suis désolé de ne pas avoir été là, ma puce, je murmure avant d'embrasser la tempe d'Élisa.

– Ce n'est pas grave.

– Bien sûr que si ! Tu l'as dit toi-même, tu t'es sentie abandonnée par ta famille. Et tu avais raison. On a été lâches.

– Je ne t'en veux pas, Nollan.

– Eh bien, tu devrais.

Ruminant ma rage, je ne peux m'empêcher de penser que si je ne m'étais pas enfui de la maison, elle aurait pu trouver une oreille attentive pour entendre sa détresse. Et alors, peut-être que le pire aurait été évité.

Si j'avais été plus présent, je n'aurais pas risqué de perdre ma petite sœur.

Et ça, je ne suis pas certain de réussir à me le pardonner un jour.

CHAPITRE 18

NOLLAN

Quitter ma sœur a été difficile ; déchirant, même, lorsque les larmes ont envahi ses yeux. J'ai mis Bastian et mon père au courant de ce qui lui était arrivé et j'ai vu dans le regard de papa qu'il allait s'assurer que les coupables soient trouvés, ce qui me soulage.

En entrant dans ma petite chambre d'hôtel, je me sens déprimé. En moins de vingt-quatre heures, tout a basculé.

J'ai failli perdre ma petite sœur, la voir mourir dans mes bras... Je refuse d'y croire !

Je m'assieds au bord du lit et ferme les yeux. Je sais d'avance que cette nuit je serai incapable de dormir, hanté par les images du drame.

Dans la chambre, on n'entend que le bruit d'une aiguille qui tourne dans son horloge.

Dans mon cœur, c'est une zone de guerre sinistrée qui s'étend.

Je ne peux m'empêcher de penser à ma mère et au mal que cela lui aurait fait de voir Élisa dans cet état. Inévitablement, je souffre encore plus en imaginant cela.

Incapable de rester immobile plus longtemps, je me lève et j'arpente la pièce. Une fois le choc dissipé, une colère sourde s'est logée au creux de mes entrailles. Petit à petit, elle se transforme en haine violente et explosive qui ne demande qu'à s'exprimer.

D'un geste, je balaie toutes les affaires qui se trouvent sur la petite commode qui me sert de bureau. Je pousse un hurlement de rage, puis un second, et je jette à travers la pièce tout ce qui me passe sous la main.

Dans ma tête, je vois chaque scène qu'Élisa m'a décrite. Chaque insulte, chaque intimidation. Je la vois s'écrouler dans les escaliers du lycée sans personne pour la secourir…

Les larmes commencent à couler sur mes joues, de plus en plus abondantes à mesure que je me remémore chaque mot, chaque phrase.

Ma petite sœur.

Mon Élisa.

Toutes mes affaires sont désormais éparpillées par terre. En pleurs, je me laisse glisser sur le sol et je me mets à sangloter comme un gosse. Même si cela m'arrive rarement, j'admets que c'est libérateur. J'ai l'impression que chaque perle d'eau salée emporte avec elle un peu de ma fureur.

Les minutes passent, les heures défilent, mais je reste prostré au bout de mon lit, écrasé par ma douleur, incapable de trouver le sommeil. Mon cœur est serré, mon esprit torturé.

Et puis soudain j'aperçois, gisant au milieu du chaos, mon petit carnet noir. Le voir me fait l'effet d'un coup de poing dans le plexus solaire. Je m'en empare, l'ouvre, et je tombe sur le nom de toutes les filles avec qui j'ai couché au cours de ces trois dernières années. Des bribes de l'histoire d'Élisa me reviennent aussitôt.

Il nous a classées comme si on était des lots exposés à une foire.

Je suis simplement tombée amoureuse du mauvais garçon.

Il nous a humiliées publiquement, moi et toutes celles qui l'ont aimé.

Putain !

J'arrache les feuilles de mon carnet puis je les déchire en petits morceaux. Au départ, je ne ressentais que de la colère lorsque je pensais à ce que ma petite sœur avait vécu, à ce qu'on avait osé lui faire. Mais à présent, ma rage se mue en culpabilité. Profonde et intense.

Les raisons qui l'ont poussée à commettre son geste me hantent. Plus j'y pense, plus d'immenses vagues de remords s'abattent contre les parois de mon crâne, me causant une migraine que je mérite amplement.

Élisa, douce et innocente, a rencontré sur son chemin un garçon qui s'est senti assez confiant et intouchable pour agir comme bon lui semblait, sans craindre un revers de bâton. Il s'est donné le droit de jouer avec les sentiments de plusieurs jeunes femmes, de les bafouer, de les humilier, juste parce qu'il le pouvait.

Et si je me sens minable en pensant à tout cela, c'est parce que ce garçon, je l'ai été… et que je le suis encore. Je n'ai peut-être jamais été aussi cruel que ce Raphaël mais mon passage a laissé des traces dans la vie de mes partenaires, et rarement positives. Je suis ce mec contre qui les mères mettent en garde et que les pères menacent de représailles, ce mec que les frères s'évertuent à tenir éloignés de leurs sœurs. Je suis celui dont beaucoup se méfient, mais qui sait quoi faire et quoi dire pour attirer des femmes à lui. Et, parce que je les préviens dès le départ qu'elles ne devront pas attendre de moi quoi que ce soit de sérieux, je me donne le droit d'agir comme bon me semble avec elles, sous prétexte qu'elles « savent à quoi s'en tenir ».

Ma migraine s'intensifie. Je me redresse et me remets à faire les cent pas à travers la chambre.

Il y a peu de moments dans la vie où de vrais déclics ont lieu. Celui que je suis en train d'avoir est, je le sais, colossal. Parce qu'il remet en cause la manière dont j'ai vécu ces onze dernières années. Il est maintenant évident que la tentative de suicide de ma sœur va me changer à jamais. Ce qui se passe en moi à cet instant est inédit : je ne remets pas seulement en question mes actes, mais aussi ma personne tout entière.

Toutes ces femmes que j'ai blessées et quittées sans même me retourner, comment vont-elles aujourd'hui ? Qu'ont-elles ressenti quand j'ai brisé leur cœur sans remords ? Et si… et si certaines avaient été aussi fragiles qu'Élisa au moment des ruptures brutales que je leur ai imposées, et qu'elles avaient commis un geste irréparable ?

Oh merde…

Je file jusqu'à la commode à la recherche d'une feuille et d'un stylo qui auraient échappé au carnage que j'ai causé tout à l'heure, puis je reprends place sur mon lit et je commence à faire une liste des femmes avec qui je me suis comporté comme un connard… avant de me rendre compte que, si je compte mes coups d'un soir, elle sera interminable. Non, il faut que je me concentre sur les femmes que j'ai côtoyées suffisamment longtemps pour qu'elles se projettent dans un possible avenir avec moi. Et dans cette catégorie, il y en a trois qui me viennent en tête.

Inès
Betty
Lola

Concernant le dernier nom que je m'apprête à inscrire, c'est un peu différent. Parce que c'est elle qui m'a quitté, me brisant le cœur en mille morceaux… mais elle l'a fait parce que je lui en avais donné toutes les raisons.

Juliette

Auprès d'elle, je devrai m'excuser d'avoir détruit la plus belle chose que nous avions.

Je fixe cette liste pendant un long moment, et peu à peu, je sens la détermination s'installer en moi. Je *dois* retrouver ces femmes, m'assurer qu'elles vont bien et que mon passage dans leur vie ne leur a pas laissé un goût amer.

En ce qui concerne Betty, notre rupture date d'il y a quelques jours seulement, et je crains que si je la recontacte dès maintenant pour m'excuser elle ne se fasse de fausses idées. Il vaut mieux que je laisse passer encore un peu de temps.

En ce qui concerne Inès et Lola, cela fait tellement longtemps que je ne les ai pas vues que je ne sais même pas par où commencer pour les retrouver.

Reste Juliette… et elle, je sais comment m'en rapprocher. Rien que d'y penser, mon cœur palpite. Hier, elle m'a expressément demandé de renoncer au poste que m'offrait son entreprise, de m'éloigner d'elle et de la laisser tranquille. Sa demande fait écho à celle qu'elle m'avait faite le jour où elle m'a quitté : « Ne cherche plus jamais à me revoir. »

J'ai respecté son souhait. Pendant onze longues années, je l'ai laissée mener sa vie de son côté tout en crevant d'envie de la retrouver par tous les moyens. Mais mon absence auprès d'elle est sur le point de prendre fin. Je sais qu'elle sera certainement en colère de voir que je n'ai pas respecté sa demande, mais je suis prêt à lui faire face.

Parce qu'elle a besoin d'entendre que ce que je lui ai fait me hante encore, que je le regrette plus que tout et que je suis prêt à ramper à ses pieds pour obtenir son pardon.

CHAPITRE 19

JULIETTE

Mon frère, boudeur, peine à accepter que j'aie mis ma menace à exécution. Il n'est pas encore tout à fait huit heures du matin, mais nous sommes tous les deux devant son lycée à attendre que les grilles ouvrent.

– Tu ne vas quand même pas m'accompagner tous les jours jusqu'à la fin de l'année scolaire ? proteste-t-il.

– Je n'ai pas encore décidé, je réponds. En tout cas, je le ferai jusqu'à ce que je sois sûre que tu as retenu la leçon.

Léo fourre les mains dans les poches de sa veste et soupire. À cet instant, un surveillant vient déverrouiller les grilles, et les élèves commencent à s'engouffrer en bande à l'intérieur du lycée, riant et parlant tous plus fort les uns que les autres.

Alors que je m'apprête à laisser partir mon frère, j'aperçois une petite file d'adolescents qui commence à se former devant une dépendance de l'établissement.

– Qu'est-ce qui se passe ? je demande.

Léo tourne la tête dans la direction que je lui montre puis m'indique :

– Oh, ça… c'est une cellule psychologique que le lycée a mise en place.

– Une cellule psychologique ? je m'exclame. Qu'est-ce qui s'est passé ?

Mon frère soupire :

– Une fille a tenté de se suicider il y a quelques jours.

Je plaque une main sur ma bouche, stupéfaite.

– Oh mon Dieu… quelqu'un sait ce qui l'a poussée à faire ça ? Est-ce que tu la connais ?

– Non, personne ne le sait, et oui, je la connais, on est dans la même classe.

J'arrête mon frère et je le prends dans mes bras.

– Ju, pas ici… râle-t-il contre moi.

– Pourquoi ne m'en as-tu pas parlé ? je lui demande, faisant fi de ses protestations. Tu dois être sous le choc.

Léo hausse les épaules pour paraître désinvolte, mais je vois qu'il est plus secoué qu'il ne veut bien l'avouer.

– C'est bon, je te promets que ça va, grogne-t-il.

Même si je sais qu'il ne dit ça que pour me rassurer, je n'insiste pas plus car j'aperçois certains de ses amis qui nous dévisagent, un petit sourire aux lèvres. Désireuse de ne pas couvrir mon frère de honte – même si je ne vois pas ce qu'il y a de honteux à être cajolé par sa sœur, mais passons – et refusant de le laisser partir pour la journée après une telle annonce, je tente d'engager la discussion avec lui.

– Au fait, comment se passent les cours ?

– C'est toujours aussi emmerdant.

– Léo !

Je me plante devant lui en levant les yeux au ciel.

– Je ne comprends pas. Durant tes années de seconde et de première, tu étais très heureux dans ce lycée. Qu'est-ce qui s'est passé ?

– Oh, tu crois que je l'étais, Juliette ? Vraiment ?

– Qu'est-ce que ça signifie ?

Léo soupire et tape dans un caillou, l'envoyant valser plus loin.

– Laisse tomber.

– Non, je ne laisserai pas tomber. Pourquoi est-ce que tu ne veux plus me parler ?

– Parce que tu ne me comprends plus.

Je hausse les sourcils, surprise par son ton cassant. Il ajoute :

– Tout ce qui t'intéresse, c'est que je bosse comme un dingue, que j'aie mon bac avec mention et que je puisse intégrer une école prestigieuse. Tu ne fais que rabâcher ça depuis le début de l'année et j'en ai marre.

– Mais Léo, c'est pour toi que je fais ça.

– Ouais, bien sûr… Bon, faut que j'y aille, j'ai cours.

Et il pénètre dans l'enceinte du lycée avant que j'aie pu tenter de comprendre de quoi il retourne vraiment. Est-ce que je devrais m'inquiéter ou est-ce qu'il s'agit simplement d'une crise d'adolescence tout à fait ordinaire ?

Préoccupée, je rejoins mon entreprise en me demandant ce que j'ai bien pu faire de travers pour mériter de tels reproches. Mais comme d'habitude, en bonne professionnelle, je laisse mes problèmes hors de mon bureau pour ne me concentrer que sur mon travail. Après avoir salué mes collaborateurs, je ne perds pas de temps et je m'occupe de répondre aux innombrables mails qui saturent ma boîte de réception. Iris ne tarde pas à me rejoindre et à se planter devant moi.

– Quelle est la stratégie, patronne ? me demande-t-elle.

– De quoi tu parles, Iris ?

– De ce qu'on va faire pour que Nollan déguerpisse.

Je finis de rédiger mon mail en cours, l'envoie, puis je reporte mon attention sur mon assistante. Ses cheveux sont ramenés sur le côté en une épaisse natte, avec laquelle elle joue distraitement en attendant ma réponse.

– On ne va rien faire du tout, je décrète.

– Même pas lui passer des appels anonymes pour le menacer ?

– Quoi ? Bien sûr que non !

Iris lève les yeux au ciel.

– De toute façon, je me suis déjà occupée du problème, j'ajoute.

Les yeux de mon assistante pétillent de malice.

– Tu l'as liquidé ? s'exclame-t-elle. T'as jeté son corps dans la Seine ? Tu t'es assurée d'avoir bien nettoyé la scène de crime, au moins ? En tout cas, ne t'en fais pas, je serai ton alibi. « Ce que Juliette Leroy faisait dans la nuit de dimanche à lundi ? Elle était avec moi, inspecteur, je vous le jure. Nous avons passé la soirée à pleurer devant des comédies romantiques… enfin, *j'ai* pleuré, parce que vous voyez, inspecteur, ma patronne a un déficit lacrymal. Mais ça ne fait pas d'elle une psychopathe capable de jeter le corps de son ex du haut du pont des Arts pour autant. »

Mon amie débite cela avec un naturel déconcertant. Éberluée, je lâche :

– Iris… tu me fais peur, parfois.

Elle balaie ma remarque d'un geste de la main.

– Allez, raconte, m'ordonne-t-elle.

Je soupire et me cale au fond de ma chaise.

– Il est venu me voir dans mon bureau vendredi après avoir signé son contrat, j'explique. La conversation a été… intéressante. Pour te la faire courte, je lui ai demandé de refuser le poste.

Mon assistante écarquille les yeux.

– Et il t'a dit qu'il le ferait ?

– Il a eu l'air d'accepter d'y réfléchir, en tout cas.

Pendant un instant, nous ne trouvons rien d'autre à dire, jusqu'à ce qu'Iris brise le silence.

– Juliette… pourquoi veux-tu qu'il renonce à ce poste ?

– Comment ça, « pourquoi » ? C'est évident, non ? Il est sorti de ma vie il y a plus de dix ans, je suis on ne peut plus heureuse aujourd'hui et je ne veux pas qu'il vienne briser mon équilibre par sa présence.

– Tu es sûre que ce n'est pas plutôt parce que tu as peur qu'à force de passer du temps en sa compagnie, tu retombes amoureuse de lui ?

Effectivement, c'est exactement cela, mais il est hors de question que je l'admette à voix haute. Piquée au vif, je bondis de ma chaise, attrape des dossiers et déclare :

– La réunion est sur le point de commencer !

Je quitte mon bureau, Iris sur les talons. En passant devant le sien, mon assistante s'empare de son iPad ainsi que de quelques copies que je lui ai demandé de faire, puis nous traversons l'*open space* en direction de la salle de réunion. En arrivant, je repère tous mes collaborateurs, sauf Nollan. J'ai l'espoir qu'il ait accédé à ma requête, et qu'il ait décidé de ne pas revenir… Parce que j'ai beau essayer de brouiller les pistes face à lui, la vérité c'est que cet homme est ma plus grande faiblesse et qu'il le sera toujours. Et je refuse de montrer mes failles sur mon lieu de travail.

– Oh non, me souffle Iris. Regarde qui approche.

Je redresse immédiatement la tête, mon cœur battant soudain plus vite. Mais ce n'est pas Nollan qui entre dans la salle de réunion, c'est Daniel, le directeur commercial.

– Mon oncle a accepté que je m'intègre à ton équipe, m'informe-t-il avec un sourire satisfait.

– Fantastique, je lâche entre mes dents.

– Manquait plus que le lourd de service, murmure Iris une fois que Daniel s'est éloigné.

J'ignore son commentaire et m'adresse à mon équipe :

– Bien. Je ne sais pas si l'information vous est parvenue, mais le graphiste qui avait été choisi a finalement décidé de...

– Veuillez excuser mon retard. Bonjour à tous, je suis Nollan De Villa, le nouveau *designer*.

Il referme la porte vitrée derrière lui et entre dans la salle de réunion, une boîte en carton dans les mains, un grand sourire aux lèvres. Il est vêtu d'un jean et d'un t-shirt, et il ne devrait pas être permis d'être si beau dans des vêtements aussi simples.

– J'ai fait un petit détour par ma boulangerie préférée pour aller vous chercher quelques douceurs, annonce-t-il.

Il ouvre la boîte, la pose au centre de la table et déclare :

– Allez-y, servez-vous.

Les membres de mon équipe ne se le font pas dire deux fois. Ils salivent devant les croissants que Nollan a apportés pour se faire mousser et le remercient chaleureusement. En un clin d'œil, il se les met déjà dans la poche, surtout Tina, qui le dévore des yeux.

Pas croyable.

Discrètement, Iris se penche vers moi.

– Tu avais oublié de me dire que ce mec était une bombe tout ce qu'il y a de plus explosif.

Lorsqu'elle croise mon regard, son enthousiasme s'évanouit.

– … enfin, j'ai déjà vu mieux, achève-t-elle.

Je lève les yeux au ciel devant son mensonge éhonté.

Nollan prend place en bout de table, pile en face de moi, et me sourit. Je reste de marbre. Savoir qu'il a décidé d'accepter le poste m'énerve… mais au fond de moi, je ne peux m'empêcher d'être excitée à l'idée de le voir chaque jour à partir de maintenant.

– Bien, dis-je, masquant mon trouble. Maintenant que tout le monde est enfin arrivé, est-ce que je peux poursuivre, ou vais-je être encore interrompue pour une pause café ?

Mon ton est plus tranchant que d'habitude, mais c'est plus fort que moi : la présence de Nollan met mes nerfs à rude épreuve.

– J'ai pris la décision d'apporter un certain nombre de modifications au shooting prévu dans deux semaines. Iris va vous faire passer la liste des changements.

Les visages surpris et inquiets des membres de mon équipe me poussent à poursuivre plus calmement, afin de les rassurer :

– Je sais que c'est risqué à ce stade du projet, mais dans ce genre de campagne il n'y a pas de petit détail, tout est important. Il m'a semblé crucial de revoir la tenue des modèles, entre autres.

Je jette un œil à mon assistante et ajoute :

– J'ai rendez-vous cet après-midi dans le studio de la photographe pour faire un point avec elle et les mannequins sur le thème, les couleurs et l'ambiance qui ressortiront de nos affiches publicitaires. Des questions ?

Je dévisage tous mes collaborateurs, en prenant bien soin d'éviter Nollan. Mais ce dernier lance nonchalamment :

– J'aimerais participer à cette réunion.

Mon équipe se tourne dans ma direction pour attendre ma réponse.

– Je ne pense pas que ce soit nécessaire, je réplique. Tout est parfaitement organisé, je saurai m'en sortir seule.

Les têtes pivotent vers Nollan. C'est notre premier échange professionnel, et nous donnons déjà l'impression d'être en plein tournoi de tennis… Prudemment, il reprend :

– Je ne remets pas ton bon sens en question, Juliette, mais il va falloir que je sois investi dans chaque étape de la campagne si je veux la connaître sur le bout des doigts et comprendre ta démarche. Je ne pourrai pas créer les visuels adéquats si je n'ai pas tous les détails. Je pense d'ailleurs que je devrais assister au shooting pour décider avec toi des…

– Iris te fera parvenir un tableau récapitulatif de tout ce que tu dois savoir.

– Je…

– Et, pour ce qui est du shooting, j'ai déjà constitué mon équipe, nous sommes au complet.

L'envie de répliquer brûle les lèvres de Nollan, c'est flagrant, mais vu le regard noir que je lui renvoie, il abdique.

– Très bien, c'est toi la boss, après tout. Néanmoins, j'aimerais quand même participer à la réunion de tout à l'heure. Pour le bien de la campagne.

Je me mords la langue pour m'empêcher de l'envoyer bouler devant tout le monde. Du point de vue de mes collaborateurs, ses demandes doivent sembler parfaitement légitimes. Et s'il y a bien une chose que je refuse, c'est qu'ils apprennent que Nollan et moi avons un passé ensemble. Alors, en bonne professionnelle, je finis par lui servir mon sourire le plus convaincant, avant de déclarer :

– Puisque tu y tiens… Iris t'indiquera l'heure et le lieu du rendez-vous. Essaye juste de ne pas être en retard, cette fois. Sujet suivant.

Le reste du point quotidien se déroule sans anicroche. Nollan reste silencieux, bien qu'il ne loupe pas un mot échangé. Il prend beaucoup de notes et me regarde… souvent. Lorsque la réunion se termine et que la salle se vide, en revanche, il s'empresse de me rejoindre, me barrant le passage et m'empêchant de sortir. Excédée, je cherche à l'esquiver, mais il lève une viennoiserie devant mes yeux.

– Je t'ai pris un croissant aux amandes, dit-il. C'est ton préféré, il me semble.

– Plus maintenant.

Menteuse !

– Juliette… fait Nollan en riant.

– Laisse-moi passer, j'ai du travail.

Il inspire profondément, et son sourire le quitte.

– Écoute, je sais que tu m'avais demandé de…

– Laisse tomber, je lui renvoie. Je ne m'attendais pas à ce que tu me prennes en considération.

– Juliette, j'ai besoin de ce job. Ce que tu m'as demandé est injuste.

– Si tu le dis.

Je tente de le contourner, mais il se plante à nouveau devant moi.

– Je ne veux pas que ce soit comme ça entre nous, lâche-t-il. Ça ne nous ressemble pas.

– Qu'est-ce que tu sais de ce qui nous ressemble ou pas ? Ça fait onze ans, Nollan. J'ai changé, tu as changé, tout a changé.

– C'est ce que tu crois, mais…

– Non, c'est ce que je sais. Maintenant, laisse-moi passer, s'il te plaît. Mon équipe va bientôt se demander ce qui nous arrive, et je refuse de me donner en spectacle.

Nollan reste planté devant moi encore un instant, avant de pousser un long soupir.

– Comme tu voudras, abdique-t-il.

Il croque dans le croissant, me fait un clin d'œil et se décale.

– À tout à l'heure chez la photographe, ma Juliette.

Il le dit si fort que plusieurs de mes collaborateurs – ainsi que mon assistante survoltée – l'entendent et nous dévisagent, intrigués.

L'enfoiré.

***

– Le naturel. C'est le mot phare de cette campagne, et selon moi, vous l'incarnez toutes à la perfection. Bien, avant que nous allions plus loin, je vais demander à chacune de vous de signer un accord de confidentialité.

Je distribue le document aux modèles sélectionnées pour le shooting, puis je reprends :

– Vous allez être les visages de la campagne, vous vous engagez donc à ne divulguer aucune des informations qui vous seront confiées concernant la nouvelle gamme de produits et tout ce qui l'entoure avant le lancement officiel. Dans le cas contraire, la société sera en droit de vous poursuivre en justice.

Les jeunes femmes signent rapidement, je récupère les documents que je donne à Nollan, puis nous entamons enfin la discussion.

– Belle & Bio est une nouvelle gamme cent pour cent naturelle destinée à toutes les femmes, peu importe leur âge et leur grain de peau, j'explique. Dans cette optique, j'ai fait le choix de ne pas sélectionner de mannequins professionnels, mais de me tourner vers des personnes à qui toutes pourront s'identifier. Si vous jetez un œil autour de vous, vous verrez que vous êtes toutes différentes. Vous n'avez pas la même couleur de peau, les mêmes origines ni les mêmes morphologies, mais vous avez pourtant un point commun : vous représentez des millions de femmes à travers le monde. Parce que vous êtes infirmières, mères au foyer, serveuses, caissières, femmes de ménage, policières… Vous êtes tout ce qui constitue notre population.

Tandis que je parle, je sens le regard de Nollan sur moi et c'est franchement déstabilisant.

– Pour cette campagne, je ne veux pas d'artifice, je poursuis. Je veux du vrai, du naturel. Vous ne serez donc pas maquillées et les photos ne seront pas retouchées.

Je suis heureuse de constater que la perspective ne semble pas effrayer les modèles et qu'elles sont même, pour la plupart, vraiment enthousiastes. Pendant un moment, je leur parle plus en détail des produits et du but de la campagne, de la façon dont celle-ci sera menée et ce que cela implique pour elles. Finalement, après une heure et demie, elles quittent le studio de la photographe et je les imite sans tarder. Je saute dans un taxi, pressée de rentrer au bureau, mais avant qu'il ne puisse démarrer, la portière se rouvre et Nollan monte à côté de moi.

– Qu'est-ce que…

– Roulez, s'il vous plaît, demande-t-il au chauffeur.

– Non, ne roulez pas, je m'écrie. Nollan, sors de cette voiture.

– Aucune chance, réplique-t-il. Démarrez, parce que je ne compte aller nulle part.

Le conducteur râle face à notre indécision mais finit par s'insérer dans la circulation. Nollan attrape alors mon poignet avec douceur pour m'inciter à le regarder.

– Tu n'es pas obligée de me fuir comme ça, Juliette, me dit-il.

– Je ne te fuis pas. Mais la réunion est terminée, alors je ne vois aucune raison de m'attarder ici.

– Eh bien moi, j'en vois une. Nous devons débriefer des premières idées qui me sont venues. J'ai compris ce que tu veux faire ressortir de cette gamme, mais j'ai envie que tu m'en parles.

J'arrache mon bras à sa prise. Ça ne l'empêche pas d'insister :

– Je ne suis pas ton ennemi, je ne veux pas que ce soit ainsi entre nous et encore moins que tu te sentes menacée dans ton travail. Je suis au courant de tous les entretiens ratés que tu as enchaînés, tu devrais donc être contente que j'aie travaillé avec la filiale américaine et que je connaisse l'entreprise.

– Je l'aurais été si n'importe qui d'autre que toi avait été embauché.

Nollan encaisse ma pique, puis reprend :

– Je t'ai blessée, je le sais, mais s'il te plaît, essaye de l'oublier quand on bosse, sinon notre collaboration sera un enfer.

Estomaquée, je me tourne vers lui.

– Oublier ? Je ne pourrai pas *oublier*. Ça fait déjà onze ans, et je n'ai pas encore digéré ta trahison. Alors ne me demande pas de faire un effort. Si tu avais été à ma place et que tu avais vu ce que j'ai vu ce jour-là, tu saurais que ce que tu demandes est impossible.

La tristesse qui envahit son regard fait trembler mon cœur. Il prend ma main et caresse ma paume, mais je la retire.

– Ma Juliette… je suis…

– Je ne suis pas ta Juliette, Nollan. Je ne le suis plus depuis longtemps.

Incapable de rester une seconde de plus en sa présence, je demande au chauffeur :

– Arrêtez-vous, s'il vous plaît. Je vais descendre.

– Juliette, enfin, c'est ridicule, tu ne vas pas…

Lorsque le véhicule se met à l'arrêt, je m'empresse d'ouvrir la portière et de m'éjecter dans la rue. Je traverse la chaussée au pas de course, certaine d'avoir cloué le bec à Nollan une bonne fois pour toutes… mais j'aurais dû me souvenir que la détermination est l'une de ses plus grandes forces.

– Attends-moi, Juliette, putain ! crie-t-il dans mon dos.

Il sprinte, m'attrape par le bras et m'attire contre lui, avant de me faire reculer jusqu'au mur d'un immeuble. Plusieurs passants nous observent, incrédules.

– Peut-être que ce que j'ai fait t'a donné l'impression que tu n'étais plus mienne… commence-t-il.

J'ouvre la bouche pour répliquer. Il ne m'en laisse pas le temps.

– Mais quand je pense à toi, et crois-moi, ça m'est arrivé chaque jour ces onze dernières années, je n'arrive pas à te voir autrement. Il s'est passé beaucoup de temps depuis la dernière fois qu'on s'est vus, et pourtant, je n'ai jamais arrêté de croire que j'étais toujours tien.

Nollan a toujours su comment parler à mon cœur. Il est même le seul à réellement savoir…

– S'il te plaît, reprend-il devant mon mutisme. J'ai besoin que ça se passe bien entre toi et moi.

Il attrape mes mains et dépose de doux baisers sur mes phalanges.

– J'ai besoin que tu acceptes de me laisser entrer à nouveau dans ta vie.

Je le regarde serrer mes doigts entre les siens. Ses yeux gris clair reflètent une sincérité qui me désarme complètement… mais ce n'est pas suffisant.

– Et moi, j'avais besoin que tu tiennes ta promesse, je lâche.

Je retire mes mains des siennes et je m'éloigne sans me retourner.

Cette fois, il ne cherche pas à me rattraper.

CHAPITRE 20

NOLLAN

Retrouver quelqu'un n'est pas aussi facile que ça en a l'air. Ma liste posée à côté de moi, j'écume Internet à la recherche de Lola, la première de mes ex, que j'ai sélectionnée pour amorcer mon marathon « pardon de m'être comporté comme le plus gros connard de l'univers ». Tout d'abord, je me suis tourné vers les réseaux sociaux, mais elle n'alimente presque pas ses comptes. Ensuite, j'ai tapé son nom sur LinkedIn. Même si c'est une information bien mince, j'ai tout de même lu sur son profil qu'elle vivait toujours à Paris. Pour obtenir son adresse précise, je me suis résigné à me tourner vers d'anciennes connaissances du temps où je la fréquentais. J'ai envoyé un message à pas moins de douze personnes différentes, mais pour l'instant, je n'ai reçu aucune réponse.

Je soupire, frotte mes paupières lourdes, puis ferme mon ordinateur portable avant de récupérer mon téléphone pour me commander à dîner.

Maintenant qu'il est clair que je vais rester à Paris, il faudrait que je songe à me trouver un appartement. Cette petite chambre d'hôtel impersonnelle au confort sommaire ne me convient plus du tout… Je n'aime pas faire la cuisine, c'est vrai, mais devoir me faire livrer à manger tous les soirs commence à me peser.

Je viens de valider mon menu quand, soudain, on toque à la porte de ma chambre. Je fronce les sourcils. Peu de personnes savent où me trouver. En fait, seule ma famille sait où je loge… Je me lève et vais ouvrir avec méfiance.

– Bonsoir, fils.

Stupéfait de trouver mon père sur le seuil, je mets quelques secondes à le faire entrer dans la chambre. En silence, il jette un coup d'œil circulaire à la pièce et je ne peux m'empêcher de me sentir comme un môme qui attend que la sanction tombe. La pression qu'il a exercée sur moi dans mon enfance a laissé des traces et même aujourd'hui, alors que je suis un homme adulte, il m'arrive de flancher en sa présence.

– C'est… simple et triste, finit-il par lâcher.

– C'est une chambre d'hôtel, je ne vais pas y vivre toute ma vie.

– Content de te l'entendre dire.

– Qu'est-ce que tu veux, papa ? Est-ce qu'Élisa va bien ?

Il met les mains dans ses poches et hoche la tête.

– Autant qu'il est possible, me confirme-t-il. Les médecins disent qu'elle pourra sortir dans quelques jours, mais qu'elle devra être suivie par un psychiatre.

– Je pense que c'est effectivement la meilleure chose pour…

– Ta sœur n'a pas besoin d'un psy. Elle a besoin de se retrouver en présence de sa famille.

Je hausse les sourcils et croise les bras.

– Comment donc ? Tu n'es jamais là, Bastian est trop occupé et…

– Je vais me libérer du temps.

Honnêtement, je n'y crois pas une seconde. À la mort de maman, notre père nous a promis à plusieurs reprises de faire passer sa famille en premier… Mais il n'en a jamais rien fait, ce qui explique, entre autres, pourquoi nous nous sommes tous éloignés.

– Est-ce que tu es allé voir la proviseure du lycée pour tenter de découvrir l'identité des harceleurs d'Élisa ? je demande.

– J'ai effectivement passé quelques coups de téléphone. Grâce à mes relations, les petites ordures qui ont osé s'en prendre à ta sœur ne devraient plus dormir très longtemps sur leurs deux oreilles. Mes avocats ne vont en faire qu'une bouchée.

Bien.

Il est rare que je me réjouisse que mon père use de son influence. Mais à cet instant, je suis plus que satisfait qu'il intervienne.

En ce qui me concerne, je me réserve ce connard de Raphaël. J'ai bien l'intention de laisser mes poings lui communiquer le fond de ma pensée…

– J'aimerais que tu reviennes vivre à l'appartement, déclare ensuite mon père, me prenant de cours.

Je reste stupéfait. Thomas De Villa n'est pas du genre à quémander ou à s'excuser pour ses mauvaises actions. Ce premier pas devrait me réjouir… à la place, je me méfie. C'est triste à dire, mais il agit rarement sans perspective d'en tirer un bénéfice. Ce que j'aimerais savoir, c'est ce qu'il espère gagner avec mon retour au domicile familial.

– Je ne crois pas que ce soit une bonne idée, dis-je. J'envisageais plutôt de me trouver un appartement. Je pense que ce sera mieux pour tout le monde si nous ne cohabitons pas sous le même toit.

– Je pense au contraire que ça pourrait nous aider à ressouder les liens entre nous.

– Sois sérieux, papa. On ne tiendrait pas une journée sans se sauter à la gorge, et tu le sais aussi bien que moi.

Mon père croise les bras et garde le silence pendant un court instant. Lorsqu'il repose son regard sur moi, toute trace de chaleur a disparu de son expression.

– Tu n'as pas envie de faire ça pour ta sœur ? insiste-t-il. Pour qu'elle se remette de son traumatisme plus vite ?

– Pardon ?

– Je fais un pas vers toi, Nollan. C'est déjà la deuxième fois : j'ai pris sur moi pour te faire un bon accueil à ton retour à Paris. Vu la façon dont tu es parti il y a trois ans, comprends que cela me demande un effort.

Le voilà, le vrai visage de Thomas De Villa. Les accusations, la manipulation et le chantage sont les seuls langages qu'il connaît, la seule façon qu'il a de se faire entendre.

– Vu la façon dont je suis parti ? je m'insurge. Et qui m'a fait fuir, à ton avis ?

– Tu n'aurais jamais dû quitter ta famille si tôt après le drame que nous venions de vivre.

– Et tu n'aurais jamais dû t'attaquer à Juliette et moi.

Le visage de mon père se crispe lorsque j'évoque mon amour de jeunesse.

– Ne me dis pas que tu n'en es toujours pas remis ! crache-t-il avec dédain.

– Tu es le responsable de notre séparation, alors non, je n'arriverai jamais à l'avaler.

Son sourire me donne envie d'exploser. Mais il serait bien trop heureux de me voir perdre mon calme…

– Je suis responsable ? persifle-t-il. Il ne me semble pas t'avoir obligé à coucher avec une autre.

L'enfoiré !

– Sors d'ici ! je lui crie.

– Je n'arrive pas à croire que tu sois encore attaché à cette fille. Qu'est-ce qu'elle a bien pu te faire ?

– Je t'ai dit de sortir d'ici, je répète.

Face à face, nous nous défions.

– Alors, nous sommes d'accord ? reprend-il. Tu reviens t'installer chez nous ?

Je ricane. Malheureusement, son audace ne me surprend pas.

– Tu peux toujours rêver, je réplique.

Cette fois il attrape mon bras et rapproche son visage du mien.

– Écoute-moi bien, Nollan. J'ai promis à ta mère que je garderais notre famille unie quoi qu'il arrive, et c'est bien ce que je compte faire.

– Commence donc par oublier le chantage affectif pour parvenir à tes fins.

Il me relâche, secoue la tête, puis s'éloigne en direction de la porte. Je suis si en colère que mon envie de le provoquer est plus forte que tout.

– Je l'ai retrouvée… je lance.

Il se fige et se retourne lentement, un sourcil haussé.

– Juliette, je précise. Il semblerait que tu aies échoué, cher père. Malgré tous tes efforts pour nous séparer, la vie vient de nous réunir. Et tu es peut-être puissant, tu as peut-être de l'influence, mais tu ne peux pas grand-chose contre la destinée.

Mon père me dévisage quelques secondes avant de quitter ma chambre d'hôtel sans un mot.

***

– Je viens te voir demain matin, Élisa.

– Tu promets ?

– Mieux que ça, je te le jure, dis-je pour rassurer ma petite sœur, qui commence à trouver le temps long à l'hôpital. Je sais que tu en as marre, mais accroche-toi au fait que tu sors dans trois jours.

– Je vais essayer, me répond-elle d'une petite voix.

– Bien. Je viens d'arriver au bureau, je dois te laisser.

– Je t'aime, Nollan.

– Je t'aime aussi.

Je range mon téléphone dans la poche arrière de mon jean, puis je distribue à la ronde la commande générale de café que j'ai apportée. Une petite attention ne fait pas de mal ; en plus, cela m'aidera certainement à me faire une place dans l'équipe. Ensuite, j'attrape mon ordinateur portable sur mon bureau puis je traverse l'*open space* en direction de celui de Juliette. En arrivant devant sa porte, je remarque, grâce aux grandes fenêtres, qu'elle n'est pas seule. Un mec en costume est assis face à elle, les jambes croisées, l'air rieur… mais ce qui m'interpelle, c'est la grimace à peine dissimulée qu'elle arbore. Il ne faut pas être un génie pour comprendre que la présence de ce type l'indispose. Je me souviens l'avoir aperçu à notre dernière réunion. Déjà là, je m'étais fait la réflexion que Juliette semblait torturée par l'envie de lui déchiqueter le visage chaque fois qu'elle s'adressait à lui.

Désireux de la tirer de ce moment de gêne – et, j'ai presque honte de l'avouer, de mettre fin à son tête à tête avec un autre homme –, je toque à la porte de son bureau et j'entre rapidement. J'aperçois furtivement un éclair de soulagement dans son regard, avant qu'elle ne me lance un regard noir.

– C'est l'heure de la collation, Juliette, j'annonce sans préambule.

Je dépose devant elle un capuccino bien chaud accompagné d'un croissant aux amandes. Elle pourra prétendre autant qu'elle veut que ce n'est plus sa viennoiserie préférée, je ne tomberai pas dans le panneau.

– Excuse-moi, nous étions en pleine conversation, lance le mec.

– Désolé, mais j'ai besoin de Juliette. Ça concerne la campagne Belle & Bio.

– Je croyais que c'était l'heure de la collation ? réplique-t-il en haussant les sourcils.

– L'un n'empêche pas l'autre. Il faut savoir rentabiliser son temps.

Juliette attrape le gobelet de capuccino, en prend une longue gorgée puis dit au type :

– Le devoir m'appelle, Daniel.

Ce dernier se lève, boutonne sa veste de costume, et lance à Juliette en souriant comme un abruti :

– On reprendra cette discussion plus tard.

Dès qu'il quitte le bureau, je demande :

– Ce mec t'emmerde ?

– Qu'est-ce qui se passe avec la campagne ?

– Juliette, tu peux me parler, tu sais.

– J'ai dit : « qu'est-ce qui se passe avec la campagne ? »

Je soupire. C'est bien simple, je fais face à un mur et je ne sais pas quoi faire pour le contourner... Je me concentre donc sur le travail : j'allume mon ordinateur avant de faire le tour du bureau et de m'installer à côté de Juliette.

– Tu aurais pu simplement faire pivoter ton PC, me lance-t-elle.

– Et manquer le plaisir d'être près de toi ?

Elle lève les yeux au ciel puis se focalise sur l'écran.

– Voilà, dis-je. Le shooting n'a pas encore eu lieu, donc je ne peux pas me concentrer sur les affiches publicitaires le concernant. En revanche, j'ai commencé à travailler sur les visuels liés aux différents produits. J'ai demandé quelques échantillons de packaging pour essayer de comprendre l'ambiance que tu voulais donner à la gamme, et j'ai déjà quelques ébauches à te proposer.

En silence, Juliette fait défiler les images sur l'écran. Son regard n'exprime rien et je sais qu'elle fait exprès de dissimuler ses émotions pour me torturer.

– C'est... pas mal, lâche-t-elle.

– Mais encore ?

– Tu n'es pas tombé dans la facilité en essayant de poser nos cosmétiques dans la nature. L'œil est attiré par le produit d'abord et par ce qui se passe en arrière-plan ensuite… C'est un bon début. Mais je n'aime pas les nuances de marron foncé que tu as utilisées. Je trouve aussi l'ambiance un peu morose, et le fait que le produit se trouve dans une sorte d'écrin de verre ne renvoie pas le bon message.

Je prends note de tout ce que Juliette me dit. Ses remarques ne me vexent pas ; au contraire, elles me semblent judicieuses. Dans mon travail, un premier jet est rarement – voire très rarement – le bon. Généralement, il faut plusieurs échanges avec le client pour bien comprendre ce qu'il visualise. Et à cet instant, je suis heureux que Juliette communique normalement avec moi.

– Je pense sincèrement qu'il faut que j'assiste au shooting pour… je commence.

– Pas besoin, me coupe-t-elle.

– Juliette…

– On a terminé, je crois. J'ai beaucoup de travail, alors si ça ne te dérange pas…

Elle fait un signe de tête en direction de la porte de son bureau. Je ravale ma déception.

L'armistice aura été de courte durée…

Frustré, je referme mon PC et quitte la pièce à grandes enjambées. Pour le restant de la matinée, Juliette et moi ne nous recroisons plus, et je la soupçonne de le faire exprès.

À l'heure du déjeuner, je reçois un message qui vient éclairer ma journée malgré tout. Tom, un ancien collègue, me communique l'adresse de Lola. Je le remercie chaleureusement, et dès dix-sept heures trente, je fonce dans un taxi en sortant du bureau pour rejoindre la banlieue parisienne.

Après un long trajet, la voiture s'arrête dans un quartier résidentiel. Pendant plusieurs secondes, j'observe la maison au numéro 5 à travers la vitre du véhicule, attendant de trouver le courage d'en sortir. Enfin, j'inspire profondément et je quitte l'habitacle. J'ouvre le petit portillon en fer forgé qui me fait face, je remonte une allée en pierre, puis je me plante devant la porte d'entrée avant d'appuyer sur la sonnette. Au bout de quelques instants, une femme grande et blonde, avec de beaux yeux clairs et un visage fin, apparaît devant moi.

– Salut, Lola.

Celle-ci me dévisage en silence. En mon for intérieur, je suis certain qu'elle va m'envoyer bouler, et très honnêtement, je ne pourrais pas lui en vouloir. À la place, elle me surprend en faisant un pas dans ma direction. Je lui souris, engageant.

Et soudain, elle me gifle avec force avant de me claquer la porte au nez.

Bon...

Tout en me massant la joue, je me dis que cela aurait pu être pire...

En fait, non, ça n'aurait pas pu l'être. Une gifle et un claquage de porte, c'est déjà pas mal.

Vu cet accueil, je pourrais décider d'abandonner, mais la mission que je me suis fixée est trop importante à mes yeux. Même si je dois me prendre une autre claque, je vais persister.

J'appuie une seconde fois sur la sonnette. Lola me rouvre en s'écriant :

– Quoi ?

– Est-ce que je peux entrer ?

Mon ex croise les bras.

– Tu es en retard de trois ans, Nollan.

– Je sais... et je n'ai aucune excuse.

– Non, effectivement, tu n'en as pas.

En réalité, je viens en présenter, mais il vaut mieux y aller étape par étape.

– Écoute, je sais que tu n'as aucune obligation de m'écouter, mais j'aimerais vraiment que tu le fasses, je plaide. Est-ce que tu pourrais m'accorder quelques minutes ?

Levant les yeux au ciel, Lola finit par se décaler et m'inviter à la suivre. L'intérieur de la maison est à l'image de l'extérieur : tout est parfaitement rangé et propre, beau sans être clinquant. Je m'arrête un instant sur quelques photos encadrées, qui montrent mon ex souriante dans les bras d'un homme. Je ne peux m'empêcher d'être soulagé de la voir aussi heureuse.

– Qu'est-ce que tu fais là, Nollan ? me lance-t-elle.

Je reporte mon attention sur elle et lui annonce :

– Je suis venu te demander de m'excuser pour la façon dont je t'ai quittée.

– Tu veux dire, pour la façon dont tu as pris la fuite aux États-Unis il y a trois ans sans me prévenir ? Pour ne plus jamais m'avoir donné de nouvelles de toi, alors que cela faisait presque un an qu'on était ensemble ?

J'encaisse. Le fait que Lola pense que nous formions réellement un couple me fait sentir encore plus con. C'est vrai, de toutes les femmes sur ma liste – Juliette exceptée –, elle est celle avec qui j'ai passé le plus de temps. Mais je ne lui ai jamais offert plus que mes week-ends – et pas tous, qui plus est. Je croyais me souvenir que ça ne la gênait pas, qu'elle ne m'en demandait pas plus et se contentait de ce que je lui donnais… J'ai maintenant conscience que ma vision des choses était certainement biaisée. Il est clair que Lola était bien plus investie que moi dans notre relation et qu'elle s'accommodait de mes conditions sans vraiment avoir le choix.

– Je me suis rongé les sangs pendant des jours, j'ai imaginé qu'il t'était arrivé quelque chose de grave ! s'exclame-t-elle. J'ai appelé des hôpitaux, Nollan, avant de me tourner vers ton employeur et d'apprendre que tu avais soudainement démissionné. M'étant présentée comme ta petite amie, il semblait étonné que je ne sois pas au courant !

Les souvenirs de ces instants font monter la voix de Lola de plus en plus dans les aigus.

Il n'y a pas à dire, j'ai été en dessous de tout.

Ayant retrouvé son calme, mon ex me demande :

– Pourquoi est-ce que tu reviens maintenant ? Pourquoi, après tout ce temps ?

Je grimace, mets les mains dans mes poches, puis réponds :

– J'avais envie de venir te présenter mes excuses en personne, même si j'ai conscience qu'il est certainement trop tard. J'ai été lâche : tu méritais que je vienne te voir pour mettre un terme à notre histoire, que je t'explique et que je ne te laisse pas croire que tu étais pour quelque chose dans notre rupture, parce que c'est faux.

– Bien sûr que ce n'était pas ma faute. J'ai été patiente et exemplaire. Je t'ai laissé l'espace que tu demandais, je veillais à ne pas t'étouffer, et toi, qu'est-ce que tu as fait ? Tu m'as humiliée !

Je hoche la tête, le cœur serré. Tout ce que Lola dit a beau être vrai, ça fait mal d'être mis face à ses responsabilités.

– C'est ton mec ? je demande alors en désignant les cadres posés sur le meuble derrière moi, espérant apaiser sa colère.

Elle hausse d'abord les sourcils, surprise par mon changement de sujet, puis son regard se pose sur les photos et un sourire éclaire son visage.

– Oui. On est ensemble depuis deux ans.

– C'est génial, je suis heureux pour toi…

À cet instant, un gazouillis se fait entendre depuis le fond du salon. Lola s'empresse de traverser la pièce en direction du bruit, puis elle revient avec un nourrisson dans les bras. Mon cœur se déleste d'une tonne de remords face à ce spectacle. Le bébé me fixe de ses grands yeux, semblables à ceux de sa mère.

– Je te présente Esther, me dit Lola, d'une voix emplie d'amour maternel.

– Waouh… je lâche, stupéfait. D'abord, elle est magnifique, et ensuite… waouh.

Mon ex s'esclaffe, et je l'imite. C'est fou comme en une seconde toute trace de rage l'a quittée. C'est bien la preuve, s'il m'en fallait une, qu'elle a trouvé l'homme qui était fait pour elle et que ce n'était certainement pas moi.

– Elle a cinq mois, m'apprend Lola. Et je ne sais déjà plus à quoi ressemblait ma vie avant elle.

– Tu as l'air heureuse, en tout cas.

– Plus que je ne l'ai jamais été.

Elle me dévisage d'un regard entendu. Le message est clair : elle a tourné la page. La façon dont je l'ai quittée la met peut-être encore en colère quand elle y repense – quoique je doute que cela arrive souvent vu la vie de famille comblée qu'elle mène –, mais une chose est sûre, cela ne la fait plus souffrir et j'en suis soulagé.

– C'est tout ce que je voulais entendre, dis-je. Je ne te dérange pas plus longtemps.

Son bébé dans les bras, Lola me raccompagne à la porte. Alors que je m'éloigne dans la petite allée qui mène au portail, elle m'interpelle :

– Nollan.

Je me retourne. Elle poursuit :

– Je ne connais pas la raison qui t'a poussé à venir me présenter des excuses, mais je suis heureuse que tu l'aies fait. Cela fait un moment que je suis passée à autre chose mais, quelque part, j'avais besoin d'entendre ce que tu m'as dit. Je méritais que tu me respectes, et même s'il t'a fallu trois ans pour t'en rendre compte, mieux vaut tard que jamais. Au revoir, Nollan.

Je lui souris et hoche la tête, puis elle referme la porte et je quitte sa propriété. Sur le trottoir, je sors de la poche de mon jean le petit morceau de papier qui m'accompagne partout où je vais en ce moment. Je le déplie et y appose une première rature :

Inès
Betty
~~Lola~~
Juliette

Je me sens heureux et fier de ce premier pas. Pourtant, vu le mal que j'ai fait à ces femmes, il n'y a pas de quoi l'être.

En tout cas, mon périple ne fait que commencer et quelque chose me dit qu'il s'annonce semé d'embûches.

CHAPITRE 21

JULIETTE

– Tu ne parles pas beaucoup aujourd'hui, beau gosse. Un problème ?

– Aucun. Tout baigne.

Iris et moi nous jetons un rapide coup d'œil. D'habitude, mon frère est bien plus loquace pendant nos déjeuners hebdomadaires. Il n'a même pas fait de sous-entendus graveleux à mon assistante ce midi !

– Tu veux en parler ? je tente.

Il secoue la tête et recommence à jouer avec la nourriture dans son assiette. Son attitude m'inquiète. Léo a toujours été plutôt facile à vivre, même en pleine période d'adolescence. Je ne m'explique pas son changement de comportement soudain, d'autant qu'il se ferme comme une huître dès que j'essaye de parler avec lui.

– Sinon, j'ai réfléchi à propos de notre destination de vacances, j'ajoute, pour tenter de l'intéresser.

Ça semble fonctionner. Il relève le nez de son carpaccio et m'observe. Je poursuis :

– Avec Iris, on en a discuté, et on a eu une idée qui te plaira à toi aussi, je pense.

– Crache le morceau, Ju !

J'attrape mon verre, bois une gorgée d'eau pour faire mariner mon frère, avant de mettre fin à son supplice en lâchant :

– Que dirais-tu d'Ibiza ?

Les yeux de Léo s'écarquillent, puis il se lève et attrape mon visage pour embrasser brusquement mes joues.

– Oh, putain, t'es la meilleure des sœurs.

– Ne jure pas, je le reprends, sans pour autant m'empêcher de sourire devant son air heureux.

– Ça va être les meilleures vacances de ma vie ! s'exclame-t-il. Le soleil, la mer, la musique, les filles sexy…

– Hé !

Iris et moi avons réagi en même temps. Mon assistante, faussement vexée, s'indigne :

– Je croyais que tu n'avais d'yeux que pour moi.

– Mais c'est toujours le cas, poupée. Et puis, tu sais ce qu'on dit : ce qui se passe à Ibiza entre une assistante et le frère de sa boss reste à Ibiza.

Sur ce, ils s'esclaffent comme deux idiots.

Nous terminons notre repas dans la bonne humeur. Ensuite, Iris et moi raccompagnons Léo jusqu'à son lycée. Sur le chemin du bureau, mon amie me convainc de faire une petite virée dans une boutique de vêtements pour une séance shopping express.

– Regarde un peu cette robe d'été… Elle serait sublime sur toi, fait-elle en plaquant un cintre contre ma poitrine.

– Je n'ai pas vraiment envie de faire des dépenses en ce moment.

Iris se tourne vers moi et secoue la tête.

– Je ne te comprends pas. Si j'avais ton salaire, je crois que je claquerais tout dans les fringues et les chaussures.

– Sauf que je ne peux pas me le permettre. Le lycée de Léo et l'appartement de mes parents sont mes priorités.

– Juliette, même en ayant payé cela, il te reste une somme rondelette à la fin du mois. Pourquoi est-ce que tu ne l'utilises pas pour te faire plaisir de temps en temps ?

– Mais c'est ce que je fais… seulement… je ne sais pas. Je pense que lorsque tu as passé plus de la moitié de ta vie pauvre, à voir tes parents galérer et économiser le moindre sou, tu évites les dépenses futiles. Au fond de moi j'aurai toujours peur de manquer. C'est comme si j'anticipais un potentiel drame et que j'économisais un maximum pour permettre à ma famille et moi de le surmonter.

Mon assistante sourit et pose une main sur mon bras.

– Je ne te l'ai jamais dit, mais ce que tu fais pour eux force vraiment le respect.

Mal à l'aise face aux compliments, je préfère changer de sujet.

– Écoute, prends le temps de regarder ce qui te plaît, dis-je. Je sors passer quelques coups de téléphone, je t'attends devant la boutique.

– Tu es sûre ?

– Certaine.

Je fais un clin d'œil à Iris et je quitte le magasin. Une fois sur le trottoir, je réponds aux textos que j'ai reçus pendant le déjeuner, puis à quelques mails. J'ai le nez baissé sur mon écran lorsqu'on m'interpelle :

– Juliette Leroy.

Je relève la tête pour voir à qui j'ai affaire… et je tombe des nues.

– Monsieur De Villa.

J'essaye de garder contenance malgré le choc. Il fut un temps où le père de Nollan pouvait m'intimider par un seul de ses regards. Mais ce temps-là est révolu, et je compte bien le lui prouver.

– Comment m'avez-vous trouvée ? je lui demande.

– Disons que je ne t'ai jamais vraiment perdue de vue.

Thomas De Villa est toujours aussi charismatique. Ces dix dernières années ont été clémentes avec lui. Ses cheveux sont devenus gris, preuve que l'âge avance pour tout le monde, mais il est toujours aussi svelte et confiant.

Relevant le menton, je croise les bras.

– Qu'est-ce que vous voulez ?

– Simplement parler un peu avec toi.

Son sourire ne me dit rien qui vaille.

– Je n'ai pas le temps, j'affirme.

– Oh, je suis certain que tu vas trouver cinq petites minutes à m'accorder. Il paraît que tu es directrice du marketing dans une entreprise de premier plan, maintenant ? Félicitations. Un poste à responsabilité bien rémunéré, c'était inespéré pour la petite Juliette modeste que tu étais.

– C'est vous qui le dites. Personnellement, je n'ai jamais douté de mes capacités.

Ça, ce n'est pas tout à fait vrai, ma fille, mais l'important, c'est que tu le lui fasses croire… et que tu gardes ton calme.

Monsieur De Villa se pose nonchalamment contre le mur de la boutique de vêtements avant de déclarer :

– J'ai aussi entendu dire que tu avais repris contact avec mon fils ?

Tandis que son sourire s'estompe, le mien s'élargit.

– Nous y voilà, je m'amuse. Papa De Villa va encore essayer de tenir éloignée de sa famille la méchante Juliette. Ça commence à être redondant, si vous voulez mon avis.

– Je suis bien d'accord, et c'est pour cela qu'il vaut mieux que tu gardes tes distances avec Nollan. Comme ça, nous serons quittes à nouveau.

– Nollan et moi travaillons ensemble. L'éviter va m'être très compliqué.

– Je te fais confiance pour essayer.

Monsieur De Villa se redresse et commence à s'éloigner, certain que la discussion est close. Je lui lance pourtant :

– Pourquoi est-ce que je vous obéirais ? Je n'ai plus dix-huit ans, vous ne m'impressionnez plus.

Il pivote et revient vers moi, furieux.

– Tu sembles oublier que toi et moi avons passé un accord, il y a dix ans. S'il l'apprenait, Nollan en serait dévasté.

– Vous voulez parler de l'ultimatum que vous m'avez imposé et que j'ai refusé ?

– Ce n'est pas comme ça que je m'en souviens. Et en cherchant un peu, je suis sûr que je pourrais trouver des preuves qui iraient dans mon sens et feraient douter Nollan de ta bonne foi.

– Espèce de salaud.

Monsieur De Villa ricane, puis il me fait un geste de la main.

– Réfléchis bien, Juliette.

Sur ce, il disparaît dans une berline qui l'attend un peu plus loin. Iris me rejoint un instant plus tard.

– Est-ce que ça va ? me demande-t-elle, remarquant mon immobilité.

– Oui, je réponds pour la rassurer.

– Tu es sûre ?

– Certaine. Allez, retournons au bureau.

CHAPITRE 22

NOLLAN

– Et voilà, tu es de retour à la maison, dis-je en aidant Élisa à poser ses affaires dans l'entrée de l'appartement familial.

Elle pousse un long soupir à la fois de soulagement et d'angoisse. Elle attendait avec impatience de rentrer, et j'espère que cela lui permettra de commencer sa reconstruction.

– Mademoiselle Élisa ?

Suzie descend l'escalier et fonce sur ma petite sœur pour l'étreindre.

– Oh, c'est tellement bon de vous revoir !

Les yeux de notre gouvernante rougissent, et tandis qu'elle caresse les cheveux d'Élisa, elle lui dit :

– Ne refaites plus jamais ça, vous m'avez comprise ? Plus jamais ! Ou je vous jure que vous aurez affaire à moi.

– Je suis désolée, Suzie.

Éclatant en sanglots, ma petite sœur se réfugie dans les bras de notre gouvernante, qui se met à pleurer elle aussi.

– Je suis désolée de ce que tu as vu, hoquette Élisa.

– Allez, c'est fini. Tout va bien, maintenant.

Suzie cajole ma sœur un instant avant de m'inviter à les rejoindre. Je les enlace toutes les deux, prenant le temps d'apprécier notre étreinte. Enfin, tout le monde se calme.

– Votre chambre est prête, Mademoiselle, si vous avez besoin de vous reposer, déclare notre gouvernante.

– Je suis restée alitée pendant des jours, alors j'ai surtout besoin d'être active, réplique Élisa.

– Et c'est une bonne chose, lance mon père en entrant dans l'appartement, les dernières affaires de ma sœur à la main.

Je l'ignore depuis la discussion que nous avons eue dans ma chambre d'hôtel. Inutile de dire que notre retour en voiture depuis la Salpêtrière s'est déroulé dans une ambiance plus que tendue…

– Ma chérie, je sais que tu n'es certainement pas encore prête, mais j'aimerais que tu penses à l'éventualité de retourner au lycée le plus tôt possible, reprend-il. Je suis en relation avec la principale et le rectorat pour que ceux qui t'ont fait du mal soient punis. D'ici là, je pense qu'il est important que tu reprennes les cours. Tu passes ton bac cette année et…

– Non, mais c'est une blague ! je m'indigne.

– Ne te mêle pas de ça, Nollan, grogne mon père.

– Bien sûr que je vais m'en mêler. Élisa vient de sortir de l'hôpital, et tu projettes déjà de la renvoyer au lycée ?

– C'est important pour son avenir.

– Oh, pitié !

– Arrêtez ! s'écrie ma petite sœur. Ne commencez pas à vous disputer. Je retournerai en cours dès la semaine prochaine.

– Élisa, non…

– Nollan, c'est bon. Tout va bien, me rassure-t-elle.

Je suis hors de moi, et je me retiens à grand-peine de me défouler sur mon père. Ce dernier lâche :

– Parfait. Bon, je ne vais pas pouvoir rester dîner, j'ai une réunion qui m'attend.

– À cette heure-ci ? s'étonne Élisa. Il est presque vingt heures !

– Je sais, ma chérie, mais c'est important.

Ça l'est toujours, bien plus que sa famille en tout cas…

– D'accord, fait ma petite sœur en tentant de masquer sa déception.

– On se verra demain pour le petit déjeuner, lui dit notre père.

Sur ce, il l'embrasse sur le front et quitte l'appartement. Sans y croire une seconde, je souffle à Élisa :

– Ne t'en fais pas, je suis sûr qu'il va essayer de rentrer plus tôt pour passer un peu de temps avec toi.

– Peut-être... En tout cas, je vais prendre une douche.

Ma sœur remarque certainement la lueur de terreur qui passe dans mes yeux à cet instant, puisqu'elle s'empresse d'ajouter :

– Je ne recommencerai pas, Nollan, il faut que tu me croies. Et d'ailleurs, si ça peut te rassurer, je ne fermerai pas la porte à clé, d'accord ?

Je hoche lentement la tête, même si je ne peux m'empêcher d'être inquiet.

– Merci, dit Élisa avant de disparaître à l'étage.

J'attends qu'elle soit loin pour me tourner vers Suzie et pester à propos de mon père :

– Il est sérieux ? Sa fille sort de la clinique après avoir fait une tentative de suicide, et il n'est même pas capable de dîner avec elle le soir de son retour ?

– Monsieur De Villa fait ce qu'il peut. La situation est difficile pour lui.

– Parce qu'elle ne l'est pas pour nous, peut-être ? Pour Élisa ? Ne cherche pas à l'excuser, Suzie. Il n'en a toujours que pour sa carrière, à qui il donne tout son temps, au lieu de se préoccuper de ses enfants.

La gouvernante s'approche de moi et pose une main réconfortante sur mon bras.

– Laissez-lui du temps, me conseille-t-elle. Il finira par ouvrir les yeux et se rendra compte que la famille est la seule véritable richesse du monde.

– Il a intérêt !

Je passe une main rageuse dans mes cheveux avant de demander à Suzie :

– Oublie le dîner, on va se contenter du dessert. C'est ce qu'Élisa préfère.

– Bonne idée. En plus, j'avais une petite surprise pour votre sœur.

Suzie s'éclipse en cuisine un instant puis en revient avec un plat sur lequel trône un cheesecake agrémenté d'un coulis de fruits rouges. Je souris tandis qu'une idée germe dans mon esprit. Je demande à notre gouvernante de m'apporter autant de coussins qu'elle en trouvera, et je m'occupe pendant ce temps-là de préparer des cafés glacés mais aussi d'apporter le dessert dans le salon.

Lorsque tout est prêt, je me plante en bas de l'escalier.

– Élisa ! j'appelle.

Pas de réponse.

– Élisa ! j'essaie à nouveau.

Toujours rien.

Je me fige. Et si ce silence était anormal ? Et si ma sœur, encore trop fragile, avait décidé de se faire à nouveau du mal ? Et si…

Je m'élance dans l'escalier, grimpant les marches trois par trois. En passant devant la salle de bain, je remarque que la pièce est vide, mais que la porte de la chambre de ma sœur est en revanche fermée. Ni une ni deux, je m'élance contre le battant et le percute, l'envoyant s'écraser contre le mur. Allongée sur son lit, ses écouteurs dans les oreilles,

Élisa sursaute et manque de tomber à la renverse devant mon arrivée fracassante.

– Nollan ? Mais qu'est-ce que…

En voyant que tout va bien, je m'adosse à la porte et pousse un long soupir de soulagement. Puis, furieux, je m'écrie :

– Ça fait plusieurs fois que je t'appelle et que tu ne réponds pas !

– J'étais simplement…

– Est-ce que tu imagines une seconde la trouille que tu viens de me coller ?

Ma sœur se redresse, les larmes aux yeux, et je m'en veux immédiatement.

– Pardon, souffle-t-elle. Je ne voulais pas t'inquiéter…

Je soupire et ferme les yeux un moment, avant d'aller m'asseoir à côté d'elle.

– Excuse-moi, je n'aurais pas dû crier, lui dis-je. Viens là.

Je la prends dans mes bras, et elle se blottit avec plaisir contre moi. Elle pleure en silence pendant quelques secondes, avant de se redresser et de se reprendre. Pour lui changer les idées, je lui glisse :

– Suis-moi, j'ai quelque chose à te montrer.

Je l'entraîne jusqu'à la porte du salon, devant laquelle je m'arrête. Avant de l'ouvrir, je couvre les yeux d'Élisa de mes mains pour qu'elle ne découvre pas tout de suite la surprise que je lui ai concoctée.

– Tu peux regarder, dis-je en reculant.

Le doux visage de ma sœur, qui n'exprime rien d'autre qu'une profonde tristesse depuis des jours, s'éclaire enfin… juste un peu, mais c'est déjà ça.

– Oh, Nollan… Tu nous as préparé une soirée pyjama, comme quand on était petits ?

– Sauf qu'on n'est pas obligés de mettre nos pyjamas, et que maintenant, il y a Netflix.

J'attrape la main d'Élisa et je la conduis jusque sur le sol entièrement recouvert de coussins, devant la télé. Sur la table basse trônent le cheesecake ainsi que nos deux cafés glacés. Je nous recouvre d'un plaid, puis j'attrape la télécommande et je demande :

– Qu'est-ce que tu veux regarder ?

– Choisis, je m'en fiche, me répond ma sœur.

Emmitouflée dans le plaid, elle semble minuscule. Et je suis déçu de voir que la petite lueur de joie que j'ai brièvement aperçue dans ses yeux s'est déjà éteinte.

– Bon, que dirais-tu d'un film d'action ? je propose. Il y en a un qui fait fureur en ce moment. C'est l'histoire d'une hackeuse qui infiltre un gang de braqueurs.

– Je l'ai déjà vu. L'histoire d'amour entre Ella et Ryan est tellement belle… Ça ne me dérange pas de le regarder encore une fois. Surtout pour Snow.

– Snow ?

– Lance le film, tu comprendras.

J'obéis. Nous nous adossons contre le bas du canapé et nous nous immergeons dans le film tout en dégustant le cheesecake qu'a concocté Suzie. Pendant près de deux heures, nous retournons en arrière, à une époque où nous étions heureux, innocents et pas encore confrontés à la cruauté de la vie.

– Au fait, dit ma sœur alors que le générique de fin défile sur notre écran, je suis heureuse que tu aies décidé de rester.

– Évidemment que je reste. Je ne quitterai pas Paris de sitôt, nous avons trop de choses à rattraper, toi et moi.

– Je parlais du fait que tu emménages ici.

Je me tourne vers Élisa, les sourcils froncés.

– Papa m'a dit que tu avais choisi de te réinstaller à l'appartement pour passer du temps avec moi, m'indique-t-elle. Si tu savais comme ça me rend heureuse…

Quel enfoiré…

Comme le chantage affectif n'a pas fonctionné, mon père s'est senti obligé de faire passer ses idées en force et de me mettre devant le fait accompli. En annonçant à Élisa que je viendrais vivre avec elle, il savait parfaitement que je n'aurais pas le cœur à la détromper ensuite.

J'avoue que je ne comprends pas. Pourquoi mon père tient-il tant à m'avoir sous son toit ? C'est insensé !

Et puis je repense à ce qu'il m'a dit le soir où il m'a rendu visite à l'hôtel :

« J'ai promis à ta mère que je garderais notre famille unie quoi qu'il arrive, et c'est bien ce que je compte faire. »

Il semble manifestement prêt à tout pour cela. Ma pauvre mère… Si elle le voyait agir de la sorte, si elle nous voyait tous déchirés, cela lui briserait le cœur.

Je n'ai pas le choix. Je vais devoir céder et apporter mes affaires ici. Savoir que mon père a gagné me met en rage, mais je relativise en me disant que, tout cela, je le fais pour Élisa et rien que pour elle.

Je n'abandonnerai jamais plus ma petite sœur.

CHAPITRE 23

NOLLAN

Déjà trois jours que je suis retourné vivre à l'appartement familial, comme lorsque j'avais encore vingt ans. On ne peut pas dire que la cohabitation se passe sous les meilleurs auspices : mon père et moi nous évitons, et Bastian a toujours une petite réplique bien sentie à me lancer lorsqu'il vient rendre visite à Élisa. Mais je m'en accommode, parce que j'ai l'impression que ma relation avec ma sœur se solidifie de jour en jour. Je reste auprès d'elle chaque soir jusqu'à ce qu'elle s'endorme. Parfois, nous parlons pendant des heures ; parfois, nous restons silencieux et je lui caresse les cheveux jusqu'à ce qu'elle sombre. J'ai rapidement pris conscience que je me comportais avec elle comme le faisait notre mère. Élisa avait seulement treize ans lorsqu'elle est morte et, si son absence a laissé un gouffre immense dans nos vies à tous, pour ma petite sœur cela a été encore plus douloureux de la perdre en pleine adolescence.

Je crois que j'essaye – malheureusement tardivement – de combler ce vide autant que je le peux.

Il est à peine sept heures du matin, mais j'enfile déjà mes chaussures et passe ma veste pour me rendre au travail. Ma sœur me rejoint dans l'entrée avec une tasse de café. Je la remercie avant d'en avaler une grande gorgée… et de grimacer.

– Élisa, qu'est-ce que tu as mis là-dedans ?

– Euh… je ne sais pas trop. J'ai fouillé dans le bar de papa et j'ai pris l'une de ses liqueurs.

– Hein ? Pourquoi est-ce que tu as fait une chose pareille ?

Ma petite sœur se triture les mains, puis elle m'annonce :

– Papa n'est pas encore parti travailler.

Je secoue la tête, ne voyant pas vraiment le problème.

– Il est encore ici ! insiste-t-elle.

Bon, d'accord, la relation que mon père et moi entretenons n'est pas au beau fixe, mais tout de même pas au point que ma petite sœur redoute de l'évoquer devant moi. Surtout que je vis ici depuis plusieurs jours déjà, j'ai eu le temps de me faire à la présence de notre paternel.

– Et ?

– Et… oh, putain, je ne sais pas comment te le dire.

– Contente-toi de le dire, c'est tout… et s'il te plaît, ne jure pas comme ça.

Ma petite sœur lève les yeux au ciel. Je suis loin d'être vieux jeu, mais l'entendre parler comme une adulte me rappelle qu'elle est en passe d'en devenir une, et j'ai beaucoup de mal à accepter qu'elle ait tant grandi, d'autant que ma fuite m'a privé de plusieurs années auprès d'elle.

– Ilestentraindedébarrasserlesaffairesdemaman, lâche-t-elle soudain, d'une traite.

Elle parle tellement vite que je ne comprends pas ce qu'elle m'annonce. Devant mes yeux écarquillés, elle répète, plus lentement :

– Il est en train de débarrasser les affaires de maman.

– Pardon ?

– J'ai entendu Suzie et lui en parler, m'explique ma sœur, la voix tremblante. Il compte en faire don à des œuvres de charité.

Stupéfait, je reste bouche bée quelques secondes. Puis j'avale d'une traite le reste de café et d'alcool, avant de tendre la tasse vide à Élisa.

– Il en est hors de question, je grogne en m'élançant dans l'escalier.

– Ne vous engueulez pas, supplie ma sœur derrière moi.

Mais c'est fou de rage que je pénètre dans la chambre de mes parents. Mon père y est présent en compagnie de Suzie, et tous les deux sont en train de plier des vêtements de ma mère pour les mettre dans des cartons.

– Qu'est-ce que vous faites ? je demande d'une voix dure.

– Comme tu le vois, fils, nous faisons un peu de tri. Il est temps…

– Il est temps ? Qui a décidé cela ?

– Moi, lâche mon père sans m'accorder un regard.

Suzie, muette comme une tombe, ne parvient pas à cacher l'émotion qui s'est installée dans ses yeux. Furieux, je gronde :

– Bastian, Élisa et moi n'avons pas le droit de donner notre avis sur la question ? Il s'agit des affaires de notre mère, nous avons peut-être envie de les garder au lieu de de les refiler à des inconnus.

Comme mon père ne me répond pas, je me précipite près du lit et j'attrape le carton qu'il est en train de remplir pour le mettre hors de sa portée. C'est seulement alors qu'il daigne poser ses yeux sur moi.

– Suzanne, veuillez nous laisser, s'il vous plaît, déclare-t-il.

– Bien sûr, Monsieur, s'empresse de dire notre gouvernante.

Elle serre discrètement ma main avant de quitter la chambre en refermant la porte derrière elle. Après son départ, mon père et moi nous fixons un moment sans rien dire, puis il finit par rompre le silence.

– Quand vas-tu grandir, Nollan ?

– J'ai grandi, mais tu refuses de le voir, je réplique. Et de toute façon, ce n'est pas le sujet. Tu n'as pas le droit de te débarrasser des affaires de maman.

– J'ai tous les droits, je suis ici chez moi, martèle-t-il d'une voix sévère. Tu ferais bien de ne pas l'oublier.

– Ça ne risque pas, je lâche, acerbe. Mais dois-je te rappeler que je ne voulais pas revenir ici et que tu m'as forcé la main ? Alors, pas la peine de me faire ton petit discours « ma maison, mes règles ». Ce n'est pas moi qui ai envie d'y rester, c'est toi qui m'y obliges.

Un éclair de fureur traverse le regard de mon père. Il s'approche de moi, la mâchoire contractée.

– Tu es d'une telle ingratitude, souffle-t-il entre ses dents serrées.

J'ai l'impression d'entendre Bastian, et je comprends rapidement que notre père doit rabâcher ce genre de choses à mon frère à longueur de journée.

– Je ne suis pas ingrat, mais j'en ai assez d'essayer de te faire plaisir en m'oubliant complètement, je déclare. Maintenant, je te le répète : je refuse que les affaires de maman bougent d'ici.

– Pour qui est-ce que tu te prends ? Tout ce que tu as, tous tes privilèges, tes passe-droits, tu les as obtenus grâce à moi ! me martèle mon père. Tu me dois le respect et je te garantis que tu vas me le donner d'une manière ou d'une autre.

Je passe à côté de lui sans daigner réagir à son discours nombriliste, puis j'attrape deux cartons et je m'éloigne en direction de la porte.

– Ton frère, ta sœur et toi n'arrivez peut-être pas à le comprendre, mais j'ai besoin de désencombrer certaines pièces, gronde-t-il. Votre mère ne reviendra pas, il faut tourner la page à présent. Reviens ici, Nollan !

– Sinon quoi ? je le défie. Tu vas me punir ? Me renier ? Ce n'est pas déjà ce que tu as fait il y a trois ans ?

Je ne pensais pas cela possible, mais il semblerait que j'aie réussi à couper le sifflet de mon père. Et quand on le connaît, on sait que ce n'est pas une petite victoire…

Je quitte la chambre en entendant mon patriarche brailler, furieux :

– Suzanne !

Notre gouvernante s'empresse de grimper les escaliers pour le rejoindre. Pour ma part, je descends à l'étage inférieur et je trouve ma sœur là où je l'ai laissée, ma tasse vide entre les mains, les yeux tristes.

– Il va vraiment le faire ? murmure-t-elle.

Je hoche piteusement la tête, puis je lui tends les cartons de vêtements que j'ai récupérés.

– Écoute, si je reste, je vais être en retard au travail, lui dis-je. Mais essaye de trouver d'autres cartons, ou même des boîtes, et file dans le bureau de maman. Ramasse un maximum d'objets avant que papa ne dégage tout. Dès que je rentre ce soir, je nous trouverai un endroit où les stocker.

Ma petite sœur s'exécute sur-le-champ, tandis que je quitte l'appartement.

Mon père ne supporte plus d'être entouré des souvenirs de ma mère, et quelque part, je peux le comprendre. Mais ce qu'il refuse d'assimiler, c'est à quel point cela nous blesse de voir ses affaires disparaître. Cela fait trois ans que nous vivons sans elle, le pilier de notre famille. S'il se sépare de ce qui lui a appartenu, s'il n'y a plus rien pour nous rappeler son souvenir, j'ai bien peur que nous ne finissions par tout oublier d'elle. Ce serait comme la perdre une seconde fois…

Et je refuse de le laisser faire sans rien dire.

***

– Je te dis qu'Élisa et moi avons vu papa vider les affaires de maman ce matin !

– Il cherche peut-être à faire un peu de place, tout simplement. Ça ne veut pas dire qu'il veut à tout prix s'en débarrasser.

– Tu fais exprès de ne pas comprendre, Bastian ?

– Ne hausse pas le ton ! s'écrie mon frère. Je fais confiance à papa, c'est tout. S'il dit qu'il a besoin de faire du tri, alors qu'il le fasse.

– Comme d'habitude, tu es incapable de te dresser contre lui.

– Et toi, tu es incapable de faire preuve de bon sens, Nollan. Tu réagis encore comme un gamin.

Sur ce, mon frère me raccroche au nez.

Quel con !

Cette tension constante entre nous commence franchement à me peser… Bastian refuse de faire le moindre effort et d'admettre que notre père est en train de commettre une erreur en se débarrassant des affaires de notre mère. Le problème, c'est que de nous trois, c'est mon frère qui est le plus proche de lui, et donc le plus à même de lui faire entendre raison.

Avant la mort de maman, Bastian et moi nous entendions bien… Mais le jour où je suis parti, quelque chose s'est brisé entre nous. Je sais que j'ai ma part de responsabilité dans notre mésentente ; pourtant, j'ai du mal à imaginer que ce soit mon départ qui ait déclenché une telle haine chez lui. J'aimerais comprendre son origine exacte, mais la communication entre nous est impossible.

Je tapote le bureau qui m'a été attribué, essayant de réfléchir à une solution pour convaincre Bastian de nous aider à faire revenir papa sur sa décision, Élisa et moi. Mais mes pensées sont balayées lorsque, en relevant la tête, j'aperçois Juliette entourée de Karim et d'Iris. Aujourd'hui, elle porte une combinaison en jean qui m'obsède depuis que je l'ai vue arriver ce matin. Son carré châtain bouge au-dessus de ses épaules chaque fois qu'elle tourne la tête, et j'aperçois son sourire d'ici.

Juliette est si belle, si attirante… Avec elle aussi, la tension est à son comble. C'est bien simple, chaque fois que je tente une approche, soit elle me fuit comme si j'étais le diable en personne, soit elle me tolère tout en émettant des ondes de fureur. Travailler avec elle dans cette ambiance détestable me déchire le cœur.

En la voyant s'éloigner vers l'ascenseur, je saute sur l'occasion. Je la rejoins à grandes enjambées et me faufile au dernier moment entre les portes.

La contrariété qui se peint sur son visage lorsqu'elle me voit me blesse. Il fut un temps où les regards qu'elle posait sur moi étaient emplis d'un amour profond et sincère… Ils me manquent d'autant plus que je ne vois que de la colère dans ses yeux depuis que je l'ai retrouvée.

– Est-ce qu'on peut parler ? je lui demande.

– Si tu as des questions sur la campagne, pose-les dans un mail, me renvoie-t-elle. J'y répondrai dès que possible.

Je me plante devant elle. Elle lève la tête pour river son regard au mien, me défiant.

– Je t'ai assez écrit de mails ces onze dernières années, j'ai eu ma dose, je réplique.

– Qu'est-ce que tu racontes ?

– Tu refuses que nous ayons une conversation, ça devient intenable. Si tu ne me laisses pas m'expliquer sur ce que tu as vu ce soir-là, nous n'arriverons à rien. Il faut crever l'abcès…

– Tu m'excuseras, Nollan, mais je n'ai vraiment pas envie de t'entendre entrer dans les détails. J'ai encore les images parfaitement claires en tête.

Elle me contourne pour quitter la cabine qui vient de s'arrêter. Je l'attrape par le poignet et je la retiens pour lui murmurer :

– J'ai essayé, Juliette. J'ai tenté un nombre incalculable de fois de te parler, mais tu t'obstines à me fuir… Pourtant, d'une manière ou d'une autre, il faudra bien que tu écoutes ce que j'ai à te dire.

Je la relâche. Elle me fusille du regard puis s'éloigne.

Dans ma tête, il est maintenant clair que je dois trouver un moyen de l'obliger à m'accorder son attention pour que je puisse lui présenter mes excuses… et tenter ensuite de me faire une nouvelle place dans sa vie. Je ne veux pas seulement faire amende honorable auprès de la seule femme que j'ai réellement aimée un jour, je veux aussi la retrouver, la reconquérir. La revoir a fait renaître tous les sentiments que je m'étais évertué à enfouir au plus profond de moi, cela m'a chamboulé au point de faire battre mon cœur plus fort que n'importe quand au cours de ces onze dernières années. Cela m'a fait comprendre que le Nollan qui est tombé amoureux d'elle à l'âge de neuf ans et qui l'a aimée de tout son cœur depuis était toujours en vie, et qu'il avait besoin de sa Juliette.

Pour la retrouver, je vais mettre toutes mes forces dans la bataille et user de tous les moyens à ma disposition.

Quand je retourne dans l'*open space*, j'aperçois Iris qui parle dans son oreillette et qui fait de grands gestes. Si je m'y prends bien, je peux m'en faire une alliée de poids… Je m'approche d'elle et l'entends s'écrier :

– Putain, mais c'est pas vrai ! *Not speak english, comprendo amigo ?*

Elle coupe l'appel, puis lève un doigt dans ma direction pour me signifier de patienter.

– Marc… Ah ah, oui, c'était très drôle, tellement que je m'en suis déplacé une côte. Non… non, mais écoute-moi. La prochaine fois que tu fais exprès de rediriger un appel international vers moi, je te jure que ma vengeance sera terrible… je m'en fiche… je t'aurai prévenu.

Elle retire son oreillette puis m'accorde enfin toute son attention.

– Qu'est-ce que je peux faire pour vous ? me demande-t-elle en souriant.

– Tu ne parles pas anglais ?

Elle roule des yeux et se cale dans son siège.

– J'ai pris allemand LV1, m'apprend-elle.

– L'anglais, c'est pourtant la base quand on travaille dans une entreprise au rayonnement international, je fais remarquer en riant.

– On ne peut pas être bon en tout. En ce qui me concerne, chaque fois que je parle cette langue maudite, j'ai peur que Satan pense que j'essaye de l'invoquer… Du coup, j'évite.

Mon Dieu. Iris est l'assistante la plus loufoque que j'aie rencontrée au cours de ma carrière… et je suis déçu de ne pas avoir pu travailler avec elle bien avant. Les journées sont loin d'être monotones quand elle est dans le coin.

– Bon, vous n'avez pas répondu à ma question, Roméo, reprend-elle.

– Roméo ?

– Vous courez visiblement après ma boss, et comme elle s'appelle Juliette… Bref, laissez tomber. Dites-moi ce que je peux faire pour vous.

– Ça concerne Juliette, justement. J'aurais besoin que tu me rendes un petit service.

– Petit comment ?

– Plutôt gros, en fait.

Iris se rapproche de moi, un air de conspiratrice sur le visage.

– Parlez ! m'ordonne-t-elle.

– J'aurais besoin de jeter un œil à son agenda.

Iris siffle et secoue vivement la tête.

– Hors de question, c'est intime.

– S'il te plaît, Iris, je te jure que je te revaudrai ça.

– Mais vous lui voulez quoi, d'abord, à Juliette ? Vous avez prévu de la stalker, c'est ça ? Il faut vous faire une raison, mon pote, quand une femme vous dit « non », c'est non, pas la peine d'insister.

– Ça n'a rien à voir. Tu te rends bien compte qu'entre Juliette et moi l'ambiance est électrique, non ?

– C'est peu de le dire…

– J'aimerais donc trouver un moyen de lui parler en privé pour pouvoir reposer les bases de notre collaboration et mettre les choses à plat entre nous.

Iris soupire, clairement prise entre deux feux. D'un côté, elle aimerait que l'ambiance s'allège, j'en suis certain, mais de l'autre, elle doit avoir le sentiment d'être sur le point de trahir sa patronne.

– Je te jure que je ne lui veux aucun mal, j'insiste. J'aimerais simplement essayer d'arranger les choses.

Iris plisse les lèvres puis secoue la tête.

– Je ne peux pas vous montrer son agenda, déclare-t-elle.

Je baisse la tête en ronchonnant dans ma barbe. Mais elle ajoute :

– En revanche, je peux m'absenter pour aller me chercher un café, et vous pourriez malencontreusement entrer dans mon ordinateur, aller dans mes dossiers, trouver l'agenda, et l'ouvrir tout seul… sans que personne ne vous ait montré comment faire.

Un immense sourire éclaire mon visage tandis qu'Iris quitte son bureau.

– Je te revaudrai ça, dis-je en m'installant sur sa chaise.

– J'ai envie de dîner dans ce nouveau restaurant qui a ouvert sur les Champs-Élysées… s'amuse-t-elle. C'est beau, c'est chic, c'est cher, et je vous conseille de me réserver une table avec vue. Mettez-y le prix, j'ai une faim de loup en ce moment…

Je m'esclaffe, puis je m'empresse de chercher l'emploi du temps de Juliette dans l'ordinateur. Je le trouve rapidement, le passe en revue… et lorsque je vois ce qu'elle a prévu ce soir, je ressens une vive pointe de jalousie avant de me dire que cela promet d'être intéressant.

CHAPITRE 24

JULIETTE

– Et du coup, tu fais quoi dans la vie ?

– Je suis pilote de ligne.

– Waouh, tu as dû visiter le monde entier !

– Pas vraiment, les escales ne durent pas très longtemps, et en général, avec le décalage horaire et les préparations du vol retour, je n'ai pas vraiment le temps d'en profiter. Mais j'adore mon travail.

– Ça se voit.

– Et toi ?

Mon rendez-vous avec Max, qu'Iris m'a présélectionné sur l'application de rencontre, se passe merveilleusement bien et il me fait d'ailleurs reconsidérer mon choix de me désinscrire. Cet homme est sympa et engageant, il a de la conversation et du vocabulaire, il s'intéresse à moi, me pose des questions, et surtout, il écoute mes réponses. Si je repense à tous les rencards que j'ai eus, je dois dire que celui-là se déroule idéalement.

En plus, Max est vraiment mignon, ce qui ne gâche rien.

Nous parlons tellement que lorsque le serveur vient voir où nous en sommes un quart d'heure après nous avoir servi nos entrées, nous avons à peine touché à nos assiettes. À l'arrivée du plat, je suis prise dans l'histoire que me raconte Max, celle d'un vol qui a failli mal tourner et qui est la pire expérience de sa vie.

– Je ne sais pas si tu te rends compte, mais j'avais seulement une année d'expérience, me dit-il. Lorsque la défaillance du réacteur s'est affichée sur le tableau de bord, j'ai vu ma vie défiler devant mes yeux.

– Ça a dû être terrifiant. Pas seulement pour toi et ton équipage, pour tous les passagers aussi.

– Tu n'as pas idée. J'ai bien cru que ma dernière heure avait sonné. Mais bon, si je suis devant toi aujourd'hui, c'est que j'ai plutôt bien géré la situation.

Il me sourit, d'une manière si douce... pas plus que Nollan, cependant. Je n'ai jamais vu un sourire tel que le sien.

Et voilà, c'est reparti !

Depuis qu'il est revenu dans ma vie, je ne cesse de penser à mon amour d'enfance. Il faut dire que le voir chaque jour au bureau n'aide pas, ni son entêtement à essayer de me parler d'ailleurs. Chaque fois qu'il tente une approche, je me bats contre moi-même pour ne pas le laisser voir à quel point il me trouble, à quel point il m'attire, à quel point j'ai envie de l'embrasser pour savoir si ses lèvres ont le même goût que dans mes souvenirs. C'est bien simple, en sa présence, mon cœur saigne du mal qu'il m'a fait mais mon corps tremble de désir pour lui. Et je commence à être épuisée de devoir combattre ces deux sentiments hyperpuissants.

– Je passe un bon moment, tu sais… me dit Max, m'arrachant à mes pensées.

– Moi au… putain !

Le choc me fait trembler tout entière. À l'instant, Nollan vient de pénétrer dans le restaurant… Pire encore, il s'approche de notre table avec le plus grand et le plus satisfait des sourires.

– Tout va bien ? m'interroge Max, étonné.

– Oh, euh…

– Bonsoir, bonsoir.

Nollan prend place sur la banquette à côté de moi. Mortifiée, je fixe Max sans savoir quoi dire.

– Nollan, se présente l'intéressé en tendant la main par-dessus la table.

– Max, répond mon rencard, mal à l'aise. Qu'est-ce qui se passe, Juliette ?

– Si seulement je le savais, je soupire.

– Votre rendez-vous se déroule comme vous voulez ? s'enquiert Nollan avec arrogance.

– Ça ne te regarde pas, je réplique, furieuse.

– Ah mais je crois que si, ma Juliette.

Merde. Merde, merde, merde !

Mon cœur palpite d'entendre Nollan prononcer ces mots… mais il s'emballe aussi lorsque Max pâlit en nous dévisageant à tour de rôle.

– Je sais de quoi ça a l'air, je tente, mais je t'assure que…

– Vous en étiez où, au fait ? me coupe Nollan. Oh, est-ce que vous en êtes déjà au moment du « ce que je préfère embrasser chez toi » ?

– Nollan, tais-toi !

– Ah mais non, vous n'en êtes qu'à votre premier rendez-vous, poursuit-il, comme incapable de se retenir. Du coup, je me lance, parce que j'ai un petit peu plus de recul sur la situation que toi, mon pote.

Sur ce, il se tourne vers moi et attrape mon menton entre ses doigts. Je me fige instantanément, incapable de détourner mon regard du sien.

– Ce que je préfère embrasser chez toi, c'est ta bouche, la peau de ton cou, et le grain de beauté sur ta hanche droite, énumère-t-il d'une voix rauque.

Face à ses iris d'un gris profond, je déglutis. Ma gorge et mon estomac se serrent lorsque je repense aux raisons qui font que Nollan connaît ces parties intimes de mon corps.

Soudain, du coin de l'œil, je vois Max qui se lève et qui prend sa veste. Je me retourne vers lui brusquement et tente de le retenir :

– Max, attends !

– Laisse tomber, Juliette. Visiblement, tu es loin d'être disponible.

– Je le suis, je te le promets, c'est juste que…

– Tu sais, on n'est pas tous des connards affamés sur cette appli. Certains sont sincères dans leur démarche et c'est nul de ta part de ne pas l'être.

– Max…

– À plus, mon pote, lance Nollan en tendant le bras au-dessus de la table pour attraper le plat encore chaud de mon rencard qui s'enfuit.

Je me tourne vers lui, scotchée par tant d'audace, puis je me mets à frapper son épaule.

– Non mais toi, tu es vraiment… vraiment…

– Du calme, Juliette, tu fais peur aux gens, réagit Nollan en attrapant mes mains.

En effet, quelques clients alertés par mes protestations ont les yeux rivés sur nous.

– Tout va bien, messieurs dames, les rassure Nollan. Une simple querelle d'amoureux.

– Toi et moi, on n'est pas…

– Attention à ce que tu vas dire, Juliette. Je te rappelle qu'on s'est fait une promesse. Si tu la renies ici, qui sait ce qui pourrait se produire…

Plus il parle, plus je me sens bouillir. Sauf que j'ai conscience que son comportement vise justement à me mettre hors de moi, et je refuse de rentrer dans son jeu.

– Tu as envie que je m'énerve, c'est ça ? je lui lance. Tu es devenu masochiste au cours des onze dernières années ? Et au fait, comment m'as-tu trouvée ?

– Alors non, non plus, et je me suis débrouillé tout seul.

– Mais bien sûr. Si j'apprends qu'Iris a quelque chose à voir là-dedans…

– Ton assistante n'a rien à se reprocher. J'ai profité de sa pause café pour fouiller dans son ordinateur et y chercher ton emploi du temps. Ne t'inquiète pas, je n'interviendrai pas pendant ton masque à l'argile prévu mardi chez ton esthéticienne.

Je secoue la tête puis j'attrape mon sac posé sur la banquette et lâche :

– Tu n'as peut-être que ça à faire, mais moi je n'ai pas de temps à perdre. Alors laisse-moi partir.

– Non.

– Nollan, je te demande de…

– Et moi, je te dis non. Je sais que je te suis insupportable en ce moment, mais il a bien fallu que je trouve une solution pour te voir en dehors du bureau, à un endroit où tu ne pourras pas te réfugier derrière le travail pour éviter de me parler. Est-ce que tu veux bien, s'il te plaît, écouter ce que j'ai à te dire ?

Toute trace d'arrogance a quitté son regard, et c'est ce qui me convainc d'accepter. De toute façon, je n'ai pas vraiment le choix, puisqu'il me bloque le passage.

– Vas-y.

– Pas ici ! me renvoie-t-il.

– Tu te fous de moi, j'éructe.

– Non. Je veux faire les choses bien, te parler au calme…

– Tu veux surtout me rendre dingue !

– Pas du tout, ma Juliette.

– Je t'ai demandé de ne plus m'appeler comme ça !

– Impossible… je ne pourrai jamais arrêter.

Je secoue la tête en terminant mon verre de vin d'une traite. Pendant ce temps, Nollan tire une carte de sa poche arrière et me la tend.

– J'ai pris une chambre d'hôtel pour la nuit… Attends ! s'empresse-t-il d'ajouter en me voyant sur le point de lui jeter sa carte au visage. Ce n'est pas du tout ce que tu crois. C'est juste qu'en ce moment je vis chez mon père. J'ai envie qu'on puisse discuter sans témoins.

Il vit chez son père ? Étrange. Quand nous nous sommes quittés, Nollan brûlait de prendre son envol et de s'éloigner le plus possible de son paternel… mais bon, les choses changent, et puis, ça ne me regarde pas.

– Je t'attendrai là-bas toute la nuit, me dit-il. Viens quand tu veux.

– Et si je ne viens pas ?

– Alors je trouverai autre chose. Mais je ne lâcherai pas l'affaire, Juliette.

Je soupire et fourre sa carte dans mon sac tout en lui demandant :

– Pourquoi es-tu venu ici ?

– Je te l'ai dit, je…

– Non, donne-moi la vraie réponse.

Il sourit tristement, et mon cœur rate un battement.

– Tu la connais, Juliette.

Je secoue lentement la tête. Il murmure :

– Si je suis venu, c'est parce que, quand j'ai vu ce rendez-vous inscrit sur ton agenda, j'ai détesté l'idée que tu puisses sortir avec un autre. Je ne pouvais pas rester les bras croisés et laisser cela se produire.

Super, me voici frissonnante, désormais.

Mais malgré la facilité avec laquelle Nollan pourrait me faire baisser ma garde, je m'oblige à me souvenir qu'il n'a aucun droit sur moi ou sur ma vie privée.

– Max a l'air d'être un type très bien, j'affirme. Je compte d'ailleurs lui expliquer la situation et le revoir, peu importe ce que tu en penses ou ce que tu en dis. Ce que je fais en dehors du bureau ne te regarde pas, Nollan.

– Vraiment ?

– Oui, vraiment.

À nouveau, ses lèvres s'étirent en un sourire triste. Inévitablement, malgré la colère que je ressens, ça me donne envie de passer ma main dans ses cheveux bouclés pour le réconforter.

– Tu me dirais non si je t'invitais à dîner ? me demande-t-il en plongeant son regard dans le mien. Si je te proposais un vrai rencard, une sorte de remise à zéro des compteurs… Si je te demandais une deuxième chance ?

Nom de Dieu, foutu Nollan… Comment suis-je censée résister à ça ?

Cependant, et je n'en suis pas peu fière, je réussis à tenir ma position et à ne pas faiblir.

– Je ne pense pas que ce soit une bonne idée, pas alors qu'on travaille ensemble désormais.

– Parce que si ce n'était pas le cas, tu accepterais de me reprendre ?

– La question ne se pose pas. Et très honnêtement, Nollan, peu importe le contexte, je ne suis pas sûre d'être prête à t'accorder la moindre chance, surtout quand je te vois agir de la sorte. Tu es prêt à me saboter pour t'imposer !

J'agrippe mon sac et ma veste, bien décidée à partir d'ici cette fois, et ce même si je dois ramper sous la table pour m'échapper. Mais Nollan me souffle :

– Je ne te saboterai jamais, Juliette. Seulement, ça me tue que tu te voiles la face. Même si tu écumes tous les sites et toutes les applis de rencontre de cette planète, tu n'y trouveras jamais quelque chose qui ressemblera de près ou de loin à ce que nous avions.

– Mais qui te dit que je veux quelque chose de semblable ?

– Qui n'en voudrait pas ? On s'aimait d'un amour vrai, pur, unique… Crois-moi, on n'en trouve pas d'aussi exceptionnels à tous les coins de rue.

Incapable de rester plus longtemps à l'écouter parler de nous de cette façon, je le pousse de toutes mes forces. Heureusement, il accepte enfin de se lever. Cependant, avant de quitter le restaurant, j'ai encore quelque chose à lui dire :

– Peut-être que ce qu'on partageait était inestimable. Peut-être que c'était plus fort que tout ce qu'on connaîtra pour le reste de notre vie... Ou peut-être que toi et moi, on s'est trompés. Peut-être qu'on n'était qu'un amour de jeunesse destiné à s'éteindre un jour ou l'autre.

Enfin, je passe mon sac à main sur mon épaule, puis je quitte le restaurant dans le calme et avec toute la dignité que je peux rassembler.

CHAPITRE 25

JULIETTE

Onze ans plus tôt

– Nollan, parle-moi. Qu'est-ce qui se passe ? Tu me fais peur !

– Rien… Je ne veux surtout pas t'embêter avec mes problèmes.

– Comment ça, m'embêter ? N'importe quoi ! Si tu ne peux pas te confier à moi, alors à qui ?

Je fais les cent pas, le téléphone collé contre mon oreille. Lorsque j'ai vu le nom de Nollan s'afficher sur l'écran, j'ai ressenti, comme chaque soir, une pure excitation. Cependant, dès que j'ai entendu sa voix, j'ai compris que quelque chose n'allait pas. Je le sens perdu et bouleversé, mais il refuse de me dire ce qui lui arrive et cela ne fait que m'inquiéter davantage.

– Je n'ai pas envie d'en parler, déclare-t-il, cinglant.

C'est la première fois que je l'entends élever la voix, face à moi qui plus est. Je reste silencieuse, attendant qu'il s'excuse, mais à la place, il marmonne :

– Je ne suis pas de bonne compagnie ce soir. Il vaudrait mieux que je te rappelle demain.

– Non, attends, Nollan !

– Désolé, bonne nuit.

Sur ce, il raccroche avant que j'aie pu tenter de le retenir.

La nuit qui suit, je la passe à penser à lui et à ce qui a bien pu lui arriver pour qu'il paraisse aussi déstabilisé. Je me répète pendant des heures que demain soir, lorsqu'il me rappellera, je ferai tout pour lui faire cracher le morceau…

… sauf que le lendemain, il ne me rappelle pas. Et là, je craque. Je me force à attendre un jour de plus, mais voyant que je n'ai toujours aucune nouvelle de sa part, je supplie ma mère :

– Maman, il faut que j'aille à Paris.

– Quoi ?

– C'est Nollan, quelque chose s'est passé.

Mon ton alarmé lui fait relever la tête du repas qu'elle est en train de préparer.

– Qu'est-ce qu'il a ? C'est grave ?

– Non, enfin, je ne sais pas… mais il n'était pas bien il y a deux jours au téléphone, et il a refusé de me dire pourquoi. Et hier, il ne m'a pas appelée. Ce n'est pas dans ses habitudes.

– Peut-être qu'il a oublié ? tente ma mère pour me calmer.

– Oublié ? Mais Nollan n'oublierait jamais de me téléphoner, c'est beaucoup trop important pour nous.

– Écoute, Juliette, je ne sais pas quoi te dire. Mais tu ne vas pas aller à Paris, comme ça, juste parce que ton petit ami a une saute d'humeur. En plus, on n'a pas les moyens de te payer un autre billet de train pour l'instant. Je te rappelle que tu es allée le voir il y a deux mois, alors fais un effort et attends que l'année scolaire se termine.

– Non…

Mes yeux se remplissent de larmes, la panique monte en moi.

– S'il te plaît, maman, je souffle. J'ai de l'argent qu'il me reste de mon anniversaire et de Noël, vous n'aurez pas à dépenser beaucoup, je te le promets. Mais je sens que quelque chose cloche, Nollan ne va pas bien et j'ai besoin d'être là pour le soutenir.

Ma mère me dévisage un instant et plisse les lèvres.

– Désolée, mais c'est non.

Cette fois, je suis incapable de me retenir de pleurer, ce qui ne me ressemble pas du tout. Pour ma défense, je sens dans chacun de mes os que Nollan peut m'échapper si je ne mets pas tout en œuvre pour le retenir. Alors je plaide :

– Je ne vous demande jamais rien, je vous obéis et j'ai des résultats scolaires très bons. Je fais ce que vous me dites et tu sais que je n'insisterais pas si ce n'était pas important pour moi.

– Mais enfin, Juliette, tu ne vas quand même pas te mettre dans des états pareils, dit ma mère en tirant une chaise pour m'inviter à m'asseoir. Est-ce que tu es sûre que Nollan est assez bien pour toi ? Parce que si c'est à cause de lui que tu pleures ainsi, je doute que…

– Nollan est parfait pour moi ! je martèle.

Le fait qu'elle puisse en douter me serre le cœur.

– S'il te plaît, maman, je reprends. Je t'en prie, fais-moi confiance. Il ne va pas bien et je veux être là pour lui.

Ma mère se passe la main dans les cheveux, puis elle pose de nouveau son regard sur moi, me fixant avec intensité.

– Si tu trouves un train cet après-midi, alors d'accord, mais tu ne restes pas plus d'une nuit, déclare-t-elle. Je veux que tu sois rentrée demain avant la fin de la journée.

– Oh, merci, maman, dis-je en lui sautant au cou.

Elle me tapote le dos, puis embrasse mon front.

– Fais quand même attention à toi, ma Juliette. Ça paraît fort, un cœur, mais cette petite chose se brise avec bien plus de facilité qu'on ne le croit.

***

Depuis mon départ de chez moi, j'ai l'impression de mener une véritable course contre la montre.

Il n'y avait qu'un seul train disponible pour un aller-retour à Paris dans les vingt-quatre heures, et j'ai à peine eu le temps de préparer quelques affaires que je devais déjà sprinter pour ne pas le manquer. C'est seulement maintenant que je peux me détendre un peu : un taxi vient de me déposer devant l'appartement de Nollan et je m'en extirpe rapidement. Le soir est déjà tombé sur Paris : j'espère ne pas déranger tous les De Villa par mon arrivée…

Mon petit sac de voyage sur l'épaule, je pénètre dans l'immeuble et je me dirige immédiatement vers les ascenseurs. Je n'ai toujours aucune nouvelle de mon petit ami et je commence sérieusement à craindre le pire.

Les portes de la cabine s'ouvrent. Sans réfléchir, je fonce à l'intérieur… et je manque de percuter le père de Nollan. Je bredouille :

– Oh, monsieur De Villa, excusez-moi, je…

– Qu'est-ce que tu fais ici ? me demande-t-il, horrifié de me voir.

J'ai pris l'habitude de son mépris : il l'affiche souvent en ma présence. Généralement, cela me blesse. Sauf que là, je n'ai pas le temps d'y penser : je dois trouver Nollan et lui parler.

– Je suis venue voir votre fils, dis-je.

– Nollan est occupé.

– Oh, il n'est pas chez vous ? Dans ce cas, vous pourriez peut-être me dire où…

– Et si tu le laissais tranquille une bonne fois pour toutes ?

Incrédule, je dévisage monsieur De Villa.

– Pardon ?

Il tire sur sa veste en soupirant puis m'explique, comme si j'étais stupide :

– Qu'est-ce que tu crois ? Qu'entre Nollan et toi, ça va durer une vie entière ? Tu ne vois pas que vous n'appartenez pas au même monde ? Que mon fils est amené à accomplir de grandes choses et que tout ce que tu feras, c'est le tirer vers le bas ?

Je suis interloquée. Jamais encore monsieur De Villa ne m'avait exprimé le dégoût que je lui inspire aussi explicitement.

– Pourquoi êtes-vous si méchant avec moi ? je réplique. Qu'est-ce que je vous ai fait pour que vous me détestiez ?

– Je ne te déteste pas. J'essaye simplement de te faire comprendre que mon fils est en train de se sacrifier pour toi et qu'il finira par t'en vouloir pour ça.

– Qu'est-ce que vous racontez ? De quel sacrifice vous parlez ?

– De la prestigieuse école londonienne dans laquelle il aurait pu entrer en septembre. Sauf qu'à la place, il a décidé de rester à Paris pour pouvoir passer du temps avec toi. Tu réalises qu'il est en train de foutre son avenir en l'air pour une ridicule amourette ?

Cet homme est si blessant… Je sais qu'il cherche à me faire du mal, et il y parvient, mais je refuse de penser que je puisse être néfaste pour Nollan. En revanche, si cette histoire d'école est vraie, il va falloir que nous en discutions. Je refuse d'empêcher celui que j'aime de poursuivre ses ambitions.

– Écoute, reprend monsieur De Villa plus calmement. Tu n'as pas l'air d'être une méchante gamine, mais mon fils a besoin de quelqu'un qui comprend le monde dans lequel il évolue. Et ce quelqu'un, ce n'est pas toi.

Je retiens mes larmes de toutes mes forces, je refuse de montrer mes faiblesses. Avec toute la volonté dont je suis capable, je demande :

– Où est Nollan ?

Son père soupire puis, étrangement, une lueur s'allume dans ses yeux tandis que ses lèvres s'étirent.

– Dans sa chambre, me répond-il. Tu connais le chemin.

Sur ces mots, il quitte l'immeuble, et je m'empresse d'entrer dans l'ascenseur, en m'efforçant de faire abstraction de la conversation affreuse que je viens d'avoir avec monsieur De Villa. Je suis certaine que lorsque je la raconterai à Nollan, il saura me rassurer et me réconforter…

C'est Suzie qui m'ouvre la porte lorsque j'arrive au bon étage. Derrière ses jambes, j'aperçois une petite tête aux cheveux bouclés. La vue d'Élisa me détend un peu, mais je m'inquiète lorsque je perçois le malaise chez la gouvernante.

– Mademoiselle Juliette…

Pourquoi est-elle si hésitante ? Je m'apprête à le lui demander lorsqu'un bruit de casserole qui déborde l'alerte. Elle s'empresse de retourner en cuisine tout en m'indiquant d'entrer et de refermer la porte derrière moi.

– Tu es venue voir Nollan ? m'interroge Élisa de sa voix enfantine.

– Oui, je lui réponds en souriant.

– Il va se faire gronder, je pense. Et même punir !

– Ah bon ? Et pourquoi ça ?

Élisa hausse ses petites épaules et me dit :

– Parce que papa lui a interdit de fermer la porte de sa chambre quand il invite une fille, mais il n'a pas écouté et sa porte est fermée.

Je dévisage la petite sœur de Nollan pendant quelques secondes, jusqu'à ce que l'information qu'elle vient de me communiquer se fraie un chemin jusqu'à mon cerveau… Et alors, je me fige.

– Tu veux dire que ton frère est dans sa chambre avec une fille en ce moment ? je demande, la gorge serrée.

– Hm hm… acquiesce Élisa.

Sans réfléchir, et parce que je refuse d'y croire, je m'élance immédiatement dans l'escalier pour rejoindre l'étage. Je constate immédiatement que la porte de la chambre de Nollan est effectivement fermée, mais j'essaye de me convaincre que c'est pour une tout autre raison que celle que sa petite sœur m'a donnée.

Elle se trompe, elle ne sait pas ce qu'elle raconte. Elle se trompe, elle se trompe...

J'ai le cœur au bord des lèvres lorsque je pose une main sur la poignée de la porte. Sans même l'ouvrir, j'entends des petits bruits étouffés qui me parviennent. Les yeux humides, je trouve le courage d'enclencher la poignée… et ce que je vois à cet instant se grave à tout jamais dans ma mémoire.

Nollan est allongé sur une fille, ils sont nus tous les deux et la façon dont ils s'embrassent me donne la nausée. Il y a bien trop d'informations pour que je les assimile toutes, mais ce que je retiens, c'est l'expression de plaisir sur le visage de la fille – que je reconnais comme étant Inès Rousseau – et que Nollan semble totalement absorbé par elle.

Immobile, figée, incapable de faire le moindre mouvement, je sens des torrents de larmes dévaler mes joues. J'aimerais crier, hurler, les insulter, le frapper, mais j'en suis incapable.

Soudain, en tournant la tête, Inès me remarque. Ses yeux s'écarquillent et elle repousse brusquement Nollan. Ce dernier, alerté, suit son regard… et me découvre. En un éclair, il bondit du lit en attrapant un drap pour dissimuler son intimité. La terreur qui envahit ses iris se grave elle aussi dans mon esprit à tout jamais.

– Juliette ?

Muette, je secoue la tête, et j'espère qu'il ressent la souffrance et la déception qui m'écrasent. À cet instant, quelque chose en moi se débloque et, enfin, je trouve le courage de bouger… pour m'enfuir.

– JULIETTE !

Je traverse le couloir en courant et m'élance dans l'escalier. Je pleure tellement que je vois à peine où je mets les pieds, mais même l'éventualité de me rompre le cou ne m'arrête pas.

– JULIETTE !

Les cris de Nollan me déchirent le cœur.

– Attends-moi. Attends-moi !

Il s'époumone derrière moi. Je ne l'écoute pas : je fonce sur la porte d'entrée, la claque et rejoins l'ascenseur. Je m'y engouffre dès que les portes s'ouvrent et j'appuie sur les boutons comme une forcenée pour qu'elles se ferment plus vite. Elles le font pile au moment où Nollan s'écrase contre la paroi, le visage ravagé par la peur. Il arrive trop tard : la cabine amorce déjà sa descente.

Je m'écroule par terre, en larmes, incapable d'admettre ce qui vient de se passer. Trop vite, pourtant, je suis bien obligée d'y faire face car Nollan déboule au rez-de-chaussée par les escaliers au moment où je sors de la cabine. Je ne sais comment il a récupéré un pantalon au passage… Bon sang, quel cauchemar.

En voyant l'état dans lequel je suis, ses yeux se remplissent à leur tour de larmes.

– Oh, Juliette, je… commence-t-il.

Il s'approche de moi mais je le repousse et crie :

– Ne me touche pas. Ne me touche pas !

– Pardon, je… Juliette…

Je recule, déboussolée, désespérée, démunie, avant de quitter l'immeuble en courant.

– JULIETTE !

Nollan s'élance à ma poursuite, pieds nus sur le bitume, et me rattrape en quelques secondes. La panique et le désespoir imprègnent son visage.

– Pardon… je t'en supplie, pardonne-moi, me souffle-t-il.

– Combien de fois as-tu couché avec elle ? je réplique. Ne me mens surtout pas.

– C'était la première fois, m'avoue-t-il du bout des lèvres. Je te le jure.

Je plaque une main sur ma bouche, étouffant un énième sanglot.

– Pourquoi ? je demande dans un murmure.

– Parce que… parce que… bégaie-t-il, incapable de s'expliquer.

Je crois que je vais vomir.

Nollan pose une main sur le mur près de lui et se courbe vers l'avant, comme si lui aussi était sur le point de renvoyer le contenu de son estomac.

– POURQUOI ? je hurle alors en le bousculant violemment. Je t'aime, je suis amoureuse de toi depuis toujours. Est-ce que tu réalises que je me suis donnée à toi parce que je n'ai jamais voulu personne d'autre ? Pourquoi est-ce que tu m'as trahie ?

– Je ne sais pas, s'écrie-t-il à son tour. Il y a la distance, et le fait que je ne suis jamais sûr de te revoir, jamais sûr que tu ne vas pas finir par me quitter…

– Alors ça va être ma faute ? Tu as couché avec Inès parce que tu pensais que *peut-être* j'allais disparaître ou me trouver quelqu'un d'autre ? C'est tordu, Nollan.

– Ce n'est plus une hypothèse, maintenant, me renvoie-t-il. Je sais tout, Juliette.

– Tu sais quoi ? De quoi est-ce que tu parles ?

Il secoue vivement la tête en reprenant son souffle.

– Je t'aime, chuchote-t-il en m'attirant contre lui.

Son discours est incohérent, je suis totalement larguée. En tout cas, ses joues sont aussi noyées que les miennes. Il caresse mes cheveux et tente d'essuyer mes pleurs, mais je le repousse.

– Notre promesse est peut-être devenue stupide pour toi au fil du temps, mais pas pour moi, dis-je. Depuis neuf ans, je m'accroche à l'idée que tu m'aimes aussi fort que je t'aime, et que je peux te faire confiance comme à aucun autre. Depuis neuf ans, je vis dans l'espoir de découvrir que tu m'appartiens encore chaque fois qu'on se retrouve. J'ai toujours cru que j'étais tout pour toi, comme tu étais tout pour moi. Et toi, tu as couché avec une autre tout en me promettant la lune… mais qui es-tu ?

– Juliette, ma Juliette… j'ai juste… j'ai cru que tu ne m'aimais plus.

– Quoi ? Mais pourquoi est-ce que tu as cru ça ?

– Parce que tu… tu es sortie avec un autre mec.

Je crois que ma tête est sur le point d'éclater.

– Mais de quoi tu parles, bordel ? j'explose. Je ne suis sortie avec personne d'autre.

– Tu n'as peut-être pas couché avec lui, mais je sais que…

– Tu ne sais rien du tout, je hurle. Rien de rien.

– Je t'en prie, rentrons pour discuter, on doit parler de tout ça.

– Tu peux toujours rêver.

– Mais je t'aime, Juliette. Je t'en prie, pardonne-moi. Moi aussi, je suis prêt à te pardonner de m'avoir trompé.

Mes yeux s'écarquillent.

– *Moi* ? T'avoir trompé ? Tu deviens complètement fou, ma parole !

Incapable de rester là à l'écouter déblatérer des conneries, je m'éloigne à nouveau, mais il me rattrape sans mal.

– Pardonne-moi… répète-t-il.

– Jamais. Tu m'entends, Nollan ? Je ne te pardonnerai jamais.

– S'il te plaît. Je ne veux pas te perdre. On doit s'aimer pour l'éternité, tu te souviens ?

– À partir d'aujourd'hui, tu peux oublier tout ce qu'on s'est dit. En fait, tu peux m'oublier tout court. Ne cherche plus jamais à me revoir.

– Non… Juliette, non ! Je me fiche d'Inès, c'est toi que je veux. Je suis incapable d'en aimer une autre que toi. Je t'en prie, ne me quitte pas.

Je lui tourne le dos et repars en courant sans trop savoir où aller.

– Reviens, Juliette, me supplie-t-il.

Mais je m'éloigne encore plus, si loin que j'entends la dernière chose que me dit Nollan comme un écho.

– Je t'aimerai toujours, Juliette.

Son cri ne fait que décupler mes larmes, et lorsque, fatiguée de courir, je hèle un taxi pour m'affaler sur la banquette, je ne suis plus qu'un corps engourdi par la douleur et je ne souhaite plus qu'une chose, rentrer chez moi au plus vite.

Ma mère avait raison. Ça paraît fort, un cœur. Il pompe des litres de sang, il maintient notre corps en vie, il est le roi des organes. Il semble si solide qu'on oublie parfois qu'il a ses faiblesses… et qu'il suffit d'un acte, d'un geste, d'un mot ou d'une trahison de l'amour de votre vie pour l'endommager à jamais.

CHAPITRE 26

JULIETTE

Cela fait plusieurs heures que j'erre dans les rues de Paris. Je ne cesse de repenser à la discussion que Nollan et moi avons eue, au moment où il m'a proposé de venir le rejoindre à son hôtel. Je veux bien le croire lorsqu'il affirme qu'il a quelque chose dont il veut me parler, mais l'idée de me retrouver en tête à tête avec lui dans une chambre me fout la trouille.

La fraîcheur de la nuit m'aide à garder les idées claires, et ce n'est pas plus mal. Malgré tout, je ne peux m'empêcher de repenser à certaines choses que Nollan m'a dites, notamment lorsqu'il m'a prise en otage dans l'ascenseur du bureau cet après-midi.

« Je t'ai assez écrit de mails ces onze dernières années, j'ai eu ma dose. »

Qu'est-ce que cela peut bien signifier ? Je le saurais, si j'avais reçu le moindre message de sa part au cours de la décennie qui vient de s'écouler.

À moins que…

Je sors mon téléphone de ma poche, me connecte à une adresse que j'avais presque fini par oublier, puis je débloque l'adresse de Nollan. Soudain, des centaines de mails s'affichent les uns après les autres dans ma boîte de réception. J'ai du mal à croire à ce que je vois... Sous le choc, j'ouvre le plus récent, qui date du jour de mon anniversaire.

À : julietteetsonnollan@gmail.com
De : nollanetsajuliette@gmail.com
Objet : Ton anniversaire

Joyeux anniversaire, ma Juliette. Tout comme moi il y a quelques mois, tu viens d'avoir vingt-neuf ans. J'espère que tu vas bien et que tu sauras profiter de cette nouvelle année qui s'offre à toi. J'imagine sans mal que tu as de nombreux projets et que tu réussiras à tous les mener à bien.

De mon côté, je suis installé à Seattle depuis un peu moins d'un an. C'est une ville que j'aime beaucoup et je suis certain qu'elle te plairait également. Peut-être que tu auras envie de la visiter un jour.

Je t'embrasse,

Nollan

Je pose une main sur ma bouche, stupéfaite, et je fais défiler tous les messages, en remontant jusqu'au plus ancien.

À : julietteetsonnollan@gmail.com
De : nollanetsajuliette@gmail.com
Objet : REVIENS-MOI

Je n'arrive pas à te joindre sur ton téléphone, ta mère fait barrage et ton père m'a interdit de venir te voir... Je n'ai plus que cette adresse mail pour te parler. Je t'en supplie, reviens-moi. Je t'aime tellement, Juliette. Je peux tout t'expliquer, je te le jure.

Nollan

Le suivant est daté du lendemain :

À : julietteetsonnollan@gmail.com
De : nollanetsajuliette@gmail.com
Objet : Ma Juliette

Mon cœur, je t'en supplie, réponds-moi. Sans toi, je n'ai plus le goût de rien. Pardonne-moi et reviens-moi. Je t'aime plus que tout, Juliette.

Nollan

Plus je lis, plus les larmes me montent aux yeux. Les mails sont quotidiens pendant presque un an, avant de s'espacer au fur et à mesure que le temps passe. Ils deviennent hebdomadaires, mensuels, puis finalement annuels, pour mon anniversaire.

À : julietteetsonnollan@gmail.com
De : nollanetsajuliette@gmail.com
Objet : 2 ans sans toi

Aujourd'hui, cela fait deux ans que tu m'as quitté. Ça a été long et douloureux. Ça l'est encore. J'ai l'impression de te voir partout.

Je donnerais tout pour savoir ce que tu fais à cet instant.

Nollan.

À : juliettetsonnollan@gmail.com
De : nollanetsajuliette@gmail.com
Objet : 5 ans sans toi

La moitié d'une décennie... Je t'aime toujours, Juliette, mais j'ai fini par comprendre que tu ne reviendrais pas. Je pense que tu m'as oublié, j'imagine que tu as rencontré quelqu'un d'autre et qu'il te rend heureuse. Et même si ça me tue, ton bonheur est la seule chose qui m'importe.

Nollan

Je m'arrête, essuie une larme et relâche le souffle bloqué dans ma poitrine.

Pendant onze ans, Nollan a pensé à moi, au point de prendre le temps de m'écrire régulièrement. Bien sûr, cela n'excuse pas la façon dont il m'a humiliée, mais je ne peux pas rester insensible à la douleur qu'il exprime dans ses messages. Malgré le temps qui a passé, malgré les chemins différents que nous avions pris, il ne m'avait pas oubliée.

Cette constatation me remue et me pousse à prendre une décision : je dois écouter ce qu'il a à me dire.

CHAPITRE 27

NOLLAN

Il est près de minuit lorsque j'entends enfin toquer à la porte.

– Tu es venue, dis-je après avoir ouvert, un sourire aux lèvres.

Juliette pénètre dans la chambre, remarque le grand lit, puis se tourne vers moi, bras croisés.

– Puisque tu as l'air d'avoir quelque chose d'extrêmement urgent à me communiquer, je t'écoute, lâche-t-elle.

J'enfonce mes mains dans mes poches et avance dans sa direction. Lorsque je suis si près d'elle qu'elle est obligée de lever la tête pour croiser mon regard, je lance :

– Je suis désolé.

Elle hausse les sourcils, attendant la suite.

– Pour tout le mal que je t'ai fait, j'ajoute. Pour t'avoir trahie, pour avoir rompu notre promesse, pour t'avoir brisé le cœur… Je te demande pardon pour tout, Juliette.

– Waouh… des excuses.

– J'avais besoin de te les présenter.

– Et pourquoi ?

– J'en avais besoin, c'est tout.

Nous nous dévisageons pendant une éternité, puis Juliette déclare :

– Je ne peux pas accepter tes excuses, Nollan.

– Pardon ?

– Tu m'as bien entendue. Je les refuse.

Bon… je ne m'attendais pas à ça.

– C'est trop facile de faire du mal aux gens et de demander pardon ensuite en espérant que tout soit oublié, reprend Juliette. Sauf que je ne *peux* pas oublier ce que tu m'as fait. Et surtout, tes remords arrivent trop tard.

– Je sais que…

– Non, laisse-moi parler. J'ai tellement souffert, Nollan… Tu étais tout ce que je désirais, tu es le seul pour qui j'ai ressenti autant d'amour. Et en une soirée, tu m'as détruite. J'ai beau avoir vingt-neuf ans aujourd'hui, quand j'y repense, ça me fait toujours mal.

– Je sais, et c'est pour ça qu'on doit se parler. Depuis mon arrivée dans ton entreprise, il y a entre toi et moi une tension malsaine, une colère constamment sur le point d'exploser. Nous ne parviendrons pas à avancer tant que tu ne m'auras pas dit tout ce que tu as sur le cœur.

– Oh, crois-moi, il vaut mieux pour toi que je ne commence pas le grand déballage.

– Eh bien si, figure-toi. Ça va me tuer que tu me jettes au visage ce que je t'ai fait, mais je mérite de l'entendre, et tu as besoin de te décharger de ça.

Les poings serrés, le regard noir, Juliette hésite un instant. Puis elle m'assène :

– Je t'ai aimé enfant, je t'ai aimé adolescente et je t'ai aimé adulte, bien longtemps encore après que toi et moi ça ait été terminé. Nous avons grandi devant les yeux de l'autre. Nous avons changé physiquement et mentalement, mais ce qu'il y avait entre nous restait intact, ça devenait même plus fort chaque fois qu'on se retrouvait. En tout cas, c'est ce que je pensais. J'ai cru à tout ce que tu m'as dit, à tout ce que tu m'as promis. J'y ai cru comme la pauvre conne que j'étais, et pendant ce temps-là…

Juliette pousse un cri de rage et me bouscule. Elle est lancée, les vannes sont ouvertes et je n'ai rien d'autre à faire que de me la boucler pendant qu'elle me met face à mes erreurs. Il me faut cependant toute ma force pour rester immobile et ne pas me précipiter vers elle lorsque ses larmes se mettent à couler.

– Tu sais quoi ? me crache-t-elle. Le fait que tu aies couché avec Inès a été incroyablement douloureux, mais ce n'est même pas le pire dans toute cette histoire… Le pire, c'est que je t'ai donné tout ce que j'avais, Nollan, absolument tout. J'ai déposé mon cœur, mon amour, ma confiance à tes pieds et je t'ai laissé te servir, prendre tout ce que tu voulais. Mais toi… la seule chose que tu m'as offerte, c'est le droit de te regarder détruire ce qu'on avait construit. Tu as été mon premier et je voulais plus que tout que tu sois le seul.

Elle fonce sur moi et me bouscule une nouvelle fois tout en poursuivant :

– Tu étais à moi, Nollan. Tu étais mien, et on était censés s'aimer jusqu'à la fin des temps. Alors pourquoi ? Pourquoi est-ce que tu as été incapable de tenir ta promesse ?

Juliette crie, frappe ma poitrine de ses poings tout en se réfugiant contre moi. Je la serre dans mes bras aussi fort que je le peux et je tente de contenir ses gestes brusques.

– Je suis désolé, je lui glisse. Je suis désolé. Je suis désolé…

Mes excuses ne couvrent pas ses pleurs, elles sont là pour tenter de pénétrer ses défenses afin qu'elle quitte ses souvenirs douloureux.

– Je suis désolé, je répète. Je suis désolé…

Petit à petit, les coups arrêtent de pleuvoir, les cris se font moins perçants et les pleurs moins déchirants. La colère de Juliette s'apaise. Cependant, même si ses sanglots tarissent, ses poings continuent de serrer mon t-shirt et sa poitrine se soulève encore de manière saccadée. Agrippé à elle, je suis bien décidé à ne pas la lâcher. Je suis prêt à rester des jours entiers ainsi, si ça permet d'atténuer sa souffrance.

– On va pouvoir repartir de zéro, maintenant, je murmure au bout d'un long moment de silence.

– Mais je ne veux pas recommencer de zéro, me renvoie Juliette. Je ne veux pas faire comme si ce qu'on avait vécu ensemble n'avait jamais existé.

– Alors on ne gardera que le positif et on oubliera le reste. Toi et moi, on n'est pas faits pour se détester, Juliette. On en est tout bonnement incapables.

– Je ne te déteste pas. Je n'y arrive pas.

Elle se dégage doucement de mon étreinte et essuie ses joues trempées. Abattu, je lui souffle :

– Je suis sincèrement désolé. Depuis cette journée cauchemardesque, je n'ai pas arrêté de penser à toi, pas une seconde.

Je passe doucement une main autour de sa taille. De l'autre, je retire les quelques mèches qui tombent devant ses yeux.

– Peut-être que j'en attendais trop de toi, avoue-t-elle du bout des lèvres. Peut-être que je n'aurais pas dû te demander tant d'investissement pour une relation à longue distance.

– Je ne veux surtout pas que tu penses une chose pareille, dis-je en resserrant mes doigts autour des siens. Tu n'es absolument pour rien dans cette histoire, dans tout ce gâchis. Tu es irréprochable, je suis le seul à blâmer.

– Mais j'ai retourné la question dans tous les sens, ça m'a obsédée des années entières… Je ne comprends pas pourquoi tu as fait ça. Vraiment, je ne comprends pas. Tu m'as reproché d'être sortie avec un autre, de t'avoir trompé la première, alors que ça n'est jamais arrivé. C'est incompréhensible, Nollan.

C'est vrai, c'est incompréhensible. Juliette dit la vérité, elle n'en a jamais fréquenté un autre alors que nous étions ensemble. J'ai fini par le comprendre, mais il était trop tard pour nous. Lui donner cette explication maintenant ne ferait que la bouleverser davantage, alors je préfère la garder pour moi jusqu'à ce qu'elle soit prête à entendre la vérité.

Après un instant de silence entre nous, Juliette retire ma paume de son visage et prend une longue inspiration.

– Je crois que tu avais raison, j'avais besoin de ça, déclare-t-elle ensuite.

– Alors qu'est-ce que tu en dis ? On tourne la page ?

Même si je suis dévoré par l'envie de la renverser dans mes bras et de l'embrasser, je me contente de lui tendre ma main. Tenter un rapprochement maintenant reviendrait à profiter de la faiblesse émotionnelle dans laquelle je l'ai plongée, et il en est hors de question.

Pendant un long moment, elle me détaille, son regard plongé dans le mien, puis elle me répond :

– On tourne la page.

Elle me surprend alors en posant à son tour ses doigts sur ma joue, dans une douce caresse. J'en profite quelques instants, avant qu'elle ne murmure :

– J'ai lu tes mails.

Oh.

– Et qu'est-ce que tu en penses ?

– Ça me rend triste… et je suis en colère que tu aies dû m'écrire pendant onze ans. On aurait pu s'épargner tellement de souffrance, Nollan.

– Je sais…

J'attrape ses mains, y dépose plusieurs baisers, puis ajoute :

– Qu'est-ce que je peux faire pour que tu retrouves confiance en moi ?

Juliette réfléchit un instant puis elle admet tristement :

– Je ne sais pas s'il y a une recette miracle.

Elle reste un instant contre moi, et je lutte contre l'envie de l'embrasser. Je suis d'ailleurs à deux doigts de le faire. À la place, je pose doucement mon nez contre le sien en chuchotant :

– Toi aussi, tu sens qu'entre nous ce n'est pas vraiment terminé, n'est-ce pas ? Juliette, dis-moi que tu le sens.

– Je le sens.

Putain, oui !

– Alors laisse-nous recommencer, je lui souffle. Je t'en prie, donne-nous une autre chance.

– Je ne peux pas.

– Pourquoi ? Ça fait dix ans, Juliette, on a assez souffert, tu ne crois pas ?

Elle inspire profondément, ferme les yeux, puis se dégage doucement de notre étreinte.

– Je dois y aller, lâche-t-elle.

Je meurs d'envie de la retenir. Je l'ai sentie si proche de céder… mais je préfère respecter son choix et la laisser quitter ma chambre d'hôtel.

CHAPITRE 28

NOLLAN

« Toi aussi, tu sens qu'entre nous ce n'est pas vraiment terminé, n'est-ce pas ? Juliette, dis-moi que tu le sens. »

« Je le sens. »

Ces mots ne cessent de passer et de repasser en boucle dans mon esprit, si bien qu'ils m'ont tenu éveillé presque toute la nuit. Et ce matin, ils m'obsèdent encore.

Hier soir, laisser partir Juliette me semblait la meilleure chose à faire. Mais aujourd'hui, je me dis que j'aurais peut-être dû la retenir. Rouvrir nos blessures a eu l'effet escompté : elle et moi avons enfin pu crever l'abcès et nous nous sommes promis de faire des efforts pour apaiser les tensions entre nous. Cependant, j'ai peur qu'elle n'ait changé d'avis après quelques heures de réflexion et qu'elle ne soit plus du tout dans le même état d'esprit désormais.

En ce qui me concerne, je suis sûr de moi. J'attends de retrouver une relation saine avec elle depuis que je l'ai revue et je ferai tout pour que nous y arrivions.

« Juliette, dis-moi que tu le sens. »

« Je le sens. »

Nom de Dieu, la journée va être longue. Je sens que je vais être incapable de me concentrer sur mon travail aujourd'hui.

– Nollan ?

La voix d'Élisa me ramène sur terre. C'est ce matin qu'elle retourne au lycée, et je suis incapable de dire lequel de nous deux est le plus stressé à cette idée. Un flot continu d'élèves passe les grilles de l'établissement, mais ma sœur reste immobile, comme paralysée.

– Tu n'es pas obligée d'y aller, Élisa, je lui glisse. Si tu as envie de t'enfuir, tu n'as qu'un mot à dire et je m'arrange pour te commander de nouveaux papiers d'identité. Augustine, ça t'irait bien, comme prénom, tu ne trouves pas ?

J'essaye de la faire sourire, sans succès. Son sac à l'épaule, elle paraît toute petite, et si perdue dans son uniforme… Je déteste encore plus mon père de l'obliger à retourner en cours.

– Ça va aller, me dit-elle en se forçant à sourire.

Mais son teint pâle et ses yeux rougis me serrent le cœur.

– Papa est sur le coup, d'accord ? je lui assure. Les parents de plusieurs élèves ont été convoqués par la proviseure, les choses avancent.

– Et s'ils me font payer pour avoir parlé ?

Je les tue sur-le-champ.

– Tu m'appelles au moindre problème, tu m'entends ?

Ma sœur hoche lentement la tête et je l'attire contre moi. À cet instant, quelqu'un lui lance :

– Salut, Élisa.

Nous nous tournons tous les deux vers l'ado qui vient de l'interpeller. Grand, les cheveux châtains, il a l'air franchement mal à l'aise… et Juliette se trouve à ses côtés.

De Léo, je garde le souvenir d'un enfant sûr de lui qui adorait faire le clown. Le mec qui se tient devant moi a l'air renfrogné de tous les ados du monde, et cela me donne envie de sourire.

– Salut, lui répond ma sœur.

– Ça fait plaisir de te voir. Bonjour, monsieur, ajoute-t-il en se tournant vers moi.

Monsieur… Quelle horreur, on dirait qu'il s'adresse à Bastian, ou pire, à mon père.

– Tu veux que je t'accompagne à l'intérieur du lycée ? propose Léo à ma sœur.

– Oui, merci, lui murmure Élisa.

Je la retiens avant qu'elle ne s'éloigne et lui glisse :

– N'oublie pas, ma puce : tu m'appelles au moindre problème.

J'ai l'estomac noué en la voyant disparaître parmi les autres élèves. Je dois prendre sur moi pour me retenir de les interroger les uns après les autres à la recherche du fameux Raphaël. Pour l'instant, l'enquête est en cours et je ne voudrais pas la mettre à mal.

– Salut, lance Juliette à mes côtés.

– Salut.

– Je n'en reviens pas, lâche-t-elle. Élisa a tellement grandi…

Je suis convaincu qu'elle parle de ma sœur pour éviter d'aborder notre rencontre d'hier soir à l'hôtel.

– Léo aussi… dis-je pour donner le change. C'est d'ailleurs fou qu'ils fréquentent le même établissement.

– Pas tant que ça. Tu m'as tellement vanté ton lycée que le jour où j'ai pu l'offrir à mon frère, je n'ai pas hésité une seconde.

– *Tu* lui as offert ? je relève, sourcils froncés.

Juliette hausse les épaules et passe à autre chose :

– Pourquoi est-ce que tu accompagnes ta sœur au lycée ?

– Elle a eu quelques petits soucis récemment, je réponds sans rentrer dans les détails. Et toi, pourquoi accompagnes-tu Léo ?

– Pareil, des petits soucis.

Nous sourions un moment, puis je reprends :

– Je suis content qu'on ait pu se parler à cœur ouvert hier soir.

– Moi aussi.

– J'avais peur que tu ne changes d'avis.

Juliette secoue doucement la tête.

– Je ne veux plus être en colère contre toi en permanence.

Encouragé par son attitude, je tente une approche en glissant ma main dans la sienne, mais elle s'écarte dès que je la frôle.

– Nollan…

– Désolé, je pensais que…

– J'ai envie qu'on retrouve notre complicité d'avant, mais ça va prendre du temps. S'il te plaît, ne précipite pas les choses.

– Ce n'est pas mon intention. C'est juste que je ne sais pas dans quel état d'esprit tu te trouves, et ça me rend nerveux.

Elle soupire.

– Je suis soulagée d'avoir pu te dire ce que j'avais sur le cœur, et pour être honnête, je me sens plus légère, plus à l'aise en ta présence… mais je suis encore méfiante. Je le serai longtemps, je pense.

– Je comprends.

Ai-je bien le choix, de toute façon ?

– Bon… on se voit au bureau, déclare-t-elle en me souriant, ce qui est déjà un grand progrès.

– Tu veux qu'on fasse le trajet ensemble ? je lui propose.

Elle plisse les lèvres et se contente de s'éloigner en silence. Je finis par l'imiter, un peu plus léger grâce au sentiment qu'entre elle et moi les choses évoluent positivement.

En arrivant au travail, je me suis à peine installé devant mon poste qu'Iris se plante devant moi, bras croisés.

– J'ai appris que vous aviez fait bon usage des informations que vous avez malencontreusement récupérées sur mon ordinateur, lâche-t-elle.

Je hausse les épaules.

– Il semblerait, oui, réponds-je.

Un court silence s'installe avant qu'Iris reprenne :

– Je suis partagée. Je crois que je vous aime bien mais en même temps vous rendez ma boss dingue, donc vous m'énervez la plupart du temps.

Je m'esclaffe, puis je déclare :

– Je suis bien content que tu prennes le parti de Juliette. Ça me fait plaisir de voir qu'elle a des alliés loyaux.

Le sourire de l'assistante s'élargit, et elle finit par avouer :

– Bon, je vous aime bien. Mais vous avez intérêt à le garder pour vous. Je nierai si ça vient à se savoir.

Je lui fais un clin d'œil pour sceller notre accord. Dans la foulée, elle me pointe du doigt et m'ordonne :

– Prenez votre veste, nous sommes attendus sur le shooting.

– Pardon ?

– La patronne requiert votre présence.

L'œil pétillant, Iris ajoute :

– Vous vous en sortez bien, Roméo. Encore un peu de patience, et je suis sûre que vous allez réussir à reconquérir votre Juliette.

Un sourire d'abruti aux lèvres, j'emboîte le pas à Iris et la suis jusque dans la voiture qui nous attend devant l'immeuble de l'entreprise. Bientôt, le véhicule nous dépose devant un grand bâtiment industriel. À l'intérieur, c'est une véritable fourmilière : styliste, photographe, assistants, modèles et superviseurs s'activent dans tous les sens. Au milieu, Juliette, immobile, chapeaute tout ce petit monde et l'élan de fierté que je ressens pour elle à cet instant est incroyable. Je m'approche, désireux de la remercier d'être revenue sur sa décision de m'écarter du shooting, quand Daniel, le grand con de service, s'approche d'elle et lui pose une main sur l'épaule. Je suis trop loin pour entendre ce qu'il lui dit, mais une chose est sûre, Juliette n'en est vraiment pas ravie.

– … faire une connerie, Juliette, je parviens à comprendre.

– Je ne t'ai pas demandé ton avis.

– Eh bien, tu aurais dû.

Je me plante à côté d'eux, fusille le directeur commercial des yeux, puis demande :

– Tout va bien ?

– À merveille, réplique Juliette, acide.

Mais je comprends que son agacement n'est destiné qu'à Daniel.

– Il n'y a rien de bon sur ce shooting, insiste-t-il. Toutes ces conneries de « *body positivism* » et d'« aimez-vous comme vous êtes » sont en train de ruiner notre marketing. Ces modèles sont banals.

Qui a envie de voir des produits révolutionnaires portés par des mesdames tout-le-monde ?

Juliette inspire profondément et réplique :

– Tu débarques ? C'est le concept même de toute la campagne.

– Et une égérie, tu en as une au moins ?

– Je n'ai pas jugé que c'était nécessaire pour cette gamme.

Daniel éclate de rire avant de secouer la tête.

– Tu vas te planter, affirme-t-il.

– Moi, je suis convaincu que ce lancement va être un succès, j'interviens, agacé.

Daniel hausse les sourcils, puis il lance à Juliette :

– Tu t'es payé un garde du corps ?

Il se tourne ensuite vers moi et ajoute :

– Écoute, je ne m'adresse pas à toi, alors…

– Alors quoi ? dis-je en faisant un pas dans sa direction.

– Bon, arrêtez ! nous coupe Juliette.

Puis elle fusille le directeur commercial du regard et assène :

– Je me fiche de ce que tu penses. Pour rappel, si je te tolère ici, c'est parce que tu as fait pression auprès de ton oncle pour pouvoir assister à ce shooting, mais je t'interdis de venir mettre ton nez dans *ma* campagne.

– Tu n'as pas l'air de comprendre que j'essaye juste d'éviter la catastrophe vers laquelle tu nous diriges, ma pauvre Juliette.

– Et toi, tu n'as pas l'air de comprendre qu'Amont a validé le moindre détail de ce shooting. Alors si tu as besoin de te plaindre, va le faire auprès de lui.

Sur ce, Juliette laisse Daniel en plan et se dirige vers les modèles. Lui et moi restons face à face, nous défiant, puis il abdique et s'éloigne. Après cela, le shooting se déroule dans une ambiance bon enfant qui gagne tout le monde… sauf Juliette. Plus les heures passent, plus son visage se ferme sans que j'en comprenne la raison. De mon côté, j'attrape mon ordinateur, l'ouvre et dessine quelques ébauches inspirées de ce que je vois et de ce que Juliette désire faire ressortir. Plusieurs fois, elle se penche au-dessus de mon épaule pour observer ce que je fais. Il lui arrive de me proposer un ajout, mais souvent, elle se contente de me regarder travailler. J'aime sa présence près de moi. À un moment, elle s'installe même à mon côté et nous partageons un silence confortable tout en regardant le shooting se dérouler. Je tente de comprendre dans quelle humeur elle se trouve. Elle m'a l'air… morose. Et aussi un peu inquiète. Mais elle ne laisse rien paraître devant ses équipes.

Lorsque la session de photos prend fin, elle salue et félicite chaleureusement tout le monde. Puis elle se dirige vers la sortie, nous faisant signe, à Iris et à moi, de la suivre. Dès que nous sommes montés dans notre taxi, elle lâche :

– Réunion d'urgence au bureau. Maintenant !

CHAPITRE 29

JULIETTE

– Nous avons un problème.

Iris et Nollan, installés face à moi dans mon bureau, me dévisagent, perdus. Pour les éclairer, j'ajoute :

– Daniel est un con, mais il a réussi à me faire douter de mon idée.

– Oh, non, patronne, c'est…

– Pas le temps pour les flatteries, je coupe mon assistante. Je ne vais évidemment pas tout remettre en question comme il l'a suggéré, mais j'ai envie de quelque chose de… plus. De waouh.

– C'est-à-dire ? demande Nollan.

– Un concept qui marquera les esprits et qui rendra verts de jalousie tous les services du marketing à la ronde.

Iris et Nollan se penchent vers moi, attendant que je leur annonce à quoi je pense. Sauf que…

– Je ne sais pas du tout ce que cela pourrait être.

La déception est immense dans leurs yeux, et elle l'est aussi pour moi.

– Bon, pas de panique, déclare alors Nollan. Des idées, tu en as toujours eu, et excellentes, en plus. Quant à moi, je suis un créatif.

– Et moi ? lance Iris.

– Toi, tu es la meilleure assistante que je connaisse.

Mon amie rejette fièrement ses cheveux derrière son épaule, tandis que Nollan reprend :

– Peu importe ce que tu veux, on te le donnera, Juliette.

Sur ces mots, il se lève, se plante devant nous et lâche :

– Mesdames, je vais vous demander de me faire confiance et de suivre mes instructions à la lettre.

– Ne l'écoute pas, il m'a déjà fait le coup il y a onze ans et on a tous vu comment ça s'est terminé, je ne peux m'empêcher de glisser à Iris.

Mon assistante croise les bras sur sa poitrine et se tourne vers Nollan.

– Ah oui, d'ailleurs, à ce propos : il s'agirait de ne plus jamais me la rendre cabossée, c'est compris ?

– Il s'agirait aussi de ne pas me confondre avec un objet dont la garantie vient d'expirer, je rétorque.

– Il s'agirait surtout de se concentrer… soupire Nollan. Est-ce qu'on peut reprendre, maintenant ?

Je lui fais un signe de tête, et il poursuit :

– Bien, je vais vous proposer quelque chose qui a déjà fait ses preuves par le passé… un brainstorming sauvage.

Je jette un rapide à coup d'œil à mon assistante.

– Qu'est-ce qui est sauvage ? demande cette dernière.

– Nous allons dire tout, absolument tout ce qui nous passe par la tête, indique Nollan. Dès que l'un de nous propose quelque chose d'intéressant, je le note, et à la fin, nous rassemblons tout pour trouver l'idée.

– Est-ce qu'on ne devrait pas plutôt…

– Brainstorming sauvage, insiste Nollan sans me laisser finir.

– Mais…

– Brainstorming sauvage.

Je croise les bras et hausse les sourcils. Nollan, amusé, s'approche et me regarde droit dans les yeux.

– Fais-moi confiance, ma Juliette, me souffle-t-il.

C'est fou comme je le sens détendu… et comme *je* me sens détendue désormais en sa présence. Déverser toute ma rancœur dans sa chambre d'hôtel a eu un effet bénéfique sur moi : j'ai l'impression de m'être débarrassée d'une bonne partie de ma douleur.

– Bon, si tu le dis… je concède.

Satisfait, Nollan quitte mon bureau pour aller chercher un tableau blanc dans l'*open space*.

– Eh ben… si après ça tu oses me dire qu'il n'y a rien entre vous, marmonne Iris.

Je n'ai pas le temps de lui répondre, car Nollan revient déjà auprès de nous. Il installe le tableau puis se tourne vers nous, attendant nos idées.

– Dentifrice, s'écrie mon assistante, se prêtant immédiatement au jeu.

– Chambre d'hôtel, je lâche, spontanément.

Le regard de Nollan s'adoucit.

– Nature, soleil, paix, surf… récite-t-il.

– Maracas, gilet de sauvetage, bonbonnière, Selena Gomez…

Nollan et moi nous tournons vers Iris, interrogateurs.

– Quoi ? Cette fille, c'est mon fantasme absolu, s'explique mon assistante.

Après cette interruption, nous reprenons le brainstorming. Si, au départ, j'étais plutôt sceptique quant à cette pratique, plus les minutes passent, plus nos esprits se concentrent et plus les mots qui nous viennent sont tournés vers la campagne marketing.

– Pompier volontaire, infirmière, prise de risque…

– Mère célibataire, épuisement, surmenage…

– Ouvrier, précarité, isolement…

– Maison, se détendre, Netflix…

Tandis qu'Iris et Nollan continuent de dire tout ce qui leur passe par la tête, je me tourne soudain vers eux et m'exclame :

– Je crois que j'ai trouvé. Putain, j'en suis même sûre !

– Quoi ? Vas-y, dis-nous tout ! lance Nollan.

– Oh, bon sang, vous allez adorer !

– Alors parle ! s'écrie Iris en se redressant.

J'attrape un feutre et je me dirige vers le tableau blanc, puis j'annonce :

– Une série.

– Une série ?

– Mais oui. J'ai choisi des femmes de tous horizons pour représenter Belle & Bio. Sauf que leur demander simplement de poser, c'est ridicule. Il faut qu'on puisse les voir dans leur quotidien, qu'on comprenne les questionnements et les problématiques qu'elles rencontrent.

– Et comment veux-tu faire concorder ça avec la marque ? demande mon assistante.

– C'est simple, je réponds. Toutes ces femmes utilisent Belle & Bio, non seulement parce que notre gamme est financièrement accessible, mais aussi et surtout parce que le moment où elles utilisent ces produits est un moment de détente dans leur quotidien pas toujours facile.

Iris et Nollan m'écoutent attentivement. L'idée que je viens d'avoir m'emplit d'enthousiasme, et je vois dans leurs yeux qu'il est communicatif.

– Tu pourrais dévoiler un épisode différent chaque semaine, jusqu'à que nous ayons représenté toutes les femmes, propose Nollan. Et à la rentrée, on diffuserait un épisode final dans lequel elles se rencontreraient toutes.

– Au départ, ce ne sont que des femmes qui vivent la même vie que des millions d'autres, mais à la fin, on découvre qu'elles ont toutes quelque chose en commun…

– Belle & Bio, la nouvelle gamme de soins qui réunit tout le monde, termine Nollan en se levant et en s'approchant de moi.

Mon cerveau est en ébullition, je me sens pleine d'énergie.

– Vous êtes à la fois impressionnants et flippants, commente Iris, un sourire béat aux lèvres.

– Hector est sur le point de partir, fonce lui dire que Nollan et moi avons quelque chose à lui proposer.

– J'y vais.

Mon assistante quitte mon bureau en courant. Nollan laisse passer quelques secondes, puis il commence :

– Juliette, c'est toi qui as eu cette idée, alors je ne…

Je le coupe :

– C'est toi qui as proposé un brainstorming sauvage et qui nous as mis le pied à l'étrier. Je veux que tu viennes voir Hector avec moi.

Il acquiesce, heureux que je ne lui demande pas de rester à l'écart, comme je l'ai si souvent fait depuis qu'il a rejoint mon équipe.

– Iris a raison, tu es impressionnante, me dit-il.

Je baisse les yeux, flattée, et il pose un doigt sous mon menton pour me pousser à relever la tête.

– Je le pense vraiment, Juliette, ajoute-t-il.

– Merci.

Je me reprends et attrape mon iPad posé sur mon bureau.

– Prêt à faire face à Hector ? je demande à Nollan.

– Et comment !

***

– Cela demandera évidemment un budget supplémentaire, et pas des moindres, explique Juliette. J'ai conscience qu'à trois mois du lancement, c'est un gros effort que je demande.

– C'est peu de le dire, confirme Hector.

– Mais je pense sincèrement que cette série pourrait propulser le lancement de Belle & Bio dans une autre dimension.

Dans le bureau du directeur général, Nollan et moi nous tenons côte à côte, comme deux lycéens qui se retrouvent face à leur proviseur. Hector garde un instant le silence, puis lâche :

– Vous vous rendez compte de la charge de travail que cela vous fera si je valide l'idée ?

– Parfaitement, je réponds. Mais cette campagne de lancement est la plus importante pour la boîte depuis au moins cinq ans. Il ne faut pas avoir peur de mouiller la chemise et de frapper fort. Hector, vous savez que le secteur de la cosmétique est bouché. Tous les jours, de nouvelles marques arrivent sur le marché, même les célébrités s'y mettent désormais. Nous ne pouvons pas nous permettre de faire comme les autres ou nous serons noyés dans la masse. Nous avons une idée unique, des produits qui n'ont encore jamais été commercialisés parce que trop compliqués ou trop coûteux à produire. Nous avons déjà pris trop de risques, nous ne pouvons pas revenir en arrière. Nous devons mettre le paquet...

– Visuellement ou financièrement ? rétorque Hector.

– Les deux.

Nollan et moi avons répondu en même temps. Notre directeur se cale contre le dossier de son siège et nous dévisage tour à tour avant de déclarer :

– Bien, je vois que vous êtes déterminés. En huit ans, tu ne m'as jamais donné de raison de douter de toi ou de ton jugement, Juliette. Je te fais confiance... et à vous aussi, Nollan. Cela dit, vous feriez mieux d'être sûrs de vous tous les deux, parce que si on se plante sur cette campagne...

Hector n'a pas besoin d'achever sa phrase. Je sais que je risque gros en changeant les plans pour le lancement de Belle & Bio à ce stade de l'avancement du projet.

– Présentez-moi une évaluation de budget pour demain, je vous donnerai ma réponse définitive ensuite, conclut mon mentor.

– C'est comme si c'était fait, dis-je.

Nollan et moi remercions Hector, puis nous quittons son bureau. Lorsque nous rejoignons Iris dans le mien, je lui annonce :

– Tu vas devoir rester bien plus tard, ce soir. J'ai besoin que nous développions mon idée autant que possible pour avoir quelque chose de solide à présenter au reste de l'équipe demain. C'est la seule solution si je ne veux pas qu'ils paniquent.

– Pas de souci, patronne.

Je me tourne ensuite vers Nollan.

– Ça te pose un problème de rester ce soir ? je lui demande.

– Pas du tout, je suis ton homme.

Mon cœur fait un bond dans ma poitrine.

– Je m'occupe de commander le dîner, annonce mon assistante, qui ne manque jamais d'énergie. Nollan, des allergies alimentaires ?

– Les arachides.

– Les arachides.

Je n'ai pas pu m'empêcher de répondre en même temps que Nollan… La force de l'habitude, sans doute.

– Je vois… pas d'arachides, alors, lâche Iris avant de s'éloigner vers son bureau, en ajustant déjà son oreillette.

Une fois que nous sommes seuls, Nollan me glisse :

– Tu t'en souviens…

– Évidemment.

Un silence confortable s'installe entre nous pendant que nous nous regardons droit dans les yeux. C'est Nollan qui le brise en déclarant :

– Bon, je vais chercher mes affaires, histoire de créer des visuels pour porter ta nouvelle idée.

– Parfait.

Mais avant qu'il quitte le bureau, je l'arrête en refermant ma main autour de son poignet. Il se fige et m'accorde immédiatement toute son attention.

– Je ne te l'ai pas dit officiellement, alors… bienvenue dans l'équipe.

Je lui tends la main, et lorsqu'il la serre dans la sienne, je peux jurer que je sens son pouls battre au même rythme que le mien.

CHAPITRE 30

JULIETTE

– La partie contenant de tous nos packagings est en verre recyclé, et les couvercles sont en bambou récolté en France dans des exploitations bio et contrôlées, j'explique à Nollan.

– Honnêtement, entre la formule cent pour cent naturelle et les matériaux choisis, je suis étonné que ton boss n'ait pas fait un arrêt cardiaque devant les budgets de production.

Je souris en faisant défiler sur mon iPad les images des prototypes. Elles s'affichent en parallèle sur le grand écran de la salle de réunion, ce qui donne une meilleure vue d'ensemble du projet.

– En effet, Amont a d'abord rechigné devant les coûts à engager, mais après réflexion, il a compris que la singularité de cette gamme laissera la concurrence loin derrière, dis-je. Si on s'en sort bien, nos investissements nous reviendront triplés, voire quadruplés.

Nollan me sourit et me fixe si longtemps que je me demande si je n'ai pas quelque chose au milieu du visage. Finalement, il constate :

– Tu es dans ton élément ici.

Je détourne le regard pour le reporter sur l'écran, gênée par la tendresse que j'entends dans sa voix.

– Bien, reprend-il. J'ai commencé à créer des visuels. J'avais dans l'idée de préparer des affiches exclusivement pour les produits, et d'autres en utilisant le shooting de tout à l'heure. Mais si nous développons une série, je pense qu'il est plus judicieux de ne pas mettre en avant la gamme seule. La singularité de ta campagne, c'est de mettre l'accent sur les femmes qui utiliseront Belle & Bio. Autant nous concentrer là-dessus uniquement, pour optimiser l'impact sur les consommateurs. Je suis convaincu qu'avec une idée comme la tienne, nous…

Je laisse mon regard errer sur Nollan, notamment sur ses cheveux légèrement bouclés dans lesquels il a passé et repassé sans cesse sa main au cours de notre intense session de brainstorming. Il a défait quelques boutons de sa chemise, remonté ses manches, retiré ses chaussures – comme nous tous – et ses doigts volent sur sa tablette tactile. Je me surprends à détailler ses avant-bras musclés et tellement… masculins. Le Nollan que j'ai devant moi est un homme et cette constatation me rend terriblement nostalgique. Nous ne sommes plus des adolescents : cette période insouciante de nos vies où tout était d'une facilité déconcertante est révolue depuis longtemps.

– Juliette ? Tu m'écoutes ?

– Oui… bien sûr, je mens, tirée de ma rêverie en sursaut. Je suis d'accord avec toi.

Le sourire goguenard de Nollan me prouve qu'il est loin d'être dupe, mais il s'abstient de tout commentaire.

Pendant une heure de plus, nous préparons tout ce qu'il faut pour que la réunion de demain avec le reste de l'équipe se passe au mieux. Je suis certaine que ma nouvelle idée va en faire paniquer plus d'un et la seule façon de les calmer sera de proposer un plan en béton. Heureusement, les visuels que me propose Nollan sont à la hauteur. Chaque modèle est associé au produit et au décor qui lui correspond. Certaines affiches sont émouvantes, d'autres drôles, mais l'ensemble est surtout d'une extrême justesse et en totale adéquation avec ce que j'imaginais.

Je suis agréablement surprise par la facilité avec laquelle Nollan et moi arrivons à nous entendre sur le plan professionnel. Entre nous, cela a toujours été simple et naturel, mais notre collaboration me permet de le découvrir sous un nouveau jour… Nous sommes d'ailleurs tellement pris dans notre conversation que nous ne réalisons pas tout de suite qu'Iris s'adresse à nous.

– Hé oh, les boulimiques de travail ?

Nous nous tournons vers elle.

– Il est presque vingt et une heures, poursuit-elle. Je vais rentrer chez moi, et vous feriez bien de faire de même.

– Déjà ? je m'exclame. Oui, bien sûr, rentre chez toi, Iris, tu es déjà restée bien plus que tu ne l'aurais dû.

– On se voit demain. Oh, et pensez à manger un peu, ajoute-t-elle en pointant du doigt le repas qu'elle nous a fait livrer.

Elle quitte la salle de réunion, nous laissant seuls, Nollan et moi. Nous nous tournons l'un vers l'autre et pendant un moment nous nous dévisageons en silence, avant de rire devant l'absurdité de la situation.

– Je trouve ça fou qu'on se connaisse aussi bien et qu'on agisse comme si ce n'était pas le cas, déplore-t-il.

Je me contente de plisser les lèvres puis je vais chercher ma paire d'escarpins ainsi que mon sac.

– Tu pars aussi ? me demande Nollan.

– Il est tard, je réponds. J'ai besoin d'être en forme demain pour affronter la décision d'Hector et la réaction de mes collaborateurs.

– Ah… j'avais pensé qu'on pourrait dîner ensemble.

D'un geste, il me désigne les plats maintenant froids qui sont restés sur la table.

– Oh, euh… je ne crois pas que ce soit une bonne idée, dis-je.

– Vraiment ? Parce que moi, je trouve que c'est une idée géniale, si tu veux mon avis.

Je ne peux m'empêcher de sourire devant son air charmeur. Néanmoins, je ne me laisse pas attendrir.

– Je ferais mieux de rentrer.

J'enfile mes escarpins et passe mon sac à main à l'épaule.

– Comme tu veux, capitule Nollan. Bonne nuit, ma Juliette.

Après cela, il traverse la salle de réunion, s'empare d'une boîte en carton qui contient des nouilles asiatiques et la dépose dans le micro-ondes pour réchauffer le tout. Je le regarde faire et je ressens un violent pincement au cœur. Je me donne l'impression d'être une vraie peau de vache avec lui. Nollan est un véritable gentil. Lui résister a toujours été mission impossible pour moi…

Et là, alors qu'il s'apprête à dîner seul, je n'ai pas la force de l'abandonner.

– Bon, très bien, je soupire en m'emparant d'une autre boîte de nourriture.

Le sourire satisfait de Nollan achève de m'affaiblir.

Nous nous installons à même le sol pour déguster nos plats. D'abord silencieux, nous nous jetons des coups d'œil de temps en temps, puis je finis par lui demander :

– Alors ? Comment as-tu atterri ici ?

Il hausse les sourcils, surpris par ma question.

– Dans le secteur du graphisme, je précise. Aux dernières nouvelles, après ton diplôme en commerce, ton rêve était de lancer ta marque de planches de surf.

– La vie ne ressemble pas toujours à ce qu'on avait prévu, réplique-t-il tristement. J'ai rapidement été confronté à la réalité du monde. Parfois, tu as la chance de pouvoir vivre de ta passion, et parfois ça ne fonctionne pas.

– Mais tu as essayé, au moins ?

– Je n'ai pas eu besoin, c'était voué à l'échec. J'ai eu mon diplôme, comme prévu, mais aucun job dans le secteur où j'avais fait mes études ne m'intéressait. Je me suis alors tourné vers le graphisme en espérant acquérir assez de compétences pour ensuite me plonger dans la création des planches… mais j'ai fini par apprécier mon travail et j'étais plutôt demandé, alors j'ai trouvé ridicule de tout plaquer.

– J'imagine que ton père a dû enrager.

Nollan s'esclaffe en hochant la tête.

– Tu imagines bien. Encore aujourd'hui, il n'accepte pas que je n'aie pas suivi la même voie que lui.

Pourquoi n'en suis-je pas étonnée ?

– Et toi ? demande-t-il. Je dois dire que tu m'impressionnes, Juliette. Ton parcours est incroyable. Tu joues dans la cour des grands, maintenant, et très honnêtement, je trouve que tu as l'âme d'une dirigeante.

– Vraiment ?

– Vraiment.

Je me demande un instant si je dois lui parler de la raison pour laquelle j'ai subitement développé une ambition à crever le plafond. Et puis je me dis qu'après l'honnêteté dont nous avons fait preuve dans la chambre d'hôtel hier, je le lui dois.

– C'est grâce à ton père que j'ai choisi cette voie, j'avoue.

Choqué, Nollan me dévisage, les yeux écarquillés. J'ajoute :

– Tu te souviens du dernier week-end que j'ai passé chez toi ? Le jour de mon arrivée, ta famille et moi sommes allés dîner chez les Rousseau.

– Évidemment que je m'en souviens. J'ai rarement eu aussi honte de mon père.

– Et moi, je n'avais jamais eu aussi honte de moi.

Les épaules de Nollan s'affaissent.

– Je suis désolé.

– Arrête, ce n'est pas ta faute. Mais ce soir-là, après l'humiliation que j'ai subie, je me suis juré qu'un jour je serais celle qu'on respecte, celle qui dirige, celle qui gagne beaucoup d'argent et qui n'est plus étonnée de voir passer sur son bureau des sommes astronomiques… J'avais envie de devenir l'égale de ton père sur le plan social pour un jour lui faire regretter la façon dont il m'avait traitée. Mais lorsque j'ai été embauchée ici, tout a changé. Je ne voulais plus m'élever pour quelqu'un d'autre, juste pour moi. Le fait est que j'adore mon travail et qu'il me permet de vivre plus que confortablement par-dessus le marché. Il n'y a rien de mieux.

– C'est bon de te voir heureuse.

– Toi, en revanche, tu n'as pas l'air de l'être.

Nollan pousse un long soupir, joue avec sa nourriture du bout de ses baguettes, puis admet :

– Est-ce que mon job me passionne ? Non. Est-ce que je me vois l'exercer jusqu'à la fin de ma vie ? Non plus. Mais est-ce que je vais continuer dans cette voie parce que ça me permet d'être totalement indépendant ? Oui. Je sais que ce n'est pas une situation idéale, mais pour l'instant, je m'en contente.

À cet instant, mon téléphone se met à sonner. Je rejette immédiatement l'appel sans même regarder de qui il provient.

– C'est peut-être important, fait remarquer Nollan.

Je me contente de hausser les épaules. Il pose la boîte de nouilles vide et en attrape une autre, qui contient une part de gâteau.

– Tu te souviens du nombre de pique-niques qu'on a faits sur la plage ? me demande-t-il. Je te laissais toujours prendre la première bouchée de mes desserts.

L'évocation de nos souvenirs me fait sourire. Je renchéris :

– Tu ne râlais jamais lorsque je passais mon temps à piocher dans ton assiette alors que j'avais exactement la même chose dans la mienne.

Il sourit à son tour et coupe la pointe de sa part de gâteau avant de se rapprocher pour me la tendre.

– Nollan… je proteste.

– Allez, comme avant.

– Mais ce n'est plus comme avant.

– Alors en souvenir du bon vieux temps. Fais-moi plaisir, s'il te plaît.

Face à son air de chien battu, j'abdique et je referme mes lèvres autour de la cuillère qu'il me tend. Pendant quelques secondes, nous sommes si proches que je suis incapable de faire autre chose que de le dévisager. Toutefois, lorsque je m'aperçois que notre position n'est pas des plus convenables, je recule et reprends mon repas. Nollan laisse passer quelques secondes, puis il me demande :

– Au fait, comment va Léo ?

– Comme n'importe quel adolescent. Il râle et n'aime pas sa vie. Classique.

– Le pauvre… En tout cas, l'uniforme lui va très bien.

– C'est vrai. Et Élisa, comment va-t-elle ? Elle m'a paru… fatiguée, ce matin.

Nollan se met soudain à jouer avec son dessert, comme si ma question venait de lui couper l'appétit.

– Elle va bien… dit-il, l'air ailleurs, avant de se reprendre. Elle vient d'avoir dix-sept ans, a sauté une classe et passe son bac cette année. Elle jure à voix haute, et un matin elle m'a accueilli avec une tasse de café à la liqueur.

Je m'esclaffe devant l'air scandalisé de Nollan.

– Je déteste la voir devenir une femme, reprend-il. Enfin non, j'adore ça, mais en même temps, ça me colle une angoisse terrible…

– Je comprends.

– Oh, et tu ne connais pas la bonne nouvelle. Bastian va devenir papa.

– C'est pas vrai ! Tu vas être tonton ?

– Exactement ! C'est une fille, et elle est prévue pour cet été.

– Incroyable… quand je pense à Bastian, je revois son air revêche et la façon qu'il avait de nous houspiller chaque fois qu'on essayait de jouer avec lui.

– Tu te souviens qu'on n'arrêtait pas de mettre du sucre dans tous ses repas salés ?

Nous éclatons de rire en même temps, puis Nollan renchérit :

– Je suis surpris qu'il ne soit pas devenu diabétique avec le temps. Et l'été où on l'a surpris en train d'embrasser cette fille, tu t'en souviens ?

– Il nous a suppliés de ne rien dire à tes parents, dis-je en me tenant le ventre.

– On a décidé de tirer ça à notre avantage et de le forcer à nous marier en échange de notre silence.

À l'évocation de nos noces d'enfants, de notre promesse, nos rires s'éteignent. La légèreté que j'avais commencé à ressentir s'évapore et Nollan le remarque immédiatement. Un malaise se réinstalle entre nous et cela m'attriste de me dire qu'avec notre passé cela finira toujours par se produire.

Mon téléphone sonne à nouveau, me donnant une bonne raison de détourner le regard pour masquer mes émotions. Sur l'écran apparaît un numéro qui n'est pas enregistré dans mon répertoire. Je décide de laisser courir encore une fois.

– Juliette… je déteste voir que nos souvenirs te font du mal, me souffle Nollan lorsque je relève la tête.

– Ce ne sont pas nos souvenirs qui me blessent, c'est toi qui l'as fait, je réplique.

– Je sais. Tu n'imagines pas comme j'aimerais revenir en arrière et tout recommencer. Notre histoire a été la plus belle de toute ma vie.

– Arrête, Nollan, je n'ai pas envie d'entendre ça.

Je me relève prestement et je débarrasse mes déchets. Je ne supporterai pas de l'entendre évoquer plus longtemps les beaux moments de son enfance et de son adolescence, qui sont aussi les miens. C'est bien trop douloureux, surtout quand je repense à la façon dont tout cela s'est terminé.

– Ne pars pas, je t'en prie, plaide-t-il lorsqu'il me voit récupérer mes chaussures et ma veste.

Il attrape mes mains et m'attire près de lui. Son regard n'exprime rien d'autre que des regrets… beaucoup de regrets.

– Je suis désolé pour tout, poursuit-il. Je n'ai jamais voulu te faire souffrir, je te jure que c'est certainement la pire chose que j'ai faite jusqu'à présent.

– Et tu ne peux pas l'effacer de nos mémoires, je réplique. Tu ne le pourras jamais.

À nouveau, la sonnerie de mon téléphone retentit. Agacée, je me penche pour ramasser l'appareil, mais Nollan est plus rapide que moi. Ébahie, je le regarde décrocher et coller mon smartphone contre son oreille.

– Oui… Elle est devant moi, justement.

– Nollan, rends-moi ça, dis-je en essayant de lui arracher mon portable des mains.

Mais il se débat pour le garder hors de ma portée.

– Eh bien, désolé de vous décevoir, mais elle a déjà dîné, alors…

Sans autre explication, il raccroche et me tend mon téléphone sans avoir l'air de regretter son geste une seconde.

– Non mais… Je suis… j'hallucine ! je fulmine.

Je suis si choquée par l'audace dont Nollan vient de faire preuve que je suis incapable d'articuler une phrase cohérente.

– C'était Louis, m'indique-t-il. Il t'attend pour dîner.

– Louis ? Je ne connais pas de…

Oh… merde, le rendez-vous que m'avait prévu Iris.

– Tu ne le connais pas ? s'inquiète Nollan.

– Si, je le connais, je réplique. C'est juste que… mais ça ne te regarde pas, d'ailleurs. De quel droit as-tu pris cet appel ?

– Oh, je vois. C'est encore un de tes rencards…

Nollan passe subitement une main derrière ma nuque et me plaque contre son torse. Sa bouche à quelques centimètres de la mienne, il murmure :

– Ne va pas le rejoindre, Juliette. Reste avec moi.

– Et pourquoi est-ce que je ferais ça ?

– Parce qu'on est si bien tous les deux… On l'a toujours été.

C'est vrai, surtout quand on est si proches l'un de l'autre. Nollan fait battre mon cœur comme personne d'autre n'y parvient. Ce serait si facile de lâcher prise et de lui céder, parce que, bon sang, j'en meurs d'envie, surtout après toutes ces années à avoir manqué de lui. Mais si je fais ça, je me trahis et je me bafoue. Je lui envoie le message que, même s'il me blesse, je serai toujours là pour l'attendre dès qu'il réapparaîtra dans ma vie.

Et puis à cela s'ajoute un obstacle de taille qui est constamment sur notre chemin : son père. Maintenant que Thomas De Villa sait que son fils et moi avons repris contact, il va tout faire pour que cela échoue entre nous, j'en suis certaine.

J'attrape la main de Nollan et je le force à lâcher prise sans le quitter les yeux. Ses iris prennent une couleur de tempête : il y tourbillonne un mélange de déception et de remords.

– Je dois y aller, dis-je. À demain.

Et je quitte la salle de réunion au pas de course.

CHAPITRE 31

NOLLAN

– Bonjour, je suis à la recherche d'Inès Rousseau. Elle vivait à cette adresse il y a quelques années, est-ce que…

– Comment ? Parlez plus fort !

– Je cherche Inès Rousseau ! j'articule dans mon portable.

La femme âgée qui m'a répondu est tellement sourde que je suis surpris qu'elle ait entendu son téléphone sonner.

– Inès ? Mais qui c'est, Inès ?

– Une jeune femme qui… vous savez quoi ? Laissez tomber.

Je raccroche et je décide d'appeler Tom, un ancien camarade de lycée. Après le bac, lui et moi avons gardé le contact : nous échangeons des nouvelles de temps à autre. Après une brève discussion, je lui demande s'il est toujours en relation avec Inès et, comme c'est le cas, il me communique son numéro de téléphone. Sans perdre de temps, je décide de lui passer un coup de fil. Après quelques sonneries, la voix de mon ancienne conquête résonne dans le combiné.

– Allô ?

– Inès ?

– Qui la demande ?

– C'est Nollan. Nollan De Villa.

Ce silence... Il est long, trop long. J'espère que sa réaction sera moins violente que celle de Lola...

– Ça alors, Nollan De Villa, lâche finalement Inès. Quelle surprise.

– Je sais... Comment tu vas ?

– Bien. Très bien, même. Excuse-moi, mais je ne m'attendais pas à ton appel. Ça fait quoi... onze ans qu'on s'est vus pour la dernière fois ?

Exactement. J'ai coupé les ponts avec Inès le soir même où Juliette nous a trouvés dans mon lit.

– Écoute, tu vas peut-être trouver ça bizarre, mais j'aimerais te rendre visite, si ça te convient ?

– Aucun problème. Tu es le bienvenu. Tu es disponible ce soir ?

Bon, au moins, je suis sûr d'être bien accueilli. Inès s'empresse de me communiquer son adresse et je dois dire que l'impatience que j'entends pointer dans sa voix m'inquiète un peu. Toutefois, lorsque je raccroche, c'est le soulagement à la perspective de pouvoir bientôt rayer un nouveau nom de ma liste qui prédomine en moi.

– Tout va bien ?

Je me retourne et découvre Juliette plantée à côté de mon bureau.

– Évidemment, pourquoi cette question ? je lui réponds.

– Comme ça…

La façon dont elle me dévisage me laisse penser qu'elle a peut-être entendu la conversation que je viens d'avoir. Je ne l'espère vraiment pas. Parce que si Juliette apprend que je cherche à revoir Inès, tous les progrès que j'ai faits jusqu'à maintenant pour la reconquérir seront réduits à néant.

Elle laisse passer un moment avant de me dire :

– C'est l'heure. L'équipe nous attend.

– Je te suis.

Nous traversons l'*open space* jusqu'à la salle de réunion. Lorsque nous y entrons, un silence de cathédrale nous accueille. Iris nous fait un petit clin d'œil d'encouragement tandis que nous nous installons. Puis Juliette, en bout de table, explique sans ciller la nouvelle idée qu'elle a eue… et c'est immédiatement la panique.

– Mais c'est impossible !

– Tu te rends compte des délais, Juliette ?

– On n'a jamais travaillé dans ce genre de conditions, c'est incroyable.

– Et Hector ? Il est d'accord ?

– On n'y arrivera jamais, c'est une certitude.

Dans la salle de réunion, nos collègues sont remontés et un peu dépassés par les bouleversements annoncés. Mais malgré le chaos ambiant,

Juliette se tient droite, les mains croisées devant elle, silencieuse et imperturbable.

– C'est bon, vous avez fini ? demande-t-elle d'une voix posée lorsque le calme revient.

Les visages sont sombres mais plus personne n'ose ajouter quoi que ce soit. Sous nos yeux, Juliette prend les traits d'une meneuse.

– Alors maintenant, vous allez m'écouter, déclare-t-elle. Je sais que je ne vous ai pas habitués à faire de si gros changements à l'approche d'un lancement. Mais ne me dites pas que depuis le temps vous n'êtes pas rompus à la pression et aux imprévus. Vous savez à quel point cette nouvelle gamme est importante pour moi et à quel point je veux que la campagne promotionnelle qui la portera se déroule à la perfection. Alors oui, pour ça, il faut changer et ajuster certaines choses. Vous avez le droit de m'en vouloir ou de trouver que ce n'est pas correct d'ajouter une telle masse de travail, mais vous savez aussi à quel point je m'investis dans tout ce que je fais. Je ne vous laisserai pas trimer seuls.

Pendant qu'elle parle, Juliette regarde chacun des membres de l'équipe tour à tour, droit dans les yeux. On pourrait entendre une mouche voler, tout le monde est suspendu à ses lèvres… moi le premier.

– Les semaines qui viennent vont certainement être éreintantes, mais pensez à la satisfaction que vous ressentirez lorsque Belle & Bio sera numéro un dans tous les points de vente… poursuit-elle.

Et si ça ne vous suffit pas, pensez à la prime plus que généreuse que vous recevrez si le projet est un succès.

Juliette pose ses mains sur la table et se penche en avant. Je tente de rassembler tout mon self-control pour ne pas jeter un œil en direction de sa chute de reins… et évidemment, j'échoue lamentablement.

– J'ai confiance en vous et vous avez confiance en moi. Si vous êtes dans mon équipe, c'est que vous êtes les meilleurs. Alors on va le faire, et on va le faire à la perfection. On se prendra des vacances bien méritées après tout ça.

Rassurés et conquis, les membres de l'équipe du marketing semblent prêts à se lancer dans la bataille. Juliette sourit face à leurs mines ragaillardies et commence à dérouler son plan de bataille.

– Bien, venons-en aux choses sérieuses. Karim, passe me voir à mon bureau dans une heure, j'ai besoin de vérifier avec toi le nombre exact d'encarts publicitaires que nous aurons à disposition. Arnaud, Nollan va t'envoyer les visuels qu'il a préparés pour nos réseaux sociaux. Le premier teasing se fera dans une semaine, alors tiens-toi prêt. Tina, contacte nos fournisseurs pour savoir s'ils peuvent augmenter les quantités de nos commandes…

– Tu es sûre ? On n'a même pas commencé à vendre les produits.

– Fais-moi confiance. Des questions ? Parfait, alors au travail.

Juliette tape dans ses mains. Tout le monde s'empresse de déguerpir hors de la salle de réunion, sauf Iris, qui attend patiemment que sa patronne lui donne de nouvelles instructions. L'intéressée pousse un soupir de contentement et se tourne vers moi. Instinctivement, je prends sa main et caresse le bout de ses doigts tout en détaillant son visage en forme de cœur.

– Peut-être qu'on pourrait dîner ensemble ce soir pour fêter le bon déroulé de notre collaboration, propose-t-elle.

Ses joues prennent une adorable teinte rosée. Quant à mon cœur, il fait un bond dans ma poitrine lorsque je comprends que Juliette m'invite à un rencard… que c'est elle qui fait un pas vers moi. Il est impensable que je refuse, ce serait stupide et totalement…

Merde. Je vais devoir refuser.

Je viens à l'instant de donner rendez-vous à Inès, et je me vois mal annuler. Je serre un peu plus la main de Juliette lorsque je lui avoue :

– J'ai déjà quelque chose de prévu.

– Oh. D'accord. Ce n'est pas grave.

– Mais on peut remettre ça à demain, si tu veux, je m'empresse de lui proposer.

– Non, non, je…

– Juliette ?

Nous nous tournons vers la porte de la salle de réunion. Hector vient d'y faire son entrée, et ses yeux se posent sur nos mains entrelacées. Juliette retire immédiatement la sienne et fait même un pas en arrière, ce qui m'agace fortement.

Va-t-on réussir à se rapprocher sans être constamment dérangés ?

– J'ai besoin de te parler une minute, dit le directeur général. Vous pouvez nous laisser, monsieur De Villa ? Iris, vous aussi, s'il vous plaît.

Elle et moi prenons quelques instants pour rassembler nos affaires, puis nous quittons la pièce. Toutefois, je ne vais pas bien loin. Je me planque derrière l'un des murs attenants à la salle de réunion et je colle mon oreille tout contre pour tenter d'écouter ce qui se dit à l'intérieur. Loin de moi l'idée de me mêler de ce qui ne me regarde pas, mais mon instinct me dit qu'Hector est venu faire des reproches à Juliette et ça ne me plaît pas du tout.

– Hé, inspecteur Gadget.

Je sursaute et fais face à Iris. Les mains sur les hanches, elle me regarde d'un air franchement désolé.

– Je pense que vous feriez mieux de retourner à votre bureau, me dit-elle.

– Je suis très bien ici, je te remercie.

– Je vous dit qu'il faut que vous alliez à votre bureau maintenant, insiste-t-elle.

Je soupire, mais comprenant qu'elle ne va pas me lâcher la grappe, je lui obéis. Elle m'emboîte le pas, et lorsque je me laisse tomber sur ma chaise, je lui glisse, après avoir vérifié d'un regard qu'aucun de nos collègues ne fait attention à nous :

– Tu es sacrément casse-couilles, tu le sais, ça ?

– Ah, vraiment ? C'est dommage, parce que j'avais l'intention de vous aider.

Je me fige. Iris, qui arbore désormais le sourire du chat du Cheshire, hausse plusieurs fois ses sourcils.

– Non, mais quand je disais casse-couilles, c'était affectueux, je tente.

– Ben tiens.

Elle fait le tour du bureau puis elle décroche mon téléphone, appuie sur un bouton et me tend le combiné.

– C'est la ligne de la salle de réunion, m'indique-t-elle dans un murmure. J'ai décroché le combiné avant de partir pour qu'on puisse écouter ce qui s'y dit.

– … depuis qu'il est arrivé, j'entends à travers l'appareil.

– C'est faux, Hector, vous vous trompez.

– Pas du tout. Je viens de vous voir vous tenir la main. Certains de vos collaborateurs jurent qu'il t'appelle « ma » Juliette continuellement, et je ne parle même pas de la tension constante entre vous à propos de laquelle des rumeurs n'ont pas tardé à me parvenir.

– Qu'est-ce que vous essayez de me dire ? demande Juliette, agacée.

– Se passe-t-il quelque chose d'intime entre Nollan et toi ?

Le silence qui suit me paraît tout à fait révélateur.

– Juliette, oui ou non ? insiste Hector.

Elle laisse passer quelques secondes de plus puis lâche, estomaquée :

– Je n'arrive pas à croire ce que vous sous-entendez.

– Et qu'est-ce que je sous-entends, d'après toi ?

– Que, parce qu'un homme débarque dans mon équipe, je ne suis plus capable de me concentrer sur mon travail.

– C'est toi qui le dis, souligne le directeur général.

Le rire de Juliette n'exprime rien d'autre qu'une profonde déception.

– Ça fait huit ans que j'ai rejoint cette boîte et j'ai toujours été irréprochable, je ne vous ai jamais donné une seule raison de douter de moi. Si j'avais commis une faute grave dans mon travail, je comprendrais que vous ayez besoin de me demander des comptes. Mais ce n'est pas le cas et votre question relève de ma vie privée, Hector.

Une chaise racle le sol, indiquant que quelqu'un vient de s'asseoir.

– Pourquoi es-tu autant sur la défensive ? soupire notre directeur.

– Et vous, pourquoi êtes-vous méfiant envers moi ?

– Parce que je pense que De Villa est en train de te détourner de tes objectifs et qu'il est néfaste pour ton avenir professionnel.

Je bondis de ma chaise, prêt à me rendre dans la salle de réunion pour aller défendre ma cause. Je ne supporte pas que mes intentions soient déformées ainsi.

– Ne faites pas ça, me chuchote Iris. Si vous vous en mêlez, Juliette saura que vous l'avez espionnée et elle vous en voudra à mort.

Je passe une main dans mes cheveux avant de me résigner et de me rasseoir.

– Vous avez le droit de le penser, mais vous vous trompez, affirme Juliette calmement.

– Ah, tu crois ? Tu n'as jamais accepté que quelqu'un se mêle de tes projets, encore moins un simple graphiste, mais tu lui donnes du pouvoir, une attention que tu n'as jamais accordée à personne d'autre. J'y ai réfléchi hier soir, c'était flagrant dans la manière dont vous m'avez pitché votre projet de série hier. Tu mènes des réunions avec lui, défends tes idées avec lui… Juliette, tu ne t'en rends pas compte mais tu es en train de le laisser prendre le contrôle, et tout ça parce que…

Hector laisse planer ses derniers mots dans le silence. Juliette lui renvoie, cinglante :

– Parce que quoi ? Allez au bout de votre pensée.

– Écoute, tu es un excellent élément chez nous…

– Parce que quoi ? Je vous écoute.

Je suis si tendu que je me rends compte que je serre les poings. Je déteste entendre Juliette devoir se justifier pour nous deux.

– Parce que je suis une femme et que je vais me laisser dominer par mes émotions ? s'indigne-t-elle.

Ou parce que je suis une pauvre petite chose en détresse que n'importe quel mec peut manipuler ?

– Ce n'est pas ce que…

– Ôtez-moi d'un doute : vous n'avez rien dit à Karim lorsqu'il a commencé à sortir avec votre secrétaire, n'est-ce pas ?

– C'est totalement différent, lâche Hector, agacé.

– Et en quoi ?

– Karim n'a pas tes responsabilités. Il ne doit pas gérer le bon déroulement du lancement d'une gamme de produits que nos laboratoires ont mis des années à développer et qui coûte des millions à l'entreprise. Ça te suffit, comme explication ?

Un nouveau bruit de chaise résonne.

– Je ne suis pas en train de te faire des reproches, ajoute Hector. Je m'inquiète simplement pour toi. Tu as accompli beaucoup trop de choses pour tout foutre en l'air maintenant.

Juliette reste silencieuse. L'idée qu'elle puisse se sentir acculée par le directeur général à admettre quelque chose dont elle ne porte pas la responsabilité me rend dingue.

– Juliette… soupire-t-il.

– Non, c'est bon. J'ai compris ce que vous vouliez me dire, et je vous promets que je ne laisserai pas ma vie privée influer sur mon travail.

– Je l'espère.

Iris coupe la ligne. Pendant un instant, nous restons tous les deux silencieux. Je sens sur moi le regard pénétrant de l'assistante. Je la fixe, la défiant de trouver quelque chose à dire, mais lorsqu'elle parle, ce n'est pas de la manière agressive à laquelle je m'attendais.

– Ne la faites pas souffrir, dit-elle.

– Je n'en ai pas l'intention.

– Je l'espère. Parce que vous n'imaginez pas les sacrifices que Juliette a dû faire pour arriver là où elle en est aujourd'hui. Une femme qui devient directrice du marketing d'une des plus grosses entreprises de cosmétiques au monde à seulement vingt-huit ans ? On lui a mis des bâtons dans les roues, mais elle a prouvé à tout le monde qu'elle en avait dans le ventre. Je pense que vous êtes quelqu'un de bien, mais je vois aussi que vous la déstabilisez. Alors, peu importe ce qui se passe entre vous, s'il vous plaît, faites attention à elle. Il y a beaucoup en jeu.

***

Je n'ai pas revu Juliette du reste de la journée, pas même à l'heure du déjeuner. Elle a passé son temps enfermée dans son bureau, avec Karim, puis avec une foule de collaborateurs. Je lui ai envoyé des messages pour m'assurer qu'elle allait bien, mais je n'ai reçu aucune réponse. J'espère juste qu'elle ne va pas ériger de nouvelles barrières entre nous après la discussion qu'elle a eue avec Hector. Je ne lui veux aucun mal, et encore moins être un obstacle dans son ascension professionnelle. Je serais même prêt à me retirer du projet si elle me le demandait… Je me sens terriblement impuissant et je n'aime pas ça.

Quand dix-huit heures sonnent, c'est un déchirement pour moi de quitter le bureau, mais je n'ai pas le choix. Je grimpe dans le Uber qui m'attend dans la rue et lui confirme l'adresse à laquelle je souhaite me rendre, dans l'un des arrondissements les plus chics de Paris.

Une vingtaine de minutes plus tard, je règle ma course puis je pénètre à l'intérieur d'un immeuble haussmannien qui respire le luxe.

Lorsque je sonne à la porte de l'appartement d'Inès, le stress s'installe doucement en moi. Même si mon ex s'attend à ma venue, il se peut que la conversation qui va suivre soit vraiment inconfortable.

– Salut, Nollan, lâche-t-elle en m'ouvrant.

Elle se décale pour me laisser entrer. Je pénètre chez elle et découvre des parquets anciens et des moulures au plafond qui me rappellent beaucoup le duplex de mes parents. Cela ne m'étonne pas qu'Inès vive dans un tel endroit. Elle vient d'une famille aussi aisée que la mienne, et je sais que c'est elle qui a repris les rênes de l'entreprise de son père lorsqu'il est parti à la retraite. Sans surprise, elle gagne très bien sa vie.

Elle m'accueille dans sa pièce à vivre et me propose à boire.

– Non merci, je ne reste pas longtemps, je lui réponds.

Inès sourit et secoue la tête.

– Tu me recontactes, tu demandes à me voir et tu parles déjà de repartir ? Tu n'as pas changé, hein.

– Si, justement, et c'est pour ça que je suis là. J'ai quelque chose à te dire.

– Je t'écoute, me renvoie-t-elle en croisant les bras.

Je m'appuie contre le plan de travail en marbre rutilant puis me lance.

– Je suis désolé de m'être servi de toi il y a onze ans. Je me suis rapproché de toi alors que j'étais amoureux d'une autre et ce n'était juste ni pour elle, ni pour toi.

Immobile, j'attends qu'Inès réagisse. Je m'étais préparé à gérer son rire ou sa colère, mais le voile de tristesse qui s'installe dans son regard, je ne m'y attendais pas.

– Pourquoi est-ce que tu fais cette démarche ? me demande-t-elle.

– Si ça ne t'ennuie pas, je préférerais garder mes raisons pour moi.

– Mais c'est pour une fille, je me trompe ?

Je me contente de hausser les épaules. Il est évident qu'Inès va en conclure qu'il est question d'amour. Elle ne sait pas que ma sœur est à l'origine de mon déclic et je ne compte pas le lui expliquer.

– Est-ce que je peux te poser une question indiscrète ? lance-t-elle.

– Je ne te promets pas d'y répondre, mais je t'écoute.

Je suis crispé. Qu'est-ce qu'Inès va me demander ? Même si je suis venu chez elle avec l'intention de lui présenter mes excuses, il y a certains sujets que je me refuse à aborder avec elle…

Elle garde le silence un court moment, comme si elle prenait le temps de rassembler ses idées, puis lâche :

– Est-ce que c'est avec Juliette que tu as vécu ta première fois ?

Je cligne des yeux. Je ne m'attendais pas à ce qu'elle emmène la discussion sur ce terrain-là.

– Ta demande est plus qu'indiscrète… je soupire. Mais… oui. Juliette et moi avons vécu notre première fois ensemble.

Et il n'aurait pu en être autrement.

– Eh bien, vois-tu, ma première fois, c'était avec *toi*.

Inès pince les lèvres et s'installe sur une chaise tandis que je la dévisage, déconfit.

– Tu ne t'en étais pas rendu compte, hein ? ricane-t-elle. Nos familles se connaissaient bien, nous nous voyions régulièrement, tu étais gentil, beau, drôle… et je suis tombée amoureuse de toi, Nollan De Villa. J'ai passé quatre ans à t'aimer en secret, à me réjouir des dîners organisés par nos parents, à tenter de passer du temps avec toi au lycée, à imaginer que peut-être, un jour, tu me remarquerais, que tu me verrais autrement que comme une bonne copine. Et c'est arrivé. Un soir, tu t'es pointé en bas de mon immeuble et tu m'as embrassée. Est-ce que tu peux imaginer ce que j'ai ressenti à ce moment-là ?

Pris dans notre passé, je suis incapable de répondre, mais Inès ne semble de toute façon pas attendre une quelconque réaction de ma part. Elle poursuit :

– Encore aujourd'hui, j'arrive à ressentir la certitude à laquelle l'adolescente que j'étais s'accrochait : celle que tu lui appartenais enfin. Même si ça n'a été que le temps de quelques baisers, d'une poignée de rendez-vous cachés et d'une nuit… qui m'a changée à jamais.

– Inès…

– Laisse-moi finir, s'il te plaît. Tu es venu ici dans une démarche sincère et j'ai besoin de me vider le cœur.

Je tire une chaise, prends place à côté d'elle et pose une main sur la sienne pour lui apporter un peu de réconfort.

– Je t'ai offert ma première fois, parce que j'avais envie que tu me laisses un souvenir impérissable, souffle Inès. Et ça, on peut dire que tu l'as fait.

Elle s'esclaffe tristement.

– Tu sais, au fond de moi, j'avais conscience de n'être qu'un lot de consolation à tes yeux, mais j'ai eu envie de profiter de ce que tu me donnais, parce que je savais que tu finirais par me le retirer.

Je déglutis avec peine. C'est fou, je n'aurais jamais pensé qu'Inès avait été amoureuse de moi pendant toutes ces années. En tout cas, avec son récit, je me sens comme un connard, encore plus qu'avant. Je me rends compte que j'ai apprécié de me sentir aimé par les femmes qui ont partagé ma vie, mais qu'il ne m'est jamais venu à l'esprit que, peut-être, elles souffraient de ce que je refusais de leur accorder. Ma considération, mon écoute… une réponse à leurs sentiments. Elles se sont mises à nu de toutes les manières possibles pour moi, et j'ai été incapable de leur montrer ce que je cachais sous la surface.

– Je ne te dis pas tout ça pour te culpabiliser, reprend Inès. Si je t'en parle, c'est parce que le jour où j'ai réussi à me guérir de toi, je me suis promis que si j'en avais un jour l'occasion, je trouverais le courage de te parler de mes sentiments.

Elle pose sa main sur la mienne et me sourit, bien qu'elle ait les yeux humides.

– Est-ce que tu imagines ce que tu aurais enduré si l'amour que tu avais porté à Juliette avait été à sens unique ? Et si, malgré tout, ton cœur avait continué de la réclamer pendant de longues années ? Si, même en sachant qu'elle n'aurait jamais été à toi, tu avais été obligé de la côtoyer ?

Que mon amour pour Juliette n'ait pas été réciproque ? Ça aurait été cauchemardesque.

– Voilà, conclut Inès. *Ça*, c'était moi.

– Je n'en avais aucune idée, je soupire, mal à l'aise. Je… je ne sais pas quoi te dire à part ce que j'ai déjà répété tout à l'heure comme un idiot : je suis désolé. Tu mérites que quelqu'un fasse de toi sa priorité et te traite bien mieux que je ne l'ai fait.

Inès me sourit, reconnaissante, puis l'ambiance s'allège considérablement lorsqu'elle me dit :

– Tu es ce qui se rapproche le plus du prince charmant, tu le sais, ça ?

– Hein ?

Elle me prend pour un prince charmant ? Après le portrait qu'elle vient de dresser de moi ? Elle déraille ou quoi ?

– Mais oui, tu sais, le héros des contes de fées qu'on nous raconte à nous, les gamines. Le prince charmant sur son cheval blanc qui va venir nous sauver de tous les dangers et nous épouser.

– Je vois, oui…

– Eh bien toi, tu en es un. La bonne fée du charme s'est penchée sur ton berceau, et putain, elle a carrément mis la dose. Tu séduis ton monde, et il arrive que tu le fasses sans t'en rendre compte. Tu es gentil et à l'écoute, tu as pile ce qu'il faut d'humour et de repartie, tu es un poil arrogant quand il le faut, et pour couronner le tout, regarde-toi : tu es absolument canon ! Quelle injustice.

– Franchement, Inès, celui que tu décris est le Nollan que j'étais à dix-huit ans, je réplique. Mais j'ai changé et je suis loin, vraiment très loin de ressembler à un quelconque prince charmant aujourd'hui.

– Et modeste en plus de ça, rajoute Inès en levant les yeux au ciel.

Plongée dans son délire, elle poursuit :

– Tu es typiquement le mec dont bon nombre de femmes rêvent. Alors, quand l'une d'entre nous arrive à t'avoir, elle ne veut plus te lâcher. Tu comprends mieux où je veux en venir ? J'avais attrapé le prince charmant et il m'a filé entre les doigts.

Je me pince l'arête du nez et secoue la tête. Inès est en train de virer dingo, je ne vois aucune autre explication.

– Écoute, je suis flatté, mais tu te trompes.

– Oh que non. J'ai raison.

Bon, elle ne veut visiblement rien entendre.

– Inès, je ne suis pas venu ici pour que tu flattes mon ego, dis-je. Je suis venu te demander pardon. Tu mérites mes excuses, même si elles ont mis du temps à venir.

– Et tu as besoin que je les accepte, c'est ça ?

– Je comprendrais que ce soit difficile pour toi. Mais sache que je suis sincère. Je regrette vraiment la manière dont je t'ai traitée.

Inès pousse un profond soupir, puis elle tapote doucement ma joue.

– Je te pardonne, Nollan De Villa. Tu n'étais qu'un ado un peu bête à l'époque, tu n'as commis aucun crime.

Soulagé, je lui souris.

– Content de l'entendre. Ça m'a fait plaisir de te revoir, Inès, dis-je en me levant. Je te souhaite de trouver ton prince charmant, je suis sûr qu'il t'attend quelque part.

– Si tu le dis… mais je ne miserais pas tout ce que j'ai là-dessus.

Alors que je me dirige vers la sortie, Inès ajoute :

– Au fait, tu transmettras mes félicitations à Juliette.

Je me retourne, surpris.

– Juliette ?

– Parce que c'est pour elle que tu fais tout ça, non ? C'est elle depuis le début et ça le sera toujours, je me trompe ?

– C'est vrai, mais pourquoi est-ce que tu crois qu'on est toujours en contact elle et moi, après tout ce temps ?

C'est au tour d'Inès de me regarder avec surprise.

– Euh… tout simplement parce qu'elle t'attend en bas de l'immeuble. J'ai vu vos taxis arriver par la fenêtre.

Elle trottine en direction de la vitre de sa cuisine et ajoute en riant :

– Ouaip, elle est toujours là, sur le trottoir. Même d'ici, c'est clair qu'elle est en rogne. Je ne sais pas ce que tu lui as fait, mais tu devrais garder tes excuses pour elle.

Je m'empresse de quitter l'appartement d'Inès et de foncer dans l'ascenseur pour rejoindre Juliette.

Lorsque les portes de la cabine se renferment sur moi, je sors ma liste de la poche arrière de mon pantalon. En rayant le nom d'Inès, je me sens plus léger.

~~Inès~~
Betty
~~Lola~~
Juliette

J'observe le prénom de Juliette un instant. Techniquement, je lui ai déjà présenté mes excuses, mais comme elle les a refusées, cette page n'est pas encore tournée…

Je quitte l'immeuble et, comme me l'a indiqué Inès, je trouve ma Juliette sur le trottoir, les bras croisés, l'air franchement contrarié. Lorsqu'elle m'aperçoit, elle plisse les yeux et se précipite sur moi.

– Je sais qui vit ici, attaque-t-elle.

– Ah oui ? Qui ça ?

– Ne joue pas au plus malin avec moi, Nollan De Villa. Je t'ai entendu lui donner rendez-vous.

– Tu écoutes aux portes, maintenant ? fais-je en prenant un air choqué. C'est un tout petit peu flippant, ça, Juliette de mon cœur.

– N'essaye pas de changer de sujet, éructe-t-elle. Pourquoi es-tu venu voir Inès ? Tu es encore en contact avec elle ? Tu la revois ou… vous sortez ensemble ?

Je m'approche pour la prendre dans mes bras mais elle aperçoit le morceau de papier que je tiens dans la main et elle l'attrape avant que j'aie pu réagir.

– Inès, Betty, Lola… moi ? Nollan, c'est quoi ce bordel ? Qu'est-ce que c'est que cette liste ? Qu'est-ce que je fais là-dessus ?

J'attrape Juliette par les bras pour la calmer. Elle ne s'en rend peut-être pas compte, mais sa réaction me prouve qu'elle tient à moi et qu'elle me veut au moins autant que je la veux.

– Si tu n'arrêtes pas de crier, tu n'auras aucune explication, parce que je serai bien trop occupé à prendre d'assaut tes magnifiques lèvres.

Sa bouche s'entrouvre, déclenchant un frisson dans ma colonne vertébrale.

– Tu es la seule femme que je connaisse qui est belle peu importe l'heure de la journée, ton humeur ou la saison, j'ajoute. Et tu me donnes envie de toi d'une façon que tu n'es pas prête à entendre.

Sa poitrine se soulève rapidement. Je lève la main pour la poser sur sa joue toute douce et je lui murmure :

– On a besoin de parler dans un endroit calme. J'ai beaucoup de choses à te raconter.

Elle acquiesce, puis décrète :

– Chez moi. On sera tranquilles.

Elle se dirige ensuite vers le taxi qui l'attend. Je la suis de près.

Une chose est sûre, la suite de notre discussion s'annonce plus qu'intéressante.

CHAPITRE 32

JULIETTE

Mon cerveau est en ébullition lorsque je pénètre dans mon appartement en compagnie de Nollan. Il jette un regard autour de lui et, les mains dans les poches, déclare :

– C'est petit, non ?

Je hausse les sourcils.

– Tu te sens à l'étroit ? Ce n'est pas assez luxueux pour toi ?

– Je n'ai pas dit ça, répond-il. J'ai côtoyé beaucoup de directeurs du marketing, je sais à peu près combien ils gagnaient, et je peux donc en déduire combien toi, tu gagnes. Alors, pourquoi est-ce que…

– Ne crois pas que tu vas échapper aux explications que tu me dois, je le coupe, cinglante. Mais puisque ma situation financière t'intéresse tant, je vais te répondre. Premièrement, même si tes connaissances et moi exerçons la même profession, tu sembles oublier que, puisque je fais partie du sexe faible, mon salaire est forcément moins élevé que le leur… c'est génial, hein ?

Nollan soupire, mal à l'aise. Sans me laisser déstabiliser, je poursuis :

– Mais tu as raison, je gagne très bien ma vie. Malgré tout, j'ai décidé que je n'avais pas besoin de vivre dans deux cents mètres carrés sur les Champs-Élysées, d'avoir un escalier en marbre, un lustre en cristal et des murs incrustés d'or. Est-ce que tu vas tenir le choc le temps de m'expliquer ce que c'est que cette liste de femmes sur laquelle se trouve mon prénom, ou est-ce que je vais devoir refaire la déco pour que le De Villa en toi se sente à l'aise ?

Bon, j'y suis peut-être allée un peu fort. Nollan paraît d'ailleurs surpris par ma soudaine véhémence.

– Est-ce que je t'ai déjà fait sentir que toi et moi on n'était pas du même monde, ne serait-ce qu'une fois ? me renvoie-t-il. Est-ce que tu as déjà ressenti en ma présence que l'argent et les apparences comptaient pour moi ? Réponds franchement, Juliette.

Je baisse la tête. Il ajoute :

– Je découvre ton appartement pour la première fois. J'ai le droit d'être surpris : ça ne veut pas dire que j'ai émis une critique. Mais apparemment, la Leroy en toi a du mal à le comprendre.

Un point partout.

– Nollan, dis-je, lasse, je n'ai pas envie de m'engueuler avec toi. J'aimerais que tu me donnes les explications que tu me dois, s'il te plaît. J'ai été assez patiente, tu ne crois pas ?

Il retire sa veste, la pose sur le canapé, puis il s'y installe et garde une seconde sa tête entre ses mains. Enfin, il commence :

– Avant de revenir m'installer à Paris, je vivais à Seattle. Je m'y plaisais, même si ma famille me manquait beaucoup. Sauf qu'il y a quelques semaines… il est arrivé quelque chose dans ma vie et j'ai… j'ai décidé de me remettre en question.

Bien qu'il fuie mon regard, je ne peux manquer le voile de tristesse qui assombrit ses iris gris.

– Qu'est-ce qui s'est passé ? je lui demande.

– Si ça ne te dérange pas, j'aimerais garder cela pour moi.

Je lève les yeux au ciel, découragée.

– On n'y arrivera pas si tu n'es pas honnête avec moi, Nollan.

– Je suis encore incapable d'en parler. Est-ce que tu peux comprendre que j'ai besoin de temps ?

Il y a déjà tant de non-dits dans notre relation… Mais évidemment, je ne veux pas le forcer à me parler, j'ai envie que ça vienne de lui-même. Alors je capitule :

– Bien, je n'insiste pas.

– Merci. Après ça, donc, j'ai commencé à repenser à ma vie, aux choix que j'avais faits et à toutes les femmes dont je me suis servi juste pour mon plaisir, dont j'ai brisé le cœur. Comment s'en étaient-elles sorties ? Est-ce qu'elles avaient remonté la pente ? Ça peut paraître prétentieux de ma part d'imaginer que je puisse avoir un tel impact sur quelqu'un, mais le fait est qu'après avoir vu à quels extrêmes l'amour peut pousser, je n'ai plus eu qu'une seule idée en tête : retrouver les femmes de mon passé, m'excuser pour le mal que je leur avais fait et m'assurer qu'elles allaient bien aujourd'hui. Évidemment, il fallait que tu sois sur cette liste, tu es même la première à qui j'ai pensé.

Ça, c'est surprenant. En voyant ces noms de femmes, je me suis imaginé tout un tas de choses, mais jamais je n'aurais pensé que Nollan avait entrepris une sorte de pèlerinage destiné à le mettre face à ses erreurs. Et ce qui a déclenché une telle réaction chez lui m'inquiète : le drame qu'il évoque me pose question. Cela le concerne-t-il directement ? Ou bien une ancienne conquête ? Ou sa famille ?

Quoi qu'il en soit, l'événement l'a poussé sur un parcours de rédemption qui force l'admiration.

– Qu'est-ce que tu leur as fait, à ces femmes ?

Un sourire triste étire la bouche irrésistible de Nollan.

– Je ne leur ai jamais donné la moindre chance, m'avoue-t-il. Je les ai quittées sans explication, parfois pour m'enfuir à l'autre bout du monde, parfois parce que j'étais lassé. Je ne prenais pas leurs sentiments en compte, je ne me préoccupais que de moi.

Waouh...

– En ce qui concerne Inès, j'avais besoin de lui demander pardon pour m'être servi d'elle lorsque j'étais ado. Elle ne méritait pas ça.

Nollan se lève et ancre son regard au mien, puis reprend :

– Quant à toi…

– Tu m'as déjà présenté tes excuses, Nollan.

– Je sais, mais tu ne les as pas acceptées, et plus j'y pense, plus je me dis que tu as eu raison de ne pas le faire. Je t'ai tellement blessée…

Debout l'un en face de l'autre, nous nous fixons… jusqu'à ce que je prenne conscience de quelque chose :

– Alors, c'est tout ce que je suis pour toi ? Une bonne action à faire ?

– Quoi ? Pas du tout ! proteste Nollan. Toi, tu es mon but ultime. Tu l'as toujours été.

– Si c'était le cas, si j'étais vraiment si importante pour toi, je ne serais pas sur cette liste avec toutes les autres.

Pendant un instant, Nollan garde le silence, puis il déclare :

– Tu sais quoi ? Tu as raison !

Il sort son papier de sa poche et le déchire avant de jeter les morceaux à travers la pièce.

– Je ne suis qu'un hypocrite, c'est ça que tu veux entendre ? reprend-il. J'ai tout fait pour retrouver ces femmes et essayer de me faire pardonner de leur avoir fait du mal. Mais la vérité, c'est que derrière les excuses que je leur ai présentées, il y a celles que je n'ai pas dites et qui les auraient détruites si elles les avaient entendues.

Ma gorge se serre. Je regarde Nollan se passer la main dans les cheveux et je n'ai envie que d'une chose : apaiser son angoisse. Sauf que je n'en fais rien : je reste immobile, silencieuse, à attendre qu'il parle. J'ai besoin d'écouter ce qu'il a à dire.

– Depuis des années, tu crois que je t'ai trompée, mais c'est faux, affirme-t-il.

Perdue, je fronce les sourcils.

– Tu ne comprends pas, hein ? lâche-t-il tristement.

– Non, je ne comprends pas, parce que tu ne m'expliques rien, Nollan. Tu te contentes de te répandre en excuses alors que je…

– Ce sont elles que j'ai trompées, s'écrie-t-il, me coupant la parole. Je les ai toutes trompées, pas seulement celles qui sont présentes sur ma liste, mais la totalité des femmes qui sont passées dans ma vie. Elles n'étaient que de maigres lots de consolation, et tu veux savoir pourquoi ?

– Je…

– Parce que chaque fois que je les regardais, chaque fois que je les touchais, que je les embrassais, je pensais à toi. J'imaginais que c'était ta peau que je caressais, ton corps que je serrais contre le mien.

Il s'approche de moi, agrippe mon visage entre ses mains et m'attire contre lui, tout en me soufflant :

– C'est toi, Juliette. Tu es la seule et unique, celle qui m'obsède et ne quitte pas mon esprit, et ce depuis que je suis gamin, depuis qu'à neuf ans je t'ai promis sur cette plage de t'aimer pour toujours. Tu ne vois pas que c'est toi qui as le pouvoir ? Que tu tiens mon cœur et ma vie entre tes mains ? Je ferais tout ce que tu veux, je me traînerais à tes pieds, Juliette, et je me fiche de passer pour un mec désespéré, parce qu'au fond, c'est ce que je suis. Je veux désespérément te récupérer, toi, l'amour de ma vie, et je ferais n'importe quoi pour y arriver.

Tremblante, le cœur battant, j'ai du mal à reprendre mon souffle. D'un geste tendre, Nollan caresse mon nez avec le sien et murmure contre mes lèvres :

– Je serai toujours ton amoureux, ma Juliette. Jusqu'à la fin de l'éternité.

À cet instant, je n'y tiens plus. Je m'agrippe à sa chemise et je plonge sur ses lèvres.

Le gémissement qui nous échappe à tous les deux au moment où nos bouches se trouvent est libérateur. Il n'exprime rien d'autre que le désir brûlant et l'amour profond que nous éprouvons l'un pour l'autre, et que nous avons contenu au fond de nous toutes ces années.

Plus rien n'existe. Ni notre passé, ni notre rupture, ni la souffrance, ni son père, ni les manipulations.

Rien.

Juste nos lèvres qui se dévorent.

Je m'agrippe à la nuque de Nollan, fourrage dans ses cheveux bouclés puis le fais reculer contre le canapé. Il se laisse tomber dessus tout en me tenant serrée contre lui et je m'installe à califourchon sur ses cuisses.

Notre baiser est brûlant, enivrant et désordonné, mais tellement bon…

Des hommes sont entrés dans ma vie pour en ressortir peu de temps après. J'ai embrassé d'autres bouches et caressé d'autres corps, mais rien au monde n'est comparable aux sensations que me procure Nollan.

Mon Nollan.

Il a marqué mon cœur et mon âme il y a vingt ans, et depuis ce jour, je suis incapable d'offrir mon amour à qui que ce soit d'autre.

– « Amour, donne-moi ta force, et cette force me sauvera », récite-t-il soudain contre ma bouche.

L'entendre évoquer un passage de *Roméo et Juliette* comme il avait l'habitude de le faire quand nous étions adolescents me donne envie de pleurer de joie. Je lui souris et secoue la tête, heureuse de me rendre compte que certaines choses n'ont pas changé.

– Ne joue pas les Roméo maintenant, je lui ordonne. J'ai besoin que tu sois Nollan dans toute ta splendeur.

– Ah oui ? Et ça veut dire quoi, « être moi dans toute ma splendeur » ?

Je défais les boutons de sa chemise, l'ouvre en grand et m'empresse de la lui retirer.

– C'est ça, dis-je en déglutissant à la vue de son torse sculpté. Oh oui, ça, c'est de la splendeur.

Haletante, je ne sais plus quoi fixer entre son corps, ses lèvres tentatrices et ses yeux couleur orage. Avec un petit rire, il me fait basculer sur le canapé, puis il remonte ma robe, dévoilant mes cuisses et ma petite culotte. Cette fois, c'est à son tour de déglutir. Il attrape mes bras et me redresse soudainement, reprend ma bouche d'assaut et passe la main dans mon dos pour descendre la fermeture Éclair de ma robe. Le tissu glisse de mes épaules, dévoilant mon soutien-gorge en dentelle. Là encore, Nollan soupire de contentement.

– À ton tour, me dit-il.

Je m'attaque au bouton et à la braguette de son jean, puis je tire dessus, impatiente, affamée, les mains tremblantes.

– Doucement, ma Juliette, tu vas…

Son grondement sourd fait palpiter mon cœur. Je viens de griffer malencontreusement son bas-ventre et il semblerait qu'il ait beaucoup apprécié.

– Bon, ça suffit, décrète-t-il.

Il se lève du canapé, m'entraînant avec lui, puis il éjecte son jean à coups de pied tout en faisant tomber ma robe par terre. Sa chemise suit le mouvement, ainsi que son caleçon et mes sous-vêtements.

Nus, face à face, nous nous détaillons. Nous avons perdu nos corps d'adolescents et nous nous redécouvrons avec un plaisir non dissimulé.

Il prend ma main et me fait tourner sur moi-même. Je glousse avant de me stopper net en découvrant le regard sombre et affamé qu'il pose sur moi. Nom de

Dieu… On dirait que Nollan De Villa est en train de se consumer de désir pour moi et je ne peux pas l'en blâmer, parce que j'éprouve la même faim que lui.

– Sublime, déclare-t-il après encore plusieurs secondes d'observation intense. Juliette, tu es encore plus belle que lorsqu'on avait dix-huit ans, et je ne pensais pas que c'était possible.

Je lâche sa main et m'approche de lui. Je pose le bout de mes doigts sur ses abdos puis, lentement, je les fais glisser sur sa taille, jusqu'à son dos. Je tourne autour de lui à la manière d'une prédatrice qui examine sa proie. Mes caresses descendent encore plus bas, et je claque malicieusement ses fesses avant de me replacer face à lui. Son sourire mutin achève de me rendre folle.

– Alors, qu'est-ce que tu en dis ? demande-t-il en ouvrant grand les bras.

– J'en dis que tu es toujours le plus beau garçon que j'aie jamais vu.

Il bondit sur moi et nous allonge sur le canapé avec une telle fougue que le meuble se décale de plusieurs centimètres. Sans perdre de temps, il parcourt mon corps de tendres baisers et caresse ma peau du bout des doigts. Sa langue trace un sillon humide le long de ma gorge, puis descend entre mes seins avant de s'arrêter sur mes côtes.

– Dis-moi que tu as un préservatif qui traîne chez toi, murmure-t-il. Je ne me vexerais même pas de savoir que tu l'avais prévu pour l'un de tes stupides rencards.

– Oui, dans… Oh bon sang, je grogne lorsque sa langue glisse sur mes seins. Dans ma chambre.

Nollan bondit du canapé et suit les instructions que je lui donne pour trouver le préservatif. Lorsqu'il revient, il prend le temps de l'enfiler avant de reprendre place sur le canapé. Son érection est tendue au maximum et je suis si excitée que je me liquéfie sur place. Nollan fonce alors à nouveau sur ma bouche et s'allonge sur moi. Cette fois, je sens dans ses gestes et dans la passion qu'il y met qu'il ira jusqu'au bout… et c'est ce que je veux, plus que tout. Il m'a trop manqué.

– Ça fait si longtemps, dis-je dans un souffle, sans cesser de le caresser.

– Trop longtemps, renchérit-il.

Il plonge entre mes cuisses et passe sa langue le long de mon intimité avant d'aspirer mon clitoris, puis il se redresse, prend mes cuisses dans ses mains et me pénètre d'un coup. Nos râles résonnent dans toute la pièce.

– C'est tellement bon, souffle-t-il en commençant son délicieux va-et-vient.

– Trop bon, je confirme en rejetant la tête en arrière.

Ses coups de reins sont dévastateurs et le bruit si érotique de nos peaux qui claquent l'une contre l'autre fait augmenter mon désir, si c'est même possible. Mes terminaisons nerveuses sont saturées par le plaisir, je sens mon sexe palpiter autour de celui de Nollan. Nos retrouvailles ne pouvaient se passer différemment : après tant d'années de séparation, nos corps prennent le contrôle et se rassasient l'un de l'autre.

Je m'agrippe à la nuque de Nollan et je me hisse sur lui en le repoussant en arrière, puis je m'installe à califourchon sur lui et je réintroduis sa verge en moi sans attendre. Assis sur le canapé, il aspire mes seins entre ses lèvres et joue à les mordiller tendrement. Mes mouvements de haut en bas sont saccadés, parce que je sens le plaisir me paralyser à mesure que les minutes passent.

– Laisse-moi reprendre le dessus, me demande-t-il, la voix rauque, lorsque nous sommes au bord du précipice.

J'acquiesce ; il nous allonge à nouveau sur le canapé et il me prend avec tant de force que mes yeux se voilent.

– C'est toi qui rends ça si bon, fait-il, le visage enfoui dans mon cou. Ça a toujours été toi.

Et sur ces derniers mots, nous explosons ensemble dans un concert de cris assourdissants.

CHAPITRE 33

NOLLAN

L'aube pointe seulement à l'horizon, mais je suis déjà réveillé depuis de longues minutes. Le regard rivé sur le visage endormi de Juliette, je me repasse encore et encore les souvenirs de la nuit que nous avons passée ensemble. Après tout ce temps, après cette interminable absence, tout est enfin à sa place.

Moi, auprès d'elle.

En moi, tout est apaisé, bien plus que n'importe quand au cours des onze dernières années. Maintenant, quoi qu'il arrive, je ne laisserai plus jamais Juliette me glisser entre les doigts. Pas alors qu'elle est le point central de ma vie depuis toujours. Pas alors qu'elle est le trésor le plus précieux que j'aie jamais possédé.

Elle pousse un profond soupir, ses jambes se mettent à bouger sous la couette, puis elle tend mollement une main dans ma direction. Lorsque ses doigts effleurent ma joue, un petit sourire naît sur ses lèvres charnues… et je ne résiste pas. Je me penche sur elle et y dépose un tendre baiser.

– Heureusement, ce n'était pas qu'un rêve, chuchote-t-elle.

– C'était même mieux qu'un rêve.

Ses paupières papillonnent, et elle les ouvre enfin. Elle se tourne sur le côté, pose ses mains sous sa joue et me dévisage, l'air comblée.

– Est-ce que tu arrives à y croire ? Qu'on se soit retrouvés après tout ce temps ? me demande-t-elle.

– Évidemment que j'y crois. Aussi fort que je peux enfin te serrer dans mes bras.

Pendant un instant, nous nous dévisageons et sourions comme les deux idiots que l'amour fait de nous. Puis Juliette me souffle :

– Toute la nuit, j'ai repensé à ce que tu m'as dit hier. C'était si beau…

– Quel moment tu as préféré ? Celui où je te disais que tu es l'amour de ma vie ? Ou alors, quand je t'ai avoué qu'aucune femme au monde ne pourra jamais t'arriver à la cheville ?

– Chaque mot que tu as prononcé est mon préféré. Tu es très doué pour les beaux discours, Nollan De Villa.

– Tu trouves ? Parce que je peux faire encore mieux.

Je me redresse, prends la main de Juliette dans la mienne, puis plonge dans ses yeux. Pour un peu plus d'effet, je m'éclaircis la gorge avant de réciter :

– Donne-moi ton cœur, *baby*, ton corps, *baby*[3].

Juliette s'esclaffe, mais je poursuis :

– Je veux une femme *like you*, pour peut-être… m'emmener au bout du monde, qui sait ?

Son rire redouble, et je suis incapable de garder mon sérieux plus longtemps. Hilare, je me laisse tomber à côté d'elle et je l'attire contre moi. Un petit moment passe dans le silence, puis je murmure :

– Tu sais de quoi j'ai envie ? D'oublier toutes nos obligations, tout le stress et tous les tracas du quotidien. J'ai envie de n'être qu'avec toi, et de te faire découvrir les plus beaux endroits de cette planète. Je voudrais qu'on parte loin, ensemble.

– J'en ai envie aussi. Ce serait tellement agréable de ne penser à rien d'autre qu'à s'aimer.

– Tu te souviens de ce que je t'avais promis durant l'un de nos étés ? De te montrer tous les meilleurs spots pour surfer. Et tu sais ce que je pense des promesses, ma Juliette.

– Oui, je le sais, mais je ne vois pas bien où tu veux en venir.

– Et si on partait… là, maintenant ? On plaque tout, on ne pense à rien et on s'en va.

– Quoi ? Mais tu es fou !

– Et c'est mal ? Les plus grandes aventures ont démarré sur des coups de tête, Juliette de mon cœur.

---

3. Cette réplique et la suivante font référence à la chanson « Femme Like U », de K.Maro.

– Non, mais tu es sérieux ? dit-elle en se redressant sur un coude. Tu voudrais qu'on parte là, comme ça ? Sans prévenir personne, sans rien avoir prévu ?

– Oui, j'aimerais beaucoup ça. On pourrait commencer par la Sicile. Tu y es déjà allée ? Et puis, puisqu'on serait en Italie, on visiterait évidemment Venise tous les deux. On irait ensuite au Portugal, et…

– Nollan, stop.

Malgré la lueur d'excitation qui brille dans son regard, Juliette se recouche et décrète :

– C'est impossible.

– Pourquoi ?

– Mais parce que… je ne peux pas quitter la boîte en pleine préparation du lancement de Belle & Bio.

– Et après ? Une fois que ce sera terminé ? Il sera temps que tu prennes des vacances, non ?

Son gloussement est irrésistible. Elle prend ma main, l'embrasse puis m'indique :

– J'ai promis à mon frère qu'on partirait quelque part ensemble.

– Alors il viendra avec nous !

Cette fois, Juliette rit franchement.

– Mais enfin, proteste-t-elle, Iris aussi doit être de la partie, on ne va quand même pas…

– Il y a de la place pour tout le monde.

– Oh, Nollan…

J'attrape son visage en coupe et déclare :

– Je suis sérieux, Juliette. Si tu veux faire voyager ta famille entière, ça ne me pose aucun problème. Tant que tu nous accordes des moments en tête à tête, je suis prêt à accepter tout ce que tu me demanderas.

Elle soupire et secoue la tête.

– Tu es vraiment beaucoup trop doué avec les mots.

Je hausse les sourcils, goguenard. Quant à Juliette, elle lâche :

– Alors d'accord. Nollan, dès qu'on sera venus à bout de nos obligations professionnelles, je veux que tu m'emmènes faire le tour des plus beaux spots de surf… et que tu m'apprennes à en faire.

Je souris, profondément heureux, et je l'embrasse pour sceller notre accord. Ensuite, pendant un long moment, nous nous caressons en silence. Juliette laisse errer le bout de ses doigts sur mes épaules, mon torse… mais au bout d'un moment, ses sourcils commencent à se froncer.

– Qu'est-ce qui se passe ? je demande en voyant son air préoccupé.

– Tu sais comme je suis heureuse de t'avoir retrouvé ?

– Oui…

– Et tu sais aussi que je veux qu'on rattrape le temps perdu ?

– Hm hm…

– Mais…

Elle grimace et me dévisage, espérant certainement que je comprenne ce qu'elle veut dire sans qu'elle ait besoin de le formuler. Sauf que je suis totalement largué.

– Mais ? je l'encourage.

– J'aimerais qu'on garde notre relation secrète lorsqu'on est au bureau, m'avoue-t-elle enfin. En tout cas, qu'on ne l'ébruite pas.

Je fronce les sourcils à mon tour.

– Tu veux qu'on se cache ?

– Non, bien sûr que non.

Elle grogne de frustration en se collant un peu plus contre moi et soupire :

– J'ai eu une conversation vraiment très désagréable avec Hector, hier matin. Il m'a accusée de me laisser influencer par les sentiments que j'ai pour toi.

Je suis tenté de faire comme si je l'apprenais, mais puisque Juliette et moi repartons sur de bonnes bases, je décide d'être honnête.

– Je sais ce que vous vous êtes dit, je lui annonce. Je me suis connecté à la ligne téléphonique de la salle de réunion.

J'occulte délibérément le fait que c'est Iris qui m'a montré cette combine. Si Juliette doit être en colère, je préfère qu'elle le soit contre moi plutôt que contre son assistante, de qui elle est très proche.

– Tu m'as espionnée ? demande-t-elle en se reculant un peu.

– J'étais inquiet. Hector n'avait pas l'air de bonne humeur, et il venait de nous voir nous tenir la main. Je n'avais pas envie que tu prennes toute la responsabilité sur tes épaules. J'ai d'ailleurs bien failli intervenir à plusieurs reprises, mais je me suis dit que tu étais largement capable de te défendre seule.

Juliette plisse les yeux et me fixe en silence avant de souffler :

– Je ne t'en veux pas. Mais tu comprends d'autant mieux pourquoi c'est important qu'on se fasse discrets. J'ai dû me battre pour arriver là où j'en suis aujourd'hui, je n'ai pas envie qu'on essaye de me décrédibiliser en t'utilisant. J'ai besoin de protéger ma carrière, et de nous protéger en même temps. Tu comprends, n'est-ce pas ?

– Évidemment… C'est juste que j'avais pensé qu'on ne laisserait plus d'obstacles se dresser entre nous.

– Ce sera le cas. Mon travail n'est pas un obstacle, il est très important pour moi. Je n'ai pas envie de le perdre.

– Très bien, j'abdique.

Je ne suis pas franchement emballé par la perspective de devoir me cacher, mais je respecte l'ambition de Juliette.

Elle glisse une main sous la couette pour aller caresser mon ventre.

– Est-ce que tu m'en veux ? me demande-t-elle.

– Bien sûr que non.

Je croise mes bras sous ma nuque et ajoute :

– C'est juste que je vais accumuler beaucoup de frustration à te voir sans pouvoir te toucher des heures durant. Il va falloir compenser tout ça à la fin de la journée.

– « Compenser » ? Tu veux dire, en te donnant plein d'avantages en nature ?

– Par exemple. D'ailleurs, peut-être que tu pourrais déjà te faire pardonner pour la journée qui s'annonce, tu ne crois pas ?

– Oh, mais tes désirs sont des ordres, Nollan de mon cœur.

Un sourire carnassier étire ma bouche.

– Ça, c'est *ma* réplique.

Nos taquineries cessent à l'instant où la main de Juliette s'enroule autour de ma verge. Le temps de la légèreté est terminé, place à l'action.

CHAPITRE 34

JULIETTE

J'ai eu du mal à laisser Nollan quitter la chaleur de mon lit ; mais à ma demande, il est rentré chez lui pour que nous arrivions séparément au bureau, afin de n'éveiller aucun soupçon chez nos collègues.

Je sais que je devrais être prudente quant au retour de flamme qui s'opère entre nous. Je sais aussi qu'une nuit passée ensemble n'effacera pas notre passif, et que cela ne signifie pas non plus que nous pouvons à nouveau plonger tête baissée dans une relation.

Cependant, encore complètement groggy grâce aux endorphines du bonheur, je décide de m'accorder une pause dans mes doutes. Je passe une robe en chantonnant et en me remémorant notre nuit – ainsi que notre réveil – plus que satisfaisants. Les mots de Nollan, son visage, sa bouche, son corps… Mon esprit ne cesse de m'envoyer des flashs qui me font frissonner tandis que je me prépare en vue de ma journée.

Avant de me rendre au travail, je dois toutefois passer chercher Léo et Élisa, qui m'attendent devant leur lycée. L'un de leurs profs est absent, si bien qu'ils n'ont pas cours de la matinée, et Nollan et moi avons décidé de les garder sous surveillance. Je sais pourquoi je garde mon frère à l'œil, mais je ne comprends pas pourquoi Nollan fait de même avec sa petite sœur : elle est adorable et ne semble poser aucun problème… Quoi qu'il en soit, passer du temps avec nous, au bureau, a l'air de les réjouir.

J'attrape mon sac et ma veste et j'ouvre la porte de mon appartement. Immédiatement, quelque chose attire mon attention : un morceau de papier déposé sur mon paillasson. Étonnée, je le récupère et le déplie.

Mon corps tout entier se fige. C'est un chèque de dix mille euros, signé de la main de Thomas De Villa et accompagné d'un petit mot :

Notre accord tient toujours.
Reste éloignée de mon fils.

Je m'adosse au battant de la porte, démoralisée, furieuse.

Cet homme est un véritable salaud.

Sa démarche est si humiliante… Le plus fou dans cette histoire, c'est que je n'ai jamais passé d'accord avec lui, mais qu'il m'en a imposé un. Je suis furieuse qu'il ait osé laisser cela devant chez moi et un peu inquiète, je l'avoue, de savoir qu'il rôde par ici.

Seulement, je refuse de me laisser intimider par lui. Je lui ai laissé ce pouvoir bien trop longtemps quand j'étais plus jeune.

Je préviens Élisa et Léo que j'aurai un peu de retard, puis je rejoins le taxi qui m'attend en bas de chez moi.

Les bureaux du paternel De Villa se trouvent – évidemment – dans le quartier le plus cher de Paris. Plus je m'en approche, plus ma colère grandit. Le chauffeur se gare au bout de la rue ; je m'extirpe du véhicule et remonte rapidement le trottoir.

Mais alors que je ne suis plus qu'à une dizaine de mètres de l'entrée de l'immeuble, je me fige. Car Thomas vient d'en sortir en compagnie d'un homme que je reconnais immédiatement.

Mon propre père.

Qu'est-ce qu'il fait là ?

Sous le choc, j'ai tout de même le réflexe de reculer dans une petite ruelle attenante pour ne pas être vue. Je me penche juste assez pour continuer à observer mon père et celui de Nollan. Ils se parlent sans que je puisse comprendre un mot de ce qu'ils disent. Ce que je peux constater, en revanche, c'est que la discussion est animée. Mon père fait de grands gestes tandis que Thomas le pointe du doigt pour appuyer ses propos. Abasourdie, je le regarde ensuite s'éloigner ; quant à De Villa, il retourne dans son immeuble, furieux.

D'aussi loin que je me souvienne, ces deux-là n'ont jamais réussi à s'entendre sur rien. Chaque fois qu'ils se rencontraient, la tension était à son comble. Thomas a toujours trouvé que mon père était un « bouseux sans ambition » ; et le mien lui renvoyait la politesse en le qualifiant de « gros richard égocentrique ».

Alors pourquoi se sont-ils vus aujourd'hui ?

J'attrape mon portable et compose le numéro de mon père. Il décroche au bout de deux sonneries. Je sors de ma ruelle pour le suivre à distance et tenter de capter ses réactions.

– Bonjour, ma chérie, me dit-il. Comment vas-tu ?

– Bien, merci papa. Qu'est-ce que tu as prévu aujourd'hui ?

– Oh, rien de spécial. Je suis encore en train de prendre mon petit déjeuner, tu veux venir te joindre à moi ?

Prendre son petit déjeuner... ben voyons.

– Oh, donc tu es à la maison en ce moment ?

– Exactement. Pourquoi cette question ?

Parce que j'avais besoin de savoir si tu allais me mentir... et c'est le cas.

– Je prenais simplement de tes nouvelles avant d'aller travailler, rien de plus.

– C'est gentil, ma chérie.

– Bon, je ne t'embête pas plus longtemps, dans ce cas. On se voit bientôt... Je t'aime.

Je raccroche, fixe le dos de mon père jusqu'à ce qu'il disparaisse au coin d'une rue, déçue, puis je m'élance en direction de l'immeuble de Thomas De Villa. Je rentre à l'intérieur juste le temps de plaquer son stupide chèque et son petit mot sur le comptoir de la réceptionniste stupéfaite, puis je tourne les talons et rejoins mon taxi.

Durant le trajet jusqu'au lycée, je ne fais que ressasser ce que j'ai vu en essayant d'y donner un sens. Sauf que justement, ça n'en a pas…

Je me compose un masque joyeux lorsque Léo et Élisa grimpent à mes côtés. Je ne veux pas qu'ils se doutent que quelque chose me trouble… Une fois que nous sommes arrivés au bureau, je les guide jusqu'à la salle de pause. Plus les secondes passent, plus j'arrive à relativiser. Au lieu de me torturer l'esprit, je demanderai à mon père ce qu'il faisait avec monsieur De Villa : au moins, comme ça, je serai fixée. Et je décide de ne pas parler de cette histoire à Nollan tant que je n'en aurai pas eu le fin mot.

Je me prépare un capuccino puis je reporte mon attention sur Léo et Élisa.

– Alors, où en êtes-vous de vos révisions pour le bac ? je leur demande.

– Ça avance.

– Pfff.

Il est facile de deviner quelle réaction provient de Léo.

– Fais un effort, lance Élisa à mon frère. On sera contents d'en être débarrassés ensuite.

– Tu sais déjà ce que tu veux faire plus tard ? enchaîne-t-il.

Je sirote mon capuccino tout en répondant à des mails sur mon smartphone et en les écoutant d'une oreille.

– J'aurai certainement le choix, je sais que mon père a fait parvenir mon dossier dans trois écoles différentes. On verra bien laquelle voudra de moi.

Je redresse la tête pour regarder Élisa. Pauvre gamine… La voilà obligée de s'engager dans des études choisies par son père. Le patriarche des De Villa ne cessera donc jamais de se comporter comme un dictateur avec ses enfants ?

– Et toi ? demande Élisa.

– Je ne sais pas trop, déclare Léo.

Comment ça, il ne sait pas ?

En début d'année, nous avons passé en revue toutes les facultés et les écoles qui pourraient l'intéresser, et il semblait être attiré par les sciences, la biochimie notamment.

Je sais qu'à cet âge-là, la pression est grande. Au lycée, on vous demande toutes les semaines de penser à votre avenir, mais à dix-huit ans, quand arrive juin, on est bien plus obnubilé par l'été que par le bac et les études supérieures… Pourtant, le temps presse. Mon frère n'a plus que deux mois pour se décider.

Élisa s'éclipse pour aller saluer son frère. J'en profite pour interroger Léo :

– C'est vrai que tu ne sais pas ce que tu veux faire après le bac ?

Il soupire et referme brutalement son livre de cours.

– On avait pourtant discuté des possibilités qui s'ouvraient à toi, j'ajoute. Et tu as rempli tes vœux avec les parents, non ?

– Eh bien, j'ai changé d'avis. Tout ça, ça ne m'intéresse plus.

Ne dis rien, Juliette, ne dis rien.

Impossible. Je suis bien trop consternée.

– Léo, je crois que tu me dois quelques explications, je cingle. Qu'est-ce qui se passe ?

– Tu veux vraiment connaître la vérité ? me renvoie mon frère.

– Évidemment. Parle-moi, j'ai besoin de comprendre.

– Je déteste ce lycée. Je déteste les profs, je déteste les élèves, je déteste les cours, les uniformes, le fait que tout tourne autour de la réputation ou de la fortune des parents. J'en ai marre. Je ne me suis jamais senti à ma place là-bas.

– Mais pourquoi tu ne m'en as jamais parlé ?

– Parce que tu étais beaucoup trop heureuse et fière de me voir fréquenter le meilleur établissement privé de Paris. C'est *toi* qui me payes ma scolarité, comment voulais-tu que je te raconte tout ça ? Je ne voulais pas te faire de mal. Sauf que chaque jour, je vais en cours à reculons. Là-bas, on t'apprend que seuls les métiers qui te permettront de toucher un salaire mensuel à cinq chiffres sont les bons. Mais moi, ils ne m'intéressent pas. J'aime cuisiner, écouter de la musique, j'aime le design, le foot. Pour autant que je sache, je pourrais vouloir être chef d'un restaurant, ou prof de sport !

– C'est ce que tu souhaites ?

– Je n'en sais rien. Je vais avoir dix-huit ans et je déteste devoir me dépêcher de trouver ma voie. Ça me rend dingue. J'ai envie de prendre mon temps, bon sang. Mais au lycée, ils ont déjà tous un projet professionnel détaillé, et ils me regardent de travers parce que ce n'est pas mon cas.

Accablée, je me passe une main sur le visage.

Ai-je trop poussé mon frère ? Me suis-je transformée en Thomas De Villa ? Seigneur, faites que non...

– Juliette, je ne veux pas te rendre triste, reprend Léo sur un ton plus doux. Je n'ai pas envie que tu croies que je ne mesure pas la chance que j'ai.

– Ne t'inquiète pas, tout va bien. Je viens simplement de prendre conscience que j'ai transféré mes espoirs sur toi, parce que je voulais te donner les possibilités que j'aurais aimé avoir.

Je tends la main et prends celle de mon frère dans la mienne, avant d'ajouter :

– Je ne veux surtout pas que tu te sentes pris à la gorge ou que tu croies que j'aurais honte de toi si tu ne devenais pas PDG d'une multinationale.

Je t'aimerai peu importe le métier que tu choisiras d'exercer. Je veux juste que tu sois heureux.

Léo se penche et me prend dans ses bras. Je le serre contre moi un long moment avant de le relâcher.

– Tu sais ce qu'on va faire ? lui dis-je. Pendant que tu révises pour ton bac, on va essayer de savoir ce qui te plaît et ce que tu veux faire. Et dès que tu auras trouvé, on fera toutes les démarches ensemble, d'accord ?

Il acquiesce, soulagé.

– Et sinon, vous avez l'air de bien vous entendre, Élisa et toi, non ? je lance pour alléger l'ambiance.

– Elle est gentille, déclare Léo.

– Juste gentille ?

Mon frère lève les yeux au ciel.

– Non, je ne suis pas intéressé par elle, si c'est ce que tu essayes de me demander. Élisa est une amie, rien de plus. Ce qu'elle traverse en ce moment est tellement difficile… J'ai envie qu'elle sache qu'elle peut compter sur quelqu'un.

– Ce qu'elle traverse ? C'est-à-dire ?

Léo hausse les sourcils, surpris.

– Tu n'es pas au courant ?

– Au courant de quoi ?

– Comme Nollan et toi êtes très proches, je pensais que…

– Quoi ? Comment ça, « très proches » ?

Le fait que mon frère puisse suspecter quoi que ce soit entre Nollan et moi me surprend. Nous n'avons décidé de nous donner une nouvelle chance qu'hier soir. Comment Léo pourrait-il déjà être au courant de notre rapprochement ?

– Ju, s'il te plaît, cesse de me prendre pour un gamin, soupire mon frère. Élisa et moi parlons beaucoup. Nous avons tous les deux remarqué un changement chez vous ces dernières semaines. Selon Élisa, Nollan passe beaucoup de temps au téléphone, il adore se rendre au travail et il lui parle souvent de toi… De ton côté, tu ne peux t'empêcher de rougir ou de le dévorer du regard quand il est là.

– N'importe quoi !

– Tu sais que c'est vrai. Je l'ai vu de mes propres yeux le jour où nous nous sommes retrouvés tous les quatre devant le lycée. Tu pensais peut-être que je ne percevrais pas la tension entre vous, mais elle était impossible à manquer.

Ben tiens…

Préférant ne pas argumenter, je me contente de croiser les bras.

– De toute façon, ce n'est pas le propos, dis-je. Tu étais sur le point de me parler de ce qui se passe avec Élisa.

Mal à l'aise, mon frère se masse la nuque.

– Crache le morceau, Léo, je l'encourage.

– OK, OK. Tu te souviens de la cellule psychologique qui a été ouverte au lycée ? Eh bien, c'était pour Élisa. C'est elle qui a fait une tentative de suicide.

Les bras m'en tombent.

– Mon Dieu, mais qu'est-ce qui s'est passé ?

Léo se lance alors dans le récit du drame qui est survenu. Plus il parle, plus des flashs datant de mon enfance et de mon adolescence apparaissent devant mes yeux. Élisa rit, et ses longs cheveux bouclés sautillent dans son dos lorsqu'elle marche. Élisa saute dans les bras de ses frères, se blottit contre sa mère. Élisa remercie un chauffeur avant de grimper dans une voiture.

En tant que petite sœur de Nollan, elle fait indubitablement partie de mon passé. Je n'arrive pas à croire qu'elle ait pu commettre une tentative de suicide, que d'autres ados l'aient poussée à un tel acte.

– Tu connais ceux qui l'ont harcelée ? je demande, la gorge nouée. Ce Raphaël et ses potes ?

Léo hoche piteusement la tête. En le regardant, une peur soudaine me serre la gorge. Et si le comportement changeant de mon frère depuis le début de l'année n'était pas seulement dû à ses doutes concernant son avenir ? Et si…

– Léo, dis-moi que tu ne fais pas partie de cette bande, je lance en agrippant son bras.

– Non… mais je ne vaux pas mieux qu'eux.

Mon cœur s'emballe.

– Je n'ai rien fait, explique-t-il, honteux. J'ai vu ce qui se passait au lycée, j'ai vu ce qui se disait sur les réseaux sociaux et je n'ai rien fait pour empêcher ça.

Je pose ma main sur la sienne alors qu'il ajoute :

– Raphaël et ses potes, ils se prennent pour les intouchables du lycée. Si je m'étais interposé, ils m'auraient fait vivre un enfer. Je sais, c'est lâche de penser de cette façon, et pourtant… j'ai préféré me taire.

Il inspire profondément.

– Après la tentative de suicide d'Élisa, son père est venu faire un bordel monstre au lycée, poursuit-il. C'est là que je me suis dit que je ne pouvais plus rester passif. Je suis allé voir la proviseure et je lui ai tout raconté du harcèlement constant que vivaient Élisa et les autres filles.

– C'est bien, mon grand.

Je l'attire dans mes bras et le serre contre moi.

– J'aurais dû agir avant… souffle-t-il.

– Ce qui compte, c'est que tu as fini par le faire.

À cet instant, une pensée s'impose à moi.

Nollan m'a parlé d'un drame qui lui avait fait tout remettre en question…

Mais oui, ça colle. C'est le geste d'Élisa qui lui a fait entreprendre son douloureux périple.

Oh mon Dieu.

Et moi qui ai été désagréable – pour ne pas dire franchement peste – avec lui…

La porte de la salle de pause s'ouvre alors, et Élisa réapparaît.

– Je vais vous laisser réviser, dis-je en redonnant sa place à la benjamine des De Villa.

En passant à côté d'elle, je suis saisie par l'envie de la prendre dans mes bras. Mais je me retiens, ne voulant pas la mettre mal à l'aise. Je quitte la salle de pause et rejoins Nollan, à qui je glisse :

– Je peux te parler une seconde ?

– Bien sûr.

Je traverse l'*open space* au pas de charge, prends l'escalier de secours et descends un étage. Là, j'attrape la main de Nollan et le guide jusqu'à un placard de produits d'entretien.

– Mais qu'est-ce que…

Je ne lui donne pas l'occasion de terminer. Je ferme la porte derrière nous, allume la lumière, puis agrippe son visage et fonce sur ses lèvres. Bien que perdu, il me rend mon baiser sans se faire prier. Je l'embrasse à en perdre le souffle avant de m'écarter et de plonger dans son regard.

– Pourquoi tu ne m'as rien dit ? je lui demande.

– À propos de quoi ? réplique-t-il.

– D'Élisa !

Son corps tout entier se fige.

– Léo vient de me raconter ce qui s'est passé, j'ajoute. Comme j'aurais aimé être là pour toi…

– Je ne voulais pas t'embêter avec ça.

– M'embêter ? C'est ridicule. Oh, Nollan…

Je l'attire contre moi, le prends dans mes bras et caresse doucement son dos.

– Je suis tellement désolée d'apprendre ce qui lui est arrivé, je souffle.

– Je sais. Mais elle va aller mieux.

– Et toi, comment tu vas ?

Nollan enfouit son visage dans mon cou et inspire profondément. Je caresse ses cheveux tandis qu'il me raconte toutes les phases par lesquelles il est passé ces dernières semaines, tout ce qu'il a ressenti et cette terreur qui ne le quitte pas parce qu'il craint que sa sœur puisse recommencer à tout moment.

– Mon père dit qu'il s'en occupe, et c'est vrai, poursuit-il. Tous ceux qui ont été mêlés à cette histoire ont été convoqués par la gendarmerie… mais quand j'y pense, j'ai envie de tout casser et de venger ma petite sœur.

– Je comprends, dis-je. Sauf que malheureusement, cela ferait plus de mal que de bien. Je t'en prie, Nollan, laisse la justice suivre son cours.

– Je ne peux pas laisser tout ce harcèlement impuni.

– Il ne le sera pas. Mais si tu t'en mêles, si tu te venges de ce petit con, tu vas desservir Élisa.

Nollan ferme les yeux et passe rageusement une main dans ses cheveux.

– Ce Raphaël ne regrettera jamais ce qu'il a fait si personne ne le lui fait comprendre de manière brutale, gronde-t-il.

– Alors quoi ? Tu vas aller le tabasser ? Et ensuite ? Il portera plainte, et tu payeras ! Que penses-tu qu'Élisa va ressentir ?

La mâchoire de Nollan se contracte, mais il reste silencieux. J'ajoute :

– Le meilleur service que tu peux rendre à ta sœur, c'est de te réjouir avec elle quand ce sale type et tous les autres auront eu ce qu'ils méritent. J'ai énormément de griefs contre ton père, mais s'il a dit qu'il s'occupait de la situation, tu peux être sûr qu'aucune des personnes impliquées ne s'en sortira sans sanction. Laisse-le faire et concentre-toi sur Élisa, je t'en prie.

Après un long moment, Nollan finit par hocher la tête. Une fois seulement, mais au moins, cela me rassure.

Nous restons blottis dans le petit espace pendant un long moment, parce que, comme d'habitude, les bras de l'autre sont le plus grand des réconforts. Puis Nollan me murmure :

– Je pense qu'on devrait y retourner.

– Tu as raison.

Pourtant, il me retient lorsque je quitte ses bras. Il embrasse mon front, puis mon nez et enfin mes lèvres.

– Merci d'être là, me dit-il.

Je caresse sa joue en guise de réponse ; nous quittons ensuite le placard et retournons un étage plus haut. À peine avons-nous mis un pied dans l'*open space* que nous sommes arrêtés par Iris.

– Une célébrité est dans nos locaux, tout le monde est surexcité. Vous venez ?

– Allez-y, je termine les teasings avec Arnaud et je vous rejoins ensuite, lance Nollan.

Pour ma part, je suis mon assistante dans le dédale de couloirs jusqu'au showroom. En effet, là-bas, c'est la cohue. Victoire Albertino, actrice française en vogue, vient d'arriver dans nos locaux. Depuis toujours, notre entreprise travaille avec des célébrités, mais lorsque l'une d'elles se déplace en personne, c'est toujours un événement. Des stagiaires aux assistants en passant par les directeurs de secteurs eux-mêmes, tout le monde se presse dans le showroom pour apercevoir cette jeune femme qui, en quatre ans seulement, s'est imposée comme la nouvelle icône du cinéma européen. Elle se tient au milieu de la pièce, simplement vêtue d'un jean, de baskets et d'un débardeur. Ses cheveux sont attachés en queue-de-cheval et, fidèle à elle-même, elle ne porte que peu de maquillage. Son sourire est éclatant, ses yeux pétillent. Il émane d'elle une aura lumineuse qui attire spontanément les gens vers elle.

J'avoue être aussi excitée que le reste du personnel, et je me demande à quelle marque de notre entreprise Victoire va prêter son visage. Généralement, je fais partie des premiers au courant de ce genre de choses, mais en ce moment, Belle & Bio me prend tout mon temps.

Monsieur Amont, président de la boîte, a fait le déplacement depuis son bureau lui aussi. Il est très rare qu'on l'aperçoive dans les couloirs ; cependant, dès qu'un visage connu rapplique, il est le premier sur le front.

– Un peu de calme, s'il vous plaît, lance-t-il à la cantonade.

Daniel apparaît à cet instant, le torse bombé par la fierté. La vision de cet abruti me fait lever les yeux au ciel, surtout quand il se place près de monsieur Amont.

Comme si être le neveu du patron faisait de lui le propriétaire des lieux au même titre que son oncle…

– Victoire nous fait l'honneur d'accepter de représenter une toute nouvelle gamme de notre entreprise, déclare Amont avant de donner la parole à l'actrice.

– J'aimerais surtout remercier Daniel, qui m'a donné cette possibilité, commence-t-elle. Je suis très heureuse de pouvoir participer à quelque chose de novateur, positif et inclusif. J'ai hâte de devenir ambassadrice de Belle & Bio. Merci beaucoup.

L'annonce de Victoire me fait l'effet d'une bombe.

Qu'est-ce qu'elle vient de dire ?

Je jette un regard à Hector pour essayer de comprendre ce qui se passe mais ce dernier se contente de hausser les épaules, aussi perdu que moi. Au même moment, deux mains se posent sur ma taille. Je sursaute et pousse un petit cri heureusement étouffé par les acclamations de la foule.

– Hé, tout va bien ?

Voir Nollan me soulage un peu. Sans attendre, je l'attire hors de la salle de réunion pour lui faire un compte rendu de ce qui vient de se passer.

– Cet… enfoiré de Daniel, j'éructe une fois que nous avons rejoint mon bureau. Il a eu l'audace d'aller voir Amont dans mon dos et de lui proposer une égérie. Tu te rends compte ? Une actrice célèbre, Nollan.

La fureur grimpe en moi à une vitesse folle.

– Une année entière que je bosse sur cette campagne, que je prévois tout dans les moindres détails. Et lui… putain d'enfoiré.

J'attrape la première chose qui me tombe sous la main – une agrafeuse – et je la jette à travers la pièce.

– Comment veux-tu que mes héroïnes du quotidien puissent briller à côté de la nouvelle sensation du cinéma ? Tout est gâché, bon sang, tout.

Je me laisse tomber sur mon siège, abattue.

– Hé, Juliette, ne renonce pas, s'il te plaît, me glisse Nollan.

– À quoi bon se battre ? Daniel vient de ruiner tous mes efforts.

– Ne le laisse pas gagner. Il n'a fait ça que pour t'atteindre, et vu ta réaction, ça a l'air de fonctionner.

– Bien sûr que ça fonctionne, je m'indigne. Comment voudrais-tu qu'il en soit autrement ?

– Juliette, je comprends que…

– Amont, l'actrice et le gros lourd en approche, je répète, Amont, l'actrice et le gros lourd en approche, débite Iris en pénétrant subitement dans mon bureau.

Ni une ni deux, je me redresse, lisse ma jupe et me compose un masque d'indifférence totale. Nollan se poste à ma droite et mon assistante à ma gauche. Entre eux, je me sens protégée, au moins un peu.

– Ah, Juliette, vous voilà, fait Amont en entrant dans la pièce, tout sourire. J'aimerais vous présenter Victoire Albertino, le nouveau visage de Belle & Bio. Victoire, voici Juliette, la tête pensante de cette gamme.

En bonne professionnelle, je m'approche et tends la main en direction de la jeune femme. Celle-ci me salue en retour. Cependant, alors que je m'apprête à lui expliquer rapidement le projet, son regard se pose sur Nollan. L'effet est immédiat : son visage s'éclaire et elle se précipite sur lui, les bras tendus.

– Nollan ! pépie-t-elle. Oh, bon sang, je n'arrive pas à croire qu'on se retrouve.

– Vic ? répond-il, bouche bée. C'est incroyable de te voir ici. Enfin, je savais que tu étais devenue quelqu'un qui compte, mais je ne pensais pas te recroiser un jour.

Il la serre contre lui sous nos regards à tous, avant de se rendre compte de ce qui se passe. Il se tourne alors vers moi et m'apprend :

– On était à l'école de commerce ensemble. Victoire allait au cours Florent parallèlement à ses études…

– Génial. Nous sommes heureux de vous compter parmi nous, Victoire, c'est un honneur, dis-je, en espérant être convaincante.

– Je compte sur vous pour tout lui expliquer sur Belle & Bio, me dit Amont.

– Évidemment.

– Un shooting est prévu dans quelques jours, ajoute-t-il. Comme je sais que votre emploi du temps est surchargé, tout a été organisé par Daniel, vous n'aurez à vous occuper de rien.

Enfoiré de gosse de riche pourri-gâté.

– Fantastique !

– Bien. Victoire, nous allons vous faire visiter nos labos.

– Oh, génial. Nollan, tu nous accompagnes ? Ça nous permettra de rattraper le temps perdu.

– Euh…

Il est discret et je suis la seule à l'apercevoir, mais le regard furtif que Nollan me lance à cet instant ne m'échappe pas.

Je détesterais qu'il se sente obligé de me demander la permission d'être en présence d'une amie. Mais je déteste encore plus l'idée de le laisser quelques heures avec elle.

– Bien sûr, je réponds à sa place. Il allait de toute façon bientôt prendre sa pause déjeuner, il se fera une joie de vous accompagner.

Je sais qu'il meurt d'envie de me parler, mais c'est impossible : il y a beaucoup trop de témoins, et pas des moindres. Alors il tend son bras à Victoire et s'éloigne en compagnie du reste du groupe.

Discrètement, Iris se poste près de moi et me glisse :

– En vrai, elle n'est pas si jolie que ça.

Sa réplique a le don de me faire rire.

À quoi reconnaît-on une vraie amie ? À sa capacité à mentir pour vous faire sentir mieux.

– Qu'est-ce que je ferais sans toi, Iris ? je lui renvoie.

– Ça va aller, patronne.

Espérons-le.

CHAPITRE 35

JULIETTE

– Ça fait longtemps qu'on ne s'était pas retrouvées pour déjeuner toutes les deux, me dit ma mère, installée face à moi à la terrasse d'une brasserie.

– Je sais, je réponds. J'ai tellement de travail en ce moment… J'ai à peine le temps de me reposer.

– Ce n'est pas bon, tout ce surmenage. Tu aimes ton travail, nous l'avons tous compris, mais il faut que tu penses un peu à toi, Juliette. Ton père et moi sommes inquiets.

– Mais pourquoi ? J'ai un job qui me plaît énormément, je suis en bonne santé, vous l'êtes aussi… Bref, ma vie me convient.

– Mais tu ne te dis pas que ce serait bien de partager ton quotidien avec quelqu'un ?

Je baisse la tête en faisant mine de chercher quelque chose dans mon assiette.

– Est-ce que tu rencontres encore des hommes par le biais de cette application ? reprend ma mère sur un ton de reproche.

– Non, je me suis désinscrite après un énième rencard raté.

Je ne peux m'empêcher de sourire en ajoutant :

– Tu peux dire haut et fort que ça te soulage, maman. Je sais que tu n'étais pas très heureuse de me savoir membre de ce site de rencontre.

– J'étais simplement inquiète à l'idée que tu puisses tomber sur des hommes dangereux. On ne sait jamais qui se cache derrière un profil en ligne, ma chérie.

Je hoche la tête sans répliquer, afin que le sujet se tasse. Pour l'instant, ma mère n'a pas besoin de savoir que Nollan et moi nous sommes retrouvés, et encore moins que nous avons décidé de nous donner une nouvelle chance. Elle en serait bien trop heureuse et s'imaginerait immédiatement qu'elle deviendrait grand-mère dans les prochains mois.

– Au fait, est-ce que papa va bien en ce moment ? je lui demande.

– Son dos le fait toujours énormément souffrir mais à part ça, il va bien. Pourquoi cette question ?

– Oh, comme ça. Je l'ai trouvé un peu… différent la dernière fois que je lui ai parlé, et je me demandais s'il y avait une raison à cela.

Ma mère hausse les épaules, preuve qu'elle n'est au courant de rien. Elle prend une gorgée de sa boisson puis reprend :

– Ah oui, j'allais oublier. En discutant de Léo avec sa proviseure, nous avons découvert, ton père et moi, qu'il avait séché et s'était fait virer de cours à plusieurs reprises ces derniers temps.

Je prends un air surpris pour donner le change.

– Pas possible.

– Juliette…

Je grimace et abdique.

– Bon, d'accord, j'étais au courant. Je le couvre depuis un moment, mais tu sais que je n'ai jamais eu le cœur à lui refuser quoi que ce soit.

– Tu lui passes tout, marmonne ma mère. Ton père et moi nous sommes montrés bien trop tolérants avec lui. Nous avons décidé de sévir.

– Non, maman. Léo ne se rebelle pas par plaisir, c'est simplement sa façon à lui de me faire passer un message.

Je relate rapidement la conversation que j'ai eue avec mon frère, celle où il m'a avoué détester l'établissement dans lequel je me faisais un plaisir de le voir étudier. Lorsque j'en ai terminé, ma mère dit tristement :

– Il y aura toujours un fossé entre nous et ces gens riches, ma petite Juliette. Peu importe le lycée que ton frère fréquentera, peu importe l'appartement luxueux que tu nous payeras, nous n'appartiendrons jamais à leur monde.

– Et je ne veux surtout pas que ce soit le cas, je la rassure. Je n'ai pas honte de vous et je serai toujours fière de faire partie de votre famille. Je te le jure, maman.

– Je le sais bien, ma chérie, ne t'en fais pas.

Après le repas, elle et moi nous battons presque pour régler l'addition. Ma mère remporte le combat après m'avoir lancé le regard noir qu'elle réserve d'habitude à Léo lorsqu'il se met dans une situation impossible.

Pendant qu'elle paye, je l'attends devant la brasserie en consultant mes mails sur mon portable. Soudain, deux bras puissants s'enroulent autour de ma taille et quelqu'un murmure à mon oreille :

– « Si je ne dois plus penser à elle, tu devras m'enseigner à ne plus penser. »

Je me retourne pour faire face à Nollan. Même si mon premier réflexe est de paniquer à l'idée que ma mère nous surprenne, je suis obligée de fondre devant son air heureux.

– Est-ce que tu vas arrêter un jour de m'inonder de répliques de cette pièce ? je lui demande, amusée.

– Jamais, douce Juliette de mon cœur.

– Si encore tu t'appelais Roméo…

Nollan se penche dans l'espoir de me voler un baiser, mais je l'arrête en posant deux doigts sur sa bouche.

– Comment s'est terminée la visite de *Vic* ? je l'interroge.

– Oh, Juliette…

– Je ne fais que demander, dis-je en haussant les épaules.

– J'ai coupé court. Rattraper le temps perdu ne m'intéressait pas. En revanche, te retrouver, si…

Cette fois, lorsqu'il se penche pour m'embrasser, je ne l'en empêche pas. Mes yeux se ferment et mon corps se détend instantanément.

– « Ainsi… sur un baiser… je meurs », murmure-t-il.

Nous nous esclaffons tous les deux.

– Au fait, comment as-tu su où j'étais ? je m'enquiers.

– Iris, me répond Nollan. Maintenant, je dois lui acheter des places pour le concert d'Ariana Grande.

– Elle a toujours été douée pour négocier, je commente en riant.

– Tu avais rendez-vous avec un client ? enchaîne Nollan en jetant un coup d'œil à l'intérieur de la brasserie. Il est déjà parti ?

– Pas vraiment. D'ailleurs, tu devrais t'en aller, parce que…

– Bonjour.

Je ferme les yeux et jure à voix basse lorsque j'entends la voix de ma mère dans mon dos.

Et merde.

Les yeux de Nollan s'écarquillent. Il sait que je tiens à ce que nous restions discrets pour l'instant, et que c'est grandement compromis maintenant que ma mère nous a vus enlacés. Elle penche d'ailleurs la tête sur le côté et le passe au crible. Et puis soudain, tout se fait clair dans son esprit.

– Non ! s'exclame-t-elle. Nollan De Villa !

– Bonjour, madame Leroy, répond l'intéressé en lui servant son sourire de séducteur.

– Mon Dieu, je n'arrive pas à y croire. Ça fait tellement longtemps que je ne t'ai pas vu… Il me semble que la dernière fois qu'on a eu de tes nouvelles, c'était il y a quoi… plus de dix ans ?

Ma mère se coupe en plein élan lorsqu'elle réalise quel mauvais souvenir elle s'apprête à évoquer. Les heures entières qu'elle a passées à tenter de tarir mes larmes, les journées moroses, les moments de désespoir…

L'atmosphère devient plus lourde. Nollan se ferme et ma mère, gênée d'avoir mis les pieds dans le plat, tente de faire oublier sa bourde du mieux qu'elle peut… mais elle échoue lamentablement.

– Je comprends mieux pourquoi ma fille s'est désinscrite de cette application de rencontre, dit-elle. Tu n'avais plus besoin de chercher, petite cachotière.

Mon visage est en feu. Mais la réplique de ma mère a au moins eu le mérite de dérider Nollan.

– Super, maman, je lâche. Dis, tu ne devrais pas rentrer…

– Oh, j'ai une idée, lance-t-elle sans tenir compte de mon intervention. Viens manger à la maison ce soir, Nollan. Juliette avait déjà prévu de venir, ce sera l'occasion de bavarder.

Décidément, tout le monde a envie de se remémorer le bon vieux temps avec mon petit ami, aujourd'hui…

Je fais discrètement les gros yeux à mon Roméo autoproclamé, mais lorsque je vois un sourire carnassier étirer sa bouche, je sais que je viens de tomber tout droit dans un traquenard.

– Avec plaisir, madame Leroy, dit-il. J'apporte le dessert.

Ô joie...

Je lui donne un rapide coup de coude dans les côtes, mais il m'ignore et ajoute :

– Ainsi que le vin.

– Fantastique ! s'extasie ma mère. Alors à ce soir, vingt heures. Ça va être super.

Sur ce, elle nous quitte. En s'éloignant, elle sautille presque de joie... Je l'observe, désabusée, puis tourne la tête en direction d'un Nollan au summum de l'amusement.

– Donc, quand je t'ai dit que je voulais qu'on reste discrets, tu as décidé de ne pas du tout m'écouter ?

– Tu m'as dit que tu voulais qu'on se cache au bureau... Ici, on est en pleine rue. Question de sémantique, Juliette de mon cœur.

Il passe un bras autour de mes épaules et embrasse ma tempe.

– Ça va être fan-tas-tique, dit-il en imitant le ton de ma mère.

J'en suis moins convaincue que lui. Mais ce qui est sûr, c'est que ce dîner ne devrait pas manquer de sel...

***

– Entrez, entrez. Oh, comme vous êtes beaux !

Ma mère est remontée à bloc. Ça fait d'ailleurs longtemps que je ne l'ai pas vue si en forme, elle qui est de plus en plus éreintée par son travail.

– T'as entendu ? On est beaux, me murmure Nollan, amusé.

Je souris et tente de faire bonne figure, mais intérieurement, je suis rongée par le stress. Ce dîner à toutes les chances de mal se dérouler, parce qu'il est encore bien trop tôt pour dire si entre Nollan et moi, les choses sont parties pour durer. Le moindre couac, la moindre parole prononcée ce soir pourrait faire voler en éclats notre équilibre très fragile.

Nous déposons le dessert ainsi que la bouteille de Dom Pérignon qu'il a achetés sur le plan de travail de la cuisine puis mon frère et mon père s'approchent pour nous saluer. Je trouve le second fermé comme une huître.

– C'est un plaisir de vous revoir, monsieur Leroy, déclare Nollan.

– Hm… grogne mon père.

Nollan déglutit discrètement. Je jette un regard à ma mère pour tenter de comprendre quel est le problème, mais elle balaye mes craintes d'un geste de la main.

– Content de te revoir, lance Nollan à mon frère.

– Moi aussi, s'exclame Léo, tout sourire.

– Vous avez un appartement superbe.

– Merci, répond ma mère. Nous nous y plaisons beaucoup. Viens, je vais te faire visiter.

Elle embarque Nollan, et j'en profite pour toucher deux mots à mon père.

– Tu vas trouver ça dingue, mais j'ai eu l'impression de te voir dans le 7e arrondissement, hier.

Son visage prend immédiatement une expression parfaitement neutre. Une chose est sûre, je le tiens de lui, mon masque de joueuse de poker.

– Dans le 7e ?

Il fait mine de réfléchir, puis il lâche :

– Non, je n'y suis pas allé. J'ai passé la majeure partie de la journée ici.

– Vraiment ?

– Puisque je te le dis.

– C'est drôle alors, parce que l'homme que j'ai vu te ressemblait énormément.

Mon père fronce les sourcils.

– Eh bien, peut-être que j'ai un sosie. Pourquoi ces questions, Juliette ?

– J'ai dû confondre, dis-je en haussant les épaules.

Je fais semblant de croire mon père, mais il n'en est rien. J'ai désormais la certitude qu'il me ment… Je ne sais pas quoi faire de cette information, cependant une chose est sûre : je trouverai des réponses, même si je ne compte pas faire d'esclandre ce soir.

Au loin, j'entends ma mère s'extasier sur tout, de la décoration aux boiseries qui recouvrent les murs de l'appartement. Je les rejoins, elle et Nollan, pile au moment où elle s'apprête à vendre la mèche.

– Je n'en revenais pas quand Juliette nous l'a fait visiter… puis quand elle nous a appris qu'il était à nous. Elle est d'une générosité sans nom.

D'un regard, je fais comprendre à ma mère de ne surtout pas aller plus loin. Je n'ai pas envie que Nollan sache que c'est moi qui paye le loyer de mes parents. Non pas que j'aurais honte pour moi ou pour eux ; mais je n'ai pas besoin que l'on rappelle à mon petit ami le grand écart social entre ma famille et la sienne. Je commence à en avoir assez que cela nous revienne sans cesse au visage.

Après la visite, nous passons à table.

– Alors, qu'est-ce que vous faites dans la vie ? demande mon père.

– Je suis graphiste, répond Nollan. Depuis quelques semaines, je travaille avec Juliette. C'est comme ça que nous nous sommes retrouvés, d'ailleurs.

Les regards surpris de mes parents me font rougir.

– Tu ne nous l'avais pas dit, ma chérie.

– Petite maligne, chuchote ma mère.

– Grillée, lâche mon frère en riant.

– Et donc, vous travaillez dans son entreprise à plein temps ? s'enquiert mon père.

– Seulement jusqu'à la fin de la campagne. Ensuite, je verrai.

– Beau projet d'avenir, ricane-t-il.

– Papa ! je m'exclame.

– Quoi ? J'ai le droit de trouver cela hasardeux, non ?

– Antoine ! réagit ma mère.

– Mais quoi ? éructe mon père en la fusillant du regard. Allons-nous prétendre toute la soirée que le retour de cet homme dans la vie de notre fille ne nous inquiète pas ? Après le mal qu'il lui a fait ?

Je plaque une main sur ma poitrine, tant mon cœur se serre. Et voilà, le drame que je redoutais est en train de se produire… Je savais que mon père n'accueillerait pas Nollan à bras ouverts, mais de là à se montrer si agressif ?

J'aimerais laisser exploser l'indignation qui grandit en moi, celle qui ressent le besoin de défendre Nollan, mais ce dernier pose une main sur ma cuisse pour m'apaiser. La tête légèrement baissée, il accepte les remarques de mon père sans broncher, comme un gosse face à une punition qu'il sait méritée.

– Nollan, je te prie d'excuser mon mari, intervient ma mère en lançant à mon père un regard qui signifie qu'il aura droit à un remontage de bretelles en règle après le dîner. Il n'a visiblement plus toute sa tête.

– Écoutez, je suis conscient que le souvenir que je vous ai laissé de moi ne doit pas être des plus positifs, déclare Nollan. J'ai commis des erreurs, je les ai assumées et je ne compte certainement pas les reproduire. Soyez certains que je tiens beaucoup à Juliette.

– Nous y tenons tous, grogne mon père.

– Et je me sens infiniment chanceux qu'elle ait accepté de me donner une autre chance.

À ces mots, Nollan attrape ma main sous la table et la serre dans la sienne. Je comprends alors qu'autant que mes parents c'est moi que son discours vise à rassurer sur son sérieux.

– Et j'aimerais que vous puissiez envisager de faire de même, monsieur Leroy, termine-t-il. Je vous promets que je ne gâcherai pas notre bonheur… pas cette fois.

Touchée, j'exerce une pression sur sa main pour lui signifier mon soutien et la confiance que je lui porte. En même temps, je tourne la tête vers mon père et je le supplie du regard de mettre ses griefs contre Nollan de côté, pour mon bien. Dans ses yeux, je vois beaucoup d'inquiétude, une tonne de questions, mais surtout un amour immense, qui finit par l'emporter sur le reste. Mon père tend sa main pour s'emparer de la mienne, puis il hoche doucement la tête.

– Bien… qui veut un peu de rôti ?

La question de ma mère détend instantanément l'atmosphère. Au fil du repas, ce qu'il restait de gêne se dissipe, et c'est dans la bonne humeur que nous en venons à évoquer nos souvenirs d'été.

– Et ce jour où vous avez tous les deux volé des beignets aux pommes dans le panier du vendeur ambulant ! rappelle maman en riant. Il y avait tellement de monde autour de lui qu'il ne vous a même pas vus vous faufiler à travers la foule. Anna et moi étions furieuses contre vous.

– C'est Nollan qui avait eu l'idée, dis-je en me tournant vers lui.

– Si tu répétais ça devant un tribunal, personne ne me croirait capable d'un tel méfait, réplique-t-il. Tu as vu ma gueule d'ange ? Elle clame mon innocence.

Mes parents éclatent de rire… et moi, je me sens heureuse lorsque je regarde ce tableau familial. Parce qu'au fond, c'est ce que j'ai toujours voulu : que Nollan fasse partie intégrante de ma famille. Je le souhaite depuis que j'ai neuf ans et que la gamine que j'étais est tombée amoureuse de la « gueule d'ange » dont il est si fier.

À cet instant, je ressens une vive bouffée de désir pour lui. Discrètement, je passe une main sous la table pour aller la poser sur son genou. Je le lui serre tranquillement, puis je remonte lentement le long de sa cuisse. Ses muscles se tendent tandis que je poursuis ma progression jusqu'à son aine.

– Et le jour où Bastian a perdu son short de bain dans la mer après avoir sauté d'une falaise ! renchérit mon père. Je crois que j'ai rarement autant ri.

Nollan et moi donnons le change ; cependant, sous la table, la tension commence à prendre de l'ampleur. Mon petit ami attrape d'abord ma main dans l'optique de m'arrêter, mais après un instant de réflexion, il la pose sur sa braguette, m'incitant à continuer ce que je suis en train de faire. Du bout des doigts, je caresse le tissu épais du jean tandis que ma mère soupire :

– Cela fait des années que nous ne sommes pas retournés sur la Côte d'Azur. Nous y avons pourtant passé d'excellentes vacances…

Son air triste me serre le cœur. À cause des soucis de santé de mon père et de leurs maigres revenus, mes parents se privent de beaucoup de loisirs. J'aimerais en faire encore plus pour eux, mais ils m'en empêchent, prétextant que ce que je leur donne est déjà beaucoup trop. Moi, je ne trouve pas. Ce sont mes parents et ils nous ont offert, à mon frère et moi, le luxe d'un foyer aimant. Je suis déterminée à faire tout ce qui est en mon pouvoir pour les en remercier et leur rendre la vie plus facile.

Discrètement, je repasse ma main par-dessus la table et la tends en direction de la bouteille d'eau. Malheureusement – ou pas – je bouscule le verre de vin de Nollan au passage, et il se renverse sur la nappe ainsi que sur sa chemise.

– Oh, mon Dieu, je suis désolée ! je m'exclame.

– Ce n'est pas grave…

Ma mère s'empresse d'aller chercher de quoi éponger, tandis que je dis à mon petit ami :

– Mais si, c'est grave. Viens, je t'accompagne dans la salle de bain pour nettoyer tout ça.

En une seconde, il comprend que j'ai une idée derrière la tête. Il m'emboîte le pas, et dès que nous entrons dans la petite pièce, je le plaque contre la porte avant de plonger sur ses lèvres. Rieur, il me rend mon baiser tout en me soulevant dans ses bras.

– Tu es vraiment un petit diable, s'amuse-t-il.

– C'est toi qui es diabolique à jouer au gendre idéal.

Je défais les boutons de sa chemise d'une main tremblante, mais il m'attrape les poignets pour m'arrêter.

– Je n'ai pas besoin de jouer un rôle : je *suis* le genre idéal, Juliette de mon cœur.

Il pivote et me plaque à son tour contre la porte avant d'ajouter :

– Tu sais qu'on ne va rien faire avec tes parents à côté, n'est-ce pas ?

– Je sais, mais j'avais besoin de te toucher et pas du tout envie d'attendre la fin du dîner pour ça.

Hilare, il défait les boutons de sa chemise et écarte les bras, dans une invitation irrésistible. Je me colle contre lui et embrasse sa peau chaude en le respirant.

– Je suis tellement contente qu'on se soit retrouvés, je murmure.

– C'est presque comme si on ne s'était jamais quittés.

– Presque…

Nollan m'entoure de ses bras et embrasse longuement mon front.

– Tout va bien là-dedans ?

Nous sursautons tous les deux en entendant la voix de ma mère, avant de rire discrètement.

– Oui, maman, ne t'en fais pas ! je lui crie. La tache est simplement très… résistante.

Nollan secoue la tête, puis dépose un doux baiser sur mes lèvres et referme sa chemise. De mon côté, je m'assure que je ne parais pas trop décoiffée, et nous ressortons de la salle de bain pour retrouver ma famille.

Le reste du dîner se déroule sans incident. Nollan et moi prenons congé de mes parents tout de suite après le dessert, non sans qu'il se voie offrir une invitation à vie par ma mère.

Dehors, nous attendons notre taxi enlacés, et le désir qui nous a envahis durant le repas refait surface. Les yeux de Nollan brillent de l'impatience de se retrouver seul avec moi, et je suis dans le même état.

Mais soudain, son téléphone se met à sonner. Il s'empresse de répondre lorsqu'il voit le nom de sa sœur s'afficher sur l'écran.

– Élisa ?

Le visage de Nollan se fige et pâlit.

– Calme-toi… Élisa, ne pleure pas… J'arrive tout de suite.

Il fourre son portable dans sa poche et prend mon visage entre ses mains avant de me glisser :

– Je suis désolé, mais je dois y aller…

– Ne t'excuse pas, ça a l'air urgent.

Il dépose un baiser sur mon front en me promettant :

– Je t'appelle plus tard.

CHAPITRE 36

NOLLAN

Je saute du taxi alors qu'il n'est pas encore tout à fait à l'arrêt, j'entre dans l'immeuble familial en trombe et je m'élance dans les escaliers, n'ayant pas la patience d'attendre l'ascenseur. Au téléphone, ma sœur était complètement démunie : elle pleurait si fort que j'avais du mal à saisir ce qu'elle me disait… Mais ce que j'ai compris, c'est qu'elle est sur le point de sombrer et que je dois lui venir en aide.

Je pénètre dans notre appartement comme un fou, envoyant valser la porte d'entrée dans le mur, puis je cours jusque dans le salon, d'où s'élèvent les pleurs d'Élisa. Au milieu de la pièce, Bastian se tient debout : il semble totalement perdu et incapable de comprendre comment apaiser notre sœur.

– Qu'est-ce que… qu'est-ce qui se passe ? je demande, essoufflé d'avoir grimpé les cinq étages en sprintant.

Élisa se redresse d'un bond lorsqu'elle m'entend, puis elle s'élance dans ma direction et se jette dans mes bras. Ses sanglots redoublent lorsque je la serre contre moi pour la réconforter. En même temps, je lance à mon frère un regard interrogateur. Il hausse les épaules pour me signifier qu'il n'a pas la moindre idée de ce qui met notre sœur dans cet état.

– Élisa… Hé, ma puce, calme-toi, dis-je en l'accompagnant sur le canapé. Dis-nous ce qui t'arrive, tu nous fais peur.

Elle se cale contre mon torse, renifle et essuie ses yeux à l'aide de la manche de son sweat.

– Élisa, tente Bastian. Allez, raconte-nous.

Cela fait tellement longtemps que je n'ai pas entendu mon frère parler avec douceur… si longtemps que c'en est triste.

– C'est papa, articule finalement notre sœur avec difficulté.

– Papa ? Qu'est-ce qui lui est arrivé ? s'inquiète aussitôt Bastian.

– Rien, il va bien.

C'est à n'y rien comprendre…

– Je suis allée le voir à son entreprise, ajoute Élisa. Je voulais parler avec lui de cette ambiance pourrie qui règne chez nous et qui m'est de plus en plus insupportable. Mais quand je suis arrivée… il était avec elle. Ils s'embrassaient.

Je fixe ma petite sœur, immobile.

– Papa a quelqu'un d'autre dans sa vie… continue-t-elle tandis que ses larmes reprennent de plus belle. Il a oublié maman. Il est passé à autre chose…

Oh, bordel de merde.

Dans le silence brisé seulement par les sanglots de notre sœur, Bastian et moi nous dévisageons, sous le choc.

La mort de notre mère a détruit notre famille. Elle nous a transformés, profondément. Et bien que cela fasse trois ans qu'elle est partie, pour nous tous, son départ est encore bien trop récent. Imaginer notre père refaire sa vie alors qu'aucun de nous n'a encore réussi à se guérir paraît absurde…

– Élisa, tu es sûre de ce que tu as vu ? je demande.

– Oui. Elle… cette femme était assise sur ses genoux.

– Est-ce que papa t'a repérée ? enchaîne Bastian.

– Non, je me suis enfuie avant.

– L'enfoiré, grogne mon frère.

Élisa et moi le regardons, choqués. Il affiche d'ordinaire une telle dévotion envers notre père que sa réaction nous prend de court.

– Ça semble logique, maintenant, dis-je en caressant les épaules de ma sœur. Cette envie soudaine qu'il a eue de se débarrasser des affaires de maman… Il tourne vraiment la page, voilà pourquoi il se comporte comme ça.

– Vous croyez qu'elle va venir s'installer ici ? demande Élisa d'une voix tremblante.

– Jamais, crache Bastian. Il n'a pas intérêt à ramener qui que ce soit dans la maison de notre mère.

Puis il se met à tourner en rond dans le salon en marmonnant et en fourrageant dans ses cheveux.

– Avant de s'emballer, on pourrait peut-être attendre que papa rentre et lui demander des explications, vous ne croyez pas ? je propose.

– Parce que tu crois qu'il va prendre le temps de s'épancher ? réplique mon frère. Il va nous mettre devant le fait accompli et nous forcer à accepter la situation, comme il le fait toujours.

– Écoute, Bastian, tu devrais…

– Ne t'avise surtout pas de me donner des conseils ! s'écrie-t-il.

Sa réaction m'énerve, mais j'essaye de me mettre à sa place. Je me lève et pose une main sur son épaule en signe de soutien… sauf qu'il se retourne, furieux, et qu'il me repousse violemment.

– Ne me touche pas, putain !

Cette fois, c'en est trop. Lassé de ce perpétuel conflit entre lui et moi, je suis bien décidé à répliquer une bonne fois pour toutes, quitte à mettre le feu aux poudres et à faire exploser la rage qui couve entre nous.

– Pour qui tu te prends ? je lance, hors de moi. Parce que tu es l'aîné et le plus proche de papa, tu crois être le seul à avoir le droit d'être en colère contre lui ?

– Ça n'a rien à voir. Comme d'habitude, tu ne comprends rien.

– Oh, c'est vrai, j'oubliais que tu es le seul doté d'intelligence dans cette famille, j'ironise. Mon pauvre Bastian, quel fardeau tu dois porter sur tes épaules…

– La ferme ! éructe-t-il. Ne commence pas à jouer les petits cons sarcastiques.

– J'y suis bien obligé, puisque tu te sens obligé de faire ressortir le connard en toi…

Il se précipite dans ma direction ; je reste immobile, lui faisant face, le défiant. Bastian et moi avons peut-être six ans d'écart, mais nous sommes tout aussi grand l'un que l'autre, et taillés de la même façon. Il ne m'impressionne pas, pas plus que je ne lui fais peur. Je sens sa colère irradier : il meurt d'envie de m'en coller une, mais il sait aussi que si nous devions en venir aux mains, ce serait un combat équitable, qui pourrait donc durer.

– Élisa, monte dans ta chambre, dis-je, le regard rivé à celui de mon frère.

– Non, s'il vous plaît, ne faites pas ça.

J'ai conscience que ma sœur est bouleversée et que nous ferions mieux de prendre soin d'elle. C'est ce que j'avais prévu… mais Bastian ne me laisse pas le choix.

– Élisa… monte ! gronde-t-il.

Notre sœur pousse un grognement de frustration et s'éloigne en criant :

– Vous n'êtes que deux débiles !

Je dois admettre qu'elle n'a pas tort.

– Ça y est, Bastian, on n'est plus que tous les deux, je lance dès qu'elle a disparu. Tu as visiblement beaucoup de choses à me…

Cet enfoiré ne me laisse même pas le temps de terminer ma phrase : il m'assène un coup au menton qui me fait reculer de plusieurs pas. Par réflexe, je pose une main sur ma peau meurtrie, puis la fureur s'empare de moi, et je fonce sur lui à la manière d'un joueur de rugby. L'impact le propulse sur la table du salon en verre, qui explose en milliers de morceaux. Bastian, lui, se relève et se remet en position d'attaque. Nous commençons à tourner lentement en cercle, et bien que mon menton me brûle, je lui envoie :

– Tu vas me dire pourquoi tu m'en veux à ce point ou tu vas attendre que je devine tout seul ?

Il ricane, amer.

– Tu veux que je commence par quoi, Nollan ? Par le fait que tu t'es barré au moment où ta famille avait le plus besoin de toi ?

– J'ai…

– Ou par le fait que tu m'as laissé gérer seul toute la merde après la mort de maman ?

Parler semble ne faire qu'augmenter sa colère. Il se lance en avant, mais j'esquive son coup et je parviens à reprendre ma position.

– Ce n'était peut-être pas ce que tu attendais de moi, mais c'était *ma* façon de surmonter la mort de maman, et je ne m'en excuserai pas, dis-je.

– Non, évidemment que tu ne t'excuseras pas. Comme toujours, tu agis sans tenir compte des autres, tu les blesses et tu t'attends ensuite à ce qu'ils te pardonnent parce que de l'eau a coulé sous les ponts. Eh bien, devine quoi ? Tout le monde n'oublie pas. Certaines personnes continuent de t'en vouloir, Nollan.

Il bondit à nouveau dans ma direction, prêt à me frapper, mais je parviens à lui mettre un coup au niveau des côtes qui le ralentit.

J'ai du mal à réaliser que je suis en train de me battre contre mon propre frère. C'est contre-nature, à tellement d'égards... mais c'est apparemment la seule manière dont nous disposons pour régler nos comptes.

– Tu ne sais faire que des reproches, Bastian, comme si tu étais l'incarnation de la perfection, je lâche. Mais pourquoi n'as-tu pas cherché à prendre de mes nouvelles ? Je suis peut-être parti, mais je continuais à souffrir et j'aurais aimé savoir que mon frère pensait à moi.

– Parce que je...

– Pire, je poursuis, à bout moi aussi, pourquoi est-ce que tu ne m'as pas prévenu qu'Élisa était en train de sombrer ? J'étais comme un con, à poursuivre ma vie tranquillement, alors que ma petite sœur avait besoin de moi.

– ON AVAIT TOUS BESOIN DE TOI !

Le cri de Bastian me surprend, et il en profite pour me frapper à l'épaule. Je lui fonce à nouveau dessus, le faisant cette fois atterrir contre le mur. Il encaisse le choc, puis débite :

– Maman était partie, papa s'est enfermé dans son travail et je me suis occupé de tout, tout seul. J'ai tout fait pour éviter qu'Élisa ne se sente délaissée, mais ça ne l'a pas empêchée de dériver. J'avais besoin de toi, putain. Tu es mon frère, et je t'ai toujours aimé, mais dès que tu m'as abandonné… j'ai commencé à te détester.

Il me repousse violemment. Je m'apprête à reprendre position, mais ses bras retombent le long de son corps.

– Pourquoi t'as tout gâché comme ça ? me lance-t-il.

– J'avais besoin de…

Il ne me laisse pas terminer. En une seconde, sa colère refait surface. Il serre les poings et se remet à me menacer.

Bordel, mais ça ne s'arrêtera donc jamais ?

– Tu sais ce qui m'a rendu le plus dingue ? crache-t-il. Je ne m'en étais peut-être pas sorti à la perfection, mais au moins, moi, je n'avais pas fui. Et pourtant, c'est encore toi qu'Élisa réclamait, toi dont elle ne cessait de parler, toi qui lui manquais le plus. Toi, le seul frère qu'elle paraît aimer, la seule putain de personne dans cette famille dont personne ne semble être capable de se passer. Alors, sans surprise, tu reviens, et tout se met à nouveau à tourner autour de toi. Élisa retrouve le sourire, papa, malgré votre mésentente, fait son possible pour que tu ne repartes plus, et en un rien de temps, tout rentre dans l'ordre parce que le fils prodigue est rentré. Mais putain, j'ai porté cette famille à bout de bras pendant des mois, des années… Je ne demandais pas qu'on me remercie pour ça, j'avais juste besoin qu'on me montre un tout petit peu de reconnaissance. À la place, on me fait sentir que je ne suis qu'un con sans cesse de mauvaise humeur. J'ai de quoi l'être, merde.

Il s'approche encore plus de moi. J'ouvre la bouche pour l'apaiser, mais il ne m'en laisse pas le temps : il me décoche un coup qui me touche à la tempe. En représailles, mon uppercut part plus fort que je ne l'avais pensé. Il atteint mon frère à la lèvre et nous fait tomber tous les deux à la renverse.

– Je n'ai plus envie de me battre avec toi, Bastian, alors arrêtons là.

– Mais moi, j'en ai envie. J'ai encore des choses à régler avec toi.

Je parviens à pivoter et à prendre le dessus sur lui. Il se débat, joue des poings. Je fais tout pour bloquer ses coups, en lui lançant :

– Alors, parle ! Dis-moi ce que tu as sur le cœur. Regarde la situation dans laquelle on est… Peu importe ce que tu dis, ça ne pourra pas l'aggraver. Qu'est-ce que c'est, Bastian ? Qu'est-ce que j'ai bien pu faire qui mérite une telle haine de ta part ?

– T'es qu'un petit con !

– Allez, lâche-toi. Profites-en, je suis prêt à encaisser. Dis-moi, quel est le problème ? Je t'ai déçu ?

– Ta gueule !

– J'ai oublié de t'appeler pour ton anniversaire ?

– Laisse tomber, Nollan !

– Ou alors, je ne me suis pas assez traîné à tes pieds ? Je ne me suis pas pâmé d'admiration devant le fils adoré de notre père ?

– TU ÉTAIS LÀ QUAND ELLE A RENDU SON DERNIER SOUFFLE.

Je me fige, si bien que Bastian en profite pour me repousser et se redresser. Il s'assied par terre, genoux relevés, puis il se prend la tête entre les mains.

– Tu passes ton temps à dire que je suis l'ombre de notre père, mais une chose est sûre, tu étais le préféré de maman, souffle-t-il. Et ce jour-là, quand son cœur a lâché, c'est toi qui étais auprès d'elle. Papa m'avait envoyé à un entretien à l'autre bout de la ville. Pendant ce temps-là, il était parti en balade avec Élisa et tu avais décidé de rester avec maman.

Je constate avec horreur que les épaules de mon frère se mettent à bouger, parcourues de sursauts, et je comprends qu'il a lâché les vannes, qu'il est en train de fondre en larmes.

– Je n'ai pas pu lui dire au revoir… poursuit-il. Je n'ai pas pu lui tenir la main et l'accompagner jusqu'au bout. Ma mère est morte sans que j'aie pu lui dire que je l'aimais et c'est toi, son fils préféré, qui étais à ses côtés.

Instinctivement, je me rapproche de lui et l'attire dans mes bras. Son corps est tendu au possible, mais je serre ses épaules aussi fort que je le peux.

Petit à petit, il se laisse aller et pleure dans mes bras.

– Elle nous aimait plus que tout, Élisa, toi et moi, je lui assure. Elle n'avait pas de préféré, Bastian !

Nous avons vécu la même perte, nous partageons la même douleur, et tout ce temps, nous n'avons fait que nous tirer dans les pattes au lieu de nous entraider…

À ma droite, j'entends des petits pas feutrés sur le parquet. Je relève la tête ; les yeux gris d'Élisa nous observent. Les mains jointes sous son menton tremblant, elle paraît sur le point de s'effondrer elle aussi. D'un geste, je lui intime d'approcher et elle se précipite par terre avant de se blottir entre Bastian et moi et de laisser libre cours à son chagrin.

Lentement, j'accepte à mon tour d'abandonner le mien.

Tous les trois, nous nous trouvons dans la position dans laquelle nous aurions dû être à la mort de notre mère : unis. Au lieu de ça, chacun d'entre nous s'est renfermé avec sa propre tristesse et nous avons traîné son poids durant un long moment. Il aura fallu des années pour qu'enfin l'abcès soit crevé, pour qu'enfin nous retrouvions la solidarité que nous partagions autrefois.

Là, tandis que nous sommes serrés les uns contre les autres, je prends conscience d'une chose importante : ma liste est erronée. Après la tentative de suicide de ma sœur, je n'ai pensé à présenter des excuses qu'aux femmes qui ont partagé ma vie et auxquelles j'ai fait du mal, mais je n'ai pas imaginé une seconde que j'avais aussi brisé le cœur de Bastian et Élisa en m'enfuyant comme je l'ai fait et en les laissant seuls dans leur reconstruction. Je comprends que je dois me racheter auprès d'eux. Mais pour cela, de simples excuses ne suffiront pas : je vais devoir leur prouver que, désormais, je ferai tout pour que nous redevenions une famille.

La porte d'entrée claque à cet instant, nous faisant sursauter tous les trois. Mon père entre dans l'appartement et nous découvre attroupés sur le sol, puis il détaille les dégâts dans la pièce : la table en verre éclatée, les bibelots éparpillés.

– Qu'est-ce qui s'est passé ici ? demande-t-il, ébahi, en posant son attaché-case sur le canapé.

– On sait tout, s'écrie Élisa, à fleur de peau.

– Vous savez quoi ?

– Que tu te tapes quelqu'un, crache Bastian.

Les yeux de mon père s'écarquillent de surprise, puis il reprend son masque de sévérité.

– À qui crois-tu t'adresser ? lance-t-il à mon frère.

– Je me le demande, réplique-t-il en se redressant.

Élisa et moi nous levons en même temps. Je la serre dans mes bras en exigeant :

– Explique-toi.

– M'expliquer ? cingle mon père. Mais je ne vous dois aucune explication.

– Si, s'écrie ma sœur. Tu te débarrasses des affaires de maman, et juste après, je te découvre en compagnie de cette… femme.

– Tu nous a vus ?

– Je suis passée te voir à ton bureau tout à l'heure. Et elle était là…

Élisa se remet à sangloter ; Bastian et moi tendons un bras pour la réconforter. Je suis heureux de voir que, cette fois, mon frère fait front avec nous contre notre père.

– C'est vrai, admet celui-ci en mettant les mains dans ses poches. Je vois quelqu'un depuis quelque temps.

– C'est-à-dire ? Depuis combien de temps ? je lance.

– Je n'ai pas à me justifier, réplique-t-il en prenant sa voix de dirigeant à la con.

– Oh que si, éructe Bastian. Je t'ai toujours soutenu, je t'ai défendu même quand tu dépassais les limites, et aujourd'hui, je me rends compte que tu te fiches de tes actes et de ceux qu'ils blessent. Réponds à la question que Nollan t'a posée : depuis quand vois-tu cette femme ?

Jamais encore mon frère n'avait osé lever le ton face à notre père, ou même le contredire. Vu la réaction choquée de l'intéressé, il ne s'attendait pas à ce que ce soit le cas un jour.

– Ça a fait un an, avoue-t-il.

Nous accueillons cette information avec stupeur.

– Un an ? murmure Élisa. Mais… et maman ?

– Votre mère est morte. Je ne compte pas passer le reste de ma vie seul et malheureux.

– C'est pourtant ce que tu mériterais.

Nous nous tournons tous vers Bastian. Sa réflexion est violente, mais d'une certaine façon, je la comprends. Supporter Thomas De Villa n'est pas de tout repos. Toute notre vie, nous avons dû rester dans le rang tout en nous démarquant des autres, être assez sociables pour nous faire des amis mais pas d'une classe sociale inférieure à la nôtre, travailler d'arrache-pied pendant nos études pour trouver l'emploi qui nous rapporterait le plus et nous assurerait une place de choix dans la société. Il nous a répété depuis notre plus jeune âge qu'en toutes circonstances il nous fallait sauver les apparences, quel qu'en soit le prix.

J'ai toujours détesté cela. Et si, pour Bastian et moi, le mal est déjà fait, j'ai envie d'éviter à Élisa d'autres heures de torture mentale, à essayer de plaire à quelqu'un qui n'est jamais satisfait.

– Maintenant que vous êtes au courant, reprend mon père comme si de rien n'était, j'aimerais vous la présenter officiellement.

Bastian ricane, puis lâche :

– Jamais.

Sur ce, il quitte la pièce. Élisa s'écarte de moi, s'avance vers notre père et déclare à son tour :

– Si elle met un jour les pieds ici, chez maman, je te jure que je m'en vais.

Enfin, ne restent plus que mon père et moi dans le salon silencieux, à l'atmosphère étouffante.

– Je suppose que tu penses comme ton frère et ta sœur ? me demande-t-il.

– Est-ce que la réponse t'intéresse vraiment ?

Son rictus moqueur me hérisse. Il attrape son attaché-case, desserre sa cravate et soupire :

– Vous n'êtes qu'une bande de gamins pourris-gâtés. Je n'ai pas à prendre vos avis en compte, et ça, il serait temps que vous le compreniez.

Puis il tourne les talons à son tour, me laissant seul.

Ma mère me manque tous les jours. Mais dans les moments où mon père montre son plus mauvais côté, elle me manque d'autant plus. Parce qu'elle était douce et aimante et qu'elle maintenait l'équilibre de notre famille.

Je jette un dernier regard au désastre qu'est le salon puis, comme il est clair que je n'ai plus rien à faire ici, je quitte l'appartement familial.

CHAPITRE 37

JULIETTE

– Nollan ? Oh mon Dieu, mais qu'est-ce qui s'est passé ?

J'ouvre la porte de mon appartement en grand et l'invite à entrer. Son visage est enflé – il commence même à bleuir par endroits – et, bon sang, ses yeux sont si rouges qu'il me donne l'impression d'avoir pleuré. J'attrape ses joues en coupe le plus délicatement possible et je lui demande d'une voix rauque :

– Qui t'a fait ça ? Est-ce que ça a un rapport avec le coup de fil d'Élisa tout à l'heure ? Est-ce que tu as été agressé quand…

Nollan plonge subitement sur mes lèvres pour me donner un baiser d'une fougue sans précédent. Je m'agrippe à sa nuque et me laisse emporter un instant, avant de reprendre mes esprits.

– Je t'en prie, parle-moi, j'insiste.

Ses iris gris plongent dans les miens. J'ai toujours connu Nollan joyeux, léger, drôle et doux. Mais ce soir, je ne perçois rien d'autre dans son expression qu'une profonde tristesse.

– Je ne suis pas quelqu'un de bien, Juliette, murmure-t-il.

– Quoi ? Qu'est-ce que tu racontes, enfin ?

– Je suis égoïste et je fais du mal autour de moi.

Stupéfaite, je le dévisage, attendant de voir apparaître son sourire mutin, qui me prouverait qu'il me fait marcher. Mais non, il garde la tête baissée.

– Mais enfin, tu... je bredouille. Ce que tu dis est faux, complètement faux. Je... Nollan, je ne comprends rien à ce qui se passe. Tu me fais peur... et tu es blessé, alors viens par ici, je vais m'occuper de toi.

Je le conduis dans ma petite salle de bain, qui contient tout de même une baignoire. Je fais couler l'eau puis, sans attendre, je commence à déshabiller Nollan. Il me laisse faire sans intervenir, l'œil morne. À la lumière du lustre, je distingue mieux les dégâts sur son visage. Je passe délicatement le bout de mes doigts sur son menton, puis je remonte le long de sa mâchoire et de sa tempe.

– Qui t'a fait ça, Nollan ? je lui demande pour la seconde fois. S'il te plaît, réponds-moi.

– Bastian et moi avons eu une petite explication.

Mes yeux s'écarquillent de stupeur.

– Bastian ? C'est lui qui t'a tabassé ? Mais il est complètement fou !

– C'est compliqué, ma Juliette. Ne lui en veux pas... J'ai mes torts, moi aussi.

– Peu importe ce que tu as pu faire, tu ne méritais certainement pas de…

– Je l'ai frappé moi aussi.

Je me fige tandis que Nollan ajoute :

– Chez moi, on est les champions des belles apparences… mais sous la surface, c'est loin d'être parfait.

Sur ce, il lève une main vers mon visage pour caresser doucement ma joue. Il souffre, c'est évident, et si je brûle de découvrir de quoi il retourne, il me faut surtout prendre soin de lui et l'apaiser. Je coupe l'eau, me déshabille, puis je grimpe dans la baignoire en incitant Nollan à s'installer devant moi. Lorsque nous sommes tous les deux assis, je l'attire contre ma poitrine et je l'entoure de mes bras. Il garde le silence pendant un moment, puis il décide enfin de se confier à moi.

– Ma mère est morte, me murmure-t-il.

L'information me frappe avec tant de violence que je retiens mon souffle.

Madame De Villa, morte ? Mon Dieu, mais…

– Ça fait déjà trois ans, poursuit Nollan.

– Pourquoi tu ne me l'as pas dit ?

– Je n'avais pas envie de tout te déballer, et je ne voulais surtout pas que tu me prennes en pitié, que cela influe sur ton comportement. Je méritais que tu sois en colère contre moi, et si je t'avais parlé de ça, je sais qu'une part de toi se serait attendrie.

Il a totalement raison. J'ai rencontré Anna De Villa lorsque j'avais neuf ans, l'année où Nollan et moi sommes tombés aussi amoureux que deux enfants de notre âge pouvaient l'être. J'ai vu cette femme, je lui ai parlé, elle m'a même prise sur ses genoux lors des quelques repas que nous avons partagés. Puis j'ai grandi, et tout ce temps, elle a été d'une douceur sans borne avec moi.

Vingt ans se sont écoulés depuis ce premier été, et même s'il est évident que beaucoup de choses ont changé, j'ai toujours ma famille au complet avec moi. Et peut-être que j'ai fait preuve de naïveté, mais il m'avait semblé logique d'imaginer qu'il en était de même pour Nollan. Tout simplement parce que nos parents n'ont que quelques années d'écart. On n'a jamais envie de supposer qu'une personne qui nous semble encore si jeune puisse subitement s'en aller.

– Qu'est-ce qui s'est passé ? je demande dans un souffle.

– Crise cardiaque.

Nollan me raconte sa fuite aux États-Unis dès la mort de sa mère, et le gouffre que cela a créé entre sa famille et lui, en particulier avec son frère.

– Je ne voulais pas lui laisser toutes ces responsabilités sur le dos, mais il m'était impossible de rester à Paris, où des gens défilaient pour nous présenter leurs condoléances, où tout dans l'appartement me rappelait au souvenir de maman, dit-il. J'en étais incapable.

Je pose ma joue contre sa tempe et caresse doucement ses bras tandis qu'il ajoute :

– J’ai été tellement égoïste… Je ne pourrai jamais rattraper ces trois années perdues.

– Tu souffrais, Nollan.

– Bastian et Élisa aussi. Ils n’ont pas déserté pour autant, ils n’ont pas fait souffrir tous ceux qui croisaient leur chemin. Tu sais, j’ai pris conscience de quelque chose : la liste des personnes à qui j’ai brisé le cœur est bien plus longue que je ne le pensais. J’ai même l’impression qu’elle est interminable.

– Ne dis pas ça. Je pense que tu as passé une dure soirée et que tu n’es plus très objectif avec toi-même. Tu n’as commis aucun crime, Nollan. Tu as certes laissé quelques dommages collatéraux derrière toi, et oui, certains d’entre nous ont souffert de ton absence ou de tes choix. Mais tu n’es pas quelqu’un de mauvais. Tu es juste un être humain qui tente de composer avec ses erreurs.

J’embrasse son front tandis qu’il se laisse aller encore un peu plus dans mes bras, et je lui glisse :

– Tu as décidé de te racheter, de faire face à ceux que tu as blessés, et ça, c’est très courageux, Nollan De Villa.

Je m’extirpe de la baignoire, en fais le tour, puis j’y rentre à nouveau, face à lui cette fois. Je m’installe à califourchon sur ses cuisses, je prends son visage entre mes mains et je le fixe droit dans les yeux avant de lui dire :

– Je suis désolée. J’aimais beaucoup ta maman.

– Elle t’adorait aussi, me répond-il.

Je dépose un baiser léger comme une plume sur ses lèvres avant d'attraper un gel douche sur ma droite et de lancer :

– Allez, raconte-moi tout. Je veux savoir pourquoi mon magnifique petit ami se retrouve cabossé.

Un sourire naît sur sa bouche parfaite, et cela suffit à m'apaiser un peu. Je le lave tranquillement et méticuleusement tandis qu'il me fait le récit de ce qui l'a tant bouleversé : Élisa qui découvre que leur père refait sa vie, leur stupeur, puis Bastian qui pète un câble et Nollan et lui qui se battent pour finir par s'effondrer dans les bras l'un de l'autre. Leur sœur qui les rejoint, la discussion qu'ils ont eue avec leur père, la difficulté qu'ils ont à surmonter la disparition de leur mère.

Nollan me parle pendant si longtemps que lorsqu'il termine, il est propre comme un sou neuf et l'eau du bain est froide.

Nous sortons de la baignoire, nous emmitouflons dans des serviettes bien chaudes, puis je le force à prendre place devant la coiffeuse installée dans ma chambre.

– Qu'est-ce que tu vas faire ? me demande-t-il.

– T'arranger, je réponds. Tu ne pourras pas te présenter au bureau avec cette tête-là demain, je vais essayer d'atténuer un peu les marques de coups.

J'ouvre un tiroir du meuble et en sors plusieurs produits. Gels, patchs, baumes, j'essaye de dégoter tout ce que j'ai pour atténuer les hématomes naissants. Puis je me hisse sur la coiffeuse et je pose deux doigts sur le menton de Nollan pour relever sa tête.

– En tant que graphiste d'une entreprise de cosmétiques, vous vous devez, monsieur De Villa, de tester la marchandise, je déclare.

– Tu ne vas quand même pas me badigeonner le visage de crème et me poser deux rondelles de concombre sur les yeux ?

– Et pourquoi pas ? je rétorque en riant. Allez, ne bouge plus.

Avec toute la délicatesse dont je suis capable, j'applique un baume à l'eucalyptus sur le menton et la pommette de mon petit ami.

– Ça, c'est pour aider à désenfler. Et ça… dis-je en attrapant un gel aux huiles essentielles, ça aidera les petits vaisseaux de ta peau à se resserrer.

Nollan se laisse dorloter, les yeux fermés. Ses mains se posent sur mes mollets, remontent sur mes genoux, puis sur mes cuisses. Il m'incite à me décaler un peu pour que je me retrouve pile devant lui, entre ses jambes.

– On devra recommencer l'opération demain matin pour être sûrs que ça n'empirera pas, je lui indique. Normalement, tu ne devrais pas être trop défiguré.

– Tu es douée… si douce.

Les paupières de Nollan s'ouvrent, et ses iris se rivent aux miens. Lentement, ses mains voyagent sur mes jambes, et lorsqu'une chair de poule couvre ma peau, il me sert un petit sourire.

– Je suis désolé, chuchote-t-il. De t'avoir fait tant de mal.

– Nollan, tu t'es déjà excusé.

– Et je continuerai de le faire encore et encore, jusqu'à ce que tu sois bien sûre que t'avoir trompée est certainement la pire erreur que j'ai commise de ma vie.

Je continue de masser son visage pendant quelques secondes, avant d'oser affronter ma plus grande blessure et de lui demander :

– Nollan… Explique-moi ce qui s'est vraiment passé ce soir-là. Le jour où je t'ai trouvé avec elle… Dis-moi ce qui t'a poussé à agir comme tu l'as fait.

Nollan inspire profondément. Je poursuis :

– Depuis le début, je suis incapable de comprendre comment tu as pu me tromper. Je me répète qu'il y a forcément une raison, parce que tu es quelqu'un de bien, Nollan. Je ne dis pas que ça excuserait tout, mais si tu m'expliquais ce qui s'est réellement passé dans ta tête, je me sentirais peut-être mieux.

Ses mains continuent de me caresser, plus lentement cependant. Après encore un instant de silence, il finit par se lancer et m'avouer :

– Dès le départ, mon père s'est opposé à notre relation. Je sais qu'il n'était pas agréable avec toi quand il te voyait, mais ce n'était rien comparé aux remarques quotidiennes que j'étais obligé d'encaisser. Seulement, je m'en fichais complètement. Il pouvait me dire ce qu'il voulait, j'étais bien trop amoureux de toi pour l'écouter. Sauf qu'en grandissant j'ai commencé à prendre des décisions en fonction de toi : sauter un week-end en famille pour venir te voir, écourter mes repas pour te téléphoner… Ça, encore, mon père le tolérait. Mais il a commencé à vraiment vriller quand je lui ai dit que je refusais d'aller dans la même école londonienne que Bastian après le bac, que je préférais rester à Paris pour être avec toi. Nous avons eu une grosse dispute. Il a affirmé que je gâchais mon avenir pour une fille qui ne m'étais même pas fidèle, qu'il avait des preuves que tu me trompais.

– Quoi ? je m'écrie, furieuse. Mais c'est complètement faux !

– Attends, laisse-moi finir. En l'entendant, je suis devenu fou. Je n'arrivais pas à le croire. Mon père m'a dit que le mieux était de t'oublier, que tu n'avais jamais été faite pour moi et que je finirais par passer à autre chose. Je t'ai appelée sur ton portable ce jour-là, quatre fois… et tu ne m'as pas répondu.

Je fronce les sourcils. Je ne me souviens pas avoir un jour loupé un coup de fil de Nollan. J'étais plutôt du genre à rester greffée à mon téléphone en attendant qu'il se manifeste.

– À ce moment-là, j'étais tellement aveuglé par la douleur que je n'ai plus pensé qu'à une chose : me venger, poursuit-il. Je savais qu'Inès était amoureuse de moi. J'en ai profité : je me suis rapproché d'elle, je l'ai utilisée dans l'espoir que tu finisses par l'apprendre.

Il essuie la larme qui s'est échappée de mes yeux, caresse tendrement mon visage puis termine dans un souffle :

– Mon Dieu, Juliette. Ton regard quand tu nous as vus, ta peine, ta douleur… J'ai cru mourir. J'ai tout de suite compris à quel point je t'avais blessée, et que tu ne me pardonnerais jamais. J'ai paniqué lorsque tu t'es enfuie, à raison. Tu es partie… tu m'as quitté. À partir de ce jour-là, je n'ai eu de cesse de te chercher dans les bras d'autres femmes. Sans succès.

Nollan se tait. Le silence qui nous enveloppe à cet instant n'a rien d'étrange ou de gênant, bien au contraire. Il est juste apaisant, malgré les souffrances que nous venons de déterrer. Il s'étire pendant de longues secondes, avant que mon petit ami ne reprenne :

– Je n'ai pas été tout à fait honnête quant aux raisons qui m'ont poussé à quitter Paris. Après la mort de ma mère, mon père a plongé dans le chagrin. Il a bu, beaucoup, tous les jours, pour oublier sa douleur. Et, soûl, il s'est mis à raconter des choses… La plupart n'avaient pas de sens, mais un soir, il a parlé de toi… et de moi. Il m'a avoué avoir tout inventé concernant ta prétendue tromperie. « Je l'ai fait parce que je ne supportais pas de te voir t'amouracher du fond du panier social », voilà ce qu'il m'a dit.

C'est étrange, mais entendre cela ne me blesse même pas. Il y a longtemps que Thomas De Villa n'a plus d'emprise sur moi.

– Savoir que je t'avais perdue, toi, l'amour de ma vie, à cause de lui… je n'arrivais pas à l'accepter, continue Nollan. Nous nous sommes disputés plus violemment que jamais. Entre le décès de ma mère et ce que je venais d'apprendre, rester à Paris n'était plus une option. J'ai fait mes valises et j'ai quitté la France en abandonnant Bastian et Élisa. Voilà, tu sais tout, maintenant.

Mon petit ami redresse son visage et fait glisser son nez contre le mien avec la plus grande délicatesse.

– Je suis désolé, Juliette, soupire-t-il. Je n'ai aucune excuse pour tout le mal que je t'ai fait.

Bouleversée, je me laisse glisser de la coiffeuse jusqu'à tomber à genoux devant lui.

– Je te pardonne, Nollan, dis-je.

Immédiatement, ses épaules s'affaissent, comme délestées du poids énorme qu'elles portaient depuis tant d'années.

– Je t'aime, Juliette, affirme-t-il. Pour toujours, je le jure.

Sa déclaration me frappe en plein cœur.

– Je t'aime aussi, Nollan, je réponds.

Je pose mon front contre le sien puis j'inspire profondément, j'attrape sa main et je dépose un baiser sur sa paume avant d'attirer son visage près du mien. Je l'embrasse avec urgence et désespoir, poussée par le besoin de lui faire ressentir tout ce que j'éprouve pour lui, tout ce qu'il signifie pour moi. Je ne m'étais pas rendu compte qu'il vivait avec un tel fardeau à supporter, et la seule chose que je veux à cet instant, c'est qu'il se sente aimé et soutenu.

Je pose une main sur sa serviette de bain et je la fais tomber par terre, dévoilant sa verge. Je la prends dans ma main et débute un très lent mouvement de va-et-vient, tout en regardant Nollan droit dans les yeux. Ses iris se voilent et s'assombrissent. Satisfaite, j'approche ma bouche de son gland et j'y dépose un baiser avant d'y passer ma langue. Les lèvres de mon petit ami s'entrouvrent ; je décide de recommencer encore et encore jusqu'à lui arracher un gémissement. Il enroule sa main autour de la mienne et me guide, m'imposant son rythme et ses envies.

Après l'avoir torturé un bon moment, je prends son sexe entre mes lèvres et je remplace les va-et-vient de mes doigts par ceux de ma bouche.

– Juliette… grogne-t-il en rejetant la tête en arrière.

De son autre main, il caresse l'arrière de ma tête, serrant doucement mes cheveux. Accrochée à ses cuisses, j'augmente mon rythme pour lui donner le plus de plaisir possible, mais il finit par m'inciter à me retirer. Il se lève alors d'un bond et plonge sur mes lèvres, me faisant reculer contre ma coiffeuse. Il me débarrasse de ma serviette de bain, puis me retourne brusquement face au miroir et se colle tout contre mon dos. Les iris rivés à ceux de mon reflet, il fait glisser sa main le long de mon cou, de mes seins, de mon ventre, avant de glisser deux doigts dans mon intimité. Je gémis et ferme les yeux, tandis que de son pouce, il caresse doucement mon clitoris.

– Regarde comme on est beaux, ma Juliette.

Je rouvre les yeux, et je ne peux qu'acquiescer. Dans le miroir, les pupilles de Nollan sont si brûlantes que je sens mon épiderme s'enflammer. Quant à moi, je ne me suis jamais vue ressentir du plaisir et le tableau que je renvoie fait encore grimper mon excitation.

Nollan retire ses doigts, puis il m'incite à me pencher légèrement avant de faire aller et venir sa verge dans le creux de mon intimité. Après m'avoir arraché encore un gémissement, il me pénètre tranquillement. Je ploie, submergée par le désir qu'il éveille en moi. Courbée contre ma coiffeuse, je le laisse me prendre avec toute la vigueur et la passion dont il est capable. Mon petit meuble bouge dans tous les sens, quelques-uns de mes produits de beauté tombent par terre, mais je n'en ai que faire. Ce qui m'importe, c'est Nollan. Juste lui.

– Regarde-nous, dit-il lorsque je ferme à nouveau les yeux.

Le plaisir intense me complique la tâche, mais j'y parviens tout de même. Nollan serre ma poitrine dans ses mains, caressant mes tétons du bout de ses pouces.

– Nollan, je ne peux pas garder… je gémis.

– Essaye. Regarde-nous jusqu'au bout, grogne-t-il, la voix déformée par le désir.

Il lâche mon sein pour poser ses doigts contre ma joue.

– Je te tiens, dit-il. Je veux que tu voies à quel point je t'aime. Il faut que tu le constates de tes propres yeux.

Après cela, je suis obligée de lui obéir… Nollan donne des coups de reins de plus en plus vifs et pressants, signe que sa libération approche. Pour m'aider à atteindre la mienne, sa main repart en bas, sur mon clitoris.

– J'y suis bientôt… Mon Dieu, Nollan, je souffle, folle de désir.

– Juliette… putain, Juliette… regarde-moi. Regarde-moi !

Je plonge dans ses iris gris à l'instant où il jouit… et je comprends ce qu'il voulait dire. Je comprends tout. Dans ses yeux, je vois que l'amour qu'il me porte n'a pas de limites et qu'il serait prêt à tout pour moi…

Lorsque je jouis à mon tour, je sais que ce qu'il lit dans mon regard n'est rien d'autre que le reflet de ses propres sentiments.

CHAPITRE 38

JULIETTE

Deux mois plus tard

– Vous le savez, Belle & Bio sera lancée demain. Au moment où je vous parle, les *secrets sessions* que nous avons organisées dans toute la France sont terminées. Une sélection de clientes fidèles de la marque ont pu tester les produits en avant-première après avoir signé une clause de confidentialité. Leurs avis ont été filmés et seront partagés sur nos réseaux sociaux de manière ponctuelle tout au long de l'été. Le montage des épisodes de la série publicitaire a également été mis en boîte, et nous avons pu le visionner avec Nollan. Honnêtement, elle est magnifique, pleine de douceur et de simplicité. C'est la meilleure idée qu'on ait jamais eue, ça va faire un carton. J'ai expressément demandé au réalisateur de me mettre tout cela sur une clé USB et d'en faire plusieurs copies qui vous seront transmises, juste au cas où. Ceci, dis-je en levant le petit objet devant eux, est l'assurance d'un lancement du tonnerre. Croyez-moi, je vais veiller dessus comme une louve sur son louveteau.

– Qu'en est-il de l'épisode avec Victoire Albertino ? demande Karim.

Malgré tous mes efforts pour tenter de faire comprendre à Amont qu'engager l'actrice n'était pas en accord avec l'essence de la marque, je n'ai pas réussi à avoir gain de cause…

– Le tournage de la partie qui la concerne est lui aussi terminé. Daniel s'est occupé du projet et le résultat est différent du reste de notre série. Disons qu'il est un peu plus glamour… mais il fera certainement mouche pour le public visé. C'est le service de Daniel qui sera chargé de la diffusion de ce spot, Victoire n'est donc pas notre priorité.

Je pense avoir réussi à le dire sans que la rancœur se fasse entendre dans ma voix… En tout cas, je l'espère.

Un frisson d'excitation parcourt mes collaborateurs. J'aimerais pouvoir dire que je partage leur enthousiasme… Non pas que je ne sois pas heureuse à l'approche du lancement ; seulement, depuis ce matin, je ne me sens pas en forme et je ne sais pas vraiment pourquoi.

– Nous sommes dans la dernière ligne droite, je reprends. Je sais que l'envie de relâcher la pression est grande, mais il faut que nous puisions, ensemble, dans les forces qui nous restent. C'est aujourd'hui que toute la marchandise va quitter nos locaux pour être distribuée dans les différents points de vente de France. Nos teasings ont très bien fonctionné et la plupart des instagrammeurs attendent le lancement avec impatience.

Je pose les deux mains sur la table, pour faire comprendre à mon équipe que ce qui suit est très important, mais aussi et surtout parce que ma tête tourne et que je crains de m'écrouler.

– Belle & Bio vaut des millions, je déclare. On ne peut commettre aucune erreur, vous m'avez comprise ? Je me chargerai personnellement d'envoyer les épisodes de notre série aux diffuseurs concernés. J'ai préféré attendre la dernière minute, pour éviter tout risque de fuite de ce côté-là également.

Je marque une pause, puis je conclus :

– Demain, tout sera terminé. Et lorsque nous bouclerons cette campagne, je veux qu'on le fasse avec le sentiment d'avoir donné le meilleur de nous-mêmes pour qu'elle soit un succès. Vous êtes prêts pour le sprint final ?

Mes collaborateurs poussent un cri de motivation, puis ils se dispersent vers l'*open space*. Les seuls qui restent dans la salle de réunion sont Iris et Nollan. Ce dernier s'approche de moi et me demande :

– Tout va bien ?

– Oui, ça va, je réponds.

– Et si on se prévoyait un dîner en amoureux, ce soir ? Avec massage et pelotage en dessert ? Ça t'aiderait certainement à aller mieux.

– C'était déjà notre menu d'hier, il me semble.

– Et d'avant-hier, et d'avant-avant-hier, ajoute Nollan en embrassant mon front.

– Parce que tu passes tout ton temps chez moi… En y réfléchissant bien, c'est comme si on vivait ensemble.

– Et ça te pose un problème ?

– À ton avis ? je lance en agrippant ses fesses à travers son jean.

Nous nous esclaffons, mais nous sommes dérangés par le téléphone de mon petit ami qui se met à sonner. Il grimace d'abord, avant de s'empresser de décrocher lorsqu'il voit le nom de sa sœur s'afficher sur l'écran.

– Oui, Élisa… Oh, génial ! Et Léo ? Vous êtes trop forts… Est-ce que ça va, toi ? D'accord… Oui, on peut déjeuner ensemble. À tout à l'heure, je t'aime.

– J'en conclus que la première épreuve du bac s'est bien passée ! dis-je en sautillant presque de joie lorsque Nollan a raccroché.

– Selon les dires d'Élisa, ils ont « grave géré le sujet ».

– Et comment vit-elle le retour de ce petit con de Raphaël au lycée ?

– Elle tient le coup. Je n'arrive toujours pas à croire qu'il ait simplement été suspendu et qu'on lui ait accordé le droit de passer son bac. Il devrait être en taule à l'heure qu'il est…

– Moi, ce qui me choque, c'est qu'il ait été le seul à recevoir une sanction, je réplique. Tous ses potes qui ont passé des semaines à inonder d'insultes Élisa et les autres filles sur les réseaux sociaux n'ont eu qu'un petit avertissement. C'est lamentable.

– Tu m'étonnes. Mais mon père ne va pas s'arrêter là, il est déterminé à ce que justice soit faite.

Je me blottis contre le torse de Nollan pour le réconforter.

– En parlant du grand méchant De Villa… C'est toujours la guerre froide entre lui, Bastian et toi ? je demande.

– Oui… Élisa lui a pardonné de nous avoir caché sa nouvelle… femme ? Petite amie ? Je ne sais même pas comment l'appeler… Bref, ma sœur a un trop grand cœur et je sais que mon père a su trouver les bons mots pour la rallier à sa cause, mais mon frère et moi, on n'arrive pas à digérer tout ça.

– C'est normal qu'Élisa ait craqué. Elle veut une famille unie, elle en a besoin.

– Je sais… mais n'en parlons plus. Je n'ai envie de me concentrer que sur toi, et je te trouve bien pâle. Tu es sûre que tu ne couves pas quelque chose ?

– Mais non, ne t'inquiète pas. De toute façon, même si c'était le cas, je n'ai aucunement le droit de tomber malade maintenant.

– Tu n'en as pas le droit ? s'esclaffe Nollan. Mais ce n'est pas de ton ressort, ça, ma Juliette : c'est ton corps qui le décide.

– Eh bien, mon corps a intérêt à tenir le choc, parce que si je dois ramper sur le sol pour venir à bout de ce lancement, je le ferai.

Nollan secoue la tête en souriant.

– Ma douce… souffle-t-il avec une profonde tendresse dans la voix.

– Hé, Roméo et Juliette, si vous ne voulez pas faire jaser, respectez une distance de sécurité, nous lance Iris, qui finit de ranger la salle de réunion.

Nollan lève les yeux au ciel tandis que mon assistante poursuit :

– D'ailleurs, vous ne voulez pas un autre nom de couple ? Ceux-là sont devenus célèbres juste parce qu'ils se sont suicidés sur un malentendu. Ça n'avait pas l'air d'être des flèches, si vous voulez mon avis. Il y a plein d'autres duos connus qui pourraient vous correspondre. Par exemple Mulder et Scully, Batman et Robin, Tom et Jerry, Tintin et Milou…

Je m'esclaffe discrètement alors que Nollan écarquille les yeux, médusé.

– … Minus et Cortex, Timon et Pumbaa, Han Solo et Chewbacca…

– Tu t'es déjà demandé si ton assistante avait toute sa tête ? me glisse mon petit ami.

– J'ai aussi Satanas et Diabolo, Tic et Tac, Dupont et Dupond…

– Oui, bon, j'ai saisi, Iris, soupire Nollan. Appelle-nous comme tu veux.

– Titi et Grosminet ? s'exclame mon amie.

Cette fois, j'éclate de rire. Nollan et moi quittons ensuite la salle de réunion et traversons l'*open space* en prenant garde à conserver entre nous la fameuse distance de sécurité que vient d'évoquer Iris. C'est seulement lorsque nous sommes dans l'intimité de mon bureau que nous nous autorisons un moment de tendresse.

– Hors de question que je sois Grosminet, dit Nollan contre mes lèvres avant de m'embrasser.

– Pas sur notre lieu de travail, tu te souviens ? je proteste en le repoussant mollement.

– Tu es sûre que ça va ? s'inquiète-t-il en remarquant ma faiblesse. Tu devrais peut-être rentrer te reposer, non ?

– Je t'assure que tout va bien, Nollan.

– D'accord, mais promets-moi que tu t'écouteras si ton état ne s'arrange pas.

– Je ne…

– Promets-le-moi. Et ne le fais pas à la légère… Tu sais le poids qu'ont les promesses entre nous.

Je lève les yeux au ciel mais j'abdique malgré tout.

– Très bien, je jouerai la sécurité.

Nollan dépose un baiser sur mon front, mais cela ne me suffit pas : je me hisse sur la pointe des pieds et je l'embrasse sur les lèvres.

– On avait dit « pas sur notre lieu de travail », me reprend-il, avant de me mettre une claque légère sur les fesses.

Je plaque une main sur ma bouche pour retenir mon petit cri surpris.

– Je vais devoir y aller, reprend Nollan. Il faut que je récupère les échantillons des affiches publicitaires chez l'imprimeur et que je passe dans la boutique des Champs-Élysées pour vérifier que tout est en place là-bas, sans compter qu'Élisa m'attend pour déjeuner. À plus tard !

Dès qu'il est parti, je dépose ma précieuse clé USB dans mon placard de rangement, que je verrouille. J'ai à peine le temps de m'installer devant mon ordinateur que Karim entre déjà dans mon bureau en me lançant :

– Juliette, j'ai besoin de voir quelque chose avec toi immédiatement.

Je passe le reste de la matinée à jongler avec la montagne de petits détails à régler pour demain. Il y a un grand nombre de tâches que je pourrais déléguer, mais j'aime valider chaque élément moi-même, avoir un œil sur l'intégralité du processus. Cela me rassure de maîtriser tout ce qui se passe. Quant à mes collaborateurs, ils se succèdent face à moi et je sens en eux une fébrilité familière, celle qui nous envahit lorsque nous sommes sur le point de dévoiler le travail que nous avons accompli pendant des mois.

Enfin, au cours d'un moment de calme, je trouve le temps d'envoyer la série aux publicitaires. Rien qu'à l'idée de voir bientôt le fruit de notre labeur passer sur les écrans de télévision des Français et de nos voisins européens, je me sens de plus en plus grisée… en dépit de mon mal de crâne qui semble s'amplifier de minute en minute.

Malgré tout, je reste concentrée sur le lancement. J'attends de recevoir un message de confirmation de l'envoi de la série, puis je quitte mon bureau pour me rendre dans celui d'Hector. À l'approche du grand jour, même la direction est fébrile et mon mentor veille à ce que je le tienne très régulièrement au courant des avancées de la situation.

Je toque, puis j'entre presque immédiatement, comme d'habitude. Mais Hector n'est pas seul : il est en grande conversation avec monsieur Amont.

– Oh… excusez-moi, dis-je en reculant, prête à partir.

– Juliette ! lance gaiement le président de l'entreprise. Comment se déroulent les préparatifs du lancement ? Tout est prêt ?

– C'est en cours. Mais je repasserai plus tard pour faire le point avec Hector.

– Vous pouvez rester, nous avions terminé.

Le directeur général est d'une pâleur inquiétante. Je ne sais pas ce que ces deux-là se sont dit, mais je crains que la conversation n'ait été houleuse.

– Tout va bien ? je demande à mon mentor une fois qu'Amont s'en est allé.

Il me dévisage. Son regard se voile un instant, puis il sourit.

– Ça ira mieux une fois que la campagne Belle & Bio ne sera plus sur nos épaules, me dit-il.

– Vous êtes sûr ? S'il y a autre chose, vous pouvez vous confier à moi. Je saurai vous écouter.

Hector se lève, contourne son bureau, puis s'avance vers moi.

– Je sais que tu es digne de confiance, Juliette.

Il prend mes mains dans les siennes. Son sourire est toujours là, mais tout ce que je vois, c'est la tristesse dans ses iris verts.

– Je suis content que le monde impitoyable de l'entreprise n'ait pas réussi à te pourrir de l'intérieur, comme c'est arrivé à beaucoup de gens ici, poursuit-il.

– Hector, qu'est-ce qu'Amont vous a dit ?

– Ça n'a pas d'importance. Ce qui compte, c'est le lancement de demain. Ensuite… nous verrons bien.

– Quoi ? Qu'est-ce que nous verrons ?

– Parle-moi de tes dernières avancées.

– Hector !

– Tes dernières avancées, Juliette. Nous avons un planning très chargé.

Je pourrais insister, mais je connais le directeur général. Il ne me dira rien de ce qui le préoccupe s'il n'y est pas décidé… Je m'installe donc face à son bureau, et pendant de longues minutes, je lui fais un compte rendu des tâches que mon équipe et moi avons effectuées. Notre point est rapide et efficace, comme toujours. Ensuite, je retourne dans l'*open space*, qui ressemble à s'y méprendre à une fourmilière. Mais avant que je puisse rejoindre mon poste de travail, Iris m'arrête :

– Juliette ! Une jeune femme attend à l'accueil. Elle dit qu'elle a besoin de voir Nollan.

– Elle t'a précisé qui elle est ?

– Euh… je crois qu'elle est américaine, alors je n'ai pas compris ce qu'elle voulait exactement, tu penses bien. Seul le nom de Nollan était clair.

– Bon, ne t'en fais pas, je m'en occupe.

Je me rends jusqu'à l'accueil. Là, face au comptoir, j'aperçois une jeune femme aux longs cheveux blonds qui semble remplie d'impatience autant que d'appréhension.

– Bonjour, lui dis-je.

Elle relève la tête et me sourit.

– Est-ce que vous parlez français ? je lui demande.

Devant son air perdu, j'en déduis que non. Je passe donc en anglais lorsque je reprends :

– Vous cherchez Nollan, c'est bien ça ?

– Oui, me répond la jeune femme, soulagée. J'ai besoin de lui parler. On m'a dit qu'il travaillait à Paris maintenant.

Je plisse les yeux pour tenter de comprendre ce qu'elle lui veut. Ce n'est ni une cliente, ni une partenaire, ce qui ne laisse qu'une seule possibilité : elle fait partie de la vie personnelle de Nollan.

– Suivez-moi, lui dis-je en la guidant vers la salle de pause, là où nous serons tranquilles pour parler. Vous voulez boire quelque chose ?

– Un verre d'eau, s'il vous plaît.

Effectivement, elle semble en avoir bien besoin. Ses traits sont si tirés que j'ai peur de la voir s'écrouler à tout moment.

– Nollan n'est pas dans nos locaux en ce moment, mais je peux lui laisser un message de votre part, si vous voulez, je lui indique.

Déçue, elle baisse les yeux avant de me glisser :

– Dites-lui que Betty est à Paris et que j'aimerais le voir.

Betty...

Ce nom ne m'est pas inconnu, et je me creuse les méninges pour tenter de me rappeler où j'aurais pu l'entendre. Après quelques secondes, un déclic se fait dans mon esprit.

Betty. Le nom sur la liste de Nollan !

Je dévisage désormais la jeune femme de façon tout à fait différente... et je me rends compte qu'elle fait de même avec moi.

– Vous le connaissez bien ? me demande-t-elle.

– Plutôt, oui.

Un sourire triste étire ses lèvres.

– Il a réussi à vous avoir, vous aussi ?

Cette réplique me blesse. J'ai envie de lui répondre que non, il ne m'a pas « eue » comme on attrape un gibier.

Moi, c'est différent.

Enfin... l'est-ce vraiment ?

Au fond de moi, je sais que oui, mais la façon dont la jeune femme me regarde et cette pitié qu'elle me communique me mettent mal à l'aise et me font douter.

À cet instant, la porte de la salle de pause s'ouvre et Nollan apparaît. Il me voit, me sourit tendrement… puis il aperçoit Betty et se fige.

– Qu'est-ce que tu fais là ? je lui demande. Tu n'es pas parti chercher les affiches ?

– Si, je suis venu les déposer rapidement à mon bureau avant de repartir pour la boutique des Champs-Élysées. J'ai croisé Iris, elle m'a dit que quelqu'un s'était présenté à l'accueil pour me voir et que vous étiez dans la salle de pause.

– Salut, Nollan.

Le ton mielleux que Betty emploie, la manière dont elle s'approche de mon petit ami, pleine d'espoir, me serre le cœur… pour elle comme pour moi.

– Quand es-tu arrivée ? lui demande-t-il mécaniquement. Comment as-tu su où me trouver ?

– J'ai appelé ton ancien employeur. Il m'a dit que tu étais parti à Paris. Ça a été difficile pour moi d'accepter qu'en plus de m'avoir plaquée tu t'étais enfui. Je me suis donné un peu de temps pour digérer tout ça, puis j'ai décidé que j'avais besoin de te voir, besoin qu'on parle, alors me voilà…

Nom de Dieu... cette fille est complètement accro.

– Tu veux bien qu'on discute ? ajoute-t-elle.

Je les dévisage tour à tour avec le sentiment d'être une voyeuse. J'ai l'impression d'entrer dans l'intimité de ce qu'ils ont vécu et c'est insupportable.

– Je vous laisse, dis-je, désireuse de quitter les lieux le plus vite possible.

– Juliette, attends.

Nollan me rattrape au moment où j'atteins la porte et me souffle :

– Je suis désolé, je ne savais pas qu'elle viendrait.

– Je m'en doute, je réponds.

– Ne sois pas fâchée contre moi.

– Je ne le suis pas.

– Tu es sûre ?

– Oui, ne t'inquiète pas. J'ai juste été surprise de la voir là, mais je vais vous laisser tous les deux et…

Nollan secoue la tête, saisit mon poignet et me tire doucement en arrière.

– Qu'est-ce que tu fais ? je lui demande.

– Tu vas écouter ce que j'ai à lui dire.

– Nollan, non, enfin ! Ça ne me regarde pas.

– Juliette, s'il te plaît. J'ai besoin que tu entendes cette conversation.

Sur ce, il se tourne vers Betty et reprend, en anglais cette fois :

– C'est important pour moi que Juliette soit là. Est-ce que tu es d'accord pour qu'elle reste ?

Je m'attends à ce qu'elle l'envoie balader, mais elle hoche rapidement la tête. La façon dont elle le regarde ne laisse aucun doute sur le fait qu'elle sauterait à l'instant d'un pont s'il le lui demandait...

– Betty... commence-t-il. Je sais que je t'ai fait beaucoup de mal et que la façon dont je t'ai quittée a été plus qu'irrespectueuse. Tu ne méritais pas que je te parle comme je l'ai fait, tu ne méritais pas que je me comporte comme si je ne voyais pas que tu souffrais de me savoir dans d'autres lits. C'est vrai, j'ai été honnête avec toi dès notre rencontre, mais même en sachant que tu avais du mal à accepter mes conditions, je n'ai pas mis un terme à notre relation... Pourtant j'aurais dû. Il aurait même fallu que je refuse dès le départ de m'engager d'une quelconque manière avec toi.

Betty se laisse tomber sur une chaise, chancelante, tandis que Nollan ajoute :

– Je me doute que ce n'est pas pour entendre ça que tu as fait tout ce chemin, mais...

– Je... j'ai essayé de t'oublier, bredouille la jeune femme. C'est difficile, Nollan, vraiment difficile.

Je ferme les yeux, mal à l'aise face à sa douleur.

– Je pense à toi tous les jours, dit-elle. Tu me manques.

Je déglutis avec peine. Instinctivement, je recule d'un pas en direction de la porte, prête à partir si cette conversation se révélait bien trop douloureuse à entendre. Betty, elle, essuie une larme solitaire qui roule le long de sa joue.

– Tu avais raison le jour où tu as supposé que j'agissais ainsi à cause d'une femme, reprend

Nollan. En fait, j'ai déjà été amoureux, rien qu'une fois, et j'ai tout gâché. Après ça, je n'ai plus jamais été capable d'aimer quelqu'un d'autre que Juliette.

Betty pose une main sur sa poitrine, et je comprends qu'elle tente de reprendre son souffle.

– Tu as retrouvé ton amour, fait-elle, la gorge nouée.

Nollan attrape les deux mains de son ex dans les siennes, puis il s'accroupit devant elle.

– Je suis vraiment désolé de devoir te dire ça, mais il faut que tu tournes la page, à présent, déclare-t-il. Il faut que tu reprennes ta vie. Quelque part, la personne qui est faite pour toi t'attend.

– Mais c'est toi que je veux.

– Betty, je ne reviendrai pas. C'est fini.

Fermant les yeux de toutes ses forces, elle se met à pleurer en silence. Nollan lui murmure :

– S'il te plaît, ne te mets pas dans un état pareil… Betty, tu es brillante, gentille, aimante, jolie, et tellement d'autres choses encore. Je ne devrais pas être un obstacle dans ta recherche de l'amour, simplement un souvenir qui s'estompera avec le temps. Ne me laisse pas avoir d'impact sur toi, je ne le mérite pas.

Mon malaise s'estompe peu à peu. Voir Nollan parler à son ex avec tant de tendresse me touche plus que je ne l'aurais imaginé.

– Est-ce que ça va aller ? lui demande-t-il.

Elle hoche doucement la tête.

– Vous voulez boire quelque chose ? je lui propose.

– Non merci. Je… je vais rentrer chez moi, retourner à Seattle. Je crois que c'est la meilleure chose à faire.

Nollan se redresse, la prend dans ses bras et la garde serrée un instant contre lui.

– Tu es une fille géniale, Betty, affirme-t-il. Celui que tu choisiras sera le plus heureux des hommes.

Son ex ferme les yeux et profite des derniers instants en sa compagnie. Tout ce que je lui souhaite, c'est de rapidement retomber amoureuse et d'oublier Nollan.

Me sentant de trop, je décide de m'éclipser pour retourner dans mon bureau. Sauf que la migraine qui s'est doucement installée au fil de la journée est de plus en plus intense et que la scène à laquelle je viens d'assister m'a profondément chamboulée. Sans attendre, j'attrape mes affaires pour rentrer chez moi.

Est-ce que moi aussi j'avais l'air si démunie après ma rupture avec Nollan ? Est-ce que ma famille devait chaque jour affronter ce désespoir sans rien pouvoir faire pour m'en extraire ?

Certainement, oui. Quitter Nollan a été la chose la plus déchirante que j'ai jamais eue à faire. Il y a fort à parier que ce souvenir fera partie des plus douloureux que je conserverai, jusqu'à la fin de ma vie.

CHAPITRE 39

JULIETTE

Quelle merde !

Me voilà clouée au lit avec près de quarante de fièvre. Malgré le chauffage poussé à fond et l'énorme couette sur moi, je ne parviens pas à m'empêcher de grelotter.

Cela faisait quatre ans que je n'étais pas tombée malade. Évidemment, il a fallu que cela tombe la veille du plus gros lancement de ma carrière…

Le médicament que j'ai pris il y a déjà trente minutes n'a pas l'air de faire effet. Je suis tentée d'en prendre un autre : j'en ai assez de mes tremblements et du bourdonnement incessant dans ma tête…

La sonnette de mon appartement résonne à cet instant. En plus de me faire sursauter, le bruit se répercute dans mes tempes, et je serre les dents. Privée de mes forces, je ferme les yeux comme si cela pouvait inciter mon visiteur à s'en aller et je remonte ma couette encore plus haut sur ma tête.

Mais la sonnette retentit à nouveau. Je pousse un râle, je m'enroule dans la couverture et je puise dans mes dernières forces pour me lever et traverser mon petit appartement. Ma tête tourne, je manque plusieurs fois de m'étendre par terre, mais je parviens finalement jusqu'à la porte.

Sur le seuil se trouve Nollan, l'air inquiet et contrarié. Je soupire, au bout du rouleau, et lâche en faisant demi-tour :

– Comment va Betty ?

– Juliette… Je croyais que tu n'étais pas fâchée, pourquoi es-tu partie si vite après notre discussion ?

– Parce que j'avais envie de vomir. Et ne crie pas, s'il te plaît.

– Mais je ne crie pas.

Ah bon ? Étrange : à mes oreilles, tout résonne comme dans une cathédrale.

– Qu'est-ce qui se passe ? s'inquiète Nollan. Tu es malade ?

Je m'empresse de retourner dans mon lit. Je m'écroule tel un burrito géant sur le matelas et je ferme les yeux. Un instant plus tard, je sens mon petit ami me rejoindre et s'allonger derrière moi.

– Juliette, tu es brûlante, fait-il remarquer après avoir posé sa main sur mon front.

– Ouaip…

– Retire ça, te couvrir ne va servir qu'à augmenter ta fièvre.

– Non… froid… trop froid.

– Justement. Allez, fais-moi confiance. Laisse-moi t'aider à te tirer de cette couverture.

Je parviens à sortir mes bras de l'enchevêtrement de tissu pour lui signifier que je m'en remets à lui. Sans attendre, Nollan me découvre, puis il me soulève dans ses bras, coupe le chauffage de la chambre et m'emporte dans la salle de bain. Il m'aide à me maintenir debout pendant qu'il remplit la baignoire puis il me déshabille le plus délicatement possible. Ma peau est si sensible à cause de la fièvre que j'ai l'impression que mes vêtements sont comme du papier de verre sur mon épiderme.

– Viens là, ma Juliette. Ça va peut-être te sembler un peu…

– PUTAIN !

Je m'accroche à la nuque de Nollan de toutes mes forces, cherchant désespérément à m'éloigner de la baignoire.

– L'eau est glacée ! je proteste.

– Non, elle est tiède, Juliette, mais la fièvre déforme tes sensations.

– Fais-moi sortir de là.

– Désolé.

Il me lâche dans l'eau et j'inspire brusquement. Je grelotte davantage, ayant la sensation de me transformer en glaçon, mais après quelques instants, mon corps commence à s'habituer à la température.

– Voilà, c'est bien, m'encourage Nollan. Ne bouge surtout pas, je reviens.

Il s'absente un instant avant de revenir avec le marchepied caché sous ma coiffeuse, dont je me sers pour atteindre les plus hauts rangements de mon dressing. Il le pose, s'assied dessus puis fait doucement couler de l'eau sur mon corps. Épuisée, je pose ma tête sur son avant-bras et ferme les yeux. Pendant un moment, seul le bruit du jet tiède qui s'écoule en cascade sur mon dos résonne dans la petite pièce… jusqu'à ce que Nollan me glisse :

– Je suis désolé pour tout à l'heure, Juliette.

– Hm…

– Je n'avais aucune idée que Betty viendrait à Paris, et je ne veux surtout pas que tu penses que des dizaines de filles peuvent réapparaître dans notre vie à n'importe quel moment. Ce n'est pas le cas, je te le jure.

– Hm…

Il dépose quelques baisers sur mon front puis me demande :

– Tu me pardonnes ?

– Hm hm.

Il s'esclaffe face aux onomatopées, les seuls sons que je suis encore en mesure d'émettre.

– Hé…

Je relève mollement la tête et pose mon menton sur l'avant-bras de Nollan. Il s'approche de moi jusqu'à ce que nos nez se frôlent puis me murmure :

– Je t'aime, tu sais.

– Je t'aime aussi, je lui réponds en lui souriant mollement.

Nous restons un long moment ainsi, jusqu'à ce que Nollan attrape une serviette moelleuse, m'extraie de la baignoire et me guide vers mon lit. Après m'avoir aidée à passer des vêtements chauds et propres, il me borde puis grimpe sur le matelas et me prend dans ses bras.

– Serre-moi bien fort, je chuchote en me blottissant plus près de lui.

– Toujours.

– Ne me laisse pas quitter tes bras.

– Jamais.

***

Je déteste être malade.

Vraiment.

En même temps, je doute que quiconque puisse se sentir épanoui lorsqu'une fièvre massive vous paralyse tout le corps, que votre nez est si bouché que vous êtes obligé de respirer par la bouche – rendant vos lèvres incroyablement sèches et votre gorge déshydratée – et que même le plus délicat des frottements contre votre peau vous fait grincer des dents.

J'ouvre difficilement les yeux. Mes paupières sont si lourdes… ou plutôt, chacun de mes membres me pèse. J'ai la merveilleuse impression d'être une enclume échouée au fond de mon lit.

Fantastique.

Mes pupilles balayent l'obscurité de ma chambre, puis la place vide à mes côtés.

Où est passé Nollan ? L'ai-je fait fuir ?

Je prends alors conscience de ma position : si ma tête et mon buste sont de mon côté du lit, mes jambes, elles, sont étendues là où il devrait se trouver.

Oui, c'est bien moi qui l'ai chassé sans le vouloir…

Mon cerveau me hurle qu'il est temps de me rendormir, mais je m'y refuse tant que je n'aurai pas rapatrié Nollan près de moi. Je rejette les couvertures, grogne lorsque mon pyjama frotte contre mes cuisses, puis je me redresse.

Ah, la pièce tourne dangereusement…

Je me lève et quitte ma chambre, suivant le faisceau lumineux qui émane du salon. J'y trouve Nollan installé sur le canapé, son ordinateur portable sur les genoux, torse nu, vêtu seulement de son bas de pyjama. Devant ce spectacle alléchant, je tente d'être à la hauteur : je rejette mes cheveux en arrière et je décide de prendre une démarche chaloupée. Ma respiration de Dark Vador et moi nous approchons ensuite de lui… mais lorsque je me penche pour déposer un baiser dans son cou, je le trouve pris de tremblements.

D'un fou rire, plutôt.

– Je t'ai entendue depuis l'autre bout de l'appartement, fait-il. Et j'ai vu ton petit manège sur l'écran de la télé.

Il attrape mes mains, m'attire sur le canapé et me dévisage, désolé, avant de lâcher :

– Ma douce… tu es trop drôle.

Abandonnant mes pitoyables efforts pour le séduire, je me laisse aller contre son torse en soupirant :

– Tu es chaud…

Je pose mes mains froides sur son dos, le faisant grogner, puis je geins :

– Je ne peux pas sentir ta peau.

– Oh, ma pauvre Juliette, compatit Nollan. Tandis que moi, je peux te respirer autant que je le veux.

Il me serre entre ses bras et me renifle furieusement. Je me débats en protestant :

– Je sens la grippe, c'est dégoûtant.

– Ça, c'est toi qui le dis.

Il mordille la peau de mon cou tandis que je me blottis tout contre lui. Une fois que je suis calée, je montre son PC et je lui demande :

– Qu'est-ce que tu fais ?

– Comme tu semblais vouloir le lit pour toi toute seule, je suis venu me réfugier ici pour travailler, me répond-il.

– Tu as fini ce que tu devais faire pour Belle & Bio, sur quoi est-ce que tu bosses ?

– Surprise…

– Dis-moi, s'il te plaît.

Nollan quitte sa position assise pour s'allonger sur le canapé. Tel un bébé koala agrippé à sa mère, je suis le mouvement, pendue à son cou. Il tourne ensuite son ordinateur dans notre direction et commence à faire défiler un diaporama.

– Tes planches de surf ! je constate en souriant.

Je reconnais les croquis que j'ai déjà vus il y a de nombreuses années. Seulement, ils ont changé. Le coup de crayon de Nollan est plus affirmé, plus professionnel.

– J'avais complètement laissé tomber ce projet… m'avoue-t-il. Mais depuis que je t'ai retrouvée, l'idée de m'y replonger a fait son chemin dans mon esprit.

– Vraiment ? C'est super, Nollan.

– Mon contrat avec ton entreprise se termine juste après le lancement de Belle & Bio. Après ça, j'aurai du temps devant moi pour approfondir mon concept.

Il caresse tendrement mes cheveux tandis que nous regardons son travail défiler sous nos yeux.

– N & J, dis-je tout bas lorsque j'aperçois ces deux lettres entrelacées sur les planches de surf.

– Toujours, répond Nollan en resserrant son étreinte.

Il me berce un moment contre lui, si bien que je suis sur le point de m'endormir dans ses bras. Mais avant que je ne sombre, je l'entends murmurer :

– Je n'ai jamais cessé de t'aimer, Juliette. Jamais.

– Moi non plus, mon Nollan. Moi non plus.

Après quoi je plonge dans un brouillard fiévreux pour le reste de la nuit. Tout ce que je sais, c'est que quelques heures plus tard, lorsque mon réveil sonne, je me sens toujours aussi mal.

Sauf que ce n'est certainement pas le moment de me laisser aller.

Le jour du lancement est arrivé, et je dois me montrer à la hauteur.

CHAPITRE 40

JULIETTE

Il n'est que six heures trente, mais toute mon équipe est déjà sur le pont. Dans moins de trois heures, le lancement de Belle & Bio sera officiel et tout, absolument tout doit être opérationnel. Sauf qu'un élément crucial nous a lâchés pendant la nuit : notre site Internet. Hier soir, il était en place : un compte à rebours avait été installé sur sa page d'accueil, et ce matin, la manipulation pour dévoiler notre gamme complète aurait dû être faite en quelques secondes à peine. Problème, Karim et Arnaud y sont déjà depuis trente minutes et – incroyable mais vrai – le site ne répond plus du tout.

– Est-ce que ça signifie que le compte à rebours n'est plus visible ? je demande.

– Tu vois bien que non, me répond Karim. Lorsque les clients accèdent à la page d'accueil, c'est son ancienne version qui apparaît. Toute trace de nos changements a été effacée.

– Mais c'est insensé, je réplique, à cran. Hier, tout était prêt, qu'est-ce qui a bien pu se passer ? Je veux une réponse claire, et je la veux maintenant.

– Personne n'est en mesure de te la donner, Juliette, dit Arnaud. C'est impossible que tout se soit effacé d'un coup de baguette magique, et je suis certain d'avoir enregistré toutes mes modifications dans le back-office.

– Alors comment expliques-tu la situation ?

– Je ne me l'explique pas, justement. À part un virus, je ne vois pas ce qui a pu causer ça…

Bordel, ce n'est vraiment pas le moment. Je regarde autour de moi : mes collaborateurs me dévisagent, attendant que je trouve une solution. Sauf que là, je n'en vois aucune.

Je décide de m'éloigner un peu pour réfléchir. Les doigts sur mes tempes, je les masse d'un mouvement circulaire pour tenter d'activer mes neurones… et ça marche. Ce n'est pas l'idée du siècle – je dirais même que c'est une idée désespérée –, mais de toute façon, je n'ai pas le choix.

Je retourne au milieu de l'*open space*, j'appelle au calme, puis j'annonce sans ciller :

– On va le refaire.

– Quoi ? s'indignent une bonne moitié de mes collaborateurs.

– Vous avez une meilleure idée ? je leur lance. Il est bientôt sept heures, ce qui signifie que dans deux heures à peine les clients vont se ruer sur notre site pour faire leurs achats. Il est hors de question qu'ils trouvent des pages obsolètes. Alors on va le mettre à jour, quoi qu'il en coûte, et tant pis si ce n'est pas à l'identique. Ce qui compte, c'est que les clients se voient proposer quelque chose.

– Juliette, c'est vraiment… commence Karim.

– Je ne veux aucun discours défaitiste, je l'arrête. Si d'ici deux heures l'ancien site réapparaît comme par magie, alors tant mieux, mais partons du principe que ce ne sera pas le cas. Je sais que vous êtes tous épuisés par cette campagne, mais je vous demande de donner tout ce que vous avez dans cette dernière ligne droite. Vous pouvez faire ça pour moi ?

Leurs acquiescements me rassérènent.

– Bien… alors écoutez-moi. Karim, tu commences par relancer le compte à rebours. Je ne veux surtout pas que nos habitués pensent qu'il y a un quelconque problème. Arnaud, tu t'occupes de recharger les visuels. Iris, Tina, Johanna, Marc, je compte sur vous pour entrer toutes les informations concernant nos produits. Prix, composition, traçabilité, tout doit apparaître. Retrouvez les mini-vidéos de présentation et transférez tout ça sur l'ordinateur de Karim. Si quelqu'un a le moindre problème, qu'il vienne me voir.

Aussitôt, mes collaborateurs s'éparpillent dans l'*open space*, sur le pied de guerre. Je passe de l'un à l'autre pour leur apporter mon aide, cruciale dans un tel moment de tension. Je n'ai jamais vu

Karim et Arnaud aussi stressés, et je les comprends. Un lancement de cette envergure demande une énergie folle de la part de tout le monde. L'idée que tous ces efforts puissent être gâchés par un couac de dernière minute me rend malade… encore plus que je ne le suis déjà.

Nollan me manque à cet instant. Aujourd'hui, il s'est occupé d'emmener Léo et Élisa à leurs épreuves du bac et de me laisser profiter du moment avec mes collaborateurs pour que je puisse me concentrer pleinement sur le lancement et rien que sur le lancement. S'il savait ce qui se passe… Je suis bien tentée de l'appeler pour lui en parler, mais je ne vois pas en quoi cela serait judicieux. C'est à moi et à moi seule de régler le problème que mon équipe rencontre.

Les minutes s'enchaînent bien trop rapidement à mon goût. Heureusement, j'ai une confiance aveugle en mes collaborateurs : je sais qu'ils donneront tout ce qu'ils ont pour sauver la situation. Je sais déjà que le site ne sera pas aussi soigné, aussi détaillé que dans sa première version, mais je m'en accommoderai pour l'instant. Nous aurons le temps de le peaufiner dans les prochains jours. Ce qui compte, là tout de suite, c'est que les clients puissent avoir immédiatement accès aux produits pour passer commande.

– Plus que trente minutes, j'annonce.

Le rythme s'accélère. Karim finit à temps d'insérer les vidéos de présentation des différents cosmétiques de la gamme. Quant à Arnaud, il s'en sort merveilleusement bien pour remettre le site aux couleurs de Belle & Bio. Finalement, quelques minutes avant le lancement, tout est réglé. Un œil professionnel remarquerait certainement quelques manques, quelques ajustements que nous n'avons pas eu le temps de réaliser, mais nous avons fait de notre mieux dans le très court délai qui nous était imparti.

L'*open space* est désormais rempli de monde, en provenance de tous les services de l'entreprise. Tout le monde connaît l'importance de cette gamme pour le groupe, ce qui explique leur curiosité. Et, de manière générale, un lancement est toujours excitant.

– Trois, deux, un… zéroooooo !

Karim appuie sur « valider » ; enfin, Belle & Bio est en ligne. Le regard rivé sur l'écran d'ordinateur, nous surveillons la courbe des commandes. Et il s'avère qu'elle grimpe à une vitesse vertigineuse. Les cris et les acclamations retentissent de toutes parts pour accompagner sa folle ascension.

Pour ma part, après m'être assurée que tout se passe pour le mieux et que plus aucun problème n'est à déplorer, je décide de m'éloigner un peu de tout ce brouhaha et de m'isoler dans mon bureau. Le fait est que je suis toujours aussi malade : ma fièvre n'est pas descendue en dessous de 39° depuis que je me suis levée et je suis courbaturée de partout. Mais ma présence pour le lancement était obligatoire. Un capitaine n'abandonne jamais son navire, quoi qu'il arrive.

Je ferme les yeux, me masse les tempes, puis je m'astreins à respirer lentement pour faire passer la nausée qui menace de me retourner l'estomac.

– Juliette ?

Je rouvre les yeux et aperçois Hector, qui vient d'ouvrir la porte de mon bureau. Je lui souris et me lève en essayant de ne pas montrer à quel point je suis indisposée.

– Vous avez vu ce lancement ? je lui demande, enthousiaste. Quelle réussite !

– En effet, approuve le directeur général. C'était évident que tu allais briller. Tu es faite pour ça, Juliette.

Malgré ses paroles encourageantes, une ombre dans son regard d'habitude pétillant m'interpelle.

– Tout va bien ? je m'inquiète.

Hector plisse les lèvres avant de déclarer :

– J'ai repoussé le plus longtemps possible le moment de te l'annoncer, mais je ne peux plus garder ça pour moi. Je pars en retraite anticipée.

– Pardon ?

– Tu m'as bien entendu.

– Mais pourquoi ? Vous aviez encore cinq belles années devant vous.

– Cette décision n'est pas de mon fait, Juliette. Elle m'a été... fortement suggérée par Amont.

Alors là, je suis complètement perdue.

– Pourquoi vous aurait-il poussé vers la sortie ? je m'étonne. Cela fait au moins vingt ans que vous travaillez ici !

Hector soupire, puis il pose une main sur mon bras.

– Amont t'attend dans son bureau, me prévient-il. Il veut te parler.

– Pour me dire quoi ?

Mon mentor élude la question :

– Je tenais à te dire à quel point je suis fier de ton travail. Tu es véritablement l'un des meilleurs éléments de cette entreprise. Sache qu'en plus d'avoir cru en toi depuis le premier jour, j'ai toujours défendu ta cause auprès de la direction… jusqu'à la dernière minute.

– Hector…

– Tu vas me manquer, ma petite Juliette.

– Je ne sais pas quoi dire, je soupire, la gorge nouée. Je n'arrive pas à imaginer l'entreprise sans vous.

– Il faudra bien, pourtant. Ainsi va la vie.

Il m'attire dans ses bras et j'accepte volontiers son étreinte. Hector a toujours été pour moi un modèle, quasiment une figure paternelle. C'est un homme incroyablement patient et investi, à l'écoute et, plus que tout, humain.

– Allez, file, me glisse-t-il à l'oreille. Notre président t'attend.

Je m'apprête à quitter mon bureau, mais avant que je ne m'éloigne, Hector me hèle :

– Juliette ! Tu mérites mieux que cette entreprise.

Je hausse les sourcils, perdue. Comment pourrais-je mériter mieux que l'entreprise *leader* du marché ? Je ne comprends pas ce qu'Hector a voulu me dire, mais de toute façon, je n'ai pas la tête à réfléchir : je suis bien trop déstabilisée par l'annonce de son départ.

Inévitablement, cela me pousse à me questionner sur ma place au sein de la société. Quand j'y ai été embauchée, j'avais vingt et un ans et une licence en poche. Durant des années, j'ai appris aux côtés de personnes inspirantes, dont Hector. La suite n'est qu'une sorte de rêve qui n'a cessé de devenir réalité à chaque échelon que je gravissais. À vingt-neuf ans, je suis fière de mon parcours et de la place que je me suis faite. Aujourd'hui, malgré la tristesse que je ressens pour Hector, j'espère au fond de moi que la convocation d'Amont concerne mes compétences pour reprendre le rôle de directeur général. C'est ce pour quoi je travaille depuis des années, ce qui m'avait été promis après le départ de mon mentor.

Quand j'arrive à l'étage de la direction, la secrétaire personnelle du président de la boîte me fait entrer dans le bureau de monsieur Amont, et je remarque aussitôt que Daniel se tient debout à côté de lui. Immédiatement, l'inquiétude m'envahit.

Son sourire ne me dit rien qui vaille.

– Félicitations pour le lancement, Juliette, déclare le grand patron après m'avoir invitée à m'asseoir.

– Merci, Monsieur.

– Non pas que je sois surpris. S'il y en avait bien une qui pouvait orchestrer un succès aussi retentissant, c'était vous.

Je souris, attendant la suite… qui ne tarde pas à venir.

– Écoutez, je ne vais pas y aller par quatre chemins, déclare Amont en se redressant. Diriger une entreprise implique de devoir prendre des décisions complexes. Vous avez toujours fait preuve d'exemplarité, vos chiffres sont excellents et l'entente avec votre équipe est optimale.

Le président me complimente, ce qui devrait me ravir… Cependant, j'entends arriver un « mais » qui risque de balayer toutes ses belles paroles.

– Vous avez certainement appris que notre directeur général a décidé de prendre sa retraite anticipée, ajoute-il.

Il ne l'a pas vraiment « décidé »…

– Vous savez aussi, sans doute, qu'il avait suggéré votre nom pour prendre sa suite.

Je hoche la tête, la gorge nouée.

– Malheureusement…

Oh non…

– Après une longue réflexion et une délibération tout aussi longue, le conseil d'administration et moi-même nous sommes dit que vous manquiez peut-être un peu d'expérience, que vous étiez encore un peu trop jeune pour endosser un tel rôle. Comprenez-moi, vous êtes excellente dans votre domaine, et cela a également pesé dans la balance.

Pourquoi perdre une bonne directrice du marketing lorsqu'on en a une sous la main ? Vous nommer en tant que directrice générale aurait signifié gâcher vos compétences.

Sous le choc, je reste silencieuse, les mains croisées sur mes genoux.

Trop jeune ? Trop peu d'expérience ? Gâcher mes compétences ?

– Vous comprenez notre choix, n'est-ce pas, mademoiselle Leroy ? me relance Amont.

– Non.

Habitué à n'être jamais contredit, mon patron semble un instant déstabilisé. Cela ne m'empêche pas d'assener :

– Non, je ne comprends pas. Je travaille très dur depuis huit ans, mes résultats sont systématiquement en croissance, je dirige une équipe entière, je sais faire face aux imprévus, je suis investie, déterminée, j'ai le contact facile, je m'adapte à toutes les situations… et vous me dites que je ne suis pas assez qualifiée ?

– Je vous le répète, le conseil et moi sommes conscients de vos nombreuses qualités. Et nous ne sommes pas en train de vous dire que vous ne serez jamais directrice générale, simplement que ce ne sera pas tout de suite.

Ma déception est immense. Je n'arrive pas à croire que je vais passer à côté de cette promotion… Mais après tout, peut-être qu'Amont a raison. Je ne suis directrice du marketing que depuis un an. Un peu d'expérience supplémentaire pourrait certainement m'être bénéfique.

Seulement, quelque chose me chiffonne. Pourquoi Daniel est-il présent à cet entretien ? Et Hector, à qui on demande de partir prématurément… c'est étrange, tout de même.

Un mauvais pressentiment me saisit. Je passe outre pour demander :

– Qui a été choisi comme nouveau directeur général ? Qui va remplacer Hector ?

– Le conseil et moi avons décidé de donner sa chance à Daniel, me répond Amont. Nous pensons qu'il est la personne idéale pour endosser les responsabilités qu'implique ce poste.

Je suis sciée.

Daniel, la personne idéale ? C'est une plaisanterie !

– Attendez une seconde, je lâche, sous le choc. Vous trouvez que je n'ai pas les compétences pour prendre la suite d'Hector mais vous pensez que *votre neveu* les a ?

– Qu'est-ce que vous insinuez, mademoiselle Leroy ? réplique Amont, vexé.

– Je n'insinue rien, je dis la vérité. À l'instant même, je viens de réussir le lancement le plus ambitieux mené par cette entreprise depuis cinq ans. Cette campagne va vous rapporter des centaines de millions, et vous nommez directeur général quelqu'un qui n'a même pas été capable d'écouler les palettes de maquillage d'un partenariat avec une youtubeuse ?

– Juliette, gardez votre calme.

– Oh, sûrement pas.

Je ne sais pas si c'est la fièvre, la stupeur ou la pression de la campagne qui retombe, mais je suis bien décidée à livrer le fond de ma pensée.

– Je mérite ce poste, monsieur Amont, je le mérite vraiment, je plaide.

– Et je vous le répète, personne n'en doute. Seulement, il me semble que vous y nommer serait encore un peu prématuré…

– Mais c'est ridicule. Je me suis investie corps et âme pour cette entreprise. J'ai sacrifié des moments en famille, mis ma vie personnelle entre parenthèses, je n'ai jamais compté mes heures, j'ai travaillé plus dur que beaucoup de personnes ici, Daniel inclus… et c'est à *lui* que vous donnez cette opportunité ?

– Juliette, cela ne sert à rien d'en faire toute une histoire. Le conseil se réunira à nouveau dans quelques années et à ce moment-là, peut-être que…

– En attendant, quelles sont mes options ? Me plier à ses exigences ? je lance en faisant un signe de tête en direction de Daniel.

– Si tu ne veux pas te faire virer, tu as plutôt intérêt, oui, rétorque celui-ci.

– Calmez-vous tous les deux, tente le président.

– Non, mais je n'y crois pas… je fulmine. Monsieur Amont, vous êtes en train de faire une énorme erreur, j'espère que vous le savez. Et je ne dis pas cela uniquement parce que je suis déçue de ne pas avoir été choisie. J'ai conscience que cette entreprise regorge de personnes compétentes ; si vous me pensez trop jeune pour le poste, très bien, je peux accepter cette décision. Mais Daniel ? C'est évident qu'il ne sera pas à la hauteur de la tâche.

– Fais attention, Juliette, fanfaronne l'intéressé. Je serais attristé de devoir déjà te sanctionner.

– Tu as passé ton temps à essayer de me mettre des bâtons dans les roues durant la campagne Belle & Bio, alors vas-y, continue, j'y suis habituée maintenant, je lui renvoie. D'ailleurs, le site Internet qui disparaît comme par magie à quelques heures du lancement… Ce ne serait pas un de tes coups en douce, par hasard ?

– Tes insinuations sont dangereuses et sans fondement.

Son air désinvolte me tape sur le système.

– Sans fondement… évidemment, je persifle.

– Bon, ça suffit ! éructe Amont. Juliette, vous dépassez les bornes.

À l'intérieur, je bous. Je n'arrive pas à croire que c'est ainsi que l'on me remercie pour ces huit dernières années, que c'est ainsi que l'on remercie Hector pour sa dévotion… Que de nos jours encore le piston soit le meilleur moyen d'atteindre des postes à responsabilités.

– Tu devrais te calmer avant que je n'organise la réunion officielle pour annoncer la bonne nouvelle, reprend Daniel. Je n'ai pas envie que tu viennes gâcher ce moment, et ça ne me ferait pas du tout plaisir de devoir te recadrer devant ton équipe.

– Oh, sois bien sûr que je ne te donnerai pas cette satisfaction.

– Écoutez, Juliette… tente Amont.

– Nous allons avoir un très gros problème, je le coupe. Je refuse d'être sous les ordres de Daniel, je refuse de voir mon travail ainsi que celui de mon équipe, de toutes les équipes, mis à mal à cause de sa mauvaise gestion et de ses lubies. Parce que c'est ce qui va se passer : il nous obligera à suivre ses idées au lieu de faire confiance à nos compétences.

– Qu'est-ce qui vous permet d'insinuer cela ? rétorque Amont.

– Enfin, cela me semble évident. Il a imposé une actrice de cinéma comme égérie d'une campagne qui met en avant les femmes qui œuvrent dans l'ombre. Dites-moi un peu quelle mère au foyer, quelle infirmière peut se reconnaître et se retrouver dans les traits d'une jeune femme qui gagne des millions et qui est apprêtée à chacune de ses apparitions ?

– Si vous aviez un problème avec le choix de Victoire, il fallait le dire plus tôt.

– Je n'ai pas cessé d'essayer de vous le faire comprendre.

– Eh bien, il fallait être plus claire !

– Ah, parce que vous étiez disposé à m'écouter ? Je n'ai pas été consultée une seule fois pour cette décision. D'ailleurs, aujourd'hui, je comprends mieux pourquoi. Vous aviez probablement déjà en tête de nommer votre neveu au poste d'Hector quoi qu'il en coûte, alors que vous savez parfaitement qu'il ne fera pas l'affaire.

– Je ne vous permets pas de remettre mon jugement en cause ! s'écrie Amont, furieux. Daniel est le nouveau directeur général de l'entreprise, et vos grands discours n'y changeront rien.

– Bien. Dans ce cas, je démissionne.

La stupeur sur les visages d'Amont et de Daniel fait écho à la mienne. Jusqu'à aujourd'hui, jamais je n'avais imaginé quitter mon travail. Je l'aime tant… mais me retrouver sous les ordres de cette catastrophe ambulante ? Hors de question. Vu le peu de reconnaissance que m'offre cette entreprise, je décide qu'Hector a raison : je mérite mieux.

– Juliette, nous ne sommes pas en train de vous mettre à la porte, reprend Amont sur un ton plus calme. Nous souhaitons vous garder.

– À moins que vous ne reveniez sur votre décision d'offrir le poste à Daniel, ce ne sera pas possible.

Le silence du président en dit long.

– C'est bien ce que je pensais, je reprends. Je vous ferai donc parvenir ma démission dès lundi.

– Juliette…

Je quitte le bureau en claquant la porte. Après quoi, comme je me sens sur le point de craquer, je récupère mes affaires et je pars retrouver Nollan, qui m'attend chez moi.

***

– Tu ne vas pas le croire, mon cœur, m'accueille Nollan lorsque j'entre dans mon appartement. C'est déjà la troisième fois que je vois passer un épisode de la série Belle & Bio. Toutes les chaînes parlent du lancement !

– C'est génial, dis-je, faisant mon maximum pour être convaincante.

Nollan quitte le canapé et s'approche de moi.

– Hé, tu m'as manqué, susurre-t-il en m'attirant contre lui.

Je le laisse me serrer dans ses bras et embrasser mon cou. Mais lorsqu'il réalise à quel point je suis bouleversée, il me dévisage, inquiet.

– Qu'est-ce qui s'est passé, Juliette ? Parle-moi, ma douce.

Alors j'ouvre les vannes : j'éclate en sanglots. Nollan m'attire de nouveau contre lui. L'une de ses mains se cale derrière ma tête, tandis que son autre bras m'entoure de manière protectrice.

– Juliette, tu me fais peur, me souffle-t-il.

– J'ai démissionné, je lui annonce brusquement.

– Quoi ?

– Je n'ai pas… eu… Daniel… ma place.

À cet instant, je suis tout simplement incapable de formuler une phrase complète.

Nollan m'entraîne jusqu'au canapé du salon et s'agenouille devant moi. J'essuie mes larmes tant bien que mal, mais elles continuent à couler en abondance.

– Il n'a pas pu faire ça, pas à toi, proteste mon petit ami. Tu… tu es la meilleure dans ce que tu fais.

Je secoue vivement la tête, incapable d'entendre des compliments à cet instant.

– Pourquoi il a fait ça ? ajoute Nollan. Est-ce qu'il t'a donné une explication ?

– Pas assez qualifiée… trop jeune…

– Mais c'est scandaleux !

Son visage a perdu de sa chaleur. Mon malheur l'affecte, et cela me fait l'aimer encore davantage malgré la tristesse qui m'a envahie.

– Je vais l'appeler, décrète-t-il. Non, mieux, je vais aller le voir. Je vais lui expliquer que ce connard de Daniel n'a rien fait d'autre que d'aller contre tes idées simplement pour t'emmerder.

– Arrête, Nollan, dis-je en attrapant sa main. Monsieur Amont ne t'écoutera pas, il a pris sa décision.

– Mais c'est injuste, mon amour.

Nollan se relève, s'installe sur le canapé et m'attire sur ses genoux. Je me blottis contre son corps chaud et accueillant, puis, la tête posée sur son épaule, je tente de retrouver mon calme.

– Moi non plus, je ne trouve pas ça juste, dis-je. Mais c'est comme ça… je vais… oui, je vais me reprendre et je trouverai un autre travail, que j'aimerai tout autant que celui-ci.

Tout va bien se passer, Juliette, tu réussiras à trouver une solution…

– C’est juste que… je ne sais pas comment je vais faire avec mes parents, leur appartement et les études de Léo, j’ajoute, soudainement prise de panique.

– Comment ça ?

– C’est moi qui me charge de payer leur loyer et les frais de scolarité de mon frère. Tu sais que ma famille n’a jamais été aussi aisée que la tienne… Quand j’ai eu ce poste, et le salaire incroyable qui va avec, j’ai décidé de tout prendre en charge pour les remercier des sacrifices qu’ils avaient faits pour moi.

– Oh, Juliette…

– Sauf qu’aujourd’hui, je n’ai plus de travail, plus de salaire… Je vais devoir leur demander de rendre l’appartement et ça me brise le cœur.

– Qu’est-ce que je peux faire pour t’aider ?

Je soupire contre Nollan en le laissant me cajoler.

– Juste être là, je lui souffle.

– Toujours, ma Juliette. Toujours.

Les minutes s’égrènent en silence. Je reste blottie contre mon Nollan, et sa présence m’aide à relativiser, au moins un peu.

– Au risque de paraître *cheesy* à souhait, je te trouve toujours aussi belle, me glisse-t-il.

Je dépose un baiser sur ses lèvres et je souris avant de répliquer :

– Alors c’est vrai, ce que tout le monde dit : l’amour rend aveugle.

Il embrasse mon front, amusé, puis reprend :

– Juliette, tout ira bien pour nous. On est ensemble, on s'est retrouvés et on est plus forts que jamais. On arrivera à surmonter cette épreuve, j'en suis sûr.

– Tu me le promets ?

Je sais à quel point les promesses sont importantes pour nous. Si Nollan me fait celle-ci, alors je déciderai de le croire de toutes mes forces.

– Je te le promets, me répond-il avec tendresse.

CHAPITRE 41

JULIETTE

Il paraît que la nuit porte conseil, qu'après du repos on y voit souvent plus clair… eh bien, ce n'est pas mon cas ce matin. Je me demande toujours ce qui m'a pris d'avoir donné ma démission à Amont, tout en sachant parfaitement que je n'aurais pas supporté d'obéir à Daniel. Au fond de moi, je sais que j'ai fait le choix qui s'imposait ; cependant, renoncer à un métier qui nous passionne est bien plus difficile qu'il n'y paraît.

Pour la première fois, mon équilibre interne s'inverse. Mon avenir professionnel est plus incertain que jamais, tandis que ma vie personnelle est enfin aussi idyllique que je l'espérais. Je suppose qu'obtenir le meilleur des deux mondes est une quête perdue d'avance…

Dans la cuisine, je m'attelle à la préparation du petit déjeuner. Nollan dort encore. Il a passé la journée d'hier à me réconforter, et j'ai envie de le remercier à ma façon.

Je dépose une tasse de café fumante sur un plateau, du capuccino pour moi et des toasts. Cependant, alors que je m'apprête à rejoindre la chambre, un bruit me parvient depuis l'entrée. Je fais quelques pas pour aller voir ce qui se passe et j'aperçois alors une enveloppe qui vient d'être glissée sur mon parquet. Immédiatement, je comprends ce que cela signifie… sauf que ce n'est clairement pas le moment. Sans attendre, je repose le plateau dans la cuisine et je fonce en direction de la porte, que j'ouvre à la volée après avoir attrapé l'enveloppe.

– Hé !

Thomas De Villa se fige au milieu du couloir.

– Qu'est-ce qui ne tourne pas rond chez vous ? je poursuis. Ce que vous faites, ça s'appelle du harcèlement !

– Oh, Juliette, tout de suite les grands mots !

Je me plante devant lui, furieuse, et je le dévisage sans ciller.

– Vous commencez sérieusement à m'énerver, je lâche.

– Tout ça pourrait s'arrêter si tu acceptais de faire ce que je te dis.

– Je refuse de céder à vos intimidations. Je ne quitterai pas Nollan. Plus jamais. Rentrez-vous ça dans le crâne.

– Alors je continuerai encore et encore à essayer de briser ce qui vous lie.

– Mais pourquoi ? je m'écrie, à bout. Quel crime avons-nous commis pour que vous essayiez coûte que coûte de nous le faire payer ?

– Juliette ?

Thomas et moi sursautons en entendant la voix de Nollan. Le visage encore endormi, il s'approche de moi et passe instinctivement un bras autour de ma taille.

– Qu'est-ce qui se passe ? Qu'est-ce que tu fais là ? demande-t-il à son père.

– J'étais simplement venu rendre une visite de courtoisie à ta petite amie. N'est-ce pas, Juliette ?

Son faux air amical ne trompe pas son fils. Quant à la façon dont il me regarde, certain que je vais corroborer sa version, elle me débecte.

Je jette un œil à Nollan. Si je lui dévoile ce que son père s'évertue à me faire endurer depuis des années, il sera peiné… mais je ne peux plus me taire. Si Thomas De Villa se sent si intouchable me concernant, c'est parce que je lui ai laissé croire que c'était le cas.

Et c'est terminé.

– En fait, ton père n'est pas du tout venu pour ça, dis-je.

J'ouvre vivement l'enveloppe, certaine de ce qu'elle contient, et je la tends à Nollan.

– Juliette… grogne son père, menaçant.

– Je ne me tairai plus, je réplique. Il est temps que vous assumiez les conséquences de vos actes.

– Qu'est-ce que ça veut dire ? s'étonne Nollan en découvrant le chèque de dix mille euros.

Lorsqu'il lit le mot qui va avec, son visage pâlit.

– Papa… ne me dis pas que…

– Nollan…

– Tu payes Juliette pour rester loin de moi ?

– Et ça fait onze ans que ça dure, j'ajoute avant de me diriger vers ma chambre.

– Juliette, je t'interdis de… beugle Thomas en m'emboîtant le pas.

– Vous n'avez rien à m'interdire, je le coupe.

Je m'empare de la boîte que j'étais venue chercher et je rejoins Nollan et son père, qui ont désormais quitté le palier pour mon salon. Devant le regard perdu de mon petit ami, j'attrape les papiers qui se trouvent à l'intérieur et je les lui tends rageusement, avant de lui expliquer :

– Moins d'un an après notre rupture, je suis revenue te voir. J'étais entrée à la fac et vivre à Paris me faisait penser à toi chaque jour. Tu me manquais plus que tout, alors j'avais décidé de nous laisser une nouvelle chance. J'ai sonné à la porte de ton appartement et c'est ton père qui m'a ouvert. Il m'a affirmé que tu avais tourné la page et que tu étais heureux en couple avec Inès.

– Nollan, ne l'écoute pas, proteste Thomas. Elle cherche simplement à nous monter l'un contre l'autre.

– Je ne l'ai pas cru, je poursuis sans tenir compte de son intervention. Je ne saurais comment l'expliquer, mais au fond de moi, je sentais que tu n'aurais pas pu passer à autre chose aussi vite. Lorsque ton père l'a compris, il m'a signé ça, dis-je en montrant le chèque sur le sommet de la pile. Cinquante mille euros pour te « laisser vivre ta vie et ne plus être un frein pour ton avenir ». À ce moment-là, j'ai compris que, quoi qu'il se passe, il ne nous laisserait jamais tranquilles, qu'il chercherait toujours à nous séparer. Alors j'ai pris son bout de papier, je suis retournée dans ma minuscule chambre de bonne et j'ai décidé de t'oublier. Je n'ai jamais encaissé le chèque qu'il m'a donné, comme tu peux le voir. Mais ça ne l'a pas empêché de continuer à m'en faire parvenir. Dix mille euros par mois pendant un an… avant que ça ne s'arrête subitement. Sauf que depuis que nous nous sommes retrouvés, il a recommencé et je ne peux plus le supporter.

Les poings de Nollan se serrent autour des chèques. Il relève alors la tête au ralenti et dévisage son père, une lueur meurtrière dans les yeux.

Soudain, je me demande si j'ai fait le bon choix. Parce que l'air de mon appartement se sature d'une colère trop longtemps contenue et que j'ai peur de ce qui se passera si elle explose.

Après toutes ces années, Nollan et moi nous connaissons par cœur. Nous avons traversé toutes les étapes de la vie, nous avons expérimenté un large panel d'émotions, mais je suis formelle : je ne l'ai jamais vu irradier d'une telle fureur.

– Qu’est-ce que t’as fait ? lâche-t-il, tranchant.

– Fils, tout ça n’est qu’un…

– Ne commence pas avec tes « fils ». Réponds-moi. Pourquoi nous pourris-tu la vie depuis le premier jour, à Juliette et à moi ?

– Vous pourrir la vie ? Je vous ai laissés vivre votre amourette d’adolescents comme vous le vouliez, je te rappelle.

– Sauf que tu as tout fait pour mettre Juliette mal à l’aise quand tu la voyais, et que tu as agi comme le pire des connards en inventant cette histoire de tromperie qui nous a poussés à rompre.

– Nollan ! Qu’est-ce qui te prend de me parler comme ça ? s’écrie son père.

– Ce qu’il me prend ? Non seulement tu m’as menti il y a onze ans en prétendant que Juliette sortait avec un autre, mais en plus tu l’as payée quand elle a cherché à me retrouver.

Thomas reste planté là, bras ballants. À cet instant, j’arrive à percevoir le dilemme auquel il fait face : tout avouer, ou nier et prendre le risque de perdre son fils.

– Papa, si tu as un minimum d’amour pour moi, dis-moi la vérité, tente Nollan.

Monsieur De Villa soupire, puis il se met soudain à sourire avant de ricaner.

– Cette famille est un véritable fléau. Vous, les Leroy, vous m’avez tout pris !

– Qu’est-ce que vous racontez ? je rétorque.

– J’ai trouvé ça bizarre, au début, la façon dont Anna insistait pour céder à Nollan et accepter qu’on retourne sur la Côte d’Azur plusieurs étés de suite. Elle voulait te rendre heureux, mais n’était-ce pas exagéré ?

– De quoi est-ce que tu parles ? l’interroge Nollan, aussi perdu que moi.

Lorsque Thomas relève la tête, le désespoir que je perçois dans ses iris gris me désarme. Pour la première fois, je vois l’être humain qui se cache derrière la façade de condescendance et de hargne qu’il s’est forgée.

– De quoi je parle ? répète-t-il avec amertume. De son père, de ta mère… et de leur liaison.

Le silence qui accueille cette révélation est assourdissant. Côte à côte, Nollan et moi nous jetons un coup d’œil, abasourdis.

– Vous voulez la vérité ? reprend Thomas. Alors maintenant, vous allez l’avoir. Le deuxième été durant lequel nous nous sommes tous retrouvés – vous deviez avoir onze ans, à l’époque –, c’est là qu’ils ont entamé une liaison.

– Non… je lâche dans un souffle.

– Oh que si. Ton père que tu penses si parfait a été l’amant de ma femme pendant presque deux ans. Ça fait mal, hein ?

Je pose une main sur ma bouche, sous le choc, et je regarde Nollan en espérant qu’il trouve quelque chose à dire pour prouver que tout cela n’est qu’un mensonge. Mais son corps est aussi raide que le mien, si ce n'est plus.

– Ils ont profité de nos vacances pour vivre leur… *idylle*, crache Thomas. Jusqu'à ce que je les démasque, en partant à la recherche de ta mère qui avait cette fâcheuse habitude de vouloir se balader seule le soir sur la plage. La seule chose qui m'a empêché de démolir le portrait de ce connard d'Antoine, c'est qu'Anna m'a supplié de ne pas le faire.

– Je ne te crois pas, dit Nollan. Maman n'aurait jamais fait une chose pareille.

– C'est pourtant la vérité, fils. La plus laide des vérités. Après ça, je n'avais envie que d'une chose : divorcer, malgré tout l'amour que je portais à ma femme. Et puis elle m'a juré que c'était une erreur et qu'elle ne voulait pas faire exploser notre famille. J'ai accepté de passer l'éponge… sauf que les choses n'ont plus jamais été les mêmes. Et vous deux, vous ne m'avez pas facilité la tâche. Dès que vous avez commencé à sortir ensemble, j'ai vécu un véritable calvaire. Savoir que tu passais des week-ends chez le salaud qui m'avait enlevé ma femme… savoir qu'on hébergeait parfois sa propre fille… Anna tentait de me rassurer comme elle le pouvait, mais une partie de ma confiance en elle était morte à jamais.

Nollan et moi écoutons Thomas De Villa dans un silence religieux lorsqu'il en vient à la conclusion de son récit :

– Son père avait eu ma femme, et Juliette… elle avait réussi à t'avoir, toi. Il était impossible pour moi de la voir s'intégrer à notre famille. Cela aurait signifié l'accepter lui aussi, et moi vivant, ça n'arrivera jamais.

– Alors, quand tu as inventé cette histoire de Juliette qui m'aurait trompé, c'était…

– Oh, je n'étais pas le seul dans cette combine !

Thomas pointe un doigt dans ma direction.

– Ton propre père m'a aidé à la rendre crédible, Juliette. Il n'avait pas le choix : s'il refusait, je dévoilais tout à ta mère. Alors il a accepté. Il s'est chargé de filtrer tous les appels sur ton portable afin que mon fils ne puisse te contacter d'aucune manière. Je dois dire que mon plan a fonctionné bien mieux que ce que j'imaginais. Après votre rupture, ma famille entière a enfin été libérée de la tienne. Sauf que…

La voix de Thomas se brise.

– Anna est morte, termine-t-il dans un souffle. Nollan a su ce que j'avais fait, il m'a laissé… et il t'a retrouvée quelque temps après. Vous savoir ensemble m'a replongé dans ce cauchemar sans fin.

– Alors vous avez recontacté mon père pour le faire chanter à nouveau, tout en recommençant à me mettre la pression, je devine.

– Exactement, confirme-t-il. Je lui ai demandé de se montrer le plus désagréable possible, de refuser la présence de Nollan chez lui. Je voulais qu'il t'impose un ultimatum… sauf qu'il ne l'a pas fait.

J'ai donc dû chercher par moi-même un moyen de stopper votre retour de flamme.

– Mais ça n'a pas marché.

– Visiblement pas.

En disant cela, Thomas retrouve ses traits durs et impitoyables.

– J'exècre votre relation, je la vomis, crache-t-il. Je ne l'accepterai pas, et Juliette ne fera jamais partie de ma famille.

– Ce n'est pas à toi d'en décider, rétorque Nollan.

– Mais bon Dieu, réveille-toi ! Sa famille est nocive, *elle* est nocive.

Il s'approche de moi d'un pas rageur, mais Nollan s'interpose.

– Tu es accrochée à mon fils comme une sangsue depuis des années, éructe Thomas. Tu lui as complètement retourné le cerveau, et je veux que tu sortes de sa vie une bonne fois pour toutes. Tu n'as rien à faire avec lui, tu ne fais pas partie de notre monde. Tout ce que tu veux, c'est nous dépouiller de notre argent et rendre mon fils malheureux, espèce de petite salope…

Cette fois, il est allé trop loin. Nollan agrippe furieusement le col de sa chemise et le fait reculer de plusieurs pas.

– Tu ne lui parles pas comme ça ! explose-t-il, fou de rage.

– Nollan, calme-toi, j'interviens.

– Elle n'a rien fait de mal, poursuit-il.

– Ouvre les yeux, fils, soupire Thomas. Un jour où l'autre, cette fille finira par te tromper. Elle est exactement comme son père, c'est dans ses gènes.

Je comprends alors que la tromperie de sa femme a rendu monsieur De Villa complètement fou. Depuis le départ, il transfère toute sa rage sur moi. Il m'a prise pour cible, alors que je ne suis aucunement responsable des agissements de mon père.

– La ferme ! crie Nollan.

Craignant qu'ils n'en viennent aux mains, je me faufile entre son père et lui.

– Nollan… Ne fais pas ça, s'il te plaît, dis-je en posant mes mains contre son torse.

– Comment peux-tu le défendre après ce qu'il vient de dire ?

– Je ne le défends pas, loin de là. Mais la seule personne qui m'intéresse, c'est toi, et je ne veux pas que tu fasses quelque chose que tu pourrais regretter.

Les yeux couleur orage de Nollan sont plus torturés que jamais.

– Viens, j'insiste en prenant sa main. Laisse-le partir, il n'a plus rien à faire ici, désormais.

– Nollan… tente son père. Reviens à la raison, je t'en…

– Pars d'ici tout de suite et laisse Juliette tranquille.

– Fils…

– DÉGAGE !

Face à la colère plus que légitime de Nollan, son père quitte mon appartement, impuissant. Après son départ, un silence choqué s'installe dans le salon. Mon petit ami et moi n'osons pas nous regarder, conscients des erreurs de nos parents, conscients du mal qu'ils nous ont fait.

– C'est impossible, je murmure en me laissant tomber sur le canapé. Impossible… Ton père doit mentir, le mien n'aurait jamais… Il aime ma mère.

Je suis tout bonnement incapable de croire à l'histoire que je viens d'entendre.

– Je ne crois pas qu'il mente, déclare Nollan d'une voix monocorde.

Je relève la tête.

– Beaucoup de choses font sens, maintenant, poursuit-il. Durant des années, j'ai entendu mes parents se disputer. Pas tout le temps, non ; seulement, ils finissaient toujours par se reprocher énormément de choses. Et ta famille revenait invariablement sur le tapis, sans qu'ils disent véritablement quel était le problème. Mon père se contentait de lâcher « tu veux qu'on reparle des Leroy ? » et ça suffisait pour faire taire ma mère. Ça a duré même après que toi et moi avons rompu… Comme mon père n'avait jamais réussi à t'accepter, je me disais qu'il utilisait ton nom simplement pour énerver ma mère, qui, elle, t'adorait. Mais maintenant…

– Nollan, c'est impossible. Je ne veux pas que ce soit réel.

– Moi non plus, mais…

Je le regarde secouer la tête, démunie. J'aimerais tellement qu'il me prenne dans ses bras… Ce que nous venons d'apprendre est bien trop grave, j'ai besoin de sa présence et je sais qu'il a besoin de la mienne. Mais il reste dos contre la porte, le visage blafard.

– Qu'est-ce qu'on va faire ? je lui demande.

Il se contente de hausser les épaules. Je reprends :

– J'ai besoin d'en parler à mon père. J'ai besoin d'entendre sa version des faits.

– Je suis complètement perdu, murmure Nollan en baissant la tête.

Je me lève et décide de le rejoindre. J'ai besoin de nous donner le réconfort que nous méritons. Je passe mes bras autour de sa taille et je pose ma tête contre son torse en le serrant aussi fort que je le peux. J'attends qu'il me rende mon étreinte, mais à la place, il me repousse doucement.

– Pourquoi est-ce que tu as gardé cet argent ? me demande-t-il.

– Pardon ?

– Pourquoi est-ce que tu as gardé les chèques que mon père t'a envoyés ?

– Je ne sais pas... j'avoue. Je suppose que je voulais me souvenir des obstacles qui se dresseraient sur ma route si j'essayais de te retrouver.

– Et c'est tout ?

– Qu'est-ce que tu insinues ?

Il hausse à nouveau les épaules. Je recule, les sourcils froncés.

– Nollan... Ne me dis pas que tu crois ton père quand il affirme que je ne suis intéressée que par votre fortune ?

– Je trouve étrange que tu aies gardé ces chèques. En essayant de t'acheter, mon père t'a humiliée… mais toi, tu ne t'en débarrasses pas. Je ne comprends pas !

– Mais il n'y a rien à comprendre. Tu as bien vu que je n'ai rien encaissé ! Cet argent n'a jamais existé, c'étaient juste des bouts de papier dans une boîte.

Mon estomac se serre d'angoisse quand je vois dans les yeux de Nollan qu'il doute.

– Qu'est-ce que tu me fais, là ? j'ajoute. Nollan, c'est moi, enfin. Je n'ai jamais voulu de ton fric et je n'en voudrai jamais.

– Et pourtant…

– Ah non ! Je t'interdis de me reprocher quoi que ce soit.

– Mais j'aimerais comprendre ! Pourquoi être partie avec le premier chèque ? Pourquoi ne pas l'avoir déchiré ou le lui avoir jeté au visage ?

– Mais… je ne sais pas !

– Réponds-moi, Juliette.

– Je te dis que je ne sais pas. Il était là, à me tendre ce bout de papier, à me regarder comme si j'étais la pire chose qui existait sur cette planète et j'ai juste… je voulais m'en aller, c'est tout.

– Donc tu es partie en prenant les cinquante mille euros qu'il te proposait pour ne plus m'approcher.

– Nollan ! je m'écrie, excédée. J'avais dix-huit ans, qu'est-ce que tu voulais que je fasse ? Tu sais aussi bien que moi à quel point ton père peut être intimidant. Je n'avais pas la force de lui tenir tête, je n'étais pas la même qu'aujourd'hui.

Mon petit ami soupire, se passe une main sur le visage puis se dirige vers ma chambre.

– Qu'est-ce que tu fais ? je lui demande.

– J'ai besoin de prendre l'air, d'encaisser tout ça.

– Nollan !

– Laisse-moi un peu d'espace, Juliette.

– Non mais je rêve. Tu ne vas quand même pas me quitter ? Tu ne vas pas laisser ton père gagner ?

– Tu sais bien que non. Mais j'ai beaucoup de questions qui passent dans ma tête, et tu es incapable de répondre à certaines d'entre elles.

Je me plante devant lui et je prends son visage entre mes mains.

– Nollan, tu te souviens de ce que tu m'as dit le soir du repas désastreux chez les Rousseau ? Tu m'as demandé de ne pas laisser ton père se mettre entre nous. Je te le demande à mon tour. S'il te plaît, ne lui donne pas raison.

Il plonge son regard torturé dans le mien et je comprends, avec horreur, que je ne vais pas réussir à le convaincre.

– Tu ne t'es peut-être pas servie de cet argent, mais tu l'as gardé, et tu as accepté de ne plus t'approcher de moi pendant plus de dix ans, réplique-t-il. Alors tu l'as laissé se mettre entre nous la première.

Il retire mes mains de son visage et attrape sa veste.

– Nollan… je souffle d'une voix brisée.

– Qu'on soit bien clairs, je ne te quitte pas, lâche-t-il. J'ai juste besoin de faire le point.

Je le regarde s'éloigner dans le couloir, puis claquer la porte d'entrée.

Et je m'effondre en larmes.

CHAPITRE 42

JULIETTE

– Bonjour, ma chérie.

Mon père m'accueille par une tendre étreinte, que je lui rends malgré toutes les incertitudes et les questions qui me hantent.

– C'est rare de te voir en plein milieu de l'après-midi, reprend-il. Tu ne travailles pas ?

– Je suis venue te parler de quelque chose, je réponds en éludant sa question.

– Oh, bien sûr. Allons au salon.

Je lui emboîte le pas tandis que nous nous dirigeons vers le canapé. En s'asseyant, mon père tente de masquer la douleur qu'il ressent, mais j'ai déjà remarqué sa grimace.

– Ton opération est la semaine prochaine, c'est bien ça ? je m'enquiers. Tu vas enfin pouvoir reprendre une vie normale.

– Je suis si impatient de ne plus me sentir comme un centenaire en fin de vie…

Je plisse les lèvres et l'aide à caler un oreiller dans le bas de son dos. Lorsqu'il est bien installé, il me demande :

– De quoi voulais-tu me parler ?

Allez, Juliette, courage...

Bon sang, c'est bien plus difficile que je ne l'imaginais. Je suis partie chez mes parents drapée dans une indignation et une fureur sans bornes, mais alors que je fais face à mon père, je suis incapable d'aborder le sujet qui me préoccupe.

– J'ai démissionné, je lui avoue abruptement.

– Comment ? Ma chérie, mais qu'est-ce qui s'est passé ?

J'explique les problèmes que Daniel m'a causés, l'éviction d'Hector, la promotion que je méritais et que l'on m'a finalement refusée... Mon père m'écoute attentivement, et lorsque j'en ai terminé, il soupire :

– Oh, Juliette... Pourquoi ne nous en as-tu pas parlé au lieu de garder tout ça pour toi ?

– Je n'avais pas envie de vous embêter avec mes problèmes, je réponds.

Contrarié, mon père secoue la tête.

– Mais qu'avons-nous fait pour mériter une fille pareille, ta mère et moi ? Quand vas-tu enfin accepter de nous laisser endosser notre rôle de parents, qui consiste à prendre soin de toi et à te protéger ?

Sans le savoir, il vient de me tendre une perche. Je m'empresse de la saisir.

– C'est vrai, c'est ce que doivent faire des parents, je réplique. Ils devraient tout mettre en œuvre pour que leurs enfants soient heureux, pas vrai ?

– Oui, évidemment, déclare mon père, sourcils froncés.

Je me triture les doigts pendant quelques secondes avant de sauter enfin dans le vide :

– Alors pourquoi as-tu accepté de nous séparer, Nollan et moi ?

Surpris, mon père me dévisage un instant sans comprendre.

– Je sais tout, papa, j'ajoute. Ton complot avec Thomas De Villa pour que Nollan croie que je le trompais, Anna et toi…

Mon père est complètement figé. Cette vision me serre le cœur, mais il me faut des réponses.

– Comment… bredouille-t-il.

– À ton avis ? Thomas s'est fait un plaisir de tout me dire.

– Juliette…

– J'ai déjà assez de mal à accepter la situation, alors s'il te plaît, ne prends pas cet air abattu. J'ai besoin que tu me parles, que tu m'expliques… que tu me dises ce qui s'est réellement passé.

Il se passe les mains sur le visage en soupirant :

– Je déteste l'idée que tu l'aies appris de sa bouche à lui…

– Sauf que c'est fait. Alors à toi de m'expliquer, maintenant.

– Il va me falloir un peu de courage.

Il se lève, disparaît dans la cuisine et en revient avec une bouteille de vin. Il m'en propose un verre que je refuse, remplit le sien, en prend une gorgée puis se lance :

– J'avais vingt ans quand j'ai rencontré ta mère. Je suis immédiatement tombé amoureux d'elle, un véritable coup de foudre. Et puis, lorsqu'elle t'a présentée à moi, je suis également tombé amoureux de toi. On a été très heureux pendant plusieurs années… mais la vie, la routine, les problèmes d'argent nous ont rattrapés. On a commencé à se disputer pour tout et rien, même si nous prenions bien soin de t'épargner. Un jour, malgré nos difficultés financières, on a décidé de partir en vacances pour s'éloigner de notre quotidien, de nos soucis… et tu as rencontré Nollan. La connexion entre vous a été immédiate, tout comme elle l'a été entre Anna et moi.

Mon cœur bat de plus en plus vite dans ma poitrine.

– Au début, il ne s'est rien passé entre nous : nous nous retrouvions simplement sur la plage pour discuter, poursuit mon père. Elle me racontait à quel point son mari était obsédé par l'argent et que cela lui pesait parfois ; je me confiais à elle à propos de la mauvaise passe que ta mère et moi traversions. Et puis… les choses se sont faites naturellement. Au départ, nous étions horrifiés de ce que nous avions fait, mais il semblait y avoir une attraction plus forte que nous qui nous poussait l'un vers l'autre.

À cet instant, j'ai très peur d'apprendre qu'Anna a été plus qu'une passade dans la vie de mon père, j'ai peur d'apprendre qu'il l'a vraiment aimée, plus que ma mère, plus que notre famille… Glacée, je l'écoute alors qu'il continue son récit :

– Pendant deux ans, nous nous sommes vus aussi souvent que nous l'avons pu. Je disais à ta mère que je partais chercher du travail loin de la maison, Anna s'en allait pour la journée et me retrouvait à mi-chemin, puis nous rentrions chez nous. C'est comme ça que nous avons convenu de nouvelles vacances l'été de vos onze ans, pour passer plus de temps l'un avec l'autre. Mais sur la Côte d'Azur, son mari nous a surpris. Il est entré dans une colère terrible, à raison. Après cela, Anna et moi avons mis un terme à notre relation. La dernière chose que nous voulions, c'était de détruire nos familles.

Je ferme les yeux, déçue et en colère contre mon père. Il termine son verre de vin d'une traite avant de le poser sur la petite table basse.

– C'est à partir de ce moment-là que Thomas a commencé à te haïr et à te faire payer pour ce que j'avais fait, conclut-il.

– Et tu n'as pas levé le petit doigt. Tu savais qu'il s'en prenait à moi injustement, mais tu n'as rien fait pour l'en empêcher.

– Si… je n'ai pas arrêté de lui dire de ne pas t'en vouloir pour mes erreurs, de te laisser vivre ce que tu avais à vivre avec son fils… Mais il ne m'a jamais écouté.

Une larme roule sur ma joue. Je l'essuie rapidement puis déclare :

– Tu sais à quel point j'ai souffert de ma rupture avec Nollan. Tu m'as vue pleurer tous les jours pendant des semaines alors que tu savais parfaitement que *vous* aviez menti, que vous étiez à l'origine de notre séparation. Tu nous as fait perdre dix ans… Comment as-tu pu me faire une chose pareille, papa ? Comment ?

– Ma chérie, je suis désolé, tellement désolé…

– Est-ce que tu es au courant du décès d'Anna ?

Penaud, mon père hoche la tête, ce qui déclenche un rire amer de ma part.

– Je n'arrive pas à y croire… Est-ce que vous êtes restés en contact après notre rupture, à Nollan et moi ?

– Non ! La seule fois où nous nous sommes revus, c'est pendant l'été de vos quinze ans. Nous avons donné le change, et après, nous ne nous sommes plus jamais adressé la parole.

– Alors comment as-tu appris sa mort ?

Mon père inspire profondément avant d'admettre, honteux :

– Il y a deux ans, j'ai voulu savoir ce qu'elle devenait.

– Tu étais amoureux d'elle ? Est-ce que tu as pensé à nous quitter pour partir avec elle ?

Une pause… longue, trop longue.

– Oh mon Dieu, dis-je en me levant brusquement.

– Juliette, attends.

– Tu as voulu nous laisser ! Quitter ta famille pour une autre femme. Et elle…

– Je n'ai pas voulu vous laisser, Juliette. S'il te plaît, écoute-moi.

– Est-ce que tu te rends compte du mal que vos mensonges ont fait à tout le monde ? Vous avez été égoïstes et lâches ! Vous vous êtes comportés comme deux irresponsables, et regardez un peu le bordel que vous avez créé !

– J'en suis conscient. Sois sûre que ça me ronge depuis des années.

– Je me fiche de tes remords ! je m'écrie. Pourquoi est-ce que tu as fait ça à maman, hein ? Elle ne te suffisait plus ? Ta femme qui se tuait à la tâche et s'occupait de ta fille n'était plus aussi attirante qu'au début, alors que la bourgeoise apprêtée l'était, elle ?

– Je t'interdis de parler de ta mère de cette façon, Juliette.

J'attrape mon sac et je traverse l'appartement au pas de course.

– Juliette, reviens, je t'en prie ! me lance mon père pour essayer de me retenir. Ne t'en va pas comme ça.

– Tu sais quoi ? je réplique en me retournant. Maman et moi, on ne t'a rien demandé. Oui, elle m'a eue très jeune, elle se démenait pour m'élever et c'était loin d'être facile, mais c'était nous deux contre le reste du monde et c'était très bien comme ça. C'est *toi* qui es venu te greffer à l'histoire, et pour quel résultat ? La tromper et la reléguer au second plan ?

– Ne dis pas ça. J'aime ta mère, Juliette, et je t'aime aussi, plus que tout au monde.

Plus nous parlons, plus les yeux de mon père rougissent. Mais je ne me laisse pas attendrir.

– C'est faux, j'affirme. Quand on aime quelqu'un, on ne le trompe pas. Si tu m'aimais, tu n'aurais pas monté ce plan tordu avec Thomas De Villa.

– Ma chérie, s'il te plaît… Je déteste cette colère que je vois dans tes yeux.

– Comment as-tu fait pour que maman ne se doute de rien ?

– Je n'y suis pas parvenu. Elle a soupçonné que j'avais une aventure, mais elle n'a jamais su avec qui… Anna et elle étaient amies, si elle avait appris que nous étions amants, elle aurait été doublement anéantie.

J'essuie rageusement mes larmes. Je sais que mon père ne nous a pas quittés, au bout du compte, et qu'il a été un soutien incroyable pour moi toutes ces années. Mais maintenant, je connais la vérité, et elle est bien trop douloureuse à encaisser.

– Quand j'y pense, c'est logique qu'Élisa et Léo n'aient qu'un an d'écart… je reprends. Anna et toi avez décidé de faire un enfant chacun de votre côté pour vous aider à passer à autre chose, c'est ça ?

– Pas du tout. Lorsque nous avons eu Léo, les choses étaient redevenues comme avant entre ta mère et moi. Nous nous aimions comme au premier jour et nous étions prêts pour nous lancer ensemble dans cette belle aventure.

– Ah oui, vous vous aimiez comme au premier jour ? Mais je croyais que tu étais amoureux d'Anna De Villa ! On ne peut pas aimer deux personnes à la fois, c'est impossible.

– Je n'ai jamais dit que j'étais amoureux d'elle, Juliette. C'est vrai, je ressentais quelque chose pour Anna, mais ce n'était pas de l'amour. Avec elle, je me sentais compris, voilà tout. Mais une fois que cette histoire s'est terminée, j'ai pris conscience de ma chance de vous avoir, ta mère et toi, j'ai compris à quel point j'avais été à deux doigts de bêtement tout foutre en l'air. J'ai su que vous étiez tout ce que je voulais. Il faut que tu me croies, Juliette, c'est la vérité.

– Comment veux-tu que je puisse de nouveau te faire confiance ? Tu m'as privée de l'homme que j'aime pendant dix ans. C'est ignoble !

– Et je n'ai jamais cessé de le regretter ! Tes pleurs, ta douleur et ton désespoir sont gravés en moi à jamais. Plusieurs fois, j'ai été tenté de tout te dire, mais je me sentais pris au piège. Thomas De Villa me faisait chanter, il menaçait de tout révéler à ta mère si je ne me pliais pas à ses exigences. J'avais si peur de vous perdre, toutes les deux… Pour me donner bonne conscience, je me suis dit qu'après tout vous étiez jeunes, Nollan et toi, que vous auriez certainement fini par rompre, même sans notre intervention. Sauf que j'ai compris au fil du temps, en te voyant toujours aussi amoureuse de lui, que vous étiez vraiment faits pour être ensemble. Mais c'était trop tard. Sache cependant que, lorsque Thomas est revenu à la charge il y a quelques semaines, j'ai refusé de faire ce qu'il me demandait. Nollan et toi vous étiez retrouvés par le plus grand des hasards et j'ai vu là un signe du destin. Je ne pouvais pas vous faire ça une seconde fois, c'était au-dessus de mes forces.

Accablée de chagrin, je prends le temps de rassembler mes idées avant de lui demander :

– Et maman ? Tu comptes lui en parler ou tu vas attendre que Thomas le fasse et rende les choses encore plus douloureuses qu'elles ne le sont déjà ?

Mon père pousse un soupir tremblant.

– Je vais le lui dire. J'y pense depuis un moment déjà, sauf que j'ai peur de la blesser. Je sais que tu ne me croiras certainement pas, mais je n'ai pas cessé d'aimer ta mère au cours de toutes ces années, pas un instant, même si mes actes laissent à penser le contraire. Elle a toujours été la seule à posséder entièrement mon cœur et la perspective de la perdre à cause d'une erreur vieille de quinze ans me terrifie.

Il prend appui contre le mur de l'entrée. Rester debout le fait physiquement souffrir, mais il s'accroche, il s'oblige à combattre la douleur.

– Ma chérie, fait-il en prenant mes mains dans les siennes, les yeux remplis de larmes. Je sais que tu ne me tiens pas en haute estime à cet instant, mais j'ai besoin de savoir que tu réussiras à me pardonner. Parce que je suis certes terrifié à l'idée de perdre ta mère, mais si je devais te perdre, toi… Juliette, j'en mourrais.

J'inspire profondément, les yeux plongés dans ceux de l'homme qui m'a élevée et m'a donné tout son amour… sauf que là, tout de suite, je n'y vois que de la trahison.

– Je ne sais pas encore, c'est trop tôt pour le dire, je souffle. J'ai besoin de temps.

Déçu, mon père trouve pourtant la force de me sourire.

– Je comprends, dit-il. Prends tout le temps qu'il te faudra. Je serai là quand tu seras prête.

Je retire alors doucement mes mains des siennes et quitte l'appartement sans un mot.

CHAPITRE 43

JULIETTE

Quatre jours plus tard

– Je n'en reviens toujours pas, je peste. Comment papa a-t-il pu te tromper ainsi ? As-tu réfléchi à ce que tu allais faire ?

Je dépose une tasse de café devant ma mère et je prends place à ses côtés.

– Je vais lui pardonner, me répond-elle.

– Quoi ?

– Juliette…

– Maman, tu devrais prendre encore un peu de temps pour réfléchir, histoire d'être sûre de…

– Ma chérie, cela fait déjà quatre jours que je me suis réfugiée chez toi. Je ne peux pas continuer à me cacher indéfiniment. Je dois confronter ton père, nous devons avoir une conversation à cœur ouvert tous les deux. J'ai pris la fuite quand il m'a fait ses aveux histoire de prendre du recul. Quand je suis rentrée du travail et qu'il m'a raconté tout ce qui s'était passé, j'ai eu l'impression de basculer en plein cauchemar… Mais maintenant, je suis prête à ce que nous parlions, lui et moi.

Je prends la main de ma mère dans la mienne. Mon père a décidé de lui révéler la vérité au plus vite après notre discussion, et cela a été pour elle un choc terriblement violent.

– Est-ce que tu as conscience de ce qu'il a fait ? je lui demande.

– Te concernant, sois sûre que je lui en voudrai toujours. Mais pour ce qui est de nous… Juliette, tu nous connais en tant que parents, tu ne vois que ce que nous avons bien voulu te laisser voir. Nous sommes aussi un couple depuis plus de vingt-cinq ans maintenant et nous avons traversé beaucoup de hauts et de bas. En amour, rien n'est jamais parfait.

– Maman, il t'a trompée avec ton amie pendant deux ans.

– Je le sais, et j'ai vu dans son regard la douleur que cette histoire lui causait. J'ai compris aussi… j'ai compris qu'il s'est laissé tenter par une autre vie tout en sachant qu'elle ne serait jamais vraiment sienne. Ce qui compte pour moi aujourd'hui, c'est que ton père n'a pas cédé à la facilité. Il aurait pu abandonner femme et enfant pour recommencer autre chose, ailleurs, avec quelqu'un qui lui aurait permis de bénéficier d'un confort financier sans commune mesure avec celui dont nous disposions tous les deux. Il aurait pu nous tourner le dos, il aurait pu choisir de détruire deux familles afin d'assurer son propre bonheur. Mais il ne l'a pas fait. Il est resté avec nous et s'est assuré chaque jour après cela que nous nous soyons senties aimées.

Ma mère serre mes mains dans les siennes avant d'ajouter :

– Le plus important, Juliette, c'est que tu saches que ton père n'a jamais cessé de t'aimer, que ton frère et toi êtes les personnes les plus importantes de sa vie et qu'aucune de ses erreurs ne remettra cela en cause. Jamais.

Elle essuie l'une de mes larmes, et je me blottis contre sa main.

– J'aimerais être aussi forte que toi, je soupire.

– Tu l'es, ma fille. Bien plus que tu ne le penses.

– En attendant, je ne sais pas comment arranger les choses avec Nollan. Toutes ces histoires, tous ces secrets nous ont fragilisés, je le sens.

– Tu n'as toujours aucune nouvelle de lui ?

– Il ne répond ni à mes appels, ni à mes messages.

– Eh bien, c'est normal qu'il ait besoin d'encaisser ce qui s'est passé. Toi, tu as appris quelque chose sur ton père qui t'a profondément blessée, mais pour Nollan, c'est encore pire parce que sa mère est morte et qu'il n'aura jamais d'explications venant d'elle. Il n'aura pour toujours que la version haineuse de Thomas De Villa.

J'essuie furtivement une larme sur ma joue.

– Tu sais, c'est dans des moments comme celui-là que vous devez rester soudés, poursuit ma mère. Ma chérie, être heureuse avec quelqu'un quand tout va bien, c'est très facile… mais réussir à voir le positif quand rien ne va plus, c'est ça, le véritable amour. Je suis convaincue que Nollan et toi êtes faits pour être ensemble et que vous saurez surmonter cette épreuve.

Alors, c'est vrai ce qu'on dit : la sagesse d'une maman est infinie…

***

– À garder ? À jeter ? À donner ?

– À donner !

– Carton officiellement plein !

J'aide Iris à le fermer, puis nous passons à un autre. Mon amie m'aide à préparer mon déménagement : à la suite de ma démission, il y a près d'une semaine, je suis obligée de rendre l'appartement que la société avait mis à ma disposition.

– Et ça, patronne ? me demande-t-elle.

– Iris, je ne suis plus ta supérieure, alors arrête de m'appeler comme ça, je réplique.

– Tu seras toujours la *big boss* pour moi.

Je secoue la tête en souriant. Après une longue matinée de labeur, mon cinquante mètres carrés est rempli de cartons. Je ne sais pas encore où je vais aller vivre : mes parents m'ont évidemment proposé de m'héberger, mais je préfère garder mon indépendance. Surtout, je n'ai toujours pas réussi à pardonner à mon père, alors l'ambiance risquerait d'être bien trop tendue. Pour l'instant, ils peuvent encore rester dans l'appartement que je leur loue : j'ai assez d'économies pour voir venir quelques mois. Mais bientôt, ils vont devoir eux aussi changer de vie. Si je m'en suis voulu terriblement d'avoir échoué dans ma mission de garder ma famille à l'abri quoi qu'il en coûte, je me dis que c'est peut-être finalement un mal pour un bien. Cela les obligera à prendre un nouveau départ : après les révélations concernant mon père, ils en ont bien besoin.

– Au fait, on part toujours à Ibiza, cet été ? s'enquiert Iris tandis que nous grignotons une pizza pour le déjeuner.

Je plaque une main sur ma bouche.

– Oh bon sang, avec tout ça, j'ai complètement oublié de faire les réservations. Léo va être tellement déçu…

– Ne t'inquiète pas, le gamin comprendra. J'en ai un peu parlé avec lui, et on s'est dit que c'était mieux de reporter à l'année prochaine, vu la situation.

– Non… Je vous ai promis qu'on partirait en vacances et on ira. C'est juste qu'on va devoir s'adapter un peu… Je ne suis pas sûre que des vols pour Ibiza soient disponibles comme ça, à la dernière minute. Sans parler des hôtels…

– Comme tu veux. C'est vrai que décompresser me ferait vraiment beaucoup de bien.

– Qu'est-ce qui se passe ?

– Si tu savais comme l'ambiance est pourrie au bureau…

– Pour quelle raison ?

Iris relève la tête et me dévisage comme si j'étais stupide.

– À ton avis ? Tout le monde est hyper déçu de ton départ. Et ce gros lourd de Daniel qui se pavane dans l'*open space* comme s'il était le maître des lieux… J'ai envie de lui jeter mon agrafeuse au visage chaque fois que je le vois.

– D'ailleurs, comment ça se passe pour toi ? Avec qui tu travailles ?

– Personne de précis pour l'instant. Je suis l'assistante en chef en attendant qu'un nouveau directeur du marketing soit trouvé. Amont fait passer des entretiens en urgence pour être sûr d'avoir quelqu'un dès la rentrée de septembre.

Mon amie baisse la tête et me confie tout bas :

– Je n'ai pas envie de travailler pour quelqu'un d'autre.

– Tu t'y habitueras, je réponds en haussant les épaules.

– Non, je ne crois pas. Tu sais, depuis que tu es partie, j'ai beaucoup réfléchi, et je ne me sens pas du tout capable de rester dans l'entreprise si tu n'y es plus.

Je bondis de la table sur laquelle j'étais assise et je me plante devant Iris.

– Ah non ! je m'écrie. Tu ne vas pas démissionner. J'ai déjà assez de remords comme ça, tu ne vas pas en plus me faire culpabiliser de t'avoir poussée à quitter ton poste ?

– Relax, Juliette… Tu n'auras pas besoin de te flageller pour mes choix. Je suis grande, je fais ce que je veux.

– Mais tu ne vas pas vraiment poser ta démission, Iris, hein ?

Elle hausse les épaules.

– On verra. J'examine mes options, c'est tout.

Je soupire et secoue la tête. Incroyable… Iris a toujours été une amie loyale, mais je ne pensais pas qu'elle l'était à ce point. J'en suis touchée… et terriblement gênée.

– Tu devrais vraiment…

– Comment ça se passe avec Roméo ? Toujours rien ? me coupe-t-elle.

– Ne crois pas que je vais oublier ce que tu viens de me dire.

– Et ne crois pas que je vais te laisser, comme toujours, endosser la responsabilité d'une chose sur laquelle tu n'as aucune prise. Maintenant que le débat est clos, je repose ma question : as-tu des nouvelles de Roméo ?

Je secoue la tête, dépitée. Le silence de Nollan est une véritable torture.

– Qu'est-ce que tu attends pour aller récupérer ton mec ? renchérit mon amie.

– Il a besoin de faire le point. Il m'a demandé de l'espace.

– Depuis quand les hommes savent ce qui est bon pour eux ?

– Iris…

– Je suis sérieuse. D'accord, il a eu du mal à digérer les révélations de son père, mais on ne peut pas dire que tu les aies accueillies de façon positive non plus. Et toi, tu n'as pas tout envoyé valser.

– Je sais… mais que veux-tu que je fasse ?

– Que tu te bouges. Que tu te pointes devant lui et que tu ne lui laisses pas d'autre choix que de se rendre compte qu'il a agi comme un abruti.

– J'y ai déjà pensé, figure-toi… mais il habite chez son père, et je refuse de me retrouver une fois de plus nez à nez avec cet homme.

Le sourire d'Iris s'élargit, ce qui me fait un peu flipper.

– Peut-être que Nollan a déménagé… insinue-t-elle.

– Quoi ?

– Et peut-être même que je sais où il s'est installé !

Mes yeux s'écarquillent.

– Comment tu saurais ça, toi ?

– J'ai mes sources.

– Dis-moi tout ! je lui ordonne, en agrippant son bras.

Elle éclate de rire face à mon regard perdu.

– Tu es complètement accro, ma pauvre Juliette.

– Je n'ai jamais prétendu le contraire.

– Oh que si. Des tonnes et des tonnes de fois.

– Iris, tu vas me la donner, cette information, oui ou non ?

Mon ancienne assistante rit encore en tirant un papier de la poche de son jean.

– Il est retourné à l'hôtel en attendant de se trouver un appartement, déclare-t-elle. Voici l'adresse.

Je lui arrache la note des mains et je fonce en direction de ma porte d'entrée… avant de m'arrêter et de bifurquer vers ma chambre.

– Qu'est-ce que tu fais ? s'écrie Iris depuis le salon.

– Je vais lui sortir le grand jeu ! Mais pour ça, j'ai besoin d'un accessoire.

Un cri si aigu qu'il ressemble à un ultra-son me fait sursauter. Iris court vers moi et me prend dans ses bras.

– Tu vas jouer dans ta propre comédie romantique ! s'exclame-t-elle.

– Hein ?

– Mais oui ! C'est la dernière scène, le moment où le couple se réconcilie. Généralement, c'est l'homme qui exprime ses sentiments de manière spectaculaire, mais là, c'est toi qui vas t'en charger. Tu es l'héroïne de ta propre romance.

– Euh… OK. Si tu le dis.

– Vas-y, fonce. Va récupérer ton homme, ma grande, ajoute Iris en me poussant sans ménagement.

Je quitte mon appartement sous ses encouragements dignes d'une pom-pom girl. Son discours est peut-être un peu farfelu, mais elle a raison sur un point.

Je vais récupérer l'homme que j'aime, et aucun obstacle ne m'en empêchera.

CHAPITRE 44

NOLLAN

Ta Juliette est en route.
Tu n'as pas intérêt à tout faire foirer,
Roméo.

Je relis le texto d'Iris une dernière fois, puis je serre mon téléphone dans ma main et j'attends, sur le perron de l'hôtel, de voir Juliette arriver. Je regrette de l'avoir laissée dans le flou sur ce que je ressentais pendant plusieurs jours, mais j'avais du mal à digérer que ma mère et son père aient eu une aventure. Pour être honnête, c'est encore difficile pour moi de l'accepter. De son vivant, j'aimais profondément ma mère ; depuis sa mort, elle est devenue pour moi un être céleste dépourvu de défauts. L'imaginer commettre un adultère m'a semblé si impossible, si absurde… Cela m'a fait si mal que j'ai eu besoin de faire le point avec moi-même pendant un temps.

J'en suis venu à la conclusion que lui en vouloir ne me servirait à rien. Que je préférais garder le souvenir impérissable de la mère incroyable qu'elle a été. Et j'ai également décidé de ne jamais divulguer son secret à Élisa et Bastian. Notre famille est continuellement sur une corde raide. Je sais qu'une telle information anéantirait mon frère et ma sœur, comme elle a failli m'anéantir.

J'espère juste que mon père saura tenir sa langue lui aussi.

Maintenant, j'ai envie que nos cœurs et nos esprits s'apaisent ; et surtout, de me réconcilier avec la femme que j'aime et qui a fait les frais de mon bouleversement.

Impatient, je guette l'arrivée de Juliette quand, soudain, je la vois apparaître à l'angle de la rue et avancer d'un pas décidé. Immédiatement, je souris. Dans sa salopette trop grande et ses Converse, avec son carré châtain qui rebondit à chacun de ses pas, je la trouve magnifique.

Comment ai-je pu douter d'elle une seule seconde ? Comment ai-je pu imaginer qu'elle ait gardé l'argent que mon père lui a donné pour en profiter ? Comment ai-je pu le laisser s'insinuer dans mon esprit et y instiller le moindre doute ?

– Nollan ! s'exclame-t-elle en m'apercevant. Ça tombe bien que tu sois là, parce que j'ai quelque chose à te dire.

– J'ai cru comprendre.

Croisant les bras, je la regarde monter les marches du perron et se planter devant moi, déterminée.

– Je suis une femme moderne et libre, et je décide d'être l'héroïne de ma vie et de ma romance… décrète-t-elle. Enfin, quelque chose comme ça.

Je m'esclaffe. Aussitôt, elle me pointe du doigt.

– Tu es stupide, Nollan De Villa.

OK…

– Tu es si stupide que tu m'énerves.

– C'est… intéressant.

– Laisse-moi parler.

De sa poche, elle tire une feuille, qu'elle déplie. Le papier est couvert d'une écriture désordonnée.

– J'ai rédigé ça dans le métro, alors ce n'est pas très clair, reprend-elle. Mais tu comprendras l'essentiel. Je sais que tu *adores* faire des listes pour tout et rien, donc j'ai décidé d'en faire une à mon tour pour te dire tout ce qui m'énerve chez toi.

Ah, je sens que ça va me plaire…

– Tu m'as énervée quand tu es revenu dans ma vie sans prévenir, tu m'as énervée quand tu as envahi mon espace personnel alors que je t'avais expressément demandé de ne pas m'approcher. Tu m'as énervée quand, soudain, tu étais partout où je regardais, tu m'as énervée quand malgré tout le temps qui s'était écoulé, malgré ton absence et tes erreurs, j'ai compris que je t'aimais encore. Tu m'as énervée d'avoir été si mignon pour te faire pardonner, tu m'as énervée d'avoir charmé ton monde et d'avoir mis mes collaborateurs, mon assistante, mes parents et même mon frère dans ta poche.

Juliette reprend son souffle, défroisse sa feuille puis reprend :

– Tu m'as énervée d'avoir douté quand ton père a encore une fois voulu nous détruire, tu m'as énervée d'avoir pensé que j'avais peut-être pu être intéressée par ton argent.

Elle relève la tête, déviant un instant de sa liste.

– J'aurais pu me servir des centaines de fois de ces chèques. Pour aider mes parents à régler leurs dettes ou les soutenir quand mon père a perdu son emploi, pour louer quelque chose de plus grand et de moins crasseux qu'une chambre de bonne de neuf mètres carrés pendant mes études… mais je ne l'ai pas fait, parce que chaque fois que je pensais céder à l'appel de l'argent, je me souvenais de ce qu'il signifiait.

– Juliette… dis-je, la gorge nouée.

– Je n'ai pas fini. Tu m'énerves tellement, Nollan De Villa, que ma liste est interminable.

Je plisse les lèvres tout en me rapprochant d'elle. Implacablement, elle poursuit :

– Tu m'as énervée, toutes ces années sans toi, parce que ton absence était insupportable. Tu m'as énervée quand le soir, dans mon lit, j'étais incapable de faire autre chose que de pleurer ta perte.

Des larmes brillent dans ses yeux. Je tends une main dans sa direction, mais elle la repousse en secouant la tête.

– Tu m'as énervée lorsque tu as couché avec cette garce d'Inès Rousseau, tu m'as énervée lorsque j'ai vu la peine que ça t'avait fait, tu m'as énervée encore et encore chaque fois que j'ai essayé de comprendre ce qui t'avait poussé à me tromper, et tu me mets hors de moi, là, alors que tu me regardes avec tes beaux yeux que j'aime tant et ton sourire craquant.

Cette fois, je fais fi de ses protestations et je l'attire contre moi.

– Mais surtout, conclut-elle d'une voix brisée, tu m'énerves parce que je t'aime plus que tout au monde et que, lorsque tu me tiens dans tes bras, tu me fais oublier toutes les raisons que je viens de citer.

– Ma Juliette…

Je plaque ma bouche contre la sienne. Lorsque je la sens rendre les armes et fondre dans mes bras, mon cœur s'apaise enfin.

– Je t'aime tellement, Juliette de mon cœur, lui dis-je. Je suis désolé d'être parti et d'avoir agi comme un abruti.

– Et de m'énerver tout le temps ?

– Jamais… Je te promets même de continuer à t'énerver jusqu'à la fin de ta vie.

Elle hoche la tête en souriant. Ses larmes de joie coulent de ses yeux. Je les essuie tendrement. Je prends le temps de la dévisager et, lorsque mon regard glisse sur son cou, mon cœur explose.

– Tu l’as gardée, dis-je en passant mes doigts sur la chaîne que je lui avais donnée lorsque nous étions adolescents.

– Évidemment. La première année après notre rupture, j’étais même incapable de m’en séparer.

– Elle est tellement belle sur toi.

Je glisse mes doigts entre les siens et je les serre doucement.

– Qu’est-ce qu’on va faire, maintenant ? demande-t-elle.

– On va commencer par aller chez toi, je lui réponds.

– Pourquoi ?

– Pour emballer tes affaires, les mettre en commun avec les miennes et nous chercher notre petit nid douillet rien qu’à nous. Toi et moi, on va vivre ensemble pour de bon. On a assez perdu de temps comme ça. Tu y vois une objection ?

– Aucune.

Elle se blottit contre moi. Je dépose un doux baiser dans son cou, puis j’affirme :

– Il est temps de ne penser qu’à nous, désormais.

CHAPITRE 45

JULIETTE

– Vous êtes sûrs de ne rien avoir oublié ? je demande.

– Certains ! me répond Élisa.

– Alors tout le monde en voiture. Notre avion décolle dans deux heures, on n'a plus une minute à perdre.

Notre petit groupe se répartit dans les deux taxis que nous avons réservés pour nous rendre à l'aéroport. Élisa, Léo et Iris prennent place dans le premier, Nollan et moi dans l'autre.

En seulement deux semaines, beaucoup de choses ont changé. D'abord, j'ai officiellement rendu mon appartement et Nollan et moi nous en sommes trouvés un autre, que nous avons choisi tous les deux. Notre cohabitation n'en est encore qu'à ses débuts, mais tout se passe très bien pour l'instant : vivre avec mon petit ami est l'une des meilleures décisions que j'ai prises depuis longtemps.

En ce qui concerne Iris, elle a finalement décidé de démissionner, comme elle l'envisageait. La perspective de travailler pour quelqu'un d'autre la rendait vraiment malade et elle s'est dit qu'avec son expérience elle trouverait un autre emploi sans mal.

– Je n'ai que vingt-cinq ans et je suis certaine que je ne ferai pas le même job toute ma vie, m'a-t-elle dit le jour où elle a fait son choix. Alors changer maintenant ou plus tard, ça revient au même.

Si au départ je me sentais coupable, j'ai compris qu'Iris n'est pas de ces personnes qu'on influence. Si elle a pris cette décision, c'est qu'elle est sûre d'elle.

Pour ma part, j'ai décidé de me laisser du temps. Après avoir travaillé comme une dingue pendant près d'une décennie, j'ai envie de penser un peu à moi et de m'octroyer les vacances que je me suis refusées trop longtemps. Lorsque j'en ai parlé à Nollan, notre projet de découvrir les meilleurs spots de surf est rapidement revenu sur la table. Nous n'avons pas mis longtemps à décider qu'il était temps de nous lancer et de faire d'une pierre deux coups, en emmenant Iris et Léo avec nous, comme je le leur avais promis. Et il était évident qu'Élisa serait de la partie elle aussi.

La décision a été collective : pendant trois semaines, nous allons parcourir l'Europe tous ensemble. Je sens que ce voyage sera inoubliable…

Dans la voiture qui nous conduit à l'aéroport, Nollan et moi sommes blottis l'un contre l'autre.

– Tu te rends compte qu'on va enfin réaliser notre rêve d'ados ? lui dis-je.

– Être ensemble au soleil, surfer, s'embrasser… Se peloter face à la mer.

Je pouffe en surprenant le regard scrutateur que le chauffeur pose sur nous.

– Un programme absolument parfait, je renchéris.

– Même avec ma sœur, ton frère et Iris dans les parages ? demande Nollan en riant.

– Évidemment. Ça pourra même être drôle.

– Oh, ça, je n'en doute pas une seconde…

CHAPITRE 46

JULIETTE

Sicile, Italie.

– *Sono francese.*

Fière d'avoir réussi à aligner deux mots d'italien, Élisa rejette ses cheveux en arrière. Mais lorsque le jeune surfeur à qui elle parle lui débite une phrase à toute vitesse en réponse, l'air joyeux sur son visage s'estompe.

– Hein ? lâche-t-elle, perdue.

– Oui, allez, *not speak italiano, comprendo bambino* ?

Le surfeur dévisage Iris comme si elle venait d'une autre planète. Ce qui, à bien y réfléchir, est très certainement le cas.

J'éclate de rire face au blanc gênant qui s'est installé dans leur trio. Iris finit par attraper le bras d'Élisa : elles s'éloignent toutes les deux en gloussant. Au loin, j'aperçois Léo qui est en train de discuter avec deux jeunes femmes. Il est clair, vu sa posture, qu'il tente de les impressionner.

– Concentre-toi, Juliette de mon cœur.

Je reporte mon attention sur Nollan en souriant. Vêtus de combinaisons de surf, lui et moi entrons dans la mer, une planche sous le bras. Je grimpe en premier, il s'assied derrière moi puis nous nous éloignons du rivage.

– Tu sais, je me suis aperçu que le surf, c'était beaucoup plus sympa à deux, me murmure-t-il à l'oreille.

– Ah oui ?

Il se rapproche un peu et se colle contre mon dos. Là, tout contre mes reins, je sens clairement le début de son érection.

– Tu ne te rends pas compte de l'état dans lequel tu me mets, ma Juliette, me glisse-t-il. Avec ta combinaison ouverte qui dévoile ton haut de bikini, ta peau qui commence à dorer et…

Il passe un bras autour de ma taille et souffle dans mon cou :

– … tout le reste.

– Mais peut-être que je sais exactement l'effet que je te fais et que depuis qu'on est arrivés sur la plage je cherche à tester tes limites ? je réplique, amusée.

– Ah oui ? Petite coquine.

Nollan mordille ma peau, si bien que je me retrouve à glousser comme une idiote.

Nous continuons à nous éloigner du rivage, puis lorsque nous jugeons que nous sommes à bonne distance, nous nous mettons dos aux vagues, prêts à nous laisser emporter par elles.

Je suis loin d'être une professionnelle du surf, mais depuis que nos vacances ont débuté, Nollan et moi pratiquons tous les jours. Il est si heureux depuis qu'il peut s'adonner librement à sa passion… Son sourire, les étincelles dans ses yeux, le bonheur dont il irradie, tout cela n'a pas de prix. Je donnerais tout pour qu'il ressente une telle joie jusqu'à la fin de sa vie.

Alors que nous nous apprêtons à nous élancer, j'aperçois Léo qui nous fait de grands signes depuis la plage, bientôt rejoint par Élisa puis par Iris.

Est-ce qu'il y a un requin dans l'eau près de nous ? Non, je n'en ai pas l'impression…

– Qu'est-ce qu'ils ont ? demande Nollan, intrigué.

– Ça a l'air grave, non ?

Je vois alors que mon frère a mis ses mains en porte-voix et qu'il tente de nous dire quelque chose.

– Quoi ? je m'écrie.

Mais sa réponse est inaudible, tout comme ce que hurlent Iris et Élisa.

– J'entends rien ! je m'époumone.

Franchement, leur comportement me laisse perplexe. Nollan et moi nageons pour nous rapprocher le plus possible de la plage… et enfin, j'entends la voix d'Iris portée par la brise marine.

– ILS ONT LEUR BAC !

– Leur bac ? Ils ont…

Je me hisse sur la planche à une telle vitesse que je manque de la faire chavirer.

– VOTRE BAC ? je répète, la joie commençant à s'emparer de moi.

Léo et Élisa hochent frénétiquement la tête.

– Vous avez votre bac tous les deux ? je hurle une dernière fois, pour être certaine d'avoir bien compris.

Ils lèvent leurs pouces. Je pousse un cri ravi, et après quelques mètres, Nollan et moi arrivons enfin sur le rivage. Je saute de la planche, mon petit ami m'emboîte le pas et nous enlaçons nos frère et sœur. Autour de nous, des vacanciers se mettent à applaudir. Notre petit groupe est aux anges. Nollan donne l'accolade à Léo et j'embrasse Élisa sur la joue.

– *Congratulazioni*, lance le beau mec qu'Iris et elle ont accosté tout à l'heure.

– Toujours pas, mon pote. On *speak* toujours pas, lui répond mon amie.

Enlacés, nous éclatons tous de rire.

CHAPITRE 47

NOLLAN

Venise, Italie.

– C'est tellement beau, s'émerveille ma petite sœur tandis que nos deux gondoles passent sous un pont.

Ces vacances sont en tout point idylliques. Juliette et moi arrivons à nous dégager du temps rien que tous les deux, mais la présence des personnes que nous aimons rend notre voyage encore plus spécial… et parfois mouvementé. Parce qu'Iris est un électron libre, et aussi parce que, malgré leur amitié naissante, Élisa et Léo ont parfois des disputes de vieux couple.

– Oh, regardez, il y a une exposition d'œuvres d'art, ce soir, déclare ma sœur en montrant la grande affiche placardée sur la devanture d'une galerie. J'adore la peinture, on pourra y aller ?

– Tu ne connais même pas l'artiste, lui fait remarquer Léo.

– Bien sûr que si, son nom est écrit là, en gros. Exposition des œuvres de Constance Pradel-Dumont. C'est une Française, soyons patriotes.

– Vous ferez ce que vous voudrez, mais ce sera sans nous, je leur lance depuis la gondole arrière. Ce soir, Juliette et moi, on se fait un restaurant en amoureux.

– Ouh, papa et maman ont besoin d'intimité, roucoule Iris.

– Oh, dégueu, râle Léo.

– Non ce n'est pas dégueu, intervient Élisa. C'est romantique.

– Et où est-ce qu'on va ? me demande Juliette, blottie contre mon torse. Parce que tu ne m'avais pas parlé de cette virée au restaurant…

– C'est une surprise, Juliette de mon cœur.

Elle se rapproche de mon oreille et me murmure :

– Est-ce qu'il est prévu au programme qu'on finisse par se mettre tout nus ?

Je croise son regard. Son air innocent m'achève. *Il n'y a pas à dire, Juliette sait y faire.*

– C'est toujours prévu, je lui souffle.

– Alors j'ai hâte.

CHAPITRE 48

JULIETTE

Nazaré, Portugal.

– Élisa, Léo et moi, on a quelque chose à vous dire, nous annonce Iris un après-midi, alors que nous sommes lancés à pleine vitesse sur une autoroute portugaise.

Nollan reste concentré sur sa conduite, une main posée sur ma cuisse. Quant à moi, je me retourne et lâche :

– On vous écoute.

– Voilà, on s'est dit qu'après avoir visité cette partie du pays, on allait rentrer à Paris.

Je hausse les sourcils, surprise.

– Déjà ? Mais ça ne fait que deux semaines que nous sommes partis, il nous en reste encore une au programme.

– Ça fait *déjà* deux semaines, me corrige Léo.

– Vous vous ennuyez avec nous ? je demande, navrée.

Est-ce qu'ils sont mal à l'aise parce que Nollan et moi sommes en couple ? Pourtant, nous avons tout fait pour les inclure le plus possible...

– Non, pas du tout, me rassure Élisa. On a adoré chaque moment passé avec vous, c'était vraiment génial de se retrouver tous ensemble, mais je crois que j'ai envie de rentrer. Ces vacances m'ont permis de prendre du recul. En fait, j'ai bien accroché avec un garçon du lycée et il m'a proposé qu'on se voie pour…

– Ouh là, stop ! réagit Nollan.

– Du calme, je lui murmure.

– C'est qui, ce mec ? demande-t-il, sur les nerfs. Il a quel âge ? Il a eu son bac, au moins ? Et est-ce qu'il…

– Doucement ! proteste Élisa. On est juste amis pour l'instant mais… il me plaît bien.

– Ah ouais ?

– Promis, je ferai attention. Fais-moi confiance, Nollan.

Vaincu, ce dernier se contente de hausser les épaules.

– Et moi, mes potes n'arrêtent pas de m'appeler pour qu'on prévoie des plans, intervient Léo.

– Quant à moi, je crois qu'il est temps que j'affronte la réalité et que je commence à chercher un nouveau job pour la rentrée, renchérit Iris.

– Ah… Apparemment, c'est une décision mûrement réfléchie.

Je me tourne vers Nollan, qui reste étrangement silencieux.

– Tu ne dis rien ? je m'étonne.

– Tu les as entendus. S'ils ont envie de rentrer, on ne peut pas les retenir… Tu préférerais qu'ils restent ? Tu ne veux pas te retrouver seule avec moi ?

– Tu sais bien que si, j'affirme en posant à mon tour ma main sur sa cuisse et en la serrant doucement.

– Attendez qu'on soit partis avant de vous sauter dessus, au moins, râle Léo.

Nollan et moi nous esclaffons. Mais soudain, une forte odeur de brûlé se fait sentir dans l'habitacle, juste avant qu'une fumée grise ne sorte du côté droit du capot. Nous poussons un cri horrifié et Nollan s'empresse de se garer sur la bande d'arrêt d'urgence. Nous descendons de voiture, inquiets, et ouvrons le capot pour regarder ce qui se passe à l'intérieur.

– Je vous ai dit hier qu'il valait mieux éviter de s'aventurer dans les vignobles, les routes sont impraticables, lance Léo.

– On a roulé dans ce nid-de-poule en début de semaine, ça a peut-être abîmé le moteur ? hasarde Élisa.

– Ou peut-être qu'on nous a filé une voiture piégée et qu'elle va tous nous faire sauter.

Nous nous tournons vers Iris, qui se contente de hausser les épaules comme s'il n'y avait rien d'impossible à sa conclusion.

Je décide de contacter l'assurance que nous avons souscrite au moment de la location de la voiture. Je commence à discuter avec eux lorsque Nollan me fait signe de le rejoindre. Je passe le téléphone à Iris et je m'empresse de venir voir ce qu'il me montre.

– Je pense que c'est un problème de radiateur, dit-il. Il faudrait que j'arrive à dévisser le réservoir, mais, premièrement, il est trop chaud, et deuxièmement, il est bien trop serré.

– Fumée… fu-mée. *Humo*, lance Iris au téléphone.

– Essaye de trouver une paire de gants dans le coffre, ou alors un chiffon, poursuit Nollan. Quelque chose qui va me permettre d'avoir une meilleure prise.

– Je vais te chercher ça.

– *Fuego*. Feu. *Fire*. Bordel, dès que je rentre à Paris je prends des cours dans toutes les langues.

– Tu veux que je prenne le relai ? propose Élisa à Iris.

– Non, ça va, je vais m'en sortir, réplique-t-elle.

– Je ne trouve rien, Nollan. Ah, si, attends.

J'ouvre mon sac de plage, j'y attrape ma serviette de bain et je fonce la lui donner.

– Ça a l'air dangereux, non ? Tu devrais reculer, dis-je, inquiète.

– Ne t'en fais pas, ma douce, je maîtrise.

– Je n’en doute pas, mais cette fumée ne me rassure pas.

– C’est juste un problème de radiateur, ça ne peut…

– *THE CAR IS ON FIRE*[4] *!*

Nollan et moi redressons la tête pour observer Iris. Rouge de frustration, elle s’époumone dans le combiné. Et là, je crois que son message est parfaitement passé.

– À qui est-ce qu’elle parle ? demande Nollan.

– À la compagnie d’assurances, je réponds en grimaçant.

Il referme immédiatement le capot, jette la serviette et s’éloigne en direction de la barrière de sécurité. Je le suis ; il me glisse, amusé :

– Je te garantis qu’avec une telle alerte, ils vont envoyer quelqu’un rapidement.

Il ne se trompe pas. Une dépanneuse accompagnée de deux agents de la compagnie débarque douze minutes plus tard.

– Tu sais, ce n’est peut-être pas une mauvaise chose s’ils rentrent tous, me dit Nollan tandis que notre voiture est chargée sur la remorque. Un peu de calme, c’est bien aussi, non ?

Je pose ma tête contre son épaule en riant doucement. Il a raison, un peu de calme, ça ne pourra nous être que bénéfique.

---

4. « La voiture est en feu ! » en anglais.

CHAPITRE 49

JULIETTE

Côte d'Azur, France.

– À la tienne, tonton Nollan, dis-je en levant ma coupe.

– Je n'en reviens pas. Je suis officiellement tonton pour la première fois, fait-il, les yeux brillants.

– Bastian était tellement ému au téléphone… Et ta nièce est sublime.

– Jade… Ça lui va si bien.

– Les photos que ton frère t'a envoyées sont magnifiques.

Sur le sable, installés sur des couvertures, Nollan et moi observons le coucher de soleil. Notre tour d'Europe est terminé et nous sommes de retour en France. Nos vacances touchent à leur fin ; nous avons décidé de passer les derniers jours dans notre endroit à nous, la crique dans laquelle nous avons tant de souvenirs à deux. Revenir ici n'a pas été aussi douloureux que je le pensais. Nollan est à mes côtés, je nous sais heureux et plus amoureux que jamais, et cela a effacé toute trace de ce qui a un jour pu être négatif entre nous. Lui et moi avons vécu pour nous ces dernières semaines, et je sais que, même lorsque l'été sera terminé, nous ne renoncerons pas à la paix intérieure que nous avons trouvée.

– Tu imagines un peu le chamboulement que cela doit être d'accueillir un enfant… me glisse Nollan.

– Ta vie n'est plus jamais la même. Tout doit tourner autour de ce petit être, c'est bien normal. À partir de ce moment, tu ne sais plus ce que c'était de vivre sans lui.

Nollan se tourne vers moi.

– Est-ce que tu t'es déjà imaginée devenir mère ? Est-ce que tu as envie d'avoir un enfant, un jour ?

Je hoche lentement la tête en me servant un peu de champagne.

– Oui… mais pas maintenant. Je n'y suis pas prête. Et toi ?

– Moi ? Je serai prêt quand tu le seras.

Je penche la tête sur le côté.

– Nollan De Villa, vas-tu cesser un jour d'être aussi mignon ?

– Jamais, tu le sais bien.

Je l'attire contre moi et nous allonge doucement sur le sable. Nous échangeons un long baiser. Les mains de Nollan se promènent sur mes hanches, les miennes caressent son torse, et mon ventre se serre d'envie.

– Qu'est-ce qu'on va faire quand on rentrera à Paris ? je lui demande.

– A-t-on vraiment besoin de rentrer ? Pourquoi on ne pourrait pas rester ici pour toujours ?

– Parce que ce n'est pas la vraie vie.

Se redressant sur un coude, Nollan lance :

– Et pourquoi ça ne pourrait pas l'être ? Tous les jours, des milliers de personnes quittent leur quotidien pour recommencer ailleurs. Pourquoi est-ce qu'on ne pourrait pas le faire nous aussi ? Qu'est-ce qui nous retient ?

Je le dévisage, attendant qu'il m'annonce qu'il plaisante, mais au contraire, l'excitation semble enfler en lui.

– Nollan, enfin, on ne peut pas tout bazarder comme ça ! je proteste.

– Et pourquoi pas ? Regarde un peu ce qui s'est passé. Mon père m'a trahi, il t'a manipulée et nous a fait du mal, tu as quitté une entreprise qui ne t'a pas retenue malgré tout ce que tu leur as donné, ma sœur a failli m'être arrachée… et après ça, on a décidé de s'offrir les vacances qu'on a toujours voulues et qu'on a méritées. Et ça, sur un coup de tête.

– Oui, mais la vie, ce n'est pas continuellement être en voyage. Il va bien falloir qu'on travaille à un moment donné.

– Et pourquoi on ne pourrait pas le faire ici ?

– Je crois que tu as bu un peu trop de champagne.

Les épaules de Nollan s'affaissent, puis il se rallonge à côté de moi. Pendant un instant, nous observons le ciel, le soleil qui baisse de plus en plus à l'horizon.

– J'aimerais le faire, lui dis-je doucement. Tout recommencer ici, avec toi, là où tout a commencé pour nous.

– Alors faisons-le. Créons notre avenir, créons nos emplois. Tous les deux, on peut tout faire, Juliette de mon cœur.

Je souris et passe ma main sur sa joue recouverte d'une barbe courte.

– Mon rêveur…

– J'en ai marre de rêver. Je veux vivre dans la réalité avec toi. Dans *notre* réalité.

Je ferme les yeux un instant en écoutant le bruit des vaguelettes qui s'écrasent sur le rivage, puis je lâche :

– D'accord.

Nollan se tourne vers moi.

– D'accord ?

– D'accord, je répète. On le fait. On quitte Paris, on vient s'installer sur la Côte d'Azur et on se construit notre avenir.

Nollan se mord la lèvre en souriant, puis il bascule sur moi et m'embrasse à en perdre haleine.

– Tu verras, ma Juliette, ce nouveau départ, ce sera la meilleure décision de notre vie.

Je sais d'ores et déjà qu'il a raison.

CHAPITRE 50

JULIETTE

Deux ans plus tard

– La livraison s'effectuera sous soixante-douze heures. Je vous remercie, c'est un plaisir de faire affaire avec vous.

Je raccroche et lance, surexcitée :

– C'est officiel, notre plus grosse commande à ce jour vient de quitter nos entrepôts ! Cent cinquante planches de surf sont en route pour le Portugal.

Des explosions de joie éclatent à travers le bureau pour célébrer cette excellente nouvelle, qui vient couronner le travail acharné que Nollan et moi avons fourni depuis plusieurs mois. Nous avons décidé de monter notre entreprise tous les deux, en mélangeant nos passions et en mettant nos compétences à profit. Nous nous sommes lancés dans la création de planches de surf : Nollan s'occupe du design et de toute la partie technique, tandis que je me charge du marketing et de promouvoir notre marque.

J & N est notre bébé à nous.

– Bravo, patronne. Ça, c'est une affaire rondement menée.

Ah, Iris, ma fidèle assistante… Il était impensable pour moi de ne pas lui proposer un job dans notre toute nouvelle société, et même si cela lui a demandé quelques ajustements, notamment de déménager avec nous dans le sud de la France, elle n'a pas hésité une seconde. Notre trio fonctionne parfaitement, et ce depuis près de deux ans maintenant. Je suis fière de nous et de ce que nous avons accompli ensemble. Notre petite entreprise est florissante, assez pour nous avoir permis de louer des bureaux il y a six mois : auparavant, nous nous entassions dans notre appartement, à Nollan et moi.

Après des années à courir après les promotions et les salaires, nous avons décidé de vivre pour nous et de faire ce qui nous rend heureux, ensemble.

– Au fait, ta mère a appelé, me dit Iris. Elle t'annonce qu'il neige non-stop depuis une semaine, et qu'elle est en train de préparer le plan de table pour le réveillon de Noël. Elle demande si Élisa, Bastian, sa femme et leur fille Jade seront bien des vôtres.

Pour mes parents aussi, il y a eu du changement. Au moment où j'ai quitté la capitale, ils ont décidé qu'y rester n'avait plus de sens. Ils sont donc retournés dans notre région natale, là où trouver un emploi et louer un appartement ne relève pas du parcours du combattant. Fidèle à moi-même, je continue de leur virer de l'argent chaque mois sur leurs comptes, malgré leurs protestations.

Entre mon père et moi, les choses se sont arrangées. De longues conversations avec Nollan m'ont convaincue que la vie est bien trop courte et qu'il faut profiter des gens que nous aimons autant que possible. Alors je lui ai pardonné sa tromperie et j'ai accepté d'aller de l'avant.

En ce qui concerne Léo, il est en deuxième année d'école de graphisme. Il a actuellement une petite amie dont il semble fou amoureux. Élisa et lui sont devenus de très bons amis. Elle aussi aurait trouvé l'amour, d'ailleurs, avec un étudiant de la Sorbonne, son université. Mais la vie amoureuse de sa sœur est un sujet que Nollan préfère ne pas aborder. Il n'y est pas encore prêt…

– Ils seront bien là, répond-il d'ailleurs à ma place. Et apparemment, je vais être obligé de me déguiser en père Noël pour Jade.

Iris et moi nous esclaffons.

– Tu vas être si sexy avec ta fausse barbe et ton gros ventre, je glousse.

– Tu voudras que je garde le costume pour plus tard, mon cœur ?

– Oh, non, ne recommencez pas ! intervient Iris.

Elle attrape sa veste puis nous lance :

– Je vous quitte plus tôt, aujourd'hui. J'ai un rencard.

– Ah oui ? Et comment il ou elle s'appelle ? je lui demande.

– *Il* s'appelle Tony, et il est hyper canon. C'est déjà un très bon point pour lui.

Sur ces mots, notre assistante prend congé. Lorsque nous sommes seuls, Nollan s'approche de moi pour m'enlacer et me murmurer :

– C'est aussi la fin de la journée pour nous, ma douce.

– Vraiment ? Mais je dois encore passer quelques coups de fil pour m'assurer que…

– Tu feras tout ça demain. Tu te souviens de ce qu'on s'est dit ? Plus de pression, juste du plaisir.

Il ne me faut pas longtemps pour me laisser convaincre. J'attrape moi aussi ma veste et nous quittons les bureaux.

Une douce brise nous enveloppe dès que nous sortons. C'est fou de se dire que chez mes parents les paysages sont déjà recouverts de neige, alors qu'ici, le temps est encore clément.

Quelques personnes sont assises sur le sable, contemplant la mer. Nollan ne tarde pas à me proposer de les imiter, ce que j'accepte volontiers. Il me fait traverser la plage entière à la recherche d'un endroit bien particulier, et lorsque enfin il le trouve, il sort de son sac de sport une couverture pour que nous puissions nous installer dessus.

– Tu t'en souviens ? me demande-t-il une fois que je me suis blottie contre lui.

– De quoi ?

– De cet endroit.

Je le regarde, perdue, et je secoue la tête.

– C'est ici que j'ai malencontreusement écrasé ton château de sable et que je t'ai vue pour la première fois, m'éclaire-t-il.

– Quoi ? Mais…

Je jette un œil autour de moi.

– Comment peux-tu t'en souvenir aussi précisément ?

– À ton avis ? Tu as marqué mon cœur ce jour-là. Impossible pour moi de l'oublier.

Je me rapproche encore plus de lui et j'enfouis mon visage dans son cou pour respirer son odeur. Je suis persuadée que nous allons rester ici un long moment, mais bien vite, Nollan me surprend en se levant et en me tendant la main pour m'inciter à faire de même.

– Viens te promener avec moi, me dit-il.

Je le suis avec plaisir, et nous nous baladons au bord de la mer, main dans la main. Le soleil est de plus en plus bas, le ciel de plus en plus orangé, et de toutes petites vagues viennent lécher nos pieds nus. L'eau est fraîche, mais ça ne nous gêne pas le moins du monde.

À cet instant, je retrouve toutes les sensations que j'ai éprouvées au cours des nombreux étés pendant lesquels Nollan et moi nous sommes retrouvés. Je me sens bien, confiante ; aimée, tellement aimée… Je me sens soutenue et protégée.

Tout ça grâce à Nollan, *mon* Nollan.

– Regarde, dis-je en lâchant sa main pour lui montrer un couple d'oiseaux qui volent côte à côte. Ils sont si beaux. On dirait nous, tu ne trouves pas ? Inséparables… Nollan ?

Je me retourne lorsque je m'aperçois qu'il s'est arrêté.

Un genou à terre, un écrin ouvert dans sa paume, il me dévisage, les yeux humides. Je plaque une main sur ma bouche et je reste là, stupéfaite, incapable de croire à ce que je vois.

– Juliette de mon cœur… commence-t-il.

– Oh la la, dis-je en sentant l'adrénaline augmenter dans mes veines.

– J'ai attendu toute ma vie d'être enfin assez adulte pour te reposer la question. Tout a commencé sur cette plage quand on avait neuf ans, et il est normal que ce soit sur cette même plage que je te demande de nouveau d'être ma femme.

Mes larmes ont commencé à couler dès le premier mot qu'il a prononcé.

Il va le faire, il va vraiment le faire.

– Je suis amoureux de toi depuis toujours et je le serai encore bien après que tout ce qu'on connaît aura cessé d'exister.

– Nollan…

– Je t'aime, ma douce. Je t'aime tellement…

– Moi aussi, je réponds dans un sanglot, ce qui le fait sourire.

– Dans ce cas, Juliette Leroy, me ferais-tu l'honneur de devenir ma femme ?

Je me précipite dans ses bras, j'attrape fermement son visage et je le couvre de baisers si passionnés que nous basculons tous les deux dans le sable en riant.

– Tu n'as pas répondu, Juliette, me fait-il remarquer.

– Oui… mon Dieu, bien sûr que oui. Je veux être ta femme maintenant et pour toujours.

Je recommence à l'embrasser. Lorsque je suis rassasiée, il me passe la bague au doigt. Je détaille l'anneau doré surmonté d'une petite pierre. Il est si beau…

– Tu es fou… Je t'aime… Depuis quand est-ce que tu prépares ça ? Non, laisse, je ne veux pas savoir, finalement.

Je crois qu'il se passe une heure entière pendant laquelle je ne cesse de couvrir son visage de baisers sous ses rires.

Quand je retrouve mon calme, Nollan prend mon visage entre ses mains, me regarde droit dans les yeux et me chuchote :

– Ça va être pour de vrai, cette fois.

Je hoche doucement la tête.

– Il était temps, Nollan De Villa.

ÉPILOGUE

JULIETTE

Côte d'Azur, le 10 août,
vingt-trois ans après le prologue.

– Nous sommes réunis en ce jour pour unir cet homme et cette femme… Non mais c'est nul. Je ne peux pas dire ça.

Des rires s'élèvent dans l'assistance. Nollan et moi sourions. C'est exactement ce qu'on voulait : recréer notre mariage d'enfants. C'est donc Bastian qui officie, et il prend son rôle très au sérieux. Nous sommes passés à la mairie il y a deux mois mais c'est aujourd'hui, en présence de notre famille et de nos amis, que nous rejouons ce jour si important et symbolique pour nous : celui où notre amour est né.

Malgré tout, quelques petites choses ont changé. Mon voile n'est plus fait de serviettes en papier, mais de dentelle très chic. À la place d'un maillot de bain, je porte une robe légère et vaporeuse.

Nollan, lui, est irrésistible dans son pantalon en lin et sa chemise blanche. Il est si beau, si homme, si mien… Nos sourires sont éclatants, apaisés et emplis d'amour. Rien au monde n'est plus important ou plus fort que ce que nous éprouvons l'un pour l'autre.

– Tu as promis, Bastian, lui fais-je remarquer. Une promesse est une promesse.

– Dépêche-toi de me dire que je peux embrasser la mariée, renchérit Nollan.

Nous rions tous. Mes parents, mon frère, Élisa, Iris, Hector… Tous nous observent, leurs visages exprimant l'immense bonheur qu'ils ressentent pour nous.

Thomas De Villa n'a pas fait le déplacement. Depuis leur énorme dispute, Nollan ne lui a plus jamais adressé la parole. J'en suis attristée, pour mon mari. Malgré tout ce qu'il nous a fait endurer, Thomas est le dernier parent qu'il lui reste et je serais vraiment peinée s'il lui arrivait quelque chose avant qu'ils ne se soient réconciliés. Je tente très souvent de pousser Nollan au dialogue, mais il s'y refuse. Il n'est pas prêt à pardonner quoi que ce soit à son père pour l'instant.

– Bon, puisque tu insistes… soupire Bastian. Je vous déclare officiellement mari et femme. Vous pouvez embrasser la mariée.

Nollan et moi avançons d'un même pas impatient mais, avant de laisser nos lèvres s'effleurer, je prends le temps d'enlever mon voile. Pour bien reproduire l'histoire, je le laisse s'envoler vers la mer. Alors seulement, nous nous embrassons.

– Comme les grands, souffle mon mari contre ma bouche.

– Comme les grands, je confirme.

La tendresse, l'amour inconditionnel et le respect que je perçois dans notre baiser ne fait que me confirmer ce que je ressens au plus profond de mon être depuis que je suis petite : Nollan est mon prince, mon Roméo, mon amour. Nous étions destinés à être ensemble et rien n'aurait jamais pu nous empêcher de nous retrouver.

Au moment d'échanger nos alliances, je souris. Cette fois, plus d'anneau fabriqué à base de tiges de marguerites, mais bien un sublime solitaire. En le passant à mon doigt, Nollan me regarde tendrement et récite :

– Je te promets, ma Juliette, que je te retrouverai toujours ici pour les vacances et que je serai ton amoureux jusqu'à la fin de l'éternité.

Une larme roule sur ma joue. J'attrape son alliance et l'enfile à son annulaire avant de dire :

– Je te promets, mon Nollan, que je te retrouverai toujours ici pour les vacances et que je serai ton amoureuse jusqu'à la fin de l'éternité.

Nous nous embrassons à nouveau sous les cris de joie de nos invités, puis nous leur faisons face main dans la main, unis.

***

– Je tiens à faire un discours, lance Bastian en se plantant en plein milieu de la jolie salle que nous avons louée pour prolonger la fête.

Nollan et moi échangeons un coup d'œil. Son frère poursuit :

– Je dois dire que j'ai été plus que sceptique lorsque ces deux-là, à peine âgés de neuf ans, m'ont demandé de les marier. Je les prenais pour ce qu'ils étaient à l'époque : des mômes idéalistes. Et puis il s'est passé plusieurs étés durant lesquels, chaque fois qu'ils se retrouvaient, j'ai vu une sorte d'étincelle s'allumer entre eux, quelque chose qui semblait ne jamais cesser de brûler, même lorsqu'ils étaient éloignés l'un de l'autre.

Nollan prend ma main et l'embrasse.

– La vie les a séparés pendant de longues années, jusqu'à ce que le destin s'en mêle et se décide à les réunir, continue Bastian. Et je vais vous confier quelque chose : j'ai vu mon frère se métamorphoser. Lui qui traînait une morosité profonde a soudain retrouvé le sourire, et ça, ça ne pouvait être que l'œuvre de sa Juliette.

Ma gorge se serre d'émotion.

– Aujourd'hui, et malgré les épreuves qu'ils ont traversées, tout le monde voit à quel point ils sont heureux. Tellement qu'ils ont décidé de créer leur entreprise et de travailler ensemble… alors qu'on le sait tous : il faut être soit complètement fou soit follement amoureux pour être vingt-quatre heures sur vingt-quatre avec l'autre. En ce qui les concerne, nous serons tous d'accord pour dire que c'est la première option qui les définit.

Des rires parcourent l'assemblée.

– En tout cas, pour ma part, je n'hésite pas à dire que vous incarnez tout ce qu'il y a de plus beau dans l'amour. Nous vous souhaitons des décennies de bonheur. À Nollan et Juliette.

– À Nollan et Juliette, répètent nos invités.

Après cela, l'orchestre joue les notes de notre première danse, et mon mari m'attire au milieu de la piste. L'un contre l'autre, nous tanguons doucement sans nous lâcher du regard.

– Tu es si belle, Juliette, me glisse-t-il.

– Tu n'es pas mal non plus, Roméo.

Il me fait basculer, m'arrachant un cri, puis il me redresse en souriant.

– Tu es sûre que c'est comme ça que je m'appelle ? me taquine-t-il.

Je me pends à son cou pour l'embrasser.

– Mon Nollan… tu es et seras toujours le plus beau garçon que j'aie jamais vu.

Nous dansons ensemble pendant un long moment. Le monde autour disparaît ; ne restent plus que lui, moi et l'amour qui nous consume. Et tandis que les dernières notes de musique retentissent, je me dis que j'ai hâte, dans quelques années, de raconter à nos enfants l'histoire de leurs parents.

L'histoire d'un amour de vacances qui est devenu l'amour d'une vie.

FIN

REMERCIEMENTS

Si vous lisez ces remerciements, c'est que vous êtes arrivé au bout de ce roman (ou que vous avez été tenté de vous spoiler en commençant par la fin pour vous assurer que ce serait un *happy end*…), et j'espère sincèrement que votre lecture vous aura enchanté.

Parce que l'écriture de ce livre a été pour moi l'exact opposé d'un enchantement : j'ai parfois eu envie de pleurer, de hurler, d'abandonner et de me laisser dépérir dans un coin en position fœtale. J'ai également passé des heures à éviter mon ordinateur, noirci de nombreuses pages avant de tout supprimer, j'ai maudit le monde entier puis je l'ai supplié de m'aider, et dans mes plus mauvais jours, je suis passée par toutes ces étapes en l'espace de 24 heures.

Vous vous demandez certainement ce qui a bien pu se passer pour que l'écriture de ce roman se résume à un parcours du combattant… Eh bien, je n'ai pas encore tout à fait trouvé la réponse.

Juliette et Nollan sont nés dans ma tête un soir d'été 2020 tandis qu'une partie de mon entourage et moi étions réunis autour d'un barbecue à nous remémorer nos plus beaux souvenirs d'été. Malheureusement, comme dans beaucoup de jolies romances estivales, eux et moi nous sommes éloignés dès l'arrivée de septembre. C'est idiot, mais écrire leur histoire sous la grisaille de l'automne et le froid de l'hiver n'avait plus beaucoup de sens pour moi et, je le reconnais, j'avais perdu de mon intérêt pour eux… Je m'en suis d'ailleurs beaucoup voulu pour cela. Il m'a fallu du temps et du lâcher-prise pour les retrouver avec plaisir.

Alors j'espère de tout cœur que vous n'aurez pas fait la même bêtise que moi et que vous aurez su les aimer dès le départ. Ils le méritent vraiment.

Ceci étant dit, il y a quelques personnes que j'aimerais remercier pour avoir été là durant l'écriture d'*À tous les cœurs que j'ai brisés*.

Et j'aimerais commencer par dire un grand merci à quelqu'un qui ne lira jamais ce livre (ni aucun autre que j'ai écrit d'ailleurs) : Taylor Swift.

Merci d'avoir créé *Folklore* et *Evermore*, qui m'ont accompagnée durant toute l'écriture d'*À tous les cœurs que j'ai brisés*. Et plus particulièrement pour avoir créé les merveilles « August » et « Champagne Problems ». Elles m'ont plus d'une fois aidée à surmonter mes blocages.

Oh, j'allais oublier : j'espère que tu ne m'en voudras pas de t'avoir emprunté Inès et Betty pour l'occasion.

Forcément, un grand merci à ma maison d'édition Hugo New Romance et à toute la team. New Romance un jour, New Romance toujours.

À Camille, mon éditrice de choc. Je ne suis pas la seule à avoir souffert durant l'écriture de ce roman, toi aussi. Je suis (encore) désolée de la dose de stress que j'ai fait peser sur tes épaules, mais tu vois, comme toujours, on s'en est sorties. Promis, je ne nous entraînerai plus sur ce terrain… en tout cas, j'essayerai.

À ma Cécé, attachée de presse du tonnerre.

À l'autre Camille de la team, graphiste talentueuse et tout terrain. Si tu savais ce que j'ai en tête pour les prochaines couvertures… Commence d'ores et déjà à me réserver tes plus belles nuances.

À mon entourage. Toujours.

À Marjorie pour « THE CAR IS ON FIRE » et l'histoire qui va avec. Peut-être que j'ai écrit ce roman simplement pour pouvoir y caser ta phrase légendaire, ou peut-être pas… J'emporterai ce secret avec moi dans la tombe. (Pas du tout en fait, j'ai vraiment écrit *À tous les cœurs que j'ai brisés* dans ce seul et unique but.)

À Livia. Tu es encore trop petite pour en avoir conscience, mais j'ai hâte de voir ta réaction, dans quelques années, quand tu réaliseras que, depuis que tu es née, je n'ai eu de cesse de te citer dans mes livres pour te remercier d'être devenue mon être humain préféré.

Enfin, merci à vous, lecteurs et lectrices. Cela fait déjà cinq ans que je vous remercie de me suivre et je continuerai quoi qu'il arrive. Merci de me laisser m'exprimer, merci d'aimer mes mots.

N'hésitez pas à me suivre sur les réseaux sociaux ou, si le cœur vous en dit, à me contacter par mail pour me partager votre avis sur mes romans.

Instagram : laurawild10
TikTok : laurawild10
Facebook : Laura S. Wild
Twitter : wildlsr
Mail : mywildworldlsr@gmail.com

DE LA MÊME AUTRICE
CHEZ HUGO NEW ROMANCE :

My Escort Love
Tome 1
Tome 2
My Crazy Love (exclusivité numérique)

Et puis soudain
Tome 1 - Succomber
Tome 2 - Lutter
Tome 3 - Sombrer
Tome 4 - Aimer

Until the end

Après la tempête

La Romance presque parfaite
d'une accro à Noël

Bodyguards

Tome 1 - Lennon

Tome 2 - Cruz

Tome 3 - Sawyer

Tome 4 - Jaxon